한국의 차 문화 천년

2

한국의 차 문화 천년 2

조선 후기의 차 문화—산문散文

송재소·유홍준·정해렴 외 옮김
2009년 6월 22일 초판 1쇄 발행
2020년 1월 31일 초판 3쇄 발행

펴낸이 한철희 | 펴낸곳 돌베개 | 등록 1979년 8월 25일 제406-2003-000018호
주소 (413-756) 경기도 파주시 회동길 77-20 (문발동)
전화 (031) 955-5020 | 팩스 (031) 955-5050
홈페이지 www.dolbegae.com | 전자우편 book@dolbegae.co.kr

책임편집 이경아·이경민 | 편집 조성웅·김희진·고경원·신귀영
표지디자인 민진기 | 본문디자인 이은정·박정영 | 마케팅 심찬식·고운성
제작·관리 윤국중·이수민 | 인쇄 한영문화사 | 제본 경일제책사

글 ⓒ 아모레퍼시픽 | 사진 ⓒ 백종하

ISBN 978-89-7199-342-2 (94810)
ISBN 978-89-7199-340-8 (세트)

책값은 뒤표지에 있습니다.

이 도서의 국립중앙도서관 출판시도서목록(CIP)은 e-CIP 홈페이지
(http://www.nl.go.kr/cip.php)에서 이용하실 수 있습니다.(CIP제어번호: CIP2009001608)

조선 후기의 차 문화 — 산문散文

송재소·유홍준·정해렴 외 옮김

한국의 차 문화 천년

2

돌베개

'한국의 차 문화 천년'을 펴내며

　　인간의 기호식품으로 차茶만큼 오랜 역사를 가진 것도 없을 것이다. 차의 원산지라 할 수 있는 중국에서는 수천 년 전부터 차를 마셔 왔으며, 이 중국 차가 세계 각국으로 전파되어 지금은 170여 개 국에서 하루에 20억 잔의 차를 마신다고 한다.

　　『삼국사기』三國史記의 기록에 의하면 우리나라는 7세기 중반 신라 선덕여왕 때 이미 차를 마셨다. 흥덕왕 3년(828)에는 중국으로 사신 갔던 김대렴金大廉이 돌아오면서 차 종자를 가져왔는데 왕이 이를 지리산에 심게 해서 차가 널리 성행하게 되었다. 그러나 신라 시대에 차가 얼마나 대중화되었는지는 알 수 없다. 고려 시대에는 궁중과 귀족, 특히 승려 사이에 차가 크게 유행했으나 일반 서민의 기호식품으로까지 확대되지는 못한 것으로 보인다. 조선 시대에는 차 문화가 다소 위축되어 주로 궁중이나 민간의 의식용儀式用으로 차가 쓰였고, 사찰의 승려들이 그 맥을 잇다가 다산茶山, 초의草衣, 추사秋史 등 걸출한 차인茶人들이 차를 중흥시켰다. 그러나 역시 차는 서민이 즐겨 마시는 기호식품과는 거리가 있었다.

　　현대에 와서야 차가 대중화되었다고 말할 수 있다. 지금은 차가 이른바 '웰빙 식품'으로 널리 사랑받고 있고, 신체의 건강뿐만 아니라 정신 건강의 증진에도 기여한다고 인식되고 있다. 차는 이제 어디에서나 쉽게 구할 수 있고 누구나 마실 수 있는 대중의 기호식품으로 확고하게 자리 잡았다.

『한국의 차 문화 천년』은 일찍부터 차 문화의 보급과 차의 대중화를 선도해온 (주)아모레퍼시픽의 출연 재단인 태평양학술문화재단의 야심적인 기획이다. 우리 역사상 어느 때보다 차가 대중의 사랑을 받고 있는 이 시점에서, 우리의 유구한 차 문화 전통을 종합 정리함으로써 이 땅의 차 문화를 한층 더 발전시키자는 의도에서 기획되었다.

전 6권으로 간행될 이 기획물은 신라 시대에서부터 현대에 이르기까지 차에 관한 문헌 기록 자료의 집대성에 목표를 두고 있다. 차시茶詩를 포함한 개인 문집의 자료, 『조선왕조실록』朝鮮王朝實錄, 『고려사』高麗史, 『삼국사기』 등의 관찬 사료官撰史料와 『임원경제지』林園經濟志, 『성호사설』星湖僿說, 『음청사』陰晴史 등의 별집류別集類를 비롯하여 이전에 발굴되지 않은 자료까지 차에 관한 모든 문헌 자료를 망라하고자 한다.

이 작업은 결코 쉬운 일이 아니다. 산적한 한문 전적을 일일이 뒤져서 차에 관한 자료를 발췌하는 일도 어렵거니와 이렇게 뽑은 자료를 번역하는 일 또한 만만치 않다. 최선을 다하지만 여전히 누락된 자료가 있을 것이고 미숙한 번역이 있을 줄 안다. 이 점은 앞으로 계속해서 수정, 보완해 나갈 것이다. 아무쪼록 차를 사랑하는 차인들과 차를 연구하는 학자들의 자료로 활용될 수 있다면 다행이겠다.

이번에 간행되는 조선 후기편 2책은 원래 유홍준, 정해렴 두 분이 해놓은 기초 작업에 첨삭을 가하고 번역문도 일부 수정하여 새롭게 편집한 것임을 밝혀둔다. 그리고 물심양면으로 아낌없는 지원을 해준 (주)아모레퍼시픽의 서경배 사장님을 비롯하여 태평양학술문화재단의 관계자 여러분, 그리고 꼼꼼하게 원고를 손질해준 돌베개 출판사의 편집진들께 이 자리를 빌려 고마운 마음을 전한다.

2009년 6월
송재소

'조선 후기의 차 문화'를 엮어 내며

이 책은 조선 후기의 차 문화와 관련된 문헌 자료들을 수집, 번역한 것이다. 이 번역에 참여한 사람들은 차를 좋아하기는 하지만, 한국의 차와 그 문화에 대해 오랫동안 견문을 쌓아온 전문가는 아니다. 다만 한문 고전 전공자로서 차와 관련하여 의미 있는 자료들을 가려서 번역하였다. 내용은 크게 시와 산문으로 나누어 각각 1권과 2권에 수록하였다.

'조선 후기의 차 문화' 1권에서는, 임수간에서 시작하여 다산 정약용, 자하 신위, 초의 선사, 추사 김정희, 해거재 홍현주, 신기선에 이르기까지 모두 44명의 차시茶詩를 수록하였다. 그중에는 차인으로 널리 이름이 알려진 이도 있으나, 거의 알려지지 않은 인물도 있다. 대개 차시로 분류되는 한시는 매우 많지만, 그 대부분은 차를 마시는 한가로운 정취와 분위기를 읊은 것이다. 이 책에서는 조선 후기 차 문화의 구체적 양상을 보여주는 것들을 중심으로, 그 동안 잘 알려지지 않았던 인물들의 차시를 많이 수록하고자 했다.

조선의 사대부는 흔히 우정의 표시로 차를 선물했으며, 차를 마시며 시를 읊었고, 술을 마신 뒤에도 차를 마셨다. 즉 술과 차, 그리고

시가 통합된 하나의 문화적 코드였던 셈이다. 채제공이 지은 「서 진사 댁을 방문하여」라는 시를 보면,

중당에서 손님 맞을 때 고요하고 침착하니
영주에서 제일가는 가문임을 쉬이 알겠네.
동서로 마주 앉아 인사하고 나자
어린아이가 우전차를 올리네.

라고 하여, 당시 사대부가에서는 손님을 맞이하여 인사를 나누고 차를 내오는 것이 일반적인 예의범절이었음을 알 수 있다. 또 효명세자가 지은 네 편의 연작시를 보면, 왕세자가 즐겼던 궁중의 차 문화를 볼 수 있으며, 조병현의 「차를 달이며」를 보면 궁중에서 차를 달이며 임금과 신하가 함께 시를 짓기도 했음을 알 수 있다. 이 밖에 홍양호의 「호로다주에 쓴 명문」을 보면 중국의 차 애호가였던 기윤紀昀이 그에게 차 주전자와 차 사발을 선물로 주었으며, 이상적의 시를 보면 김석준이 후지산에서 나는 차와 차 주전자를 선물로 보냈음을 알 수 있다. 이러한 내용들을 보면, 당시에 중국뿐 아니라 일본과도 차를 통한 교유가 이루어졌음을 알 수 있다.

한편 이들 차시에 등장하는 일반인에게 익숙하지 않은 차의 산지와 이름들을 보면, 정약용이 즐겼던 검단산 북쪽 백아곡의 작설차, 김려의 시에 등장하는 철비산 녹하차綠霞茶, 초의와 신순이 신위에게 보냈다는 보림사 백모차白茅茶와 죽로차竹露茶, 이만용의 시에 나오는 황매다고黃梅茶膏, 이유원의 시에 등장하는 오팽년차吳彭年茶와 밀양의 황차黃茶, 그리고 허훈과 이종기의 시에 나오는 금강령차金剛靈茶

등이 있다. 또 차를 끓이던 샘물로는 이덕무의 시에 나오는 사복시司僕寺의 우물물, 정약용의 시에 나오는 미천尾泉, 서울의 옛 훈련원 안에 있던 통정桶井 등이 있었음을 알 수 있다.

2권에서는, 이익의「다식」茶食에서부터 이덕리의「기다」記茶, 서유구의『임원경제지』林園經濟志에 이르기까지 모두 29명의 차에 관한 글과『승정원일기』,『조선왕조실록』에서 뽑아낸 차에 관한 기록을 담았다. 그중 일부는 내용을 참작하여 임의로 제목을 달기도 했다.

사적으로 주고받은 편지나 개인 일기, 사행 길의 기록, 역사서에 수록된 차 문화 등 매우 폭넓은 내용이 담겨 있다. 가령 신광수의「성천 생원 원형에게」라는 편지를 보면,

> 작년에 삼남 지방은 차가 귀해서 열다섯 잎에 10전이나 갔으니, 차가 몽땅 떨어져 속 쓰림병에 괴롭던 터였습니다. 이런 즈음에 마침 이 차가 왔으니 마치 노동盧소의 아홉 사발 차를 마신 것처럼 양쪽 겨드랑이에 시원한 바람이 곧 산들산들 일어날 지경입니다. 언제나 죽렬차竹劣茶를 한 잔 마실 때면 존형이 그리워지곤 하겠지요.

라고 하여, 당시 지방에서 거래되던 차의 가격과 수요, 그리고 차를 통한 교유 양상을 미루어 짐작해 볼 수 있다. 한편 이들 문헌에서 특징적인 것은 차에 관한 전문적인 지식을 담은 글들이 다수 출현한다는 점이다. 그것은 차의 재배와 보관, 끓이고 마시는 법, 다구의 종류와 용법에 이르기까지 다양한데, 특히 차의 효능과 한국 차에 대한 자부심, 그리고 차의 산업화에 대한 의지를 엿볼 수 있다.

차의 효능과 관련하여, 안정복은「수다설」漱茶說에서 음식을 먹은

뒤 차로 입을 헹구는 법에 대해 말하였고, 이덕리는 「기다」記茶에서 차가 감기, 체증, 식중독, 복통, 설사, 이뇨 작용, 학질과 역병에 효과가 있으며, 잠을 적게 만든다고 하였다. 또 황윤석의 「부풍향다보」扶風鄉茶譜에서는 차가 지방을 제거하여 몸을 야위게 한다고 하였으며, 윤형규의 「다설」茶說에서는 식체를 내려주는 소화 기능이 있다고 하였다. 이 밖에도 『승정원일기』에서는 우전차가 몸을 가볍게 하고 정신을 맑게 하며, 술을 깨는 각성 작용이 있는 것으로 파악하고 있다.

한국 차에 대한 자부심과 관련하여, 초의 선사는 한국 차의 우수성에 대해, 김정희는 권돈인에게 보낸 편지에서 지리산 차의 우수성에 대해 말했고, 신헌구는 「다설」茶說에 초의 선사가 제조한 차가 스님들 사이에서만 이름이 나고 세상에 널리 알려지지 못한 것에 대해 안타까워했다.

또 차의 산업화와 관련하여, 이덕리의 「기다」, 정약용의 「차의 생산과 판매」, 「차의 전매 제도」 등을 보면 차를 단순한 문화적 기호품이 아니라, 국가적 산업 자원으로 생각했음을 알 수 있다. 『음청사』陰晴史에서 김윤식이 이홍장, 유함방과 나눈 대화를 보면, 차 재배를 국가적 산업으로 인식하고 이에 대한 정책 제안으로까지 나아갔음을 알 수 있다. 이 밖에도 이규경의 「도다변증설」荼茶辨證說에서는 차의 어원과 용례, 관련 문헌에 대한 학문적 고찰을 시도했음을 볼 수 있다.

이상으로 이 책에 수록된 내용들에 대해 간략히 소개하고, 차 문화와 관련하여 몇 가지 눈에 띄는 사실들을 언급해 보았다. 이 책에 수록된 문헌 자료들은 여러 연구자들의 차에 대한 오랜 애정의 결과물이라고 할 수 있다. 특히 이덕리의 글 「기다」의 경우는 그 내용을 학계에 처음 소개한 정민 교수의 양해를 얻어 싣게 되었다.

이 책은 문헌 자료만을 수록한 것으로, 조선 후기 차 문화의 구체적인 실상을 보여주기에는 부족한 면이 있다. 하지만 천년을 이어 내려온 한국 차 문화의 전통이 여기에 실린 글들을 통해 일부나마 드러나기를 바란다.

2009년 6월
역자 일동

차 례

일러두기

1. 이 책은 조선 후기의 차 문화를 다룬 작품 중 산문 작품만을 정리한 것이다.
2. 각 작품의 수록 순서는 각 작품 저자의 태어난 해를 기준으로 하였다. 단 『조선왕조실록』, 『승정원일기』
   등 생년으로 차례를 매길 수 없는 책의 경우에는 뒤에 따로 두었다.
3. 매 작품마다 출전을 표시하였고, 해설을 두어 작품 전체의 저술 배경과 내용 등을 요약, 정리하였다.
4. 이 책에 나오는 인명과 서명 중 자세한 설명이 필요한 경우 인명 사전과 서명 사전 항목을 부록으로
   두어 참고하도록 하였다.
5. 본문의 단어 중 설명이 필요한 경우 해당 단어 옆에 *표시를 하고 해당 단어가 수록된 면의 하단에 각주를
   달아 설명하였다.
6. 원주의 경우, 본문 글자와 동일한 크기로 괄호 처리하였다.
7. 하단 각주가 아닌 짧은 설명의 역주는 본문보다 작은 글자로 괄호 처리하였다.

조선 후기의 차 문화 ─ 산문散文

이익 李瀷, 1681~1763

다식茶食

　　국가의 사전祀典*에 다식이 있다. 쌀가루를 꿀과 반죽하여 나무틀에 넣고 다져 둥그런 떡을 만든 것인데, 사람들 가운데 이 다식이란 이름과 의미를 아는 이가 없다. 나는 이렇게 생각한다. 다식이란 송나라의 대룡단大龍團과 소룡단小龍團이 잘못 전해진 것이다. 차茶는 처음에는 물에 끓여서 먹었다. 『주자가례』朱子家禮에서 쓰는 점다點茶는 차를 갈아서 찻잔 속에다 넣고 끓는 물을 부은 다음 솔(筅)을 가지고 젓는 방식인데, 지금 일본 사람들의 차가 모두 이와 같다.

　　정공언丁公言(정위丁謂)과 채군모蔡君謨(채양蔡襄)가 독특한 방법을 고안해내 다병茶餠을 만들어 조정에 바치자, 드디어 세상의 풍속이 같게 되었다.

　　소동파蘇東坡(소식蘇軾)의 시에 "무이산武夷山 계곡 옆 좁쌀처럼 생긴 싹, 앞의 정위丁謂와 뒤의 채양蔡襄이 몇 상자씩 따갔더냐"(武夷溪邊 粟粒芽, 前丁後蔡相籠加)라고 한 말이 바로 이것이다. 지금 차례에 다식을 쓰는 것은 바로 앞에서 언급한 점다의 의미인데, 이름만 남아 있고

---

* 사전祀典　제사에 대한 예전禮典.

실물은 바뀌었다. 인가에서는 혹 밤을 갈아 대신 사용하는 집도 있는 데 물고기·새·꽃·나뭇잎의 모양을 만든다. 이는 용단龍團이 와전된 것이다. 모난 그릇이 모나지 않게 만들어지는 일(觚之不觚)*에 무슨 물건인들 그렇지 않겠는가?

출전: 『성호사설』星湖僿說 제6권 「만물문」萬物門

해설   국가 제전의 음식 가운데 하나인 다식에 대해, 문헌 기록을 근거로 그 말의 유래와 변천 과정을 설명한 것이다.

• 모난 그릇이 …… 일(觚之不觚)   이 문구는 『논어』論語 「옹야」雍也 편에서 공자가 말한 "네모꼴의 술잔이 제 모양을 갖추지 못하면 네모꼴의 술잔이라 할 수 있겠는가, 네모꼴의 술잔이라 할 수 있겠는가"(觚不觚 觚哉觚哉)에서 인용한 것이다. 모든 사물은 처음 이름을 지을 때의 실제 모습과 점점 달라져 나중에는 이름과 실제가 서로 맞지 않게 된다는 뜻이다.

이익 李瀷, 1681~1763

다시茶時 •

'성상소 감찰다시'城上所監察茶時라는 말을 사람마다 입에 올려 말하지만 그 의미는 모른다. 성상소란 옛 궁궐의 성가퀴 위라는 뜻인데, 곧 당시 대관臺官(오늘날의 검찰과 감사원에 해당)의 관원들이 회의하는 장소이다. 간관 가운데 공무를 행할 사람이 없으면 여러 감찰들이 번갈아 모였다가 마치는 것이니, 다시라는 말은 그들이 모여서 차나 한잔 마시고 헤어진다는 뜻이다. 감찰은 옛날의 전중어사이다. 모든 관료를 단속하는 직책이라 반드시 자신이 먼저 검소하게 처신해야 하기 때문에, 거친 베에 색이 바랜 옷을 입고 좋지 않은 말에 떨어진 안장을 얹었으니, 멀리서 바라보기만 해도 그가 감찰인 줄을 알았다. 이것이 옛날의 관례다. 그러므로 아무리 부유한 집의 자제일지라도 감히 그것을 바꾸지 못했는데, 뒷날 한두 재상이 시론時論을 주장하여 편의를 따를 수 있도록 허용하더니, 이윽고 화려한 의복을 다시 입게 되었다 한다.

당시에 야다시夜茶時라는 말이 있었다. 재상을 비롯하여 이하 관료 가운데 누구든지 간악한 짓을 저지르고 못된 짓을 저질러 불법을 행한 자가 있으면, 여러 감찰들이 그 근방에서 야다시를 하여 그의 죄악을 흰 판자에 쓴다. 그리고 그것을 그 사람의 집 문 위에 걸어놓고 가시나무로 문을 봉한 다음 그 위에 서명하고 흩어진다. 그렇게 하여

• 다시茶時 사헌부의 벼슬아치가 날마다 한 번씩 모여 차를 마시며 일을 논의하던 것.

조선 후기의 차 문화―산문

21

그 사람은 드디어 금고禁錮가 되고 아주 몹쓸 사람이 되고 마는 것이다. 그런데 야다시라는 한마디 말이 여항閭巷에선 잠깐 사이에 남을 때려잡는 말로 전해지고 있으니, 아! 국가 전통의 아름다운 풍속을 언제 다시 볼 수 있겠는가?

출전: 『성호사설』 제12권 「인사문」人事門

해설   고려 시대부터 감찰어사 사이에서 내려오는 다시라는 말의 어원과 의미를 설명하고 있다. 애초에 좋은 의미에서 만들어지고 행해지던 것이 대신의 권력남용으로 변질된 일, 야다시의 준엄한 규찰 행위가 무고한 사람을 불시에 공격하는 행위로 와전된 상황 등을 들며 전통 있는 미풍양속이 사라진 것을 안타까워하고 있다.

신유한 申維翰, 1681~1752

일본의 다례

　　온 나라에 남녀귀천을 막론하고 그냥 물을 마시는 법이 없고 모두 차를 끓여 마신다. 그래서 집집마다 곡물보다 차 비축에 더 신경을 쓴다. 차는 작설 따위인데, 혹 푸른 잎을 따서 찧고 말려 보드라운 가루로 만들어 뜨거운 물에 타서 마시기도 하고, 혹 긴 잎은 끓여 찌꺼기를 건져낸 다음 마시기도 한다. 매 식후에는 꼭꼭 한 잔씩 마시기 때문에 저잣거리에 솥을 걸고 차를 달이는 사람들이 즐비하다. 그래서 사신 행차의 대소 관원 수백 명이 날마다 청차 한 홉과 엽차 한 묶음씩을 받았다. 지나는 객관에서는 따로 다승茶僧을 두어 밤낮으로 차를 달여서 대접했다. 이 나라의 일상 범절로는 차를 따라갈 것이 없다.

출전: 『청천집』靑泉集 해유문견잡록海游聞見雜錄 「음식」飮食

해설　　신유한은 1719년 4월 통신사의 일행으로 일본을 방문했다. 이 글은 일본 사람들의 차 마시는 풍속에 대한 기록이다. 일본에서는 전국적으로 차가 성행하여, 식사 후에는 어김없이 차를 마시기 때문에 거리에 찻집이 즐비했다는 사실과 밤낮으로 통신사 일행을 위해 차를 대접하였음을 알 수 있다.

이광사 李匡師, 1705~1777

내도재기來道齋記

　내도재來道齋는 나의 벗 성중成仲의 처소이다. 이름을 내도來道라고 한 것은 '도보道甫를 부른다'는 의미인데, 도보는 바로 나이다. 이는 대개 왕세정王世貞의 내옥루來玉樓와 동기창董其昌의 내중루來仲樓의 뜻을 딴 것이다. 성중은 이 서재에 기이한 서책을 보관하고, 고동서화와 비탑碑榻을 보관하고, 유명한 향을 보관하고, 고저산顧渚山의 우전차雨前茶를 보관하고, 단계端溪와 흡주歙州에서 생산된 벼루와 호주湖州에서 생산된 붓과 휘주徽州에서 생산된 먹을 보관한다. 나를 위해 좋은 술을 담아두고는 흥이 나면 그리워하고, 그리워하면 말을 보내어 초대한다. 나 역시 흔쾌히 초대에 응한다. 문에 들어가 만나서 손을 잡고 웃을 뿐 서로 별 말은 없다. 서안 위의 책 몇 권을 가져다 시원히 읽기도 하고, 옛 종이를 펼쳐 주나라의 석고문이나 한나라의 비갈碑碣 두세 점을 감상하기도 한다. 그러면 성중은 이미 향을 사르고 두건을 젖혀쓰고 팔을 걷고서 앉아 차를 달여 실컷 즐긴다. 하루 종일 느긋하게 놀다가 저녁 땅거미가 질 무렵 돌아오기도 하고, 혹은 몇 날을 돌아가지 않고 함께 놀기도 했다.

출전: 『원교집』圓嶠集 권8

해설　이 글은 이광사가 친구인 상고당尚古堂 김광수金光遂(1699~1770)의 서재에 붙인 기문이다. 아담하고 단아한 서재에 귀한 고서와 고동 서화, 문방구, 차를 비치해 두고 이따금 금석 자료나 희귀한 비탑을 품평하며 시간을 보내는 독서군자의 풍류가 고스란히 담겨 있다. 특히 우전차를 간직해두었다가 담소하며 한껏 즐기는 모습에서 조선 시대 선비들의 품격 있는 차 문화를 느낄 수 있다.

이상정 李象靖, 1710~1781

도언 김종덕에게 답하다 答金道彦直甫……

아침저녁의 상식上食에 수저를 가지런히 갖추는 예절은 『주자가
례』에 없다. 그러나 내 생각에는 음식을 올릴 경우 수저를 가지런히
갖추는 것은 평상시의 식사 예절을 본뜬 것이니, 그렇게 해도 무방한
듯하다. 『주자가례』에는 삼우三虞, 졸곡卒哭, 연제練祭, 대소상에 대해
서는 일절 기록이 없다. 그렇다고 어찌 이것 때문에 예를 행하지 않을
수 있겠는가. 차를 따르는 예는 요즘엔 으레 물로 대신하기 때문에 물
에 밥을 말아서 올리는 절차가 있게 되었다. 사실 고례古禮는 아니지
만 그러나 우리나라 풍속에서 대부분 이렇게 행하니, 만약 해롭지 않
다면 꼭 그 풍속을 바로잡아야 좋은 것은 아니다.

출전: 『대산집』大山集 권25

원제 도언 김종덕金宗德, 직보 김종경金宗敬, 경온 김종발金宗發, 홍보 김종섭金
宗燮이 상례에 대해 물은 조목에 답하다. 答金道彦 直甫 景蘊宗發 弘甫宗燮 喪禮
問目(壬午)

해설   고례에는 상을 당했을 때 아침저녁 상식에 차를 올리는데, 우리나라는 물과 밥을 올린다. 이것이 고례에는 어긋나지만 인정상 무방하므로 굳이 고례대로 할 것 없다는 견해이다. 비록 차와 관련된 직접적인 언급은 아니라 할지라도, 차례 외에도 제례와 상례에 차를 올리는 예절이 있음을 알 수 있게 하는 자료이다.

신광수 申光洙, 1712~1775

성천 생원 원형에게 與成川元生涧

　　연전에 보내주신 위로의 편지를 받고 애통함과 고마움에 몸을 가눌 수 없었습니다. 남북으로 멀리 떨어져 편지를 보낼 인편을 얻기가 쉽지 않은 탓에 여태 답장을 보내지 못하와 언제나 마음이 편치 않습니다. 그런데 어떻게 온 것인지 모르겠지만 뜻밖에 편지를 받았습니다. 산과 물을 건너 1천여 리의 길을 와 제가 있는 산중에 편지가 도착하니 마치 환한 모습을 직접 뵌 듯합니다.

　　관서에 벗들이 결코 적은 게 아닌데, 안부를 물어오는 사람 하나 없습니다. 서북인西北人들이 벗을 사귀는 꼴이 이 모양입니다. 그런데 존형께서 유독 이리저리 인편을 구해 두 번이나 편지를 보내주시니 어쩌면 그다지도 정이 많으신지요. 더구나 서북 지방의 차를 보내주시기까지 하셨으니, 무어라 말씀 드려야 할지요. 패강浿江으로 온 뒤로는 차를 마셔본 지가 언제인지 까마득합니다. 작년에 삼남 지방은 차가 귀해서 열다섯 잎에 10전이나 갔으니, 차가 몽땅 떨어져 속 쓰림병에 괴롭던 터였습니다. 이런 즈음에 마침 이 차가 왔으니 마치 노동盧소의 아홉 사발 차*를 마신 것처럼 양쪽 겨드랑이에 시원한 바람이 곧 산들산들 일어날 지경입니다.

언제나 죽렴차竹瀝茶를 한 잔 마실 때면 존형이 그리워지곤 하겠지요.

출전: 『석북집』石北集 권12

해설　관서 지방으로 온 신광수는 벗들과 교유는 물론이고 벽지에서 차 한잔 마시기 어려운 처지가 되었다. 더구나 소화가 잘 되지 않아 차가 더욱 간절한 터였다. 이때 벗이 편지와 함께 차를 보내오니, 차를 받고 기뻐하는 모습이 눈앞에 보이는 듯하다. 이 자료를 통해 당시 차의 수요가 매우 많았음을 알 수 있고, 작황에 따라 품귀 현상을 빚으며 차 값이 폭등하기도 했음을 아울러 알 수 있다.

• 노동盧仝의 아홉 사발 차　원래는 일곱 사발의 차인데, 신광수가 착각한 듯하다. 당나라 시인 노동의 시 「맹 간의가 햇차를 보내준 것에 사례하다」(謝孟諫議寄新茶詩)에 "한 사발을 마시면 목구멍이 축축해지고 …… 일곱 사발을 다 마셔도 얻은 것은 없지만, 오직 양쪽 겨드랑이 아래에서 맑은 기운이 나옴을 깨달을 것이다" 했다.

안정복 安鼎福, 1712~1791

수다설漱茶說 ─차로 입을 헹구는 것에 관한 이야기

입 안의 찌꺼기나 기름기를 가시게 하는 데는 어느 시대건 차가 꼭 빠지지 않는다. 그러나 은연중에 사람을 해치는 것이 적지 않다. 옛사람이 말하기를 "차를 많이 마신 뒤에 기운이 더 이상 병들지 않아 비록 해로움과 이익이 반반이 되지만, 양기를 녹이고 음기를 조장하니 이익이 손해를 보상하지 못한다고 걱정하는 사람이 많다" 하였다.

나에게 한 가지 방법이 있어서 스스로 귀하게 여긴다. 매번 식사가 끝날 때마다 진하게 우린 찻물로 입 안을 헹구어 찌꺼기나 기름기를 가시게 하면 비위가 상하는 줄 알지 못한다. 무릇 고기가 이 사이에 낀 것을 차로 헹구어내면 저절로 떨어져 나가니 번거롭게 이를 쑤실 필요가 없다. 그리고 이를 다시 닦으면 이가 점점 단단해져서 충치가 절로 낫는다. 그러나 대부분 모두 중품과 하품의 차를 사용하고 상품의 차가 늘 있지는 않으므로, 며칠마다 한 번씩 마시는 것 또한 해롭지 않다. 이는 크게 이치가 있는 것인데 아는 이가 드물다. 그래서 상세하게 기술한다.

원풍元風* 6년 8월 23일 쓰다.

해설　찻물로 입을 헹구는 것에 대해 논한 글이다. 기름기가 많은 음식에 차가 좋기는 하지만 차가 몸에 해로울 수 있다는 점을 먼저 말했다. 그리고 차를 마시는 것이 아니라 차로 입 안을 헹구는 방법과 그 효능에 대해 말하고 있다. 짙은 차를 입에 머금고 헹구면 찌꺼기와 기름기를 제거할 수 있을 뿐 아니라 충치까지 없앨 수 있다. 다만 품질이 낮은 차로는 며칠마다 한 번씩 하는 것이 무방하다는 내용이다.

• **원풍**元風　'원풍'元風이라는 연호는 없으며, 다만 송나라 신종의 연호가 원풍元豊(1078 ~1085)이지만 시대가 맞지 않는다. 혹시 오자가 아닌가 생각되기도 한다.

기다記茶

　베, 비단, 콩, 조는 농토에서 생산되어 절로 일정한 수가 있는 물건들이다. 관청에 없으면 반드시 민간에 있어, 적게 취하면 국가의 재정이 부족하고 많이 취하면 민생이 바닥난다. 금, 은, 보배, 옥은 산택山澤에서 생산되는데 매장량이 정해져 있어 줄어들기는 하여도 늘어나지는 않는다. 진秦나라와 한나라 시대에 황금을 상으로 내린 전례를 보자면 대부분 백 근이나 천 근으로 기준을 삼았다. 송나라와 명나라에 이르러서는 백금白金으로 냥兩을 계산하였다. 고금의 빈부 차이를 여기에서 알 수 있다.

　지금 만약 백성들의 하늘인 베, 비단, 콩, 조와 국가의 재산인 금, 은, 보배, 옥을 황무지와 노는 땅에서 얻고, 절로 피고 절로 지는 잡초와 잡목이 국가 재정과 민생에 보탬이 된다면, 어찌 일이 재물과 이익에 관계된다고 하여 말하기를 꺼리겠는가.

　차는 남방의 좋은 나무이다. 가을에 꽃이 피고 겨울에 싹이 난다. 싹 가운데 여린 놈을 작설雀舌과 조취鳥嘴라고 하고, 쇤 놈을 명설茗蔎과 가천檟荈이라고 한다. 신농씨神農氏 시절에 나타나 「주관」周官에 나열되었고, 시대가 내려와 위진 시대부터 점점 융성해졌다. 당나라를 거쳐 송나라에 이르러 기술이 점점 발달하여 천하의 맛 가운데 으뜸이 되었으며 천하에 또한 차를 마시지 않는 나라가 없게 되었다. 북쪽 오랑캐 나라가 차 생산지에서 가장 먼 곳임에도 불구하고 차를 즐기는 것은 북쪽 오랑캐를 따라갈 나라가 없는데, 그것은 오랜 세월 동안 고기도 못 먹고 열기도 쬐지 못함을 견디지 못했기 때문이다. 이런 까닭에 송나라는 요하遼夏를 달랠 수 있었고 명나라는 삼관三關*을 위무할 수 있었으니 모두 차를 미끼로 썼다.

우리 동방에서 차를 생산하는 고장은 호남과 영남에 두루 걸쳐 있다. 『동국여지승람』東國輿地勝覽과 『고사촬요』攷事撮要 등의 책에 실린 내용은 그저 백 분의 일 정도이다. 우리나라의 차 문화가 비록 작설을 써서 차를 만들지만, 거개가 찻잎과 작설이 본래 한 가지라는 것을 알지 못한다. 그래서 찻잎을 따거나 차를 마시는 자가 없다. 혹 호사가의 경우는 차라리 북경北京에서 차를 사올지언정 가까이 우리나라 안에서 찻잎을 구할 줄은 모른다.

경진년(1760)에 박다舶茶*가 들어왔을 때 온 나라가 비로소 차를 알았는데, 거의 십 년 동안 넌덜머리가 나도록 써서 바닥이 난 지 하마 오래되었음에도 또한 찻잎을 따서 쓸 줄 모른다. 그러고 보면 우리

• **삼관三關** 중국에서 오랑캐를 막기 위해 세운 3대 관문으로, 산해관·옥문관·함곡관을 말한다.
• **박다舶茶** 박제가의 『북학의』北學議 「통강남절강상박의」通江南浙江商舶議에 "나는 황차黃茶를 실은 배 한 척이 표류하여 해남에 정박한 것을 본 적이 있다. 온 나라가 그 황차를 십여 년 동안 사용했는데, 지금도 남아 있다"고 한 대목이 있다. 본문의 박다는 표류해온 중국 배에 실려 있던 황차가 아닌가 여겨진다. 이에 대해서는 박제가 저, 안대회 역, 『북학의』(돌베개, 2003)와 정민, 「표류선, 청하지 않은 손님」(한국한문학회 추계학술대회 요지집, 2006)에서 자세한 전말을 살필 수 있다.

나라 사람들에게 차란 또한 긴요하지 않은 물건으로 아무 역할도 하지 못하는 것이 분명하다. 그래서 비록 모든 물량을 모조리 취한다 하더라도 권리에 혐의될 것이 없으니, 서북 지방 시장이 열리는 곳에 배로 운송하여 은으로 바꾼다면 주제朱提에서 나는 좋은 은이 강물처럼 모여들고 산더미처럼 쌓일 것이고, 말로 바꾼다면 기북冀北 지방에서 나는 천리마가 마구간에 그득하고 목장에 넘칠 것이며, 비단으로 바꾼다면 서촉西蜀 지방에서 나는 아름다운 비단이 사대부 아녀자들을 치장하고 깃발을 변화시켜, 국가의 재정이 넉넉해지고 백성의 살림이 윤택해짐에 대해 더 이상 말이 필요치 않을 것이다. 그렇다면 앞에서 말한 '황무지와 노는 땅에서 얻고, 절로 피고 절로 지는 잡초와 잡목이 국가 재정과 민생에 보탬이 되는 것'이란 너무 지나친 말이겠는가.

무릇 재화를 생산하는 방도는 근원을 소통시키고 흐름을 인도하는 것이니, 천하의 재화가 마치 물이 아래로 흘러감에 내가 구렁이 되어줌과 같다. 그리고 근원을 배양하고 저장을 이루는 것이니 천하의 재화가 마치 나무가 움틈에 내가 수풀이 되어줌과 같다. 이런 까닭에 기름진 땅에서는 주나라가 농사를 부지런히 하여 흥성하였고, 바닷가 염분이 많은 땅에서는 제나라가 여공女工(길쌈이나 잠업)을 권장하여 풍요로워졌다. 월나라는 계연計然의 방책*을 써서 패자가 되었고, 진秦나라는 경수涇水의 탁함을 맑게 하여 부강해졌다.* 그러므로 재화에

• **계연計然의 방책** 춘추 시대 월나라 사람으로 치부致富의 술術이 뛰어나서, 범려范蠡가 그의 계책을 이용하여 거만장자巨萬長者가 되었다. 여기서는 치부의 방도를 의미한다.
• **경수涇水의 …… 부강해졌다** 경수는 남북으로 흐르는 물인데 중국에서는 경수가 모두 흐리다고 한다. 이것을 진나라 때 정국鄭國이란 사람이 운하를 만들어 농경지에 물을 댄 후로 진나라 관중關中의 농토가 비옥해졌다고 한다.

는 일정함이 없어 그것을 제어하는 것이 사람에게 달려 있고, 나라에는 일정한 부세가 없어 나라를 부강하게 하는 것도 역시 사람에게 달려 있으니, 오직 현명한 군주와 어진 재상이 미루어 행하고 변용하여 소통하는 것에 달려 있음을 알 수 있다. 그래서 사마천司馬遷이 "상홍양桑弘羊은 백성들에게 부세를 더하지 않고도 국가의 재용이 풍족했다"라고 한 것은 실로 잘못이다. 관중管仲의 경우는 제후들을 규합하여 천하를 한 번 바로잡았으니 또한 어찌 구부九府의 법*으로써 하지 않았겠는가.

중국의 차는 만 리 밖 벽지에서 생산된다. 그럼에도 오히려 그것을 취하여 나라를 부강하게 하고 오랑캐를 방어하는 기화奇貨를 삼는 마당인데, 우리 동국東國은 울타리 안 섬돌 옆에서 생산되는데도 쓸모없는 토탄土炭처럼 여겨 그 이름과 함께 잊어버렸다. 까닭에 '다설'茶說 1편을 지어 다음과 같이 차에 관한 일을 조목조목 나열하여, 당국자當局者가 건의하여 조처할 바탕을 마련한다.

다설

차에는 우전雨前과 우후雨後란 이름이 있다. 우전은 작설이고 우후는 곧 명설이다. 차의 성질은 일찍 싹이 트고 늦게 움이 자란다. 까닭에 곡우 무렵까지는 찻잎이 자라지 않다가 소만과 망종이 되어야 비로소 자란다. 대개 섣달로부터 곡우 전에 이르기까지, 곡우 뒤로부터 망종에 이르기까지 모두 채취하여 찻잎으로 쓸 수 있으니, 혹 찻잎

---

* **구부九府의 법** 주나라 시대에 재화를 맡았던 아홉 관부.

의 크기로 차의 진위를 구별하는 자는 혹 구방상마九方相馬*의 무리일
것이다.

차에는 '일창일기'一槍一旗*란 말이 있는데, 창槍은 가지이고 기旗
는 잎이다. 만약 이것이 '한 가지에 한 잎 외에는 채취할 수 없다'라는
의미라면, 형주荊州 옥천사玉泉寺의 차는 크기가 손바닥만 한 것으로
희귀하고 진기한 물건이다. 무릇 초목이 처음 잎을 틔울 때 조그마한
하나의 잎이다가 점점 그 크기를 이루는 것이지 어찌 한 잎이 갑자기
손바닥만 해지는 것이 있을 수 있겠는가. 또 박다舶茶를 보건대 줄기
가 몇 마디 길이인 것도 있고 잎이 네댓 장 붙어 있는 것도 있다. 대개
일창이란 처음 자라는 하나의 가지에 하나의 잎인 것이니, 첫 한 가지
의 잎이다. 이후로 가지 위에 가지가 생기면 비로소 쓸 수 없게 된다.

차에는 '고구사苦口師* 만감후晩甘侯*'란 말이 있다. 또 천하에 차
만큼 단 것이 없기 때문에 감초甘草라고도 한다. 차가 쓰다는 것에 대

- **구방상마**九方相馬　구방고九方皐가 천리마를 잘 알아보듯 명차를 잘 감별하는 사람을 뜻
한다. 진秦나라 목공穆公이 좋은 말을 구하려 하는데 말을 잘 알아보는 백락伯樂이 자기
보다 말을 더 잘 안다는 구방고를 추천하였다. 목공이 말을 구하러 보냈더니 석 달 만에 돌
아왔기에, "어떤 말인가" 하니 "암컷이고 털빛은 누룹니다" 하였다. 사람을 시켜 말을 몰고
온즉 수컷이고 검었다. 목공이 백락을 불러, "말을 구해놓았다는 사람이 암컷인지 수컷인
지 황색인지 흑색인지도 모르니 어찌 좋은 말을 알아보았겠는가" 하였다. 백락이 "구방고
는 말의 상相을 보는데 천기天機만을 보고 암컷·수컷, 황색·흑색을 볼 필요가 없기 때문
에 그런 것은 잊은 것입니다" 하였다.
- **일창일기**一槍一旗　창 모양의 새순과 깃발 모양의 잎을 가리키는 것으로, 일반적으로 '갓
움튼 차 싹'을 가리키는 말이다. 이 책의 여러 곳에서 이와 관련된 설명이 나오지만, 그 내
용에는 약간씩 차이가 있다.

해서는 사람들이 모두 곧잘 말하지만, 차가 달다는 것에 대해서는 차를 매우 즐기는 사람의 이야기라고 생각한다. 근래에 이로 인해 채취해서 여러 나뭇잎들을 두루 맛보니 유독 찻잎만 혀로 핥았을 때 마치 맑은 꿀물 방울과 같은 맛을 느낄 수 있었기에 비로소 옛사람들이 사물에 이름을 붙이는 뜻이 구차하지 않음을 믿게 되었다.

차는 겨울에 푸르다. 10월 무렵 진액 기운이 한창 왕성해져 장차 이것으로 겨울 추위를 막는다. 그런 까닭에 찻잎 면의 감미로움은 이때에 더욱 뚜렷하다. 이때 전고煎膏를 채취하려고 하면 우전과 우후에 구애될 것이 없으나, 결국 그렇게 하지 못했다. 전고는 실로 우리나라 사람들이 마음대로 헤아려 딱딱하게 만든 것으로, 맛이 써서 그저 약용으로만 쓸 수 있을 뿐이다. (일본의 향다고香茶膏는 마땅히 별도로 논해야 한다. 우리나라에서 만든 제품이 가장 거칠다.)

옛사람들은 "먹의 색깔은 검어야 하고, 차의 색깔은 뽀얘야 한다"

• **고구사苦口師** '입에 쓴 대사'라는 말로 곧 차를 가리킨다. 도곡陶穀의 『청이록』淸異錄에 이런 이야기가 실려 있다. 피광업皮光業은 차를 즐긴 사람으로 유명하다. 하루는 중외의 인사들에게 새로운 차를 맛보라고 청하여 자리에 성대하게 차려놓았다. 고관대작들이 모두 모여 술동이는 돌아보지도 않고 몹시 급하게 차를 청하기에 크게 한 사발을 올리며 다음과 같이 시를 지었다. "마음에 달가운 것을 마시기도 전에 입에 쓴 찻물을 먼저 맞노라." (未見甘心氏 先迎苦口師) 그러자 사람들이 크게 웃으며 "이 찻물은 정말 청고하기는 하지만 허기를 면하기는 어렵다" 하였다.
• **만감후晩甘侯** 차를 말한다. 역시 도곡의 『청이록』에 이런 이야기가 있다. 손초孫樵가 차를 보내며 초焦 형부刑部에게 준 편지인 「여초형부서」與焦刑部書에 "만감후 열다섯 사람을 시재각에 보냅니다"(晩甘侯十五人 遣侍齋閣)라고 하였다.

라고 하였다. 색이 흰 것은 대개 병다에 향료와 약품을 넣어 만든 것을 말하는데, 월토단月兎團이나 용봉단龍鳳團 따위가 이것이다. 송나라의 제현이 읊은 것은 모두 병다이다. 그러나 옥천玉川과 칠완七椀은 곧 잎차이다. 잎차의 효과는 이미 크지만 병다는 맛과 향이 뛰어난 데에 불과하다. 게다가 정위와 채양이 전후로 나와 잎차로 비웃음을 초래하였고 보면, 꼭 그 방법을 강구하여 차를 만들 것은 없다.

차의 맛은 황노직黃魯直(황정견黃庭堅)이 읊은 「다사」茶詞에 극진하게 표현되었다 할 만하다. 병다는 향료와 약품으로 합성하여 만들었다. 뒤에 차 맷돌로 갈아서 탕에 넣었는데, 이것이 별미여서 잎차에 비길 바가 아닌 듯했다. 그러나 옥천자玉川子(노동)는 "두 겨드랑이에 삽상하게 청풍이 인다"(兩腋習習生淸風)라고 했으니, 어찌 일찍이 향료와 약품으로 맛을 도왔겠는가. 당나라 사람들 가운데는 또한 생강과 소금을 쓰는 자도 있기는 했으나 소동파가 비웃은 방법이다. 그리고 옛날 한 부귀가의 연회에서는 꿀에 재운 밀화차蜜和茶를 가지고 온 자리에 올리자 칭찬하는 소리가 입에 흘러넘쳤다. 사실 이것은 촌스럽게 꿀을 탄 차란 뜻의 '향태옥밀'鄕態沃蜜이란 것이니, 진실로 오중수吳中守인 육우陸羽의 사당에서 빼내야 할 것들이다.

차의 효과에 관해 어떤 사람은 우리나라의 차가 월越 지방에서 생산된 것보다 못하다고 의심하기도 한다. 그러나 내가 보건대 색깔과 향기와 기미가 조금도 차이가 없다. 『다서』茶書에 "육안차陸安茶는 맛이 좋은 것으로 치고, 몽산차蒙山茶는 약효가 뛰어난 것으로 치는데, 조선의 차는 대개 이 두 가지를 겸했다" 하였다. 만약 이찬황李贊皇(이덕유李德裕)과 육우가 있었다면 그 사람들은 반드시 내 말이 맞다고 할 것이다.

　내가 계해년(1743) 봄에 상고당尙古堂(김광수金光遂)을 찾아가 요양遼陽의 사인士人 임 아무개가 보내온 차를 마셨는데 잎은 작고 가지는 없었다. 아마 그것은 손초孫樵가 말한 바 '우레 소리를 들으며 딴 차'라고 생각된다. 한창 봄의 달이 밝고 정원의 꽃은 아직 떨어지지 않은 때라, 주인이 자리를 마련하여 소나무 아래에서 마주 앉았다. 곁에는 차를 끓이는 화로와 다관茶罐을 두었는데 모두 고동古董 기완이었다. 각각 한 잔씩 들이켰는데, 마침 늙은 종복 가운데 감기 기운이 도는 이가 있어 주인이 몇 잔을 마시도록 명하고는 "이것은 감기를 낫게 한다"라고 하였다. 지금부터 40여 년 전의 일이다. 그 뒤에 박다가 수입되었는데, 그것으로 설사약을 조제하는 데 쓰기도 한다.

　지금 내가 따는 찻잎은 그저 감기에만 유난히 잘 들을 뿐 아니라 체증과 식중독 및 복통에 모두 효과가 있다. 설사가 있는 자나 오줌이 잘 나오지 않아 요도염이 있는 자에게 효과가 있는 것은 이 차가 이뇨 작용을 원활하게 하기 때문이다. 학질이 걸린 자의 두통을 없애고 때때로 감쪽같이 낫게 하는 것은 이 차가 머리와 눈을 맑게 하는 까닭이다. 마지막으로, 역병에 걸린 자가 처음 하루 이틀 앓을 때 뜨겁게 달여 몇 사발을 마시면 병이 드디어 낫는다. 역병을 앓은 지 오래되어 땀을 내지 못하는 자는 차를 마시면 바로 땀이 난다. 이는 고금의 사람들이 언급하지 못한 것이지만 내가 몸소 경험한 것이다.

　내가 잠깐 탁주 몇 잔을 마신 뒤 곁에 식은 차가 있는 것을 보고

무심코 반 잔을 마시고는 잠이 들었다. 그랬더니 목에 가래가 생겨 곧장 가득 뱉어냈는데 열흘 남짓 지나서야 비로소 나왔다. 그로부터 식은 차는 도리어 가래를 만든다는 말을 더욱 믿게 되었다.

들건대 표류한 사람이 왔을 때 병 속의 찻물을 따라 손에게 권했다는데, 혹 식은 차는 아니었던가. 또 듣건대 북역北譯의 서종망徐宗望이 새끼돼지 구이를 먹을 때 한 손에 작은 호리병을 들고서 한편으론 구운 고기를 먹고 한편으론 차를 먹었다고 하니, 이는 필시 식은 차일 것이다. 생각건대 뜨거운 것을 먹은 뒤에 식은 차를 마시는 것이 또한 병의 빌미가 되지는 않는 듯하다.

차는 사람의 잠을 적게 만든다. 혹 밤새 눈을 붙이지 못한 채 글을 읽는 사람이나 열심히 길쌈을 하는 사람이 차를 마시면 가히 '한 번 선정禪定에 드는 것을 돕는다'라는 것이니, 또한 이것이 없어서는 안 된다.

차가 자생하는 곳은 대부분 산중의 암석이 많은 곳이다. 듣건대 영남은 집 주변에 대숲이 곳곳마다 있다고 한다. 대밭 사이에서 생산되는 차는 더욱 효과가 있으며 또한 철이 늦은 뒤에라도 채취할 수 있는데, 그것은 햇볕을 보지 않기 때문이다.

동복同福은 작은 고을이다. 지난번 듣자니 한 수령이 8말의 작설차를 채취하여 전고로 썼다고 한다. 무릇 8말의 작설차는 만약 그것을 찻잎이 될 때를 기다려 채취한다면 수천 근의 차가 될 만한 분량이다. 또 8말의 작설을 채취하는 수고로움은 족히 수천 근의 찻잎을 덖는 일에 해당하는 것으로, 그 양의 다소와 작업의 난이도에 현격하게 차이가 난다. 그래서 국가를 이롭게 하지 못하니 어찌 애석하지 아니한가.

차의 채취는 비가 내린 뒤가 좋으니, 여리고 정갈하기 때문이다. 소동파의 시에 "가랑비 담뿍 내리면 차를 재배하는 사람들 기뻐하네"(細雨足時茶戶喜)라고 하였다.

『문헌통고』文獻通考에는 다음과 같은 내용이 있다. 차를 채취할 때에 현령이 직접 산에 들어가 남녀노소의 백성들을 시켜 온 산에 두루 찾게 하여 찻잎을 채취한 다음 덖는다. 우선 가장 먼저 따서 말끔한 것을 공물로 올릴 차로 삼고, 그다음은 관가에서 쓸 차를 삼고, 그 나머지는 백성들이 가져가는 것을 허락한다. 대개 차를 통해 얻는 이익이 몹시 크므로 국가에 유관한 것이 이와 같다.

차에 관한 글에 '편갑'片甲이란 것이 있는데, 이른 봄의 황차黃茶이다. 박다가 들어왔을 때 온 나라가 그것을 황차라고 불렀다. 그러나 그 가지가 너무 긴 것을 볼 때 결코 이른 봄에 채취한 차가 아닌데, 당시 표류해 온 사람이 과연 이렇게 이름을 전했는지 알 수 없는 노릇이다. 흑산도에서 온 사람이 말하기를 "정유년(1777) 겨울에 바다로 표류해 온 사람이 아다兒茶 나무를 가리키며 황차라고 했다" 한다. 아다라는 것은 경기 지방에서 말하는 황매黃梅이다. 황매는 꽃이 노랗고 두견화보다 먼저 핀다. 잎은 산山 자처럼 생겨 뿔이 세 개가 있고 세 개의 가시가 있다. 줄기와 잎에서는 모두 생강 맛이 나며, 산골 사람들이 산에 들어갔을 때 밥을 싸서 먹는다. 각 고을 관아에서 황매화의 여린 싹을 따 삶아서 어사들에게 대접한다. 또 황매의 가지 두 줌을 주재료로 삼아서 차와 섞어 달여 복용하면, 감기나 동상 및 며칠을 질 질 끄는 이름 모를 병에 대해 땀을 내 신묘하게 효험이 나타나지 않은 적이 없으니, 어찌 또한 일종의 특별한 차가 아니겠는가.

위의 십여 조목은 모두 차에 관한 일을 손 가는 대로 쓴 것이다. 나라에 보탬이 되고 민생을 넉넉하게 하는 큰 이로움에 대해서는 미처 언급하지 못했는데, 지금에서야 비로소 끌어다 넣어 일을 바로잡는다. 이하 10조는 지금은 없어져서 기록할 여지가 없다.

차에 관한 조목

주사籌司(비변사의 별칭)에서는 기일이 되기 전에 호남과 영남의 여러 고을에 공문을 발송하여 차가 있는지 없는지에 대해 보고하게 한다. 차가 있는 고을은 해당 고을 수령에게 토지가 없는 가난한 백성 및 토지가 있더라도 열 뙈기가 못 되는 자, 군역을 중복해서 낸 자를 조사하여 그들로써 대비하게 한다.

주사는 기일이 되기 전에 낭청郎廳에서 발행한 첩문帖文 100여 장을 발송한 다음, 한성부의 관리들 중에서 정밀하게 주간할 수 있는 자를 선발한다. 곡우 뒤에 비용을 지급하여 차가 나는 고을에 나누어 보낸다. 그리고 차가 나는 곳을 상세하게 탐문하고 차가 생산되는 철을 철저하게 살펴, 본읍本邑에서 조사하여 올린 빈민들을 거느리고 산에 들어가 찻잎을 딴다. 그들에게 차를 덖는 법을 가르칠 때에는 정성껏 기구를 청소하도록 한다. (기구는 쬐어 말리고 체는 그늘에서 말려 사용하는 것이 제일이다. 그 나머지는 마땅히 발[簾]을 사용하며, 잘 말린 광주리를 가지고 기름기를 제거한다. 밥을 짓고 난 부뚜막에 차를 넣어두면 한 부뚜막에서 하루에 10근의 차를 덖을 수 있다.)

정갈하고 고운 것을 가려 두 번 덖되, 근량을 넘지 않도록 한다. 총 1근의 차는 돈 50문 값이다. 첫해에는 5천 냥 남짓으로 만 근의 차를 취하여, 일본의 종이를 수입하여 첩貼을 만들어 도회지로 나누어 보내고, 관가의 배로 서북 지방 시장을 연 곳에 보낸다. 또한 모름지기 낭청 가운데 한 사람이 감독하여 창고에 들이고 노고에 대한 대가로 상을 베푼다.

일찍이 박다에 관한 첩문을 보니, "값은 은銀 2전錢이다"라고 도장찍혀 있는데 첩 속의 차는 곧 1냥이다. 더구나 압록강 서쪽은 북경과의 거리가 수천 리이고, 두만강 북쪽은 심양과의 거리가 또 수천 리이고 보면, 1첩에 은 2전은 너무 저렴하여 멸시당하지나 않을까 걱정이다. 그러나 다만 1첩에 2전으로 값을 논했고 보면, 만 근의 차에 대한 값은 은전 3만 2천 냥이고, 3만 근에 대한 값은 은전 9만 6천 냥이다. 해마다 생산량이 증가하여 100만 근에 은전 50만 냥을 수입으로 올려, 국가 재정으로 사용하고 백성들의 살림을 조금 윤택하게 해준다면 어찌 큰 이익이 아니겠는가.

의논하는 자들은 반드시 말한다. "만약 우리나라에서 차가 생산되는 것을 저 중국이 안다면 분명코 공물로 바칠 공차貢茶를 징수할 것이니, 무궁한 폐단을 열까 두렵다." 그러나 이것은 어리석은 백성들이 관가에서 매일 잡아오라고 할 것을 두려워하여 물고기가 많이 나는 연못을 메워 미나리를 심는 것과 무엇이 다르겠는가. 지금 만약 수백 근의 차를 공물로 보내어 천하 사람들로 하여금 조선에도 훌륭한 차가 있다는 것을 분명히 알게 한다면, 남방과 북방의 중국 상인들이 대거 수레 소리도 요란하게 줄줄이 늘어서서 책문을 넘어 동쪽으로 올 것이다. 지난날 만 근의 차로 한정하려 했던 것은 진실로 먼 지방의 이목이 미치지 못하고 한 지방의 재화가 모이지 못하여 재화가 막히는 근심이 있을까 두려워했던 까닭이다. 가령 막힘없이 원활히 소통된다면 비록 100만 근이라 하더라도 넉넉하게 마련할 수 있다. 게다가 개성에서 나는 종자는 또한 없어지지 않고 더욱 불어날 터이니 이것은 실로 쉽게 얻을 수 없는 기회인데, 어찌 이것으로 한정을 삼겠는가.

이미 차를 무역하는 시장인 다시茶市를 열었다면 모름지기 별도로 감시어사, 경역관京譯官, 압해관押解官 등속의 관원을 선발해야 한다. 수행인의 경우에도 모두 일을 주간하는 자들로 차출하여, 예전처럼 오직 의주 상인들만 시장에 갈 수 있게 허락해서는 안 된다. 대개 난주灤州(중국 하북성河北省)의 풍속은 교활하고 사나워서 저들에게 실정을 말해주기엔 믿을 수 없는 점이 있기 때문이다.

또 다시가 파한 뒤에 상급을 넉넉하게 주어 그들로 하여금 자기의 일처럼 여기도록 해야 한다. 그런 뒤에야 비로소 오랫동안 행해도 알선이 없을 수 있다. '향기로운 미끼를 던지면 반드시 걸려드는 물고기가 있다'라는 말은 바로 이를 두고 한 말이다.

소박하고 검소한 우리나라의 상황으로 볼 때 만약 정해진 세금 외에 수백 근의 수익을 갑자기 얻을 수 있다면 어떤 일인들 못하겠는

가. 다만 재용이 넉넉하다면 다양한 수탈이 있을 것이니, 만약 상하의 관민이 마음을 함께하여 본전本錢에서 잡비雜費, 종이 값, 뱃삯 등과 수고에 대한 보상 비용 외에 털끝만큼도 옮기는 것을 허락하지 않으면, 비록 수요가 서로 상관이 없긴 하지만 서쪽 변방에 성을 쌓고 읍지를 수리하는 일에 쓸 수 있다. 길옆 좌우 5리 내에 있는 민가에 대해서는 전조田租의 절반을 덜어주어 그들로 하여금 최선을 다해 성관城館을 건축하게 하고, 배수로를 열게 하여 천 리의 관로를 누에고치처럼 촘촘하게 하고, 길옆의 도랑을 그물처럼 조밀하게 하되 올해 미처 다하지 못한 것은 이듬해에 이어서 행하게 한다.

또 서쪽 변방의 재주와 용력이 있는 병사들을 모집하여 성에 둔집屯集한 날을 취해 활쏘기를 연습한다. 하나의 둔집한 성에 수백 명의 궁수와 포수를 두고, 명중시킨 이는 매우 많은 수를 상으로 주어 처자식을 양육할 수 있게 한다. 그렇게 한다면 늘 수만의 막강한 병사를 둘 수 있으니, 못된 도적을 막고 이웃 나라를 위협하기에 어찌 부족하겠는가.

차는 사람의 잠을 적게 만든다. 혹 밤새 눈을 붙이지 못하고 밤낮으로 관아에 있거나 아침저녁으로 심부름을 다니는 자에게 모두 필요한 것이다. 그리고 새벽닭이 울 무렵 베틀에 올라가는 여인이나 서재에서 학업에 열심인 선비에게 모두 없어서는 안 될 물건이다. 만약 먼 타향에서 돌아갈 기약이 없거나 걱정으로 잠 못 이루는 군자와 같은 경우에는 권할 필요가 없을 것이다.

출전: 『강심』江心

해설　이 글이 실린 『강심』은 근래에 한양대 정민 교수가 찾아내어 학계에 처음으로 소개한 것으로, 『문헌과 해석』 2006년 가을호에 이에 대한 글이 실려 있다. 본 자료는 서울 인사동 낙원표구사에서 원문을 복사하여 수록한 것으로 1785년 이덕리가 전남 진도에 죄인의 신분으로 10여 년 째 유배 생활을 하던 중에 저술한 것이다. 그 내용을 보면 차를 이용하여 상공업을 부흥시키고 나라를 부강하게 할 방도를 제안하고 있는데, 차나무의 생리, 찻잎 따는 시기, 차의 제조법, 명차의 이름과 생산지, 차에 대한 공정한 가격, 세금 부과법, 차의 종류, 차의 관리, 차의 효능 등에 대해 자세히 설명하고 있다. 「동다송」東茶頌 외에 차에 관해 전반적으로 언급하고 있는 중요한 자료로, 차에 대한 작자의 시각을 잘 알 수 있는 글이다.

茶

황윤석 黃胤錫, 1729~1791

부풍향다보扶風鄉茶譜

1757년 6월 22일

부풍은 무장에서 90리 떨어진 곳이다. 듣건대 무장의 선운사에
명차가 있는데 관리와 백성들이 따서 먹을 줄 몰라, 보통 나무처럼 천
대하여 땔나무로 쓰고 있다고 하니 퍽 안타까운 일이다. 관아의 하인
을 보내어 따 오게 하였는데, 마침 신촌에 사는 종숙부가 와서 함께
이 일에 참여하였다. 새 차를 만듦에 각각 효능이 있어 7종의 일반 차
를 만들었다. 또 지명을 따라서 「부풍보」扶風譜라고 하였다.

차는 본래 10월부터 동지섣달까지 연이어 딴다. 일찍 따는 것을
가고차佳苦茶라 한다. 일명 작설이라고도 한다. 성질이 약간 차고 독
성이 없다. 나무는 치자나무처럼 작고 겨울에 잎이 난다. 일찍 딴 것
이 차茶이고 늦게 딴 것이 명茗이다. 차를 두고 차茶, 가櫃, 설蔎, 명茗,
천舛이라 하니, 채취 시기로 이름을 붙인 것이다. 납차臘茶는 맥과麥顆
라고 부른다. 어린 싹을 따서 찧어 병다를 만든 것으로, 모두 불 조절
을 잘해야 한다. 잎이 쇤 것을 천이라 부른다. 이 차는 뜨겁게 마셔야
하니, 차게 마시면 담痰을 모은다. 오래 복용하면 몸의 지방을 제거하
여 사람을 야위게 만든다.

차 이름

풍風에는 감국차甘菊茶·창이자차蒼耳子茶가 좋다. 한질寒疾에는 계피차·회향차茴香茶가 좋다. 더위 먹은 데에는 백단향차白檀香茶·오매차烏梅茶가 좋다. 열을 내리는 데에는 황련차黃連茶·용뇌차龍腦茶가 좋다. 감기에는 향수차香薷茶·곽향차藿香茶·추백피차楸白皮茶·상백피차桑白皮茶·귤피차橘皮茶가 좋다. 체증에는 자단향紫檀香·산사육山査肉이 좋다. 조금씩 취하여 칠향차七香茶를 만들었으니, 각각 효능이 있다.

제조법

차 2냥에다 앞의 재료 각각 1전과 물 두 잔을 넣고 반쯤 되도록 달인다. 그런 뒤에 차와 섞어 덖은 다음 포대에 넣어 건조한 곳에 둔다. 차를 마실 때 먼저 깨끗한 물 두 종지를 다관에 끓인다. 몇 번 끓어오르면 주발에 붓고, 차 1전을 넣는다. 뚜껑을 덮어두었다가 짙게 우러나면 뜨거울 때 마신다.

다구

화로에 다관을 앉힐 수 있다.

다관은 2부缶들이이다.

부는 2종지들이이다.

종지는 2잔들이이다.

잔은 1홉들이이다.

다반茶盤은 찻주발, 찻종지, 찻잔을 놓을 수 있는 용적이어야 한다.

　　이 「다보」茶譜는 필선弼善 이운해李運海가 부안현을 다스릴 때, 그의 막내 동생 전정언前正言 이중해李重海 및 일찍이 한천寒泉 이재李縡 문하에 종유했던 종숙부와 함께 상의하여 보책譜冊으로 만든 것이다. 나도 유용할 것이라 생각하여 적어왔다. 이제 20년 세월에 「다보」는 아직 책 상자에 있건만, 필선 형제는 모두 고인이 되었다. 슬프다. 우선 아래쪽에 기록하여 자손들에게 보인다.

　　병신년(1771) 5월 14일 이옹頤翁.

　　종숙부의 아들 진사 이일해李一海는 조유숙趙裕叔과 동문이라 한다.

출전: 『이재난고』頤齋亂藁 권2

1771년 10월 25일

25일 임진일 아침, 맑다. 황차 두 첩을 샀는데, 가격이 1전 1푼이다. 달여 마시고 땀을 내니 아침에 밥을 먹을 수 없었다.

출전: 『이재난고』 권19

1775년 1월 14일

차나무는 치자같이 나무가 작고 겨울에 잎이 나는데, 일찍 따는 것을 차라고 하고 늦게 따는 것을 명이라 한다. (그 이름이 다섯 가지인데, 차, 가, 설, 명, 천이라 부른다. 천은 잎이 늙은 것이다.)

출전: 『이재난고』 권20

해설   「부풍향다보」는 부안 현감으로 있던 이필선이 그의 종숙부와 함께 만든 다보를 수록해놓은 것이다. 여기서 부풍은 지금의 부안으로 생각되며, 무장은 무안이 아닌가 생각된다. 그 내용은 차의 명칭, 제조법, 다구 등에 대한 것인데, 이 기록을 통해 선운사 부근에도 이름난 차가 있었으며 당시에 그것을 약차藥茶처럼 달여서 애용하였음을 알 수 있다. 그 내용에 대해서는 『차茶의 세계』 2008년 5월호에 정민 교수의 자세한 소개가 실려 있다.

1771년 10월 25일자 기록에서 황윤석은 황차 두 첩을 1전 1푼에 샀다고 하였는데, 두 첩의 양을 정확히 밝히기는 힘들지만, 이것은 당시 민간에서 거래되는 차의 가격을 알 수 있는 흔하지 않는 기록이다. 참고로 조선의 화폐 단위는 냥兩, 전錢, 푼(分)으로 구분되며, 10푼이 1전, 10전이 1냥이 된다. 또 18~19세기 조선의 쌀 1섬은 법정가로 5냥이다.

1775년 1월 14일의 일기는 「잡지」雜志에 실려 있는 기록이다. 이 내용은 다른 기록에서도 흔히 볼 수 있는 것이기는 하나, 『이재난고』의 일부이므로 함께 수록해둔다.

홍대용 洪大容, 1731~1783

중국의 음식 문화

술에는 홍소주紅燒酒, 청주淸酒, 황주黃酒 등 여러 종류가 있다. 황주는 탁주이다.

술잔은 하도 작아서 겨우 몇 숟가락의 양이 들어가며, 술을 데우는 납기鑞器(백철로 만든 주기) 역시 겨우 한 잔이 들어갈 용량인데 둥글면서도 허리가 가늘다. 그 허리를 가로막아 위에는 술을 담고 아래로는 화기를 넣으니 금방금방 데워진다. 잔에다 부은 다음, 잔을 들고 조금씩 마시면 그때마다 어김없이 눈썹을 찡그리며 입술을 모아 숨을 길게 내쉰다. 얼마 동안 이야기를 한 뒤에 다시 마시는데, 대개 이렇게 일고여덟 번을 마셔야 한 잔을 비로소 다 마시게 된다.

홍로주紅露酒처럼 엄청 독한 술만 그럴 뿐 아니라 청주나 황주 또한 그렇다. 이 때문에 하루 종일 마셔도 극심하게 취하지 않고 또한 사람한테도 해롭지 않으니, 흥취는 흥취대로 누리면서도 곤란한 일이 없다. 옛날 사람들이 하루에 300잔을 마셨다는 것도 진실로 까닭이 있으니, 또한 이상히 여길 것 없다.

남을 대접할 때는 우선 차를 내는 것이 예의이다. 반드시 찻잎 약간을 사발에다 놓고 구리주전자로 끓인 물을 붓는다. 뚜껑을 덮어둔

채 조금 있으면 찻잎이 마치 새싹이 터져나오듯 싱그럽게 펴지고, 끓인 물이 맑은 황랍색黃蠟色을 띠며 맑은 향기가 끼쳐 나온다. 이야기하기도 하고 마시기도 하여 한 식경食頃이 지나야 한 사발을 겨우 다마신다. 시자侍者는 다시 끓는 물을 붓고 뚜껑을 덮어둔다. 대개 부귀가富貴家나 시장 찻집의 온돌 부뚜막에서는 혹 석탄을 때기도 한다. 부뚜막 위에는 네모난 벽돌로 덮고, 벽돌 안은 둥글게 구멍을 파둔다. 그 위에 구리주전자를 얹어놓으면 소나무에 부는 바람이나 회나무에 치는 빗소리 같은 찻물 끓이는 소리가 하루 종일 들린다.

차의 품종에는 여러 가지가 있는데, 청차靑茶를 가장 하품으로 삼는다. 보이차普洱茶의 경우 도시에서 가장 진귀한 차로 치지만 또한 가짜가 많다. 절강浙江에서 나는 절강국차浙江菊茶 역시 향기가 아주 맑아 마실 만하다. 대개 시장의 찻집이나 가정에서 대접받는 것은 모양이 회향茴香 비슷한데 향이 전혀 다르다.

밥사발은 크기가 찻사발만 한데 모양이 조금 다르다. 대개 네댓 명 혹은 예닐곱 명이 같이 한 탁자에 둘러앉아 먼저 야채와 장醬 따위를 차려놓고는 사람마다 각자 밥사발과 찻사발을 하나씩 앞에 놓는다. 그런 다음 밥사발을 가져다 밥을 담아주고, 차례로 국과 구운 고기를 갖다준다. 무릇 밥, 차, 국, 고기는 먹는 대로 갖다 주는데, 많이 먹는 사람은 여덟아홉 사발까지 먹으니, 우리나라의 보통 사람보다 배나 먹는 셈이다.

출전: 『담헌서외집』湛軒書外集 「연기」燕記

해설   위의 글은 홍대용이 1765년 숙부 홍억洪憶의 수행관으로 중국에 가서, 그곳의 음식 문화에 대해 기록한 것이다. 그 내용은 대개 중국인들이 술과 차와 밥을 먹을 때의 절차와 방식에 대한 것이다.

홍대용 洪大容, 1731~1783

조선의 음식 문화

이때에 그전부터 일과日課를 배울 적에 때때로 씹는 소리가 들리더니 다주茶珠 몇 알이 또르르 자리에 떨어졌다. 홍국영洪國榮이 주워서 맛을 보고 아뢰었다.

"이것은 다주입니다. 진어進御가 너무 많은 건 무슨 까닭입니까?"

동궁東宮이 말했다.

"식체食滯가 있는 데다, 달고 향기로운 맛이 좋아서라오."

동궁이 또 나에게 말했다.

"북경의 차는 어떤 것을 상품上品으로 치오?"

내가 아뢰었다.

"보이차를 상품으로 칩니다만, 보이차 생산지는 운남雲南 지방이기에 얻기가 몹시 힘들어 신도 보지 못했습니다. 다주는 모두 용뇌차인데, 기운과 성질이 차니 기운을 조절하기에 맞지 않습니다. 게다가 차란 쓴 것을 귀하게 칩니다. 단 차가 아무리 입맛을 즐겁게 해준다 하더라도 뒷맛은 쓴 것만 못합니다. 오직 계화차桂花茶의 경우는 달콤한 향미가 다주만큼 강렬하지는 못해도 기운을 내리는 데에 제법 좋아 음식이 얹혀 고생하는 사람이 먹고 효과를 보는 일이 많습니다만, 다주는 꼭 과하게 진어할 것이 못 됩니다."

"계화차가 정말 얹힌 데 좋소?"

동궁이 또 말했다.

"나는 본래 체증이 없었다오. 어릴 적에 체증 있는 사람을 보고

속으로 부럽게 여긴 까닭에 트림을 내면서 흉내를 냈더니, 근년에 와서 정말 체증이 생겨 몹시 괴롭소."

내가 아뢰었다.

"체증은 글 읽는 사람에게 으레 있는 증상입니다. 그러나 글을 읽는 데 가장 방해가 되므로 반드시 잘 조섭하여 내리셔야 합니다."

동궁이 말했다.

"유행이 점점 변하오, 반상盤床과 기명器皿 같은 것도 옛 것과 지금 것이 다르니, 이는 무슨 까닭이오?"

내가 아뢰었다.

"시대에 따라 좋아하는 것이 누차 변함은 본래 그러합니다. 다만 변화를 살피면 운세의 승강昇降도 또한 짐작할 수 있습니다. 식기食器를 예로 들자면, 옛 제도는 주둥이를 반드시 넓게 했는데, 지금은 배를 넓게 하고 주둥이는 도리어 줄여서 좁게 만듭니다."

동궁이 말했다.

"그렇다면 그 제도가 어느 것이 낫소?"

홍국영이 대답했다.

"줄여서 좁히는 것이 열어서 넓게 함만 못한 것은 분명합니다. 신의 집에는 아직 옛 그릇을 사용합니다."

동궁이 물었다.

"계방桂坊*의 집에서는 어느 것을 사용하오?"

내가 아뢰었다.

• **계방** 桂坊　왕세자의 시위를 맡아보던 세자익위사의 별칭. 홍대용은 1774년 12월에 세손익위사의 시직이 되었는데, 여기서 세손이란 곧 영조의 손자인 정조를 가리킨다.

"신의 집에는 요즘 만든 것을 사용합니다."

동궁이 웃으며 말했다.

"그렇다면 계방은 유행을 따르는구려."

또 말하였다.

"외간外間의 음식들은 사치하오, 검소하오?"

내가 대답하였다.

"나라가 태평한 지 오래되어 의복과 음식이 날로 사치해지니, 식견 있는 이들이 우려하는 바입니다."

동궁이 말하였다.

"계방의 집은 음식을 어떻게 하오?"

내가 대답하였다.

"신같이 한미한 자는 곧 사치를 하고 싶어도 할 수가 없습니다."

이진형李鎭衡이 아뢰었다.

"신이 주서注書로 있을 적에 인원 왕후仁元王后께서 찬찬饌을 하사하시는 은혜를 입은 적이 있는데, 그 맛이 하나같이 진기하여 여염 음식에 비할 바가 아니었습니다."

동궁이 말하였다.

"인원 성모聖母께서는 재주와 인품이 절륜하셨소. 음식 만드는 솜씨도 그러한 데다, 또 본방本房에 있는 분들도 본래 음식을 잘하기로 유명하였지요."

또 말하였다.

"그분들 중에는 어느 집 음식을 제일로 삼소?"

나는 저하邸下께서 묻는 뜻을 알지 못하여 홍국영에게 말했다.

"주상의 외가를 가리키는 것인가?"

홍국영이 말했다.

"이는 아무개의 집입니다."

내가 대답하였다.

"아무개 집은 음식이 사치하기로 유명했습니다. 모두 척리에서 시작하여 차츰 친척들에게까지 물들게 되었으니, 이것은 자연스레 보고 들음으로 해서 이루어진 것이겠지만 전하는 말이 지나친 것인지도 모릅니다."

동궁이 말하였다.

"이 사람이 식사에 대해 사치를 극도로 했다는 말은 나도 들었소. 집안사람이 만든 음식이 아니면 먹지 않았다 하던데, 정말 그렇소?"

이진형이 대답하였다.

"과연 그런 소문이 있었습니다. 그러나 그가 귀양살이할 때는 형편이 어쩔 수 없었으니 누추한 음식인들 가릴 수 있었겠습니까? '굶주리면 음식을 가리지 않는 법'이라 이를 만한 것이니, 그는 그 때문에 당시의 웃음거리가 되었습니다."

동궁이 말했다.

"근래에는 차린 음식은 적고 사치만 지나친데, 나의 생각에는 이것이 도리어 풍성하게 차린 것만 못한 듯하오."

출전: 『담헌서내집』湛軒書內集 권2 「계방일기」桂坊日記

해설 　홍대용이 어전에서 나눈 대화를 기록한 부분이다. 차와 음식 문화, 주거와 생활 문화에 대한 궁중의 관심과 당시 서울의 문화수준을 알 수 있게 하는 자료이다.

유득공 柳得恭, 1748~1807

차의 대용품

차는 토산품이 없어 북경의 시장에서 수입해 오는데, 혹 작설이나 생강, 귤을 대신 쓰기도 한다. 관부에서는 찹쌀을 볶아 물에 넣은 것을 또한 차라고 한다. 근래에는 민간에서 혹 백두산 삼나무 싹을 쓰기도 한다.

출전: 『경도잡지』京都雜志 권1

해설 　우리나라에서 차 대용으로 쓰는 것을 예시해놓았다. 작설차, 생강차, 귤차, 보리차 등은 지금도 차 대용으로 애용되는 것들이다.

중국에서 황제에게 바치는 납차

음력 2월 상순에 복건福建의 조사漕司에서 제일급의 납차를 바치는데, 이름은 북원시신北苑試新이다. 모두 사방 1촌 되는 작은 덩이로, 황제에게 바치는 것도 100덩이 뿐이다. 황색 비단으로 된 부드러운 함에 넣고 푸른 광주리를 받쳐 황색 비단으로 만든 겹보자기로 싼 다음, 신하가 붉은색 도장으로 봉인한다. 겉은 붉은 칠을 한 작은 갑에 도금하여 잠그고, 또 가늘게 쪼갠 대껍질로 상자를 짜서 거기에 넣어 보관하니, 모두 여러 겹이다. 이것이 바로 작설수아雀舌水芽이다. 제품 한 덩이에 값이 40만이니 겨우 몇 잔 마실 정도만 공급할 수 있을 뿐이다. 차를 처음 궁궐에 바칠 때 한림사翰林司에 관례적으로 품상品嘗할 물량을 바치는데, 모두 조사의 아전이 뇌물로 준다. 왕왕 만족스럽지 않으면 소금을 약간 넣는데, 이 때문에 거품이 너저분하고 맛도 밍밍해진다.

출전: 『흠영』欽英 제1책

해설 1777년 9월 7일자 일기이다. 명나라 도종의陶宗儀의 『설부』說郛와 전여성田汝成의 『서호유람지』西湖遊覽志 등에 나오는 내용이다. 판본에 따라 계절이 '중추'仲秋라고 된 곳도 있다. 다만 이날 『흠영』에 발췌된 다른 기록들이 거의 『서호유람지』에 나오는 걸로 보아, 이것을 보고 옮긴 것이 아닌가 짐작된다. 북원시신이란 명칭은 『다경』에는 없고, 송나라 주밀周密의 『무림구사』武林舊事에 처음 보인다. 청나라 육정찬陸廷燦의 『속다경』續茶經에 실리기는 했지만, 우리나라 서적에서는 언급되지 않았다.

중국 차의 유래와 종류

차의 성행이 육우로부터 시작되었다고는 하지만 그때는 다만 연개차碾磑茶일 뿐이니, 그 묘처는 물맛을 감별하는 데에 달려 있다. 송나라 때에는 양자강揚子江 유역의 차가 가장 풍부하여 말차末茶를 만들었고, 호남湖南·서천西川·강동江東·절강에서는 아차芽茶·청차·오차烏茶를 만들었으며, 오직 건녕建寧 지방에서 천하에 으뜸가는 병다를 만들었다. 광서廣西와 수강修江 지방에서는 또한 편차片茶가 있으니, 쌍정雙井·몽정蒙頂·고저顧渚·학원壑源 등의 명차가 한때 이루 헤아릴 수 없을 만큼 많았다.

남쪽 지방 사람들은 하루 동안 몇 잔의 차를 꼭 마시고, 북쪽 지방 사람들은 발효시킨 우유 등 잡물을 섞고, 촉 지방 사람들은 또 특이하게도 백토白土를 넣는데, 모두 옛날에는 없던 방법이다.

육우는 죽어 다신茶神이라 불렸다.

율운룡소병矞雲龍小餅은 송나라 때에는 근신近臣들에게 내리는 특별한 하사품으로 썼으니, 매요신梅堯臣의 시에 "황상이 내리신 용무늬 병다가 맛이 좋구나"(龍文御餅嘉) 라고 읊은 차가 바로 이것이다.

건녕에서 만든 차가 세상에서 제일 좋고, 광서와 수강 지방의 혜차睸茶는 그다음이다. 송나라 때 남쪽으로 도읍을 옮긴 후 궁중의 비빈들이 날마다 마시던 것이 바로 이 차이다. 혜차는 길이가 4촌이고,

넓이는 3촌 가량이다.

출전: 『흠영』 제6책

순채국과 차

　　양락羊酪의 맛에 필적할 오중吳中 지방의 음식이 무어냐고 묻는
진晉나라 왕무자王武子(왕제王濟)의 말에 육기陸機는 순채국이라고 대
답했는데,* 이때는 아직 차를 그다지 치지 않던 시절이기 때문에 이렇
게 대답한 것일 뿐이다. 그러나 『박물지』博物志에 이미 '진차眞茶는 잠
을 없앤다'는 내용이 있는 것으로 보아 당나라 이전에 차가 없었던 것
은 아니다.

　　매요신의 시에 "오중 지방 내사들 가운데는 재사가 많으니, 이후
로 순채국은 자랑할 것이 못 되었지"(吳中內史才多少 從此蓴羹不足誇)라
고 한 것은 또한 통론이다.

출전: 『흠영』 제6책

● 양락羊酪의 맛에 …… 대답했는데　진나라 때 강동 오중 출신인 육기가 낙양에 갔을 때 시
중 왕제의 집을 방문했다. 왕제가 손으로 양락을 가리키면서 육기에게 "그대의 고향 오중
에는 이에 필적할 만한 음식으로 무엇이 있는가?" 하자, 육기가 "천리호에서 나는 순채국
은 맛이 좋아서 소금이나 장을 쓸 것도 없습니다" 하였다. 즉 오중 지방의 대표 음식이 순
채국이란 말이다.

해설　1778년 7월 23일자 일기이다. 앞의 글은 육우 이래 중국에서의 차의 유행과 지역별 특산에 대해 기술해놓은 글이다. 뒤의 글은 송나라 시대에 와서는 채양 등 많은 재사들이 용단차와 같은 좋은 차를 만들었고, 이후로는 순채국 대신 차가 오중 지방의 대표적인 산물로 자리잡게 되었다는 설명이다. 이 밖에도 『흠영』에는 1781년 7월 22일과 23일, 1787년 1월 3일자에 작설차나 황차에 대한 짤막한 언급들이 보인다.

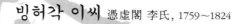

빙허각 이씨 憑虛閣 李氏, 1759~1824

다품茶品

다백희茶百戲

『설부』說部에 다음과 같이 실려 있다. "차가 당나라에 이르러 비로소 성하였다. 근세 차를 끓이매 별도로 묘결이 있어 물형을 이루는 것이 있으니 새, 짐승, 벌레, 물고기, 꽃, 풀의 무리가 공교히 섬세한 구름 같으나 경각에 흩어져 없어진다. 이것이 차의 변화이므로 다백희라 부른다. 차의 이름은 옥온고玉蘊膏, 만감후, 냉면초冷面草, 고구사라 한다."

인용: 정양완 역, 『규합총서』閨閤叢書

해설   이 글은 원래 한글본인데, 정양완 선생이 현대어로 옮긴 것이다. 차를 끓이는 방법이 만상의 모습을 형상하기에 '다백희'라고 부른다고 하였으며, 차의 이름도 소개하였다.

정약용 丁若鏞, 1762~1836

차의 생산과 판매

영남과 호남에는 곳곳에 차밭이 있다. 1말 정도의 쌀로 내야 할 세금을 차 1근으로 대신 납부하거나 혹은 차 10근으로 군포를 대신 바치도록 허락해준다면, 수십만 근의 차를 힘들이지 않고 모을 것이다. 이렇게 모은 차를 배에 실어 서북 지방 시장에 판매하되 월차越茶에 붙인 가격을 기준으로 1냥의 차에 은 2전을 취한다면, 10만 근의 차를 가지고 2만 근의 은을 얻어서 은전 60만 전을 만들 수 있다. 이렇게 하면 불과 한두 해 만에 45둔屯의 둔전을 마련할 수 있다.

출전: 『상토지』桑土誌 둔전조屯田條

해설 차를 판매하여 국가의 재정을 충당하는 한편, 민간의 상업 경제를 활성화할 방안을 제시하고 있다.

정약용 丁若鏞, 1762~1836

승려 아암에게 차 주기를 청하는 편지
1805년 겨울 강진

저는 요즘 차를 탐내어 약물 삼아 마시고 있습니다. 책의 내용에 심취해 육우의 『다경』茶經 3편에 담긴 모든 이치에 통달하고, 병든 속에 갈증이 나서 노동의 일곱 주발의 차를 탐내어 삼킨다오. 비록 '정기가 침식당해 기운이 줄어든다'는 기무경綦毋煚의 경계하는 말을 잊지는 않았으나, 막힌 것을 소화시키고 배 속에 생긴 덩어리를 제거하기에 마침내 찬황贊皇 이서균李栖筠의 고질적인 버릇을 가지게 되었구려.

이른 아침 안개가 일어나기 시작하여 뜬구름이 맑게 갠 하늘에 나타날 때, 낮잠에서 막 깨어났을 때, 밝은 달이 푸른 산골 도랑에 선명하게 빛날 때, 부드러운 물방울이 설산로雪山爐에서 끓어올라 자순차紫筍茶˙의 향기가 흩날리고, 불을 피우고 새 샘물을 붓고 뜰에 자리 깔고 백토차白菟茶를 맛봅니다.

홍옥紅玉으로 만든 꽃무늬 자기 다완茶碗의 화려함은 비록 노공潞公 문언박文彦博에게 미치지 못하지만, 돌솥(石鼎)에 피어오르는 푸른 연기 꾸밈없이 희기가 거의 한유韓愈에 가깝다오.˙

찻물 끓는 모습을 게눈이니 물고기눈이니 하며 즐기던 옛사람의 기호는 사뭇 깊고, 궁중 곳집의 진귀한 보배인 용단차·봉단차는 이미

˙ **자순차**紫筍茶   옛날 차의 이명異名으로, 싹이 보라색이라고 이렇게 이름한 것이다. 석화자순石花紫筍 혹은 영아진순靈芽眞筍이라는 표현을 써왔다.

다하였다오. 이제 나에게 깊은 병이 있어 애오라지 차를 구걸하는 심정을 펼칩니다.

가만히 아뢰노니, 고통이 많은 이 세상 중생을 제도함에 가장 중요한 것은 보시를 베푸는 일이며, 이름난 산의 좋은 차를 몰래 보내주는 것이 가장 상서로운 일이라오.

모쪼록 목마르게 바라고 있음을 생각하고, 은혜 베풀기에 인색하지 말기를.

출전: 『여유당전서보유』與猶堂全書補遺 제1책 「열수문황」洌水文簧

해설　정약용이 강진에 귀양 살면서 쓴 글이다. 이때 정약용은 강진으로 귀양 온 지 5년이나 되었고 보은산방寶恩山房에 살고 있었다. 정약용은 이 글 이외에도 혜장 스님에게 차를 보내라는 시를 짓기도 했다. 이 글은 『여유당전서』與猶堂全書에는 빠져 있고 『여유당전서보유』에 필사본이 수록되어 있다.

● **홍옥紅玉으로 …… 가깝다오**　문언박은 송나라 개휴현介休縣 사람으로 명재상이다. 차를 좋아하고 다기를 좋아하여 화려한 다기가 많았다. 소식이 「시원전다」試院煎茶에서 "또 보지 못했는가. 오늘날 문언박은 서촉에서 차 달이는 걸 배워, 정주에서 만든 홍옥 꽃무늬 자기 다완에 차를 달이는 것을."(又不見今時潞公煎茶學西蜀 定州花瓷琢紅玉)이라 하였다. 또 한유는 차를 좋아하여 「석정」石鼎이란 연구시聯句詩를 남겼다.

혜장惠藏의 병풍에 쓴다

　　바람 피하기를 바닷새 원거爰居같이 하고, 비 피하기를 개미같이 피하고, 더위 피하기를 오나라 소같이 하는 것*은 또한 내가 싫어하는 바를 꺼리는 것이다. 글을 사탕수수처럼 즐기고, 거문고를 감람나무 열매처럼 즐기고, 시를 창포김치처럼 즐기는 것은 내가 좋아하는 대로 따르는 것이다.

　　달이 밝으면 연못이 맑고 달이 어두우면 연못도 어둡다. 밝으면 그림자가 비치고 어두우면 없어져서 저절로 사물과 다투지 않는다. 밀물이 오면 고기가 오고 밀물이 가면 고기도 가는데, 오는 고기 잡고 가는 고기 뒤쫓지 않는 것 또한 즐거움을 돋우기에 충분하다. 대피리 불고 거문고 타며, 시 읊고 그림 그리는 것이 방탕한 듯하면서도 방탕하지 않고, 엄숙한 듯하면서도 엄숙하지 않으니, 어찌 담박한 삶이 아니겠는가. 꽃을 모종하고 채소를 심으며, 대나무를 닦아내고 찻잎을 덖는 것이 한가한 듯하면서도 한가롭지 않고 바쁜 듯하면서도 바쁘지 않으니, 참으로 이것이 청량한 세계이다.

　　비가 갠 날 창가의 책상에서는 독누향篤耨香을 피우고 소룡단 차에 뜨거운 물을 부어 우려 마시며, 미공眉公 진계유陳繼儒의 『복수전

• 더위 피하기를 …… 하는 것　오나라는 더운 지방이므로 낮이면 더위에 몹시 괴로워하던 소가 밤에 달이 뜬 것을 보고 또 해가 뜬 것으로 여기고 숨을 헐떡거린다는 고사에서 온 말이다.

서』福壽全書 읽기를 좋아한다. 눈이 살짝 내린 대나무로 에워싼 암자에서는 오각건烏角巾을 쓰고 담뱃대를 물고서 역도원酈道元의 『수경신주』水經新注를 훑어본다.

출전: 『다산시문집』茶山詩文集 제14권

해설   정약용이 1805년이나 1806년쯤에 쓴 글이다. 이때 정약용은 강진 땅에서 귀양살이를 한 지 5~6년이 되었으며 보은산방에서 살다가 1~2년 뒤에 다산초당으로 옮긴다. 혜장 스님과의 교유도 좀 더 친숙해진 셈이다.

차의 명칭

차란 겨울에도 푸른 나무이다. 육우의 『다경』에는 첫째로 차, 둘째로 가檟, 셋째로 설蔎, 넷째로 명茗, 다섯째로 천荈이라 했는데, 본디 이것은 초목의 이름이며 음료의 이름이 아니다. (『주례』周禮에는 육음 六飮 육청六淸이 있다.)

우리나라 사람들은 '차'茶 자를 탕약·환약·고약·음료처럼 각종 약물 가운데서 한 가지만 달이는 것을 모두 차라고 부른다. 생강차(薑茶)·귤피차·모과차(木瓜茶)·상지차桑枝茶·송절차松節茶·오과차五果茶라고 하여 관습적으로 항상 쓰는 말이 되었는데, 이것은 잘못이다. 중국에는 이런 법이 없는 듯하다. 이동李洞은 시에서 이렇게 말했다. "숲속 골짝으로 은자隱者를 초대해놓고, 시를 읊으며 백차를 달인다."(樹谷期招隱, 吟詩煮柏茶) 송나라 시에는 이런 것이 있다. "한 잔 창포차요 몇 개의 사탕 떡이다."(一盞菖蒲茶, 數箇沙糖粽) 육유陸游는 시에서 이런 말을 했다. "차가운 샘물이 절로 창포 물처럼 되니, 불을 피우고 한가로이 감람차를 달인다."(寒泉自換菖蒲水, 活火閑煮橄欖茶)

이는 다 차냄비 속에 측백잎·창포잎·감람잎 등을 섞어 끓이기 때문에 차라고 이름 한 것이지, 한 가지 특별한 것만 달인다고 해서 차라는 이름을 함부로 붙인 것은 아니다. (동파 소식이 대야장로大冶長老에게 부치는 시 「걸도화다재」乞桃花茶栽가 있는데, 이 또한 차나무의 딴 이름이지 도화桃花를 함부로 차라고 이름 한 것이 아니다.)

출전: 『아언각비』雅言覺非

해설　정약용의 중국어와 우리말 어휘 탐구서인 『아언각비』에 나오는 차에 대한 해설이다.

정약용 丁若鏞, 1762~1836
차의 전매 제도

당나라 덕종 건중建中 원년(780)에 호부시랑 조찬趙贊의 논의를 받아들여, 천하의 차·칠漆·대(竹)·목재에 대해 10분의 1세를 받아서 상평본전常平本錢을 만들었다.

당시에 군사 비용이 많아서 일정한 세금으로는 부족했기 때문에 이런 조서가 있었던 것이다. 그러다가 봉천奉天으로 나간 다음 곧 뉘우치고 조서를 내려서 재빨리 정지시켰다.*

정원貞元 9년(793)에 차세茶稅를 복구했다.

염철사 장방張滂이 차가 산출되는 주州·현縣 및 차가 나는 산에 외상外商이 왕래하는 길목에서 언제나 10분의 1세를 받아서 면제한 두 가지 세금을 충당하고, 이듬해부터 수재나 한재 때문에 세금을 마련하지 못하게 되면 이 세금으로써 대신하기를 아뢰어 요청하자, 조서를 내려 허락하였다. 이어서 장방에게 위임해서 세부 조목을 갖추어 해마다 돈 40만 관貫을 얻었다. 차에 세금이 있게 된 것은 이로부터 시작되었다. 그러나 수재나 한재를 만난 곳을 또한 일찍이 차세로 거둔 돈으로 구제한 적은 없었다.

• **봉천으로 …… 정지시켰다**   779년에 황제로 즉위한 덕종은 각 지방 번진藩鎭을 진압하는 과정에서 군비 조달을 위해 각종 잡세를 제정했는데, 이로 인해 백성의 원성을 사고 재정 또한 궁핍해졌다. 이후 토벌군의 반란으로 봉천(지금의 섬서 지방)으로 피난하면서 잡세 제도를 폐지했다.

호인胡寅은 말했다. "무릇 이익을 말하는 사람 치고 아름다운 명목을 빙자해서 임금의 사사로운 욕심을 받들지 않은 자가 없었다. 장방이 차세로써 수재나 한재를 당한 농토의 조세를 대신한다던 것도 이것이니, 한번 세액을 제정한 다음에는 줄여 없애기를 좋아하지 않는다."

목종 때는 차세의 세율을 100전마다 50전을 증액하고, 차의 근량을 늘여 1근을 20냥으로 했다.

문종 때 왕애王涯가 정승이 되어서는 염철사를 겸하고 다시 각다榷茶를 설치해서 스스로 이를 다스렸는데, 백성의 차나무를 관장官場으로 옮겨 심고, 예전에 저축된 것을 독점하니 천하가 크게 원망했다.

무종 때는 염철사 최공崔珙이 또 강회江淮 지방 차세를 증액했다. 이때에 차상茶商이 지나가는 주·현에 무거운 세금을 매기거나, 더러 배와 수레를 약탈하여 비(雨) 속에 쌓아두기도 했다. 여러 도道에 저사邸舍를 설치해서 세금을 거두면서 탑지전塌地錢이라 일컬었기 때문에 사적인 위반이 더욱 일어났다.

대중大中(847~859) 초기에 염철사 배휴裴休가 조약을 만들었다. "사사로이 판매하다 세 번 위반한 것이 모두 300근이 되면 사형에 처한다. 멀리 출동하는 군대는 가진 차가 비록 적더라도 또한 죽인다. 고의로 세 번 위반하고 차가 500근에 이르거나, 점사店舍에 있으면서 거간해서 네 번 위반한 것이 천 근에 이르면 모두 죽인다. 원호園戶로 사사로이 100근 이상을 판 자는 장척杖脊을 치고, 세 번 위반하면 무거운 요역徭役을 더한다. 다원茶園을 베어서 산업을 잃게 한 자는 자사나 현령이 사염私鹽(소금을 사사로이 제조·판매함)한 죄로써 결정한다."

호인은 말했다. "차를 독점한 이래로 상인들이 교역할 수 없었고,

반드시 관아와 더불어 매매했다. 그러나 사사로이 매매하는 것을 끝내 금지하지 못해서, 난폭한 악소惡少들이 몰래 판매하는 폐해가 일어났다. 우연히 판매하다가 잡히면, 간사한 사람과 교활한 아전이 서로 제 주머니에 넣으니 옥사는 끝까지 바로잡히지 않는다. 그 원인과 배경을 캐다 보니 그루가 잇닿고 가지가 뻗어서, 양민良民으로서 파산하는 자가 마을에 잇달았고 심하면 도적이 나오기도 한다. 관아에서는 저장하는 일에 조심하지 않고 제때에 발매하지 않아 썩어버리거나 새로 거둔 것과 서로 섞이기까지 하였다. 더러 몰래 팔던 것을 몰수하였다가 판매할 데가 없으면 모두 불태우거나 또는 물에 잠그기도 하니, 백성을 괴롭히고 재물을 해치면서 하나같이 걱정할 줄 모른다."

마단림馬端臨은 말했다. "「육우전」陸羽傳을 살펴보니 육우가 차를 즐겨했고 『다경』 3편을 지어서 차의 유래와 달이는 법과 다구에 대해 한층 조목조목 자세히 설명하니, 천하에서 더욱 많은 사람이 차 마실 줄을 알게 되었다. 그때에 차를 파는 자는 육우의 모습을 그려서 차를 달이는 굴뚝 사이에 두고 다신茶神으로 삼았다. 또 상백웅常伯熊이라는 자가 있어 육우의 논설을 바탕으로 차의 공효를 다시 널리 드러내었다. 그 뒤로 차를 숭상하는 풍습이 이루어져 회흘回紇(위구르) 사람이 조공할 때 비로소 말을 몰고 와서 차와 교역하기 시작했다. 육우가 정원 말기에 죽었으니, 차를 즐기고 차를 전매하던 것은 모두 정원 연간에 비롯되었다."

이렇게 생각한다. 차라는 물품이 그 처음에는 대개 약초 가운데도 잗다란 것이었다. 그것이 오래되자 수레가 잇따르고 선박을 나란히 했으니, 현관縣官이 세금을 징수하지 않을 수가 없었다. 그러나 이것 또한 판매하는 물건의 한 가지이니, 알맞게 헤아려서 세금을 거두면 이것으로 충분하다. 어찌 관아에서 스스로 장사하면서 민간의 사사로운 매매를 금지하여, 백성을 베어 죽여도 그만두지 않기에 이르도록 하겠는가?

송나라 태조 건덕乾德 2년(964)에 조서를 내려, 백성의 차에 세금을 제한 외에는 모두 관아에서 매입했는데, 감히 숨기고 관아에 보내지 않거나 사사로이 판매한 것은 이를 몰수하고 죄를 결정했다. 주관하는 관리가 관차官茶를 사사로이 무역한 것이 1관 500에 이르거나, 권세를 믿고 교역하다가 체포된 관리와 백성은 모두 죽었다.

순화淳化 3년(992)에 조서를 내려, 관차를 훔쳐 판 것이 10관 이상이면 얼굴에 자자刺字하며, 본 고을의 지정된 지역으로 귀양 보냈다.

송나라 제도는 차를 독점하는 6무務(강릉江陵·기주蘄州 등)가 있고 13장場(기주蘄州·황주黃州 등)이 있었으며, 또 차를 수매하는 곳으로서 강남江南·호남·복건福建 등 모두 수십 고을이 있었다. 산장山場의 제도는 원호를 거느려서 그 조租를 받고 나머지는 모두 관아에서 팔았다. 또 별도로 민호의 세액을 물품으로 환산해서 부과하던 것도 있었다.

무릇 차에는 두 종류가 있는데 편차片茶와 산차散茶이다. 편차는 쪄서 제조하는 것으로, 단단히 말아서 복판이 꼬치처럼 되어 있다. 다만 건주建州와 검주劍州에서는 찐 다음에 갈고, 대를 엮어 시렁을 만들어서 건조실 안에 두는데, 가장 정결하여 다른 곳에서는 능히 제조하지 못했다. 그 명칭으로는 용봉龍鳳·석유石乳·적유的乳·백유白乳·두금頭金·납면蠟面·두골頭骨·차골次骨·말골末骨·추골麤骨·산정山挺 등 12등급이 있어 세공歲貢에 충당하고 방국邦國의 쓰임 및 본도本道 내의 차를 마시는 것에 충당했다.

나머지 주의 편차 중에서 진보進寶·쌍승雙勝·보산寶山·양부兩府
는 홍국군興國軍(강남에 있다)에서 난다. 선지仙芝·눈예嫩藥·복합福
合·녹합祿合·운합運合·경합慶合·지합指合은 요지주饒池州(강남에 있
다)에서 난다. 이편泥片은 건주虔州에서, 녹영綠英·금편金片은 원주袁
州에서 난다. 옥진玉津은 임강군臨江軍·영천靈川·복주福州에서 난다.
선춘先春·조춘早春·화영華英·내천來泉·승금勝金은 흡주에서, 독행獨
行·영초靈草·녹아綠芽·편금片金·금명金茗은 담주潭州에서, 대척침大拓
枕은 강릉江陵에서, 대·소파릉大小巴陵·개승開勝·개권開捲·소권小捲·
생황生黃·영모翎毛는 악주岳州에서, 쌍상雙上·녹아綠芽·대소방大小方
은 악진岳辰·풍주灃州에서, 동수東首·천산淺山·박측薄側은 광주光州에
서 각각 나오는데 총 26가지 명칭이 있다. 그리고 절동浙東·절서浙西
및 선강宣江·정주鼎州에서는 상·중·하, 또는 제1에서 제5까지를 명호
名號로 삼았다.

산차로 태호太湖·용계龍溪·차호次號·말호末號는 회남淮南에서, 악
록岳麓·초자草子·양수楊樹·우전·우후는 형주·호주에서, 청구淸口는
귀주歸州에서, 명자茗子는 강남에서 각각 나오는데 총 11가지 명칭이
있다.

지도至道(995~997) 말년에 차를 판매한 돈이 285만 2,900여 관이
었는데, 천희天禧(1017~1021) 말년에는 45만여 관이 증가되었다. 천하
의 차를 사사로이 매매하는 것은 모두 금지했으나, 오직 사천四川·섬
서陝西·광주廣州에서는 백성이 직접 매매하는 것을 허가하되 경계 밖
으로 나가지 못하게 했다.

단공端拱 3년(990)에 1년에 과세한 것이 50만 8천여 관으로 증가

되었다.

인종 초년에 차에 관한 업무를 개설하고, 해마다 대소 용봉차를 제조했는데, 정위가 시작해서 채양이 완성했다.

진부량陳傅良이 말했다. "가우嘉祐 4년(1059)에 인종이 조서를 내려서 차금茶禁을 풀었다. 이로부터 차가 백성에게 폐해를 주지 않은 지 60~70년이 되었다. 이것은 한기韓琦가 정승으로 있을 때의 업적이었다. 그 뒤 채경蔡京이 독점하는 법을 복구하자 1철鐵(화폐 단위) 이상의 차리茶利는 모두 경사京師로 돌아갔다."

희령熙寧 7년(1074)에서 원풍元豐 8년(1085)까지 촉도蜀道에 차를 파는 장이 41곳이고, 경서로京西路에는 금주金州에서 만든 차를 파는 장이 6곳이며, 섬서에는 차를 파는 장이 332곳이었다. 그리하여 세금이 불어난 것이 이직李稷 때에 50만이 증가되었고, 육사민陸師閔에 미쳐서는 100만이 되었다 한다.

원풍(1078~1085) 연간에 수마水磨를 창설하여 서울에 있는 모든 다호茶戶에서 말차를 함부로 갈지 못하도록 하는 금령이 있었고, 쌀·콩 따위 잡물을 섞은 자에게도 형벌이 있었다.

시어사 유지劉摯가 아뢰었다. "촉 지방에서는 차를 독점하는 폐해때문에 차를 재배하는 백성이 달아나서 모면하는 자가 있고, 물에 빠져 죽어서 모면하는 자도 있는데, 그 폐해는 오히려 이웃 오伍(다섯 호戶를 한 반班으로 하는 지방 행정 단위)에까지 미칩니다. 차나무를 베어버리자니 금령이 있고 더 심자니 세가 증가되기 때문에 그 지방 말에 '땅이 차를 생산하는 것이 아니고 실로 재앙을 낳는다'고 합니다. 사자使者를 선택하여 차법茶法의 폐단과 허위를 조사하여 촉민蜀民을 살리시기 바랍니다."

송나라 희령·원풍 이래로 말을 무역하는 데에 오래도록 모두 조차粗茶로 했으나 건도乾道(1165~1173) 말년부터 비로소 세다細茶를 주었다. 성도 이주로成都利州路 12주에는 기차奇茶가 2,102만 근이었는데, 차마사茶馬司에서 거두던 것이 대체로 이와 같았다.

구준丘濬은 말했다. "후세에 차로써 오랑캐 말과 교역한 것이 비로소 여기에 보이는데, 대개 당나라 때부터 회흘이 조공하면서 벌써 말로써 차와 교역했던 것이다. 대체로 대부분의 오랑캐는 유제품을 즐겨 마시는데, 유제품은 가슴에 체하는 성질이 있는 반면, 차는 그 성질이 막힘없이 잘 통하므로 체한 것을 능히 깨끗이 씻어내기 때문이다. 송나라 때에 비로소 차마사를 만들었다."

원나라 세조 지원至元 17년(1280)에 강주江州에 각다도전운사榷茶都轉運司를 설치해서, 강강·회淮·형荊·남南·복福·광廣 지방의 세稅를 총괄했는데, 말차가 있고 엽차葉茶도 있었다.

구준은 말했다. "차의 명칭이 왕포王襃의 『동약』僮約에 처음 보이다가 육우의 『다경』에 의하여 크게 드러났다. 당·송 이래로 드디어 일반 가정의 일용품이 되어서 하루라도 없으면 안 되는 물건이 되었다. 그런데 당·송 시대에 쓰던 차는 모두 가루로 만들어 떡 조각처럼 만들어 두었다가 쓸 때가 되면 다시 갈았다. 당나라 노동의 시에 이른바 '처음으로 월단차月團茶를 살핀다'(首閱月團)라거나, 송나라 범중엄范仲淹의 시에 '차 맷돌 가에 먼지가 난다'(輾畔塵飛)라는 것이 이것이다. 『원지』元志에도 말차라는 말이 있는데, 지금은 오직 위광闌廣 지방에서만 말차를 쓸 뿐이고 온 중국이 엽차를 사용하며, 외방 오랑캐도 그러하여 세상에선 말차가 있는 줄을 다시는 알지 못한다."

명나라 때에는 각무榷務·첩사貼射·교인交引 등의 차로 말미암은 여러 가지 명색을 없앴다. 오직 사주四州에다 차마사 한 곳을 설치했고, 섬서에는 차마사 네 곳을 설치했다.

또 가끔 관문과 나루터의 요긴한 곳에는 비험소批驗所를 설치하고 해마다 행인行人을 보내어, 차를 교역하는 지방에 방문을 걸어서 백성에게 금령을 알렸다.

구준은 말했다. "차의 생산지는 강남에 가장 많다. 오늘날은 독점하는 법이 모두 없지만 사천과 섬서에만 금법이 자못 엄중한 것은 대개 말과 교역하기 때문이다. 무릇 중국에서 쓸데없는 차로써 쓸모 있는 오랑캐의 말과 바꾸는데, 비록 차를 백성에게서 취한다 하나, 이로 말미암아 말을 얻어서 백성을 보위할 수 있으니, 산동山東과 하남河南에서 말을 기르는 수고로움과 비교한다면 참으로 이미 가벼운 것이다."

『대명률』大明律에 "무릇 차를 사사로이 제조해서 법을 위반한 자는 소금을 사사로이 제조한 법과 같이 죄를 논한다" 했다. 사염법은 앞에서 나왔다.

내가 옛날의 조세 제도를 두루 보니, 손익과 득실이 시대마다 같지 않았다. 대개 도가 있는 시대에는 세금의 징수가 반드시 가벼우면서 재물의 쓰임은 반드시 넉넉했고, 도가 없는 시대에는 세금의 징수가 반드시 무거우면서 재물의 쓰임은 반드시 모자랐다. 이는 이미 그러했던 자취가 뚜렷하다. 이로 말미암아 본다면 재물을 넉넉하게 하는 방법은 한 가지가 아니지만, 큰 이로움은 세금 징수를 가볍게 하는 것보다 나은 것이 없다. 재물이 모자라게 되는 이유도 한 가지가 아니지만, 큰 해로움은 세금 징수를 무겁게 하는 것보다 더한 것이 없다.

아아! 천하의 재물은 한정이 있어도 그 용도는 한정이 없으니, 한정이 있는 재물로써 한정이 없는 용도에 따르면 어찌 감당하겠는가.

그러므로 성인이 법을 만들기를 '수입을 헤아려서 지출한다' 했으니, 수입은 재물이고 지출은 용도이다. 한정이 있는 것을 헤아려서 한정이 없는 것을 절제함은 성인의 지혜이며 융성하는 방도이다. 한정이 없는 것을 함부로 해서 한정이 있는 것을 없어지게 함은 어리석은 사람의 혼미함이며 패망하는 방법이다. 무릇 세금을 징수하는 제도에서는 나라의 용도를 먼저 계산하지 말고, 백성의 힘을 헤아리고 하늘의 이치를 가늠해야 할 것이다. 무릇 백성의 힘으로 감당하지 못하는 것과 하늘의 이치에 들어맞지 않으면 털끝만큼도 감히 더해서는 안 된다. 이에 1년 수입을 통계하여 3등분한 다음, 그중 둘로 1년 용도에 지출하고 하나는 남겨서 다음 해를 위해 저축한다. 이것이 이른바 3년 농사를 지어 1년 먹을 만큼을 남긴다는 것이다. 만일 부족함이 있으면 위로 제사와 빈객 접대에서 아래로 수레와 복식에 이르기까지 온갖 물품을 모두 줄여서 검소하게 하여 서로 알맞도록 기약한 다음에 그만두는 것이니, 이것이 옛날의 도였으며 다른 방법은 없다.

출전: 『경세유표』經世遺表 권31 지관地官 「공부제」貢賦制 5

해설　이 글에서 정약용은 중국에서 역대로 차를 독점 판매하고 세금을 거두던 제도를 고찰한 다음, 이를 통하여 백성을 생각하는 보편적인 조세 제도를 제시하였다.

정약용 丁若鏞, 1762~1836

차의 전매와 민고民庫

1

공삼貢蔘의 대가는 10배나 넉넉히 바치는데 어디에서 모자란단 말이며, 공죽貢竹의 대가는 3배나 바치는데 누가 그것을 훔쳐 먹었길래 또한 모두 민고民庫에 부담시키는가. 옥당玉堂의 계병契屛과 의금부의 필채筆債는 저 가난한 백성들과 무슨 상관이 있으며, 승정원의 조보朝報와 무청武廳의 벌례罰禮(벌연罰宴)는 저 가난한 백성들과 무슨 상관이 있기에 또 모두 민고에서 추렴하는가.• 군기시軍器寺의 쇠뿔은 마땅히 반촌泮村의 백정들에게서 징수할 것이요, 장생전長生殿의 염소 수염은 마땅히 공물貢物에 소속시킬 것이요, 작설차는 마땅히 약포에서 사들여야 할 것이요, 꿩깃은 마땅히 엽호獵戶에서 구입해야 할 것이다. 그런데 또 모두 민고에 책임지우니 어찌 잘못된 일이 아닌가.

2

차의 전매와 소금의 전매는 장사치의 일이요, 청묘법青苗法·면역법免役法을 제정한 것은 과세를 맡은 신하의 일이었다. 그러나 이들

___

• 계병契屛·필채筆債·조보朝報·벌례罰禮   관리들이 술추렴을 하기 위해 갖다 붙이는 각종 세금의 명목이다. 계병은 기념 병풍을 만드는 일이고, 필채는 공문서를 대신 작성해 주고 받는 수입료이다. 조보는 승정원에서 발행하는 정부 소식지이고 벌례는 사소한 실수에 술잔치로 사과하는 것이다.

제도를 시행할 때에도 반드시 대신들이 조정에서 의논하여 임금의 결재를 받아 반포하는 절차를 밟았다. 다만 이른바 민고의 법은 임금에게 품의하지도 않았고 재상에게 보고하지도 않았으며, 감사는 게을러 무슨 일인지조차 알려 하지 않았으며, 어사도 일찍이 이것을 제결題決한 바가 없었다. 한두 명 간사하고 교활한 아전배들이 밑에서 제멋대로 거둬들이고, 한두 명 어두운 수령이 사사로이 그 절목節目을 만들었는데, 차츰차츰 쌓이고 해마다 달마다 늘어나 그 폐단이 이 지경에 다다른 것이다.

출전: 『목민심서』牧民心書 제6부 호전6조 제5장 「평부」平賦

해설   정약용의 3대 저술 중 하나인 『목민심서』에 나온 차에 대한 기록이다. 여기에 나오는 내용은 다산초당에 있을 때 과거를 보는 선비 몇 사람이 책문策問을 내달라고 요청하여 '민고'라는 제목을 내고 각종 부조리에 대해 물은 것 중의 일부이다.

정약용 丁若鏞, 1762~1836
다신계茶信契 절목

1. 무인년(1818) 8월 그믐날 첨의僉議

사람이 귀중한 것은 신의가 있기 때문이다. 만일 무리로 모여서 서로 즐기다가 흩어지고 나서 서로를 잊는다면 이는 새나 짐승의 도리이다. 우리들 몇십 명이 무진년(1808) 봄부터 오늘날(1818년 8월 30일)에 이르도록 동아리를 이루어 살며 형제와 같이 글을 배우고 지었다. 지금 스승님께서 북쪽 고향으로 돌아가시니, 우리들이 뿔뿔이 헤어져 마침내 아득히 서로를 잊고 생각하지 않는다면 신의를 익히는 도가 경박하게 되지 않겠는가.

지난해 봄에 우리들이 미리 이 일을 염려하고 돈을 모아 계契를 만들었다. 처음에는 사람마다 1냥씩 냈지만 2년 동안 이자가 늘어 지금 그 돈이 35냥이 되었다. 다만 생각건대, 이미 흩어진 다음에 돈과 재물의 출납이 뜻대로 되기 쉽지 않겠기에 바야흐로 걱정이 되었다. 그리고 스승님께는 보암寶巖 서촌西村에 메마른 밭 몇 뙈기가 있는데, 떠나가시기에 임해 팔려고 내놓았으나 팔리지 않는 것이 많았다. 이에 우리들이 35냥의 돈으로써 스승님 행장行裝에 쓰시라고 바치고 서촌 몇 뙈기의 밭을 남겨 계의 재산으로 만들었다. 그리고 그 이름을 다신계茶信契라 붙이고 앞날의 신의를 익히는 자본으로 만들었다. 그 조례와 전토田土 결부結負의 숫자를 아래쪽에 자세히 기록한다.

2. 좌목座目

나이 차례로 순서를 정하지 않고, 형제별로 둘씩 기록하였다.

이유회李維會	兄	1784년생, 35세	자는 인보藺甫, 갑진생, 본관은 광주로 진사이다. 아버지는 이기준李基俊. 할아버지는 이상회李尙熙, 증조할아버지는 이해석李海錫. 백운처사白雲處士 이보만李保晩의 5대손이다. 아들은 이병렴李秉濂이다.
이강회李綱會	弟	1789년생, 30세	자는 굉보紘甫, 기유생, 본관은 광주이다. 서회緖會·진회縉會·경회綱會 세 아우가 있다.
정학가丁學稼	兄	1783년생, 36세	자는 치기穉箕, 계묘생으로 정약용의 맏아들이다. 뒤에 이름을 학연學淵으로 고쳤다. 자는 치수稚修로도 썼으며, 호는 유산酉山이다.
정학포丁學圃	弟	1786년생, 33세	자는 치구穉裘, 병오생으로 정약용의 둘째 아들이다. 이름을 학유學游로 고쳤다.
윤종문尹鍾文		1787년생, 32세	자는 혜관惠冠, 정미생이다. 해남군 연동蓮洞의 공재恭齋 윤두서尹斗緖의 아들 윤덕희尹德熙의 둘째아들 청고靑皐 윤용尹愹의 손자이다.
윤종영尹鍾英		1792년생, 27세	자는 배연拜延으로 임자생이며, 진사이다. 호는 경암敬菴이다. 공재 윤두서의 제5자 윤덕렬尹德烈의 손자로 윤지충尹持忠의 계자系子이자, 정약용의 외종이다.
정수칠丁修七		1768년생, 51세	자는 내칙來則으로 무자생이다. 본관은 영광으로 호는 연암烟菴인데 선생이 지어주었다. 장흥 반산盤山에 세거世居했다.
이기록李基祿		1780년생, 39세	자는 문백文伯으로 경자생이다. 본관은 광주이다.
윤종기尹鍾箕	伯	1786년생, 33세	자는 구보裘甫로 병오생이다. 본관은 해남으로 행당杏堂 윤복尹復의 10대 종손이다.
윤종벽尹鍾璧	仲	1788년생, 31세	자는 윤경輪卿으로 무신생이다. 본관은 해남으로 호는 취록당醉綠堂인데 이름을 종정鍾霆에서 종억鍾億으로 고쳤다. 저서로 『취록당유고』醉綠堂遺稿(필사본 1책)가 있다.
윤자동尹玆東	兄	1791년생, 28세	자는 성교聖郊로 신해생이다. 본관은 해남으로 호는 석남石南이며, 진사이다. 족보에는 이름이 일동一東으로 되어 있다. 아들 윤주섭尹柱燮의 자는 기단琪端이며 손자는 윤조하尹祚夏이다.
윤아동尹我東	弟	1806년생, 13세	자는 예방禮邦으로 병인생이다. 본관은 해남으로 호는 율정栗亭이다. 아들은 윤형섭尹亨燮이며 손자는 윤주하尹柱夏, 윤순하尹順夏이다

윤종심尹鍾心	兄	1793년생, 26세	자는 공목公牧으로 계축생이다. 본관은 해남으로 호는 감천紺泉이다. 일명 동峒이며 족보에는 종수鍾洙로 나와 있다.
윤종두尹鍾斗	弟	1798년생, 21세	자는 자건子建으로 무오생이다. 본관은 해남이다.
이택규李宅逵		1796년생, 23세	자는 백홍伯鴻으로 병진생이다. 본관은 평창으로 진사 이승훈李承薰의 아들이다. 이승훈은 사교邪敎로 죄를 입어 죽었다. 조부는 이동욱李東旭이며 동생은 이신규李臣逵이다.
이덕운李德芸		1794년생, 25세	자는 서향書香으로 갑인생이다.
윤종삼尹鍾參	叔	1798년생, 21세	자는 기숙旗叔으로 무오생이다. 본관은 해남으로 호는 성헌星軒이며 고친 이름은 종익鍾翼이다.
윤종진尹鍾軫	季	1803년생, 16세	자는 금계琴季로 계해생이다. 본관은 해남으로 호는 순암淳菴이며 진사進士에 합격했다.

이상 18명인데, 이들을 '다산의 18제자'라 한다.

① 영등평永登坪 업자답業字畓 3마지기, 세액 5부負 3속束(1810년 3월 작성, 본값 6냥), 1820년 12월 19일 팔았다. 세미稅米는 대신 그냥 내도록 한다.

② 거고평巨古坪 독자답篤字畓 2마지기, 세액 7부 2속(1810년 4월 작성, 본값 9냥)

③ 청룡평靑龍坪 종자답終字畓 4마지기, 세액 17부 7속(1816년 3월 작성, 본값 23냥)

④ 대천평大川坪 창자답昌字畓 5마지기, 세액 25부(1816년 3월 작성, 본값 25냥)

⑤ 모목동毛木洞 극자답克字畓·염자답念字畓 4마지기, 세액 14부(1822년 3월 작성, 본값 28냥)

총 18마지기이다. 본값은 91냥이고 세액은 69부 2속이다.

3. 약조約條

(1) 논 가운데 보암에 있는 것은 이덕운이 보살펴 관리하고, 백도白道에 있는 것은 문백 이기록이 보살펴 관리하되, 매년 추수한 곡식은 봄을 기다려 팔아 돈으로 만든다.

(2) 매년 청명이나 한식날 계원은 다산茶山에 모여 다신계를 열고, 운자韻字를 내어 시를 읊어 이름과 작품을 써서 정학연丁學淵에게 보낸다. 이 다신계를 여는 날의 생선값 1냥은 곗돈 가운데서 지급하고 양식쌀 1되는 각자 가지고 온다.

(3) 곡우날엔 눈차嫩茶를 따서 덖어 1근을 만들고, 입하날 늦차(晚茶)를 따서 떡차 2근을 만든다. 이 엽차 1근, 떡차 2근과 시와 편지를 같이 부친다.

(4) 국화꽃이 필 때 계원들은 다산에 모여 다신계를 열고, 운자를 내어 시를 읊어 연명聯名으로 쓰고 편지를 써서 유산에게 보낸다. 이 다신계를 여는 날의 생선값 1냥은 곗돈 가운데서 지급하고 양식쌀 1되는 각자가 가지고 온다.

(5) 상강날 새 면포棉布 1필을 산다. 올이 굵거나 가는 것은 그해의 수확에 따른다. 그해 곡식이 많으면 세포細布를 사고 곡식이 적으면 굵은 무명을 산다. 백로날 비자榧子 5되를 취하여 면포와 같이 유산에게 보낸다. 비자는 혜관 윤종문, 배연 윤종영이 해마다 가져다 드린다. 그리고 이 두 사람은 그 차를 따는 일을 면제한다.

(6) 차를 채취하는 일은 각자 맡은 양을 스스로 마련해야 한다.

스스로 마련하지 못할 경우는 돈 5푼을 신동信東(순암 윤종진의 어릴 때 이름)에게 주어 그로 하여금 귤동 마을의 아이를 고용해 차를 채취해 숫자를 채우게 한다.

(7) 다산 동암東菴 지붕을 새로 이는 짚값 1냥은 입동날 곗돈 가운데서 지급하여 귤동에 사는 6명으로 하여금 이엉을 엮는 것을 감독하게 하여 동짓날 전에 새로 덮는다. 만일 동지가 지났으면 이듬해 봄의 차를 따는 일은 귤동의 6명이 온전히 감당한다. 다른 계원은 차를 따는 일을 돕지 말도록 한다.

(8) 앞의 여러 가지 일의 비용을 쓰고도 만일 돈이 남았으면 착실한 계원에게 이자를 불리되 1명이 2냥을 초과하지 못한다. 돈이 15냥이나 또는 20냥이 차면 곧 논을 사서 다신계 재산에 붙인다. 그 이자를 놓는 돈은 20냥을 초과하지 못한다.

4. 강진읍성 제생 좌목諸生座目

손병조孫秉藻	어릴 때의 이름은 준엽俊燁이다.
황상黃裳(1788~1863?)	어릴 때의 이름은 산석山石, 자는 제불帝黻이다. 호는 치원처사卮園處士이다. 만년에는 대구大口 일속산방一粟山房에 살았다. 『치원유고』卮園遺稿(필사본 2책)가 있다.
황취黃聚	어릴 때의 이름은 안석安石, 호는 취몽재醉夢齋이다.
황지초黃之楚	어릴 때의 이름은 완담完聃, 호는 연암硯菴이다.
이청李晴 (1792~1861)	어릴 때의 이름은 학래鶴來이고 자는 금초琴招이다. 『대동수경』大東水經을 정약용과 공저하다시피 했고, 정약전丁若銓의 『현산어보』茲山魚譜에도 정약용의 지시로 안설案說을 붙였다. 『정관편』井觀編(필사본 8

	권 3책)이 있다.
김재정金載靖	어릴 때의 이름은 상규尙圭이다.

* 이상 6명이다.

　내가 순조 1년(1801, 신유) 겨울 강진에 유배되어 동문東門 밖 주가
酒家에 살다가 순조 5년(1805, 을유) 겨울엔 보은산방寶恩山房에서 살았
다. 순조 6년(1806, 무인) 가을엔 학래의 집으로 옮겨 살다가 순조 8년
(1808, 무진) 봄에야 다산에서 살았다. 통틀어 계산하면 귀양살이가 18
년인데 강진읍내에서 산 것이 8년이고 다산에서 산 것이 11년이다.
애초 귀양 온 처음에는 백성들이 모두 겁내고 두려워 사제師弟의 인연
을 맺지 못했고 안심하고 접촉함을 허락하지 않았다. 이러한 때에 그
곁에 있게 된 자가 손병조·황상 등 4명이었다. 이로 말미암자면 , 읍
내 사람들은 나와 근심을 함께했던 사람들이고, 다산의 여러 사람들
은 오히려 조금 평온해진 뒤에 서로 안 것이다. 그러니 읍내 사람들을
어찌 뒤돌아보지도 않고 떠날 수 있겠는가. 이에 다신계 절목 끝에 또
읍내 사람 6명을 기록하여 훗날의 징표로 삼으려 한다. 또 여기 여러
사람들은 마땅히 다신계 일에 한마음이 되어 관리하라. 이것은 내가
남기는 부탁이니 소홀히 할 수 있겠는가!

　(1) 입하날 뒤에 엽차·떡차를 읍내로 들여보내면, 읍내에서는 인
편을 찾아 유산에게 부쳐 보낼 것.

　(2) 상강날 뒤에 면포·비자를 읍내로 들여보내면 읍내에서는 인
편을 찾아 유산에게 부쳐 보낼 것.

　(3) 다신계 전답의 세금에서 부·속이 여러 곳에 흩어져 있어 차이
나 잘못이 있으면 계원이 읍내에 들어가 주선하여 돌볼 것.

(4) 다신계 전답의 세금 곡식은 매년 겨울 계원과 읍내 제자들이 서로 의논하여 잘 처리하여 묵히는 폐단이 없도록 할 것.

(5) 수룡袖龍·철경掣鯨은 또한 스님으로 인연을 맺은 자들이다. 그 전등계傳燈契 전답에 걱정할 만한 일이 일어날 경우, 읍내에 들어가 알리고 읍내에서는 주선하여 돌볼 것.

출전: 개인 소장본

해설　「다신계 절목」은 정약용이 18년 동안의 귀양살이가 풀려 고향으로 돌아가게 되자 1818년 8월 그믐날에 여러 제자들과 계를 묶은 약조이다. 여기에는 18년 동안 강진에 귀양 살면서 강학한 제자들이 전부 드러나 있다. 이른바 강진의 '다산학단茶山學團'이 망라된 셈이다. 정약용이 강진에서 강학하면서 살아간 일부의 모습을 볼 수 있는 귀중한 자료이다. 이 「다신계 절목」 번역은 임형택 교수의 「정약용의 강진 유배기의 교육활동과 그 성과」(『실사구시의 한국학』, 2000, 창작과비평사)를 참고했다.

윤종삼·윤종진에게 말해주노라

　　다산에서 배운 여러 제자들 중 열수洌水 가에 있는 나를 찾아온 이가 있다. 안부 인사를 끝내고 나서 물었다.

　　"올해도 동암의 지붕을 이었느냐?"

　　"예, 이었습니다."

　　"홍도화紅桃花는 모두 시들지나 않았느냐?"

　　"예, 무성하고 곱습니다."

　　"연못가에 쌓은 돌들은 무너지지 않았고?"

　　"예, 무너지지 않았습니다."

　　"연못 속의 잉어 두 마리는 더 많이 자랐느냐?"

　　"예, 두 자쯤으로 자랐습니다."

　　"동쪽의 절(백련사白蓮寺)로 가는 길가에 심은 선춘화先春花(동백꽃)는 모두 함께 무성하던가?"

　　"예, 무성해졌습니다."

　　"이리로 떠나올 때에 조차早茶는 따서 햇볕에 쬐어 말리지를 않았느냐?"

　　"예, 미처 말리지 못했습니다."

　　"다신계의 전곡錢穀에는 결손이 없었느냐?"

　　"예, 결손은 없었습니다."

　　옛사람의 말씀에 이르기를 "죽은 이가 다시 살아나더라도 능히 마음에 부끄러움이 없어야 한다"고 했다. 내가 다시 다산에 갈 수 없음은 또한 죽은 사람이 다시 살아나지 않는 것과 같다. 그러나 만일 더러 내가 다시 이른다 해도 모름지기 부끄러움이 없도록 해야만 할 것이다.

순조 23년(1823) 6월 여름(도광道光 3년) 열상노인洌上老人이 써서 기숙 윤종삼, 금계 윤종진 두 제자에게 말해주노라.

출전: 개인 소장본

해설　정약용이 고향 마재로 돌아온 지도 5~6년이 지났을 때, 18제자 가운데 두 제자가 여유당與猶堂으로 찾아뵈러 왔을 때 써준 증언贈言이다. 이 자료는 박석무 선생의 『다산 정약용 유배지에서 만나다』(한길사, 2003) 500면에 있는 사진판을 가지고 정리했다.

윤형규 尹馨圭, 1763~1840

다설茶說

　　대개 차는 고기를 먹는 사람의 물건이다. 호화로운 상을 떡 벌어지게 차려 배불리 먹고 앉아 있으면 오장五臟에는 고기가 가득하고 근골筋骨에는 개기름이 줄줄 흘러, 온몸은 갑자기 피곤하고 정신은 견딜 수 없이 몽롱하다. 이때에 차 한 사발을 올려 위장을 씻어낼 것 같으면 정신이 맑아지고 기운이 건강해져 운용하기에 편리하다. 이렇고 보면 차는 진실로 고기를 먹은 이에게 좋은 물건이다. 그 가운데서도 용정龍晶과 계주桂珠가 유명하다. 돌로 만든 차솥과 동으로 만든 냄비를 갖추어 진열해놓고 석탄을 피워 연기가 꼬불꼬불 올라오면 특이한 향이 끼쳐오니 그때 맛이 좋은 차를 입에 머금는다. 그러면 비록 고기를 먹은 자가 아니라 할지라도 대부분의 사람들이 점점 가까이하는 건 절로 그렇게 되는 것이다. 이렇게 하여 차를 사랑하여 드디어 호사가의 물건이 된다.

　　호사가라고 꼭 모두가 고기를 먹는 자는 아니며, 비록 빈한한 유생과 재야의 선비라 할지라도 관례와 혼례 같은 길일이나 세시의 명절을 만나면, 빈객과 주인이 예의로써 대접하고 친한 벗들이 함께 모여 즐겁게 마시는 일을 하지 않을 수 없다. 그러나 소박한 음식과 먹을 게 없는 잔칫상이라 한번 배불리 먹기도 전에 안주가 바닥나 버린다. 이런 때에 문득 찻상을 불러 권하면서 "이게 아니면 소화를 시켜 속을 편안하게 할 수 없지요"라고 말하니, 어찌 그럴 리가 있겠는가. 그런데도 스스로 맑은 운치라고 여겨 드디어 풍속을 이루고 말았다.

그 가운데서 차를 유난히 탐하고 유달리 좋아하는 자는 비단 자신만 당시에 좋아할 뿐만 아니라, 또한 후인들이 좋아하지 않을까 염려하여 『다경』을 지어 후대에 남기고 그림을 그려 정신을 전하니, 뜻이 근실하다 하겠다.

지금 나는 고기를 먹는 자도 아니고 또 호사가도 아닌데, 나이 일흔이 되도록 차를 마시기를 쉬지 않았으니 이는 무슨 이유인가. 나는 평소 병이 많고 또 식체에 잘 걸린다. 먹은 것이 거친 밥이나 나물에 지나지 않고 그것마저 배불리 먹은 적이 없으며, 어떤 때는 하루에 두 끼니도 먹지 못하기도 했다. 그러나 스스로 소화시켜 속을 편안하게 하지 못한다. 또 혹 분수 밖의 대접을 받아 진수성찬이 한 상 가득 눈이 휘둥그레지게 차려지면 가난한 처지에 포식하고 싶은 마음이 들어 위장이 움직이고 침이 고일 수밖에 없으니, 음식마다 맛보고 싶던 것이고 요리마다 맛있는 것들이다.

이때에 무릎을 쭉 뻗고 몸을 더욱 편 다음 소매를 떨치고 턱을 들고 두세 번 젓가락을 댄다. 이럴 때면 가슴은 무슨 일로 꽉 막히고 배는 무슨 일로 저 먼저 불러버린다. 그래서 눈앞의 음식들을 치우라고 명하여 다시는 마주하고 싶지 않은데, 구토와 설사가 동시에 일어나거나 혼절하여 거의 죽을 뻔한 일이 여러 차례였다. 그러나 치료를 할 의학적 방책이 없고 임시로 위급 상황을 구할 방책으로는 체한 것이 내려가도록 유도하는 도체단방導體單方이 있을 뿐인데, 도체단방으로는 차만큼 좋은 것이 없다.

그러나 이른바 명차는 가난한 선비가 가질 만한 것이 아니니, 우선 차밭의 차나무 숲에서 곡우 무렵의 싹과 단오 무렵의 잎을 뜯어 생강 몇 조각을 넣고 달여 마시면 곧 효과가 있다. 그러나 차 싹과 찻잎을 모아 찌고 말려 약을 만드는 것 또한 용이하지 않아 계속 만들지 못할까 언제나 근심이다.

몇 해 전에 지주地主 송일교宋一敎 씨를 만났는데, 그가 늘 마시는 차는 목화 씨앗이었다. 목화 씨앗은 시골 길쌈하는 집에 많이 있는 물건이다. 이놈에게는 기운을 순하게 하고 체한 것을 내려가게 하는 힘이 있으며, 입을 쏘거나 위를 상하게 하는 해로움이 없다. 내가 목화 씨앗을 검게 볶아 키질을 하는 방법에 대해 자세하게 물어서 날마다 달여 복용을 한 지 이제 몇 년이 되었다.

올 여름에 마침 다 떨어져 다시 목화 씨앗을 널리 구하였으나 얻을 수 없었다. 대개 집집마다 있는 물건이니 봄 뒤에 종자가 되지 않았다면 농가의 못자리판에 모조리 들어가고 말았기 때문에 그런 것이다. 그렇다면 이른바 다른 종류의 명차를 내가 어디서 얻을 수 있단 말인가.

현천의 송사선宋士譱 군은 인정이 있는 사람이다. 그의 집에 차를 따려고 갔다 온 뒤에 유명한 약을 먼저 한 주머니 봉해서 보내오며 "또 앞으로 말려서 계속 보내 드리겠습니다" 하였다. 그의 부친 청성 노인靑城老人이 이 소식을 듣고 또한 산사山査, 황매, 모과 따위를 한 되쯤 보내왔다. 이때부터 나에게 차가 많아졌다. 마침내 바로 예전처럼 달여 마시니 속이 무척 편안해졌다. 친구 간의 두터운 정의가 고마울 따름이다.

사정이 그렇고 보면 내가 차를 끊지 않고 계속 마시는 것은 고기를 먹어서 그런 것도 아니고 호사라 그런 것도 아니라, 대개 부득이한 상황에서 나온 것이다. 그러나 또한 달여서 복용할 때에 폐단이 적지 않으니 어찌할 것인가. 더구나 의학서에 차의 해로움을 말하기를, "한때 보는 효과는 몹시 작고 평생 입는 해로움은 도리어 많으니 이 어찌 오랫동안 복용할 물건이겠는가"라고 하였으니, 내가 차를 마시는 것은 체증 때문에 마지못해 마시는 것임을 알 수 있다. 더구나 사람들 가운데 이런 전말을 모르는 이는 반드시 나를 두고 호사가라고 분분히 비웃으니 또한 어찌하겠는가. 그러나 이는 서로 잘 모르는 자이기 때문이니 근심할 것이 못 된다.

청성노인은 높은 봉우리에 초당을 지어 그 초당이 읍리의 한길을 굽어보고 있다. 맑은 백마강이 뒤에서 흘러와 오른쪽으로 돌아가므로 돛배와 안개가 아침저녁으로 눈길에 들어온다. 각종 꽃들과 과수를 많이 심어 울창하게 집을 둘러놓았으니, 맑은 복이 절로 그 가운데 있고 그윽한 아취가 무척 아늑하다. 노인은 올해 연세가 여든 남짓임에도 근력이 강건하고 기거가 편안하다. 거친 밥과 나물국을 자신의 분수로 삼아 세간에서 고기 먹는 자들이 탐내는 부귀영화를 마치 뜬구름 보듯이 한다. 이런 분이 바로 성시와 산림에 거처하는 고사高士의 부류가 아니겠는가?

계사년(1883) 6월 하순에 희재노부戲齋老夫가 쓰다.

출전: 『희재잡록』戲齋雜錄

해설　 차가 부귀가나 호사가의 전유물이 아님을 말하고 있다. 그리고 빈한한 한사들이 마실 수 있는 대용차로 목화씨차나 보리차 등을 소개하고 있다. 저자는 황매차나 모과차가 오히려 일반 차보다 해가 적고 개운하다고 하며, 이런 종류의 차들을 먹음으로 해서 자신은 굳이 호사가가 아니더라도 차를 늘 즐길 수 있다고 한다. 분수에 맞게 차를 마시는 법을 소개하며 분수에 맞는 지족知足의 삶을 찬양하는 모습에서 저자의 정신을 알 수 있다.

서유구 徐有榘, 1764~1845

차

이름

차茶라고도 하고, 가檟, 설蔎, 명茗, 천荈이라고도 한다.

『다경』 차는 남쪽 지방에서 자라는 귀한 나무이다. 키는 1~2척
이나 수십 척에 이르기도 한다. 파산巴山의 섬천峽川에는 두 아름드리
되는 것도 있는데, 이런 것은 가지를 베어서 찻잎을 딴다. 나무 모양
은 과로, 잎은 치자, 꽃은 백장미, 열매는 종려나무 열매, 꽃받침은 정

＊ 여기서 소개하는 글은 서유구가 편찬한 『임원경제지』의 '만학지'와 '이운지'에
수록된 차에 관련된 내용들이다. 원래 『임원경제지』는 중국의 실용서와 소품 잡문에
서 대부분의 내용을 인용한 서적이므로, 그 내용이 서유구 자신의 저술보다는 중국
서적의 것을 인용한 것이 많다. 그러나 조선의 학자들이 차와 관련하여 참조하던 중
국의 서적들을 집성하고 있다는 점에서 의미가 크다고 하겠다. 예를 들어 이익의
『성호사설』, 서명응徐命膺의 『고사신서』攷事新書, 이규경李圭景의 『오주연문장전
산고』五洲衍文長箋散稿, 최한기崔漢綺의 『농정회요』農政會要 등에 발췌되어 있
는 중국의 차 관련 기록들이 거의 모두 수록되어 있음을 볼 수 있다.
참고로 『임원경제지』의 번역은 사단법인 임원경제연구소에서 번역한 것을 토대로
그 내용을 일부 수정한 것이다. 각각의 내용별로 역자와 교열자를 각 지志의 말미에
명기한다.

향丁香, 뿌리는 호두 같다. 야생차가 상등품이고, 밭에서 기른 것은 다음이다. 양지 바른 벼랑이나 그늘진 숲에서 딴 자줏빛 도는 차가 상품이고, 초록빛 도는 것은 다음이다. 순筍이 상품이고, 싹(芽)은 다음이다. 잎은 말린 것이 상품이고 펼쳐진 것은 다음이다. 그늘진 산이나 비탈진 계곡에 있는 것은 따지 않는다.

『고씨다보』顧氏茶譜   세상에 생산되는 차는 많다. 이를테면 검남劍南에는 몽정차·석화차石花茶가 있고, 호주에는 고저차·자순차가 있다. 섬주峽州에는 벽간차碧澗茶·명월차明月茶가 있으며, 공주邛州에는 화정차火井茶·사안차思安茶가 있다. 거강渠江에는 박편차薄片茶, 파동巴東에는 진향차眞香茶, 복주福州에는 백암차柏巖茶, 홍주洪州에는 백로차白露茶가 있고, 상주常州의 양선차陽羨茶, 무주婺州의 거암차擧巖茶, 아산丫山의 양파차陽坡茶, 용안龍安의 기화차騎火茶, 검양黔陽의 도유차都濡茶·고주차高株茶, 노천瀘川의 납계차納溪茶·매령차梅嶺茶 등의 몇 가지가 모두 유명하다. 등급을 매기자면 석화차가 가장 좋고 자순차가 다음이며, 벽간차·명월차 등이 또 그다음이다.

『다전』茶箋   천지차天池茶·청취차青翠茶·방형차芳馨茶는 선품仙品이라 할 만하다. 양선차는 속칭 나개차羅岕茶라고 하는데, 절강 장흥에서 나는 것이 좋고 형계荊溪에서 나는 것은 조금 떨어진다. 찻잎이 섬세한 것은 값이 천지 차의 배이다. 육안차 역시 품질이 정精하니, 약에 넣으면 효과가 정말 좋다. 용정차는 재배 면적이 십수 묘에 불과하다. 이외에도 차가 있지만 모두 이만 못하고, 천목차天目茶가 천지차·용정차에 버금간다.

『본초강목』本草綱目   차는 야생종과 재배종이 있다. 파종은 열매를 쓴다. 열매는 크기가 손가락 끝만 하고, 동그랗고 흑색이다. 씨를 입에 넣으면 처음에는 달고 뒤에는 써서 목을 찌르듯이 자극한다. 대략쳐도 차 품종이 매우 많은데, 아주雅州의 몽정차·석화차·노아차露芽茶·곡아차穀芽茶가 제일이다. 건녕建寧(894~897) 연간 북원北苑의 용봉단이 상등의 공납품이다.

촉 지방의 차로는 동천東川의 신천차神泉茶·수목차獸目茶, 섭주의 벽간차·명월차, 기주夔州의 진향차眞香茶, 공주의 화정차·사안차, 검양의 도유차, 가정嘉定의 아미차峨眉茶, 노주瀘州의 납계차, 옥루玉壘의 사평차沙坪茶가 있다.

초 지방의 차로는 형주의 선인장차仙人掌茶, 호남의 백로차, 장사長沙의 철색차鐵色茶, 기주蘄州 기문蘄門의 단면차團面茶, 가주嘉州 곽산霍山의 황아차黃芽茶, 여주廬州의 육안차·영산차英山茶, 무창武昌의 반산차樊山茶, 악주岳州의 파릉차巴陵茶, 진주辰州의 서포차漵浦茶, 호남의 보경차寶慶茶·도릉차茶陵茶가 있다.

오월吳越 지방의 차로는 호주 고저의 자순차, 복주 방산方山의 생아차生芽茶, 홍주의 백로차, 쌍정雙井의 백모차白毛茶, 여산廬山의 운무차雲霧茶, 상주의 양선차, 지주池州의 구화차九華茶, 아산의 양파차, 원주의 계교차界橋茶, 목주睦州의 구갱차鳩坑茶, 선주宣州의 양갱차陽坑茶, 금화金華의 거암차擧巖茶, 회계會稽의 일주차日鑄茶가 있다.

이상은 차의 생산지로 유명하다. 지금 사람들은 종가시나무, 상수리나무, 산반山礬, 남촉南燭, 오약烏藥 등의 잎을 딴다. 이것도 모두 먹을 수 있기는 하지만 차 맛을 어지럽힌다.

『군방보』群芳譜 건주의 명품인 대룡단과 소룡단은 정위가 시작하여 채군모가 완성했다. 희령(1068~1077) 말 건주에 조서를 내려 밀운룡蜜雲龍을 만들게 하였는데 아주 탁월했다. 촉주蜀州의 작설차, 조취차,

맥과차는 대개 어린 싹을 가지고 모양을 참새 혓바닥, 새의 부리, 보리 알갱이와 유사하게 만든 것이다.

또 편갑차란 것이 있는데, 이른 봄 황색 싹이 돋아 잎이 비늘처럼 포개진 것이다. 선익차蟬翼茶는 잎이 연하고 얇기가 매미 날개와 같다. 홍주의 학령차鶴嶺茶는 맛이 지극히 묘하다.

촉의 아주 몽산 정상에서 나는 노아차와 곡아차 가운데 화전火前이라고 하는 것은 금화령禁火令(한식) 이전에 따서 만들고, 화후火後라고 하는 것은 금화령 뒤에 따서 만들었다는 의미이다. 일설에 의하면 아주 몽산 정상의 차가 생장이 가장 늦는데, 봄에서 여름으로 바뀌는 환절기에 늘 구름과 이슬이 그 위를 덮어 신령한 물건을 보호해주는 것처럼 한다고 한다.

또 오화차五花茶가 있다. 조각조각 오각형의 꽃구름 무늬로 되어 있고, 원주의 계교에서 난다. 이름은 매우 유명하지만 끓이면 녹각綠脚이 드리워지는 호주의 연고차나 자순차만 못하다. 초차草茶(불에 쬐고 말린 차)는 절동浙東과 절서 지방에서 많이 만드는데, 일주차日注茶가 제일이다. 경우景祐(1034~1037) 연간 이후로 홍주 쌍정의 백아차白芽茶의 제조법이 일주차보다 훨씬 정밀하여 마침내 초차 가운데 제일이 되었다.

의흥宜興 옹호灉湖에는 함고含膏가 난다. 선성현宣城縣 아산차는 모양이 작고 네모진 떡과 같은데, 횡포차橫鋪茶와 명아차茗芽茶가 난다. 산 동쪽은 아침 해가 비춰서 양파陽坡라고 부른다. 그곳의 차가 가장 좋으니, 이름은 아산양파횡문차丫山陽坡橫文茶이고 일명 서초괴瑞草魁라고도 한다.

또 건주 북원의 선춘차, 홍주 서산西山의 백로차가 있고, 안길주

安吉州 고저의 자순차, 상주 의흥의 자순차·양선차, 춘지春池의 양봉령차陽鳳嶺茶, 목주의 구갱차, 남검南劍의 석화차·노전아차露錢芽茶·전아차錢芽茶, 남강南康의 운거차雲居茶, 섬주 소강원小江園의 벽간료차碧澗蓉茶·명월료차明月蓉茶·수유차萊黄茶, 동천의 수목차, 복주 방산의 노아차, 수주壽州 곽산의 황아차, 육안주六安州의 소현춘차小峴春茶가 있다. 모두 차 가운데 지극히 좋은 것이다.

옥루관玉壘關 밖 보당산寶唐山에 차나무가 있어 깎아지른 절벽에서 난다. 싹의 길이는 3~5촌이며 사방으로 한 잎이나 두 잎이 난다. 대화산大和山의 건림차驀林茶는 처음 끓이면 아주 쓰고 떫지만 3~4회 끓이면 맑은 향기가 매우 독특하여 사람들이 차 가운데 보물로 친다. 부주涪州에서는 세 종류의 차가 난다. 최상품 빈화차賓化茶는 이른 봄에 만들어지고, 다음은 백마차白馬茶이며, 가장 하품은 부릉차涪陵茶이다.

『허씨다소』許氏茶疏   강남에서 나는 차에 대해 당나라 사람들은 양선차를 최고로 쳤고 송나라 사람들은 건주의 차를 제일 귀하게 쳤다. 오늘날 보자면 양선차는 이름만 겨우 남았고 건주의 차도 최상품이 아니며, 무이武夷의 우전차가 가장 훌륭하다.

근래에 꼽는 것은 장흥의 나개차인데, 옛사람들이 말하던 고저의 자순차가 아닐까 추측한다. 산골짜기를 개岕라고 하고 나羅씨 성을 가진 사람이 여기에 은거하였으므로 '나개'라고 한다. 그러나 산골짜기는 본래 여러 곳이 있으며, 지금은 동산洞山이 가장 좋다. 고저에서 나는 것도 좋은 차일 터인데 사람들이 항상 수구차水口茶라고만 부르니 나개차와는 영 다른 것이다.

흡주의 송라차松羅茶, 오吳의 호구차, 전당錢塘의 용정차는 향기가 진하기로 나개차와 필적한다. 옛날에 곽차보郭次甫가 황산차黃山茶를 자주 칭찬하였다. 다만 황산차 또한 흡주에서 나지만 송라차보다는 한참 못하다. 옛날 사인들이 모두 천지차天池茶를 귀하게 여겼다. 천지에서 나는 것은 마시면 대개 사람들의 가슴을 벅차게 하는 차가 많기 때문이다.

나의 관점으로 등급을 매기면 이렇다. 절浙 지방에서 나는 것으로 또 천태天台의 안탕차雁宕茶, 괄창栝蒼의 대반차大盤茶, 동양東陽의 금화차, 유흥紐興의 일주차日鑄茶가 모두 무이차와 우열을 가릴 수 없다. 전당의 산간에서도 여러 종류의 차를 생산하는데, 남쪽의 산에서 나는 것은 모두 좋고 북쪽의 산에서 나는 것은 조금 떨어진다. 북쪽의 산에서 나는 차는 부지런히 거름을 주었기 때문에 찻잎이 잘 자라는 반면 풍격과 정취는 오히려 떨어진다. 옛날에는 목주의 구갱차, 사명四明의 주계차朱溪茶를 매우 쳤지만 지금은 축에도 끼지 못한다.

무이차 외에도 천주泉州의 청원차淸源茶가 있다. 좋은 솜씨로 만든 것은 무이차와 버금간다. 초에서 생산된 것은 보경차, 전滇에서 생산된 것은 오화차五花茶이다. 모두 매우 유명한 것들이다.

『동계시다록』東溪試茶錄　백차白茶는 별도의 한 종류이니, 일반 차와 같지 않다. 가지는 넓게 뻗고, 잎은 윤기가 나면서 얇다. 절벽이나 숲에서 우연히 자생하여 인력으로 미칠 수 있는 바가 아니다. 있다고 하더라도 불과 4~5그루이고 집에서 생장한 것은 고작 한두 그루여서 차를 만들어도 2~3과에 그친다. 싹이 많지 않아 찌고 덖는 것이 더욱 어려운데다 물 끓음의 시점을 한번 놓치면 벌써 변질되어 일반 등품이 된다. 제조를 정밀하고 세심하게 해야 하니 운용을 딱 알맞게 하면 안과 밖이 해맑아 원석 속에 박힌 옥과 같아서 다른 것과는 함께 견줄 수 없다.

백엽차白葉茶는 근래에 나왔다. 차밭에서 종종 재배하는데, 땅은 산천의 멀고 가까움을 따지지 않고 싹이 트는 시기는 사일社日*의 선후를 따지지 않는다. 싹의 잎이 종이 같은 것을 민간에서 중하게 여겨 차의 상서로움으로 여긴다.

감엽차柑葉茶는 키가 1장 남짓이고 지름이 7~8촌이며 잎은 두껍고 둥글다. 모양은 감귤의 잎과 유사하며 싹은 도톰하고 젖빛이 돈다. 길이가 2촌 정도면 먹을 수 있는데 차의 상품이다.

조차早茶 또한 귤나무와 유사하다. 잎은 늘 봄에 앞서 피는데, 민간에서 따서 시험 삼아 덖는 것이다.

세엽차細葉茶는 잎이 귤잎보다 잘고 얇다. 키는 5~6척이며 싹은 짧고 젖빛이 돌지 않는다. 지금 사계산沙溪山에서 난다. 대개 흙이 척박하여 무성하지 않다.

계차稽茶는 잎이 잘면서도 도톰하고 조밀하다. 싹은 늦게 트고 청황색이다.

만차晚茶는 대개 계차의 종류로, 잎이 피는 것이 다른 차에 비해 늦어 사일 이후에 튼다.

총차叢茶는 일명 얼차蘖茶라고 한다. 떨기로 나며 키는 몇 척 되지 않는다. 한 해 동안 피는 것이 서너 번이어서 빈민들이 이롭게 여긴다.

『연북잡지』研北雜志 교지차交趾茶는 녹태와 닮았다. 맛은 맵고 이름은 등登이다.

『동백산지』桐栢山志 폭포산瀑布山은 일명 자응산紫凝山이라고 한

• **사일**社日 보통 입춘이나 입추 뒤의 다섯 번째 무일戊日을 가리키지만, 사계절에 제를 올리는 날을 뜻하기도 한다.

다. 대엽차大葉茶가 난다.

『황산지』黃山志　연화차蓮花茶는 사방 돌 틈에서 자라는데, 옅은 향과 서늘한 운치가 사람을 엄습하여 입을 못 다물게 한다. 황산운무차黃山雲霧茶라고 한다.

『항주부지』杭州府志　보운산寶雲山에서 나는 것을 보운차寶雲茶, 하천축下天竺의 향림동香林洞에서 나는 것을 향림차香林茶, 상천축上天竺의 백운봉白雲峯에서 나는 것을 백운차白雲茶라고 한다.

『운남지』雲南志　태화산太華山은 운남부雲南府 서쪽에 있다. 여기에서 생산되는 차는 색과 맛이 모두 송라차와 비슷하다. 태화차太華茶라고 한다.

보이산普洱山은 거리군민선위사車里軍民宣慰司 북쪽에 있다. 꼭대기에서 차가 나는데 성질은 따뜻하고 맛은 향기롭다. 보이차라고 한다.

맹통산孟通山은 만전주灣甸州 경계에 있다. 세다細茶를 생산하는데 맛이 가장 좋다. 만전차灣甸茶라고 한다.

『대리부지』大理府志　감통사感通寺는 점창산點蒼山 성응봉聖應峯 기슭에 있다. 옛 이름은 탕산蕩山이며 또 상산上山이라고 한다. 36개의 원院에서 모두 차가 난다. 차나무의 키는 1장이며, 성질과 맛이 양선차에 못지않다. 감통차感通茶라고 한다.

『완릉시주』宛陵詩注　양주楊州에서는 매년 촉강차蜀岡茶를 공물로 바친다. 몽정차와 비슷하며, 병을 낫게 하고 수명을 연장할 수 있다.

『행포지』杏蒲志　우리나라에는 호남 지역에 종종 차가 난다. 이수광李晬光의 『지봉유설』芝峯類說에 "신라 흥덕왕 때 사신이 당나라에서 차 씨앗을 가지고 돌아오자, 지리산에 심도록 명하였다" 하였다. 그때 가지고 온 것이 어느 지방 산인지 모르겠다. 다만 호남의 차는 아마 그 종자의 후손일 것이다. 잎은 거칠고 큰 데다 단단하다. 볶으면 기운과 맛이 북경의 저자에서 구입한 황차와 비슷한데 아마 잎을 따서 찌고 볶을 때 제대로 된 방법을 터득하지 못한 것 같다.

영호남의 연해안 지방에서 나는 것은 아주 고품격이라 중국의 강소江蘇와 절강 및 회남과 회북淮北 등 명차의 산지에 비해 별로 못하지 않다. 땅기운의 차고 더운 성질 또한 별 차이가 없으니 혹 기후와 토지가 맞지 않다고 하는 건 터무니없다.

정말로 바른 방법으로 품종을 구입하여 재배하고 알맞게 덖어 제조한다면 석화차나 자순차 같은 명품을 우리나라에서 얻지 못할 것도 없다.

안按° 우리나라 사람들은 차를 그다지 마시지 않아 나라에 자생하는 차 품종이 있으나 아는 사람이 또한 드물었다. 근래 50~60년 동안 사대부들과 부귀한 사람 가운데 종종 즐기는 사람들이 있어 매년 북경에서 수레로 구입해 온 것이 걸핏하면 소나 말이 땀을 흘릴 정도로 많다. 그러나 진짜는 거의 없다시피 한다. 대부분 종가시나무, 상수리나무, 박달나무, 조나무의 잎과 섞는데, 이런 걸 오랫동안 마시면 설사를 한다. 지금 중국의 차 산지와 각종 명품을 대략 이같이 기록하여 호사가들에게 종자를 구입하여 전파하고 번식시킬 수 있도록 한다. 실로 심고 재배하고 덖어서 차를 만드는 데에 정통한 기술이 있다면 우리나라의 고유한 진짜 차는 버리면서 다른 나라의 비싼 가짜 차를 구입하게 되지는 않을 것이다.

안 편차片茶는 남당의 북원에서 비롯되었으며 송나라 사람들이

• **안按** 인용문 사이사이에 자신의 생각을 피력하여 넣은 글.

가장 높이 쳤다. 경력慶曆(1041~1048) 연간의 소룡단, 원풍(1078~1084) 연간의 밀운룡密雲龍, 소성紹聖(1094~1097) 연간의 서운룡瑞雲龍은 모두 그 가운데 가장 유명한 것이다. 차에 대해 논하는 자들은 이렇게 말한다. "단차團茶와 편차는 모두 갈아서 가루로 조제한 것이기 때문에 이미 참맛을 잃었다. 게다가 기름때가 첨가돼 가품佳品이 못 된다. 싹으로 만든 차가 지닌 천연의 맑은 향만 못하다."

대개 용단봉병龍團鳳餠은 본래 공물에 충당하는 데다 뇌자腦子*등 여러 종류의 향유를 섞어 조제하기에 한 덩이의 값이 40만 전이나 된다. 그래서 "금을 얻기가 쉽지 용단을 구하기란 어렵다" 하는 말이 있다. 이것을 어찌 산림의 청수한 선비들이 쉽게 얻을 수 있겠는가? 지금은 다만 싹으로 만든 명차만 기록하고 편차는 생략한다.

적당한 토양

나무 아래나 북쪽의 그늘진 땅이 적합하다. 『사시유요』四時類要

대개 산의 평평한 비탈이 적합하다. 평지의 경우에는 곧 양쪽 두둑에 도랑을 깊이 파서 물을 빼야 하니, 물이 뿌리에 스며들면 반드시 죽는다. 『사시유요』

제일 좋은 것은 푸석푸석한 돌밭에서 난 것이고, 중간은 자갈에서 난 것이고, 제일 못한 것은 황토에서 난 것이다. 『다경』

차를 심는 땅은 벼랑이면 반드시 양지여야 하고 밭이면 꼭 음지여야 한다. 대개 돌은 성질이 차기 때문에 잎은 생육이 억제되어 파리

---

* 뇌자腦子   용뇌향龍腦香 줄기 속의 기름으로 된 결정.

하며 맛은 변변치 못하고 싱거운 법이니, 반드시 볕을 받아 기운을 펴야 한다. 흙은 성질이 넓기 때문에 잎은 성기면서 거칠고 맛은 뻣뻣하면서 가벼운 법이니, 반드시 그늘을 받아 기운을 조절해야 한다. 음양이 서로 조화되면 차가 자라는 것이 마땅함을 얻는다. 『대관다론』大觀茶論

차를 심는 땅은 남향이 좋다. 북향은 차 맛이 떨어지므로 같은 산이라도 좋고 나쁜 것이 매우 현격하다. 『다해』茶解

성질이 물을 싫어하므로 기름지면서도 비탈지고 그늘지면서도 물이 잘 빠지는 땅이 좋다. 『군방보』群芳譜

시기

2월에 차를 심는다. 『사시유요』

청명에서 곡우 사이가 차를 따는 시기이다. 청명은 너무 이르고 입하는 너무 늦으며 곡우 전후 시기가 적당하다. 다시 하루나 이틀 늦추어 기력이 충분해지기를 기다리면 향기는 배가 되고 보관도 쉽다. 매실 익을 무렵은 덥지 않으므로 비록 제법 크지만 아직은 가지가 어리고 잎이 부드럽다. 항주杭州의 풍속은 사발에 조금씩 넣어 우려내는 것을 좋아하므로 지극히 섬세한 것을 귀하게 여기는데, 번민을 다스리고 울증을 없애주기 때문에 대뜸 그르다고 할 수 없다.

오송吳淞 사람들이 우리 고향 용정차를 아주 귀하게 여겨 비싼 가격으로 곡우 전에 딴 세엽細葉을 구입한다. 이는 관습에 젖어 묘한 이치를 알지 못하기 때문이다. 산골에 사는 사람들은 여름 이전이 아니면 따지 않는다. 처음 따는 것을 개원開園이라고 하고 한여름부터 딴 것은 춘차春茶라고 한다. 땅이 조금 차기 때문에 여름을 기다려야 하는 것이고, 또 이곳에서는 너무 늦게 딴다고 문제 삼지 않는다. 옛날에는 가을에 차를 따는 경우는 없었는데 근래에 와서야 생겼다. 가을 7~8월에 한 번 더 따는 것을 조춘이라고 하는데 품질이 매우 좋다. 『허씨다소』

일찍 따는 것이 좋다. 대개 청명과 곡우 이전에 딴 것이 좋으며 이때를 지나면 좋지 않다. 『왕씨농서』王氏農書

좋은 차는 사일社日 이전에 만든다. 다음은 화전火前으로 한식 이전에 만든 것을 말한다. 다음은 우전으로 곡우 이전에 만든 것을 말한다. 『학림신편』學林新編

곡우 이전에 차를 따면 정기와 신운神韻이 충분하지 않고 여름이 지나면 줄기와 잎이 너무 거칠다. 그러나 차는 잘고 어린 것이 좋으므로 여름으로 접어들 무렵에 따야 한다. (안: 이것은 나개차를 따는 시기이다. 다른 예에 비하여 몇 절기가 늦다.) 북원에서는 관청에서 차를 덖어 만드는데 늘 경칩 후에 한다. 『초계시화』苕溪詩話

심고 가꾸기

둘레 3척, 깊이 1척으로 구덩이를 파되, 두엄을 익히고 분뇨를 뿌린 다음 흙과 섞는다. 매 구덩이 속에 씨 60~70알을 심되 대개 흙 두께는 1촌이 넘게 하고 풀은 나는 대로 내버려두고 김매지 않는다. 2척 간격으로 구덩이에 같은 방향으로 심는다. 가물 때는 쌀뜨물을 준다. 이 작물은 햇빛을 싫어하므로 뽕나무 아래나 대나무 그늘이 진 땅에 심으면 좋다. 2년 후에야 김을 맨다. 소변, 묽은 똥, 누에똥을 주어 북

돋우되 또 너무 많이 주어서는 안 되는데 뿌리가 여리기 때문이다. 3년 이후에 차를 수확한다. **『사시유요』**

오이를 심는 방법과 같고, 3년이면 딸 수 있다. **『다경』**

씨를 심을 때는 겨와 불에 태운 흙을 섞어 심는다. **『군방보』**

단지 심어서 다 자라게 해야지, 옮겨 심어서는 안 된다. **『증보도주공서』**增補陶朱公書

보호하기

차밭에는 차에 해로운 나무를 심어서는 안 된다. 오직 계매桂梅, 목련, 백목련, 해당화, 창송蒼松, 취죽翠竹을 드문드문 함께 심으면 서리와 눈을 막고 가을볕을 가릴 수 있다. 차나무 아래에는 난이나 국화 같은 맑은 향의 식물을 심어도 좋다. **『다해』**

조심해야 할 점

가장 조심해야 할 점은 채소밭과 붙어 있어서 물이 스며드는 것을 막지 못하여 맑고 참된 기운을 더럽히는 것이다. **『다해』**

따기

찻잎은 보통 2월, 3월, 4월에 딴다. 차의 순은 푸석푸석한 돌이 있는 비옥한 땅에서 자라며, 4~5촌쯤 커서 마치 고사리가 처음 뻗는 것과 같을 때 이슬을 맞으며 딴다. 찻잎의 싹은 떨기가 져 우거진 곳 위로 3지枝, 4지, 5지 가운데서 쏙 올라온 것을 골라 딴다. 찻잎은 비가 오는 날에는 따지 않고, 맑아도 구름이 있으면 따지 않는다. 『다경』

차는 여명에 따고 해가 뜨면 멈춘다. 손톱으로 싹을 따고 손가락으로 비비지 않아야 하는데 땀이나 따뜻한 기운이 젖어들면 차가 깨끗한 기운을 풀지 않을까 염려해서이다. 까닭에 찻잎을 따는 사람들은 대부분 새로 길은 물을 가지고 다니면서 찻잎을 따면 물에 적신다. 보통 참새의 혀나 곡식 낟알 같은 찻잎이 상품이 되고, 처음 나서 처음 펴진 것(안: 싹이 처음 나서 부드러운 것이 일창一鎗이고, 점점 커져 깃발처럼 펼쳐진 것이 일기一旗이다.)이 간아揀芽이며, 이창二鎗과 이기二旗는 그다음이고, 나머지는 하품이다. 차가 처음 싹이 나면 백합白合*이 있고, 따고 나면 오대烏帶가 있다. (안: 『서계총화』西溪叢話에서는 다음과 같이 말한다. "북원의 용단은 운백雲白보다 나은데, 쪄낸 다음 가려낸다. 싹의 매 잎에서 먼저 따 없애는 바깥쪽 작은 두 잎을 오대라고 하며, 또 다음으로 두 개의 여린 잎을 딴 것을 백합이라고 하며, 중심의 작은 싹을 남겨 물속에 두는 것을 수아水芽라고 한다. 모인 것이 조금 더 많아지면 곧 갈고 덖어서 이등품의 차를 만든다.") 백합을 제거하지 않으면 차의 맛을 해치고, 오대를 제거하지 않으면 차의 색을 해친다. 『대관다론』

차를 따는 것은 새벽에 하여 해를 보아서는 안 된다. 새벽에는 이슬이 아직 마르지 않아 찻잎이 보드랍고 촉촉하다. 그러나 볕에 쬐면 양기가 닿아 싹의 윤기가 안에서 말라버려 물을 주어도 신선하지 않게 된다. 그러므로 늘 오경五更(4시 전후)에 사람들을 모아 산에 들어가

• 백합白合 차의 싹 속에 두 잎이 합하여 생긴 작은 잎.

고 신시辰時(6시 전후)가 되면 그쳐서 욕심내어 많이 따는 데 힘쓰지 않도록 한다. 『북원별록』北苑別錄

차를 따는 것은 바람과 해가 맑고 화창한지를 살펴 달과 이슬이 막 걷힐 때 새로 난 잎을 몸소 보면서 따서 광주리에 담아야 한다. 뜨거운 햇살이 내리쬐면 또 광주리 안이 더워지는 것을 막아야 하니 창고까지 덮개로 가리고 간다. 속히 깨끗한 채반에 쏟아 부어 얇게 넌 다음 시든 가지나 병든 잎, 거미줄, 청우靑牛(애벌레) 등을 세심하게 골라내어 일일이 없애주어야 비로소 깨끗해진다. 『개다전』芥茶箋

찻잎은 너무 잔 것을 딸 필요는 없으니, 너무 잘면 싹이 막 움튼 터라 맛이 충분하지 않다. 또 너무 푸른 것을 딸 필요도 없으니, 푸르면 차가 너무 쇠어 맛이 부드럽지 않기 때문이다. 곡우 전후에 가지가 솟아 잎이 난 것 중에서 연한 녹색이면서 둥글고 도톰한 것이 상품이다. 『도씨다전』屠氏茶箋

찻잎을 처음 딸 때 가지의 쇠한 잎을 골라 없애고 오직 여린 잎만을 따야 하며, 또 끝부분과 잎자루를 제거해야 하는데 볶을 때 쉽게 타는 염려 때문이다. 『문룡다전』聞龍茶箋

찌기와 덖기

차의 품질은 차 찌기와 압황壓黃*의 성패에 달려 있다. 덜 찌면 싹이 미끌미끌하기 때문에 색은 맑지만 맛은 뜨겁고, 너무 찌면 차의 싹이 물러지기 때문에 색이 붉고 입에 붙는 맛이 없다. 너무 누르면 향

• 압황壓黃 잘 쪄서 누렇게 된 차를 눌러 기름기를 빼는 공정.

이 없어지고 맛이 빠져버리며, 덜 누르면 색이 어둡고 맛은 떫다. 그 래서 찌기는 잘 익어 향기롭게 해야 하고 압황은 기름이 빠지자마자 바로 멈춘다. 이렇게 하면 차를 제조하는 공정에 8할은 성공한 것이 다. 『대관다론』

싹은 마냥 깨끗하게 씻고 그릇은 마냥 정갈하게 씻으며, 찌고 누 르는 것은 마냥 알맞게 하고 연고를 만드는 것도 마냥 잘 익혀야 하며 불에 말리는 것도 제대로 해야 한다. 마셨을 때 흙이 조금 있는 것은 싹이나 그릇을 정갈하게 씻지 않았기 때문이다. 무늬가 건조하고 붉 은 것은 불에 말린 것이 과도하기 때문이다. 무릇 차를 만들 때는 해 의 길이를 먼저 가늠하여 공력을 고르게 분배하고 채취 분량을 헤아 려 하루 만에 만든다. 차가 하룻밤을 지나면 빛깔과 맛이 손상될까 염 려스럽기 때문이다. 『대관다론』

생차生茶를 처음 따면 향기가 아직 나지 않으므로 반드시 불의 힘 을 빌려 향기가 나게 해야 한다. 그러나 열기에 약하므로 오랫동안 덖 어서는 안 된다. 많이 따서 솥에 넣으면 손길이 고르지 않고, 솥에 오 랫동안 두어 너무 익으면 향기가 흩어진다. 심하여 타버리면 어찌 차 를 달일 수 있겠는가? 차를 볶는 기구는 새로 만든 쇠를 가장 꺼린다. 쇠의 비린내가 한번 배면 더 이상 향이 나지 않기 때문이다. 또 기름 기를 특히 조심해야 한다. 해롭기가 철보다 더 심하므로 미리 솥을 준 비하여 밥 지을 때만 쓰고 다른 용도로 사용해서는 안 된다.

차를 덖을 때 쓰는 땔나무는 가지가 좋고 줄기나 잎은 좋지 않다. 줄기는 화력이 너무 세고 잎은 금방 타올랐다가 금방 꺼지기 때문이 다. 솥은 반드시 윤이 나도록 닦아두었다가 차를 따는 대로 덖는데, 한 솥 안에 4냥만 넣을 수가 있다. 먼저 약한 불을 지피다가 다음에 센 불로 재촉한다. 손에 나무막대를 잡고 급히 섞어서 덖되 반쯤 익는 것을 기준으로 하여 향기가 조금 날 때까지 기다려야 하니 이때가 적기이다. 급히 작은 부채를 가지고 순면이나 큰 종이를 바닥에 붙인 광주리에 퍼두었다가 덖은 것이 많이 쌓이면 식기를 기다려 병에 넣어 보관한다. 일손이 많으면 솥 여러 개에 대광주리도 여러 개 준비해 두고 한다. 일손이 적으면 솥은 한두 개라도 대광주리는 반드시 4~5개를 사용해야 한다. 대개 덖는 것은 빠르고 말리는 것은 더디기 때문이다.

또한 마르고 습한 것이 서로 섞여서는 안 된다. 섞이면 향기와 기운이 크게 떨어지기 때문이다. 잎이 조금이라도 타면 솥 전체의 차가 소용이 없게 된다. 화력이 센 것도 꺼리지만 솥이 식는 것은 더욱 꺼리는데, 가지와 잎이 부드럽지 않게 되기 때문이다. 뜻대로 불을 조절하는 것이 가장 어렵다. 『허씨다소』

개다荈茶는 덖지 않고 시루에 쪄서 익힌 뒤에 불에 말린다. 늦게 따서 가지와 잎이 조금 쇠면 덖어도 부드럽게 할 수 없으니 단지 말라 부스러질 뿐이다. 또 잘디잔 초개炒荈가 있는데 다른 산에서 따서 덖고 말려 기이한 것을 좋아하는 사람들을 속이는 것이다. 그런데 그 가운데 너무 차를 아끼는 바람에 여릴 때 차마 따지 못하여 나무를 상하게 하기도 한다. 내 생각으로는 다른 산에서 나는 것이라도 조금 늦게 따고 다 자란 다음에 쪄도 별 문제는 없는 것 같다. 『허씨다소』

차를 찔 때는 잎이 쇠었는지 부드러운지를 살펴서 찌는 정도를 정하는데, 껍질이 갈라지고 붉은색을 띠는 것을 기준으로 삼는다. 너무 익히면 신선도가 떨어진다. 솥 안의 물은 자주 갈아야 하는데, 대개 너무 끓이면 차의 맛을 빼앗기 때문이다. 『개다전』

차 가마는 일 년에 한 번 수리한다. 수리할 때 습한 흙을 섞으면 흙 기운을 띠게 된다. 우선 마른 섶으로 하룻밤 재워 불을 지펴 가마의 안팎이 바짝 마르게 한 후, 먼저 거친 차를 넣어 말리고 다음 날 상품을 말린다. 또 가마 위에 놓는 발은 새 대나무를 사용해서는 안 되는데 대나무 냄새가 밸까 염려스럽기 때문이다.

또 차를 발에 고루 펴야지 너무 두껍게 펴거나 너무 얇게 펴도 안 된다. 가마에 숯을 사용할 때 연기가 나는 건 급히 없앤다. 또 살살 큰 부채질을 해서 화기가 돌게 한 다음, 위아래의 대나무발을 바꾸어준다. 불이 너무 뜨거우면 탄내가 밸까 염려스럽기 때문이다. 너무 뜨겁게 하면 빛깔과 윤기가 좋지 않고, 발을 바꾸지 않으면 또 고르게 마르지 않을 염려가 있다.

찻잎의 엽맥葉脈이 모두 바짝 말랐는지를 살피고 나서야 이러한 찻잎들을 한데 모아 1개나 2개의 발에 펴서 가마 안의 가장 높은 곳에 두어 하룻밤을 재운다. 그리고 가마 안의 숯 몇 개를 남겨 은근하게 말렸다가, 다음 날 아침에 거두어 보관한다. 『개다전』

덖을 때 한 사람이 옆에서 부채질하여 열기를 없애주어야 한다. 그렇게 하지 않으면 색과 맛과 향이 모두 떨어진다. 덖어서 솥에서 꺼낼 때 자기로 된 큰 쟁반 안에 두고 급히 부채질하여 열기를 조금 식힌다. 손으로 거듭 주무른 다음 다시 흩어서 솥에 넣는다. 약한 불로 덖어서 말리고 가마 안에 넣는다. 대개 주무르면 진액이 우러나와 달일 때 맛과 향이 쉽게 나온다. 전자예田子藝(전예형)는 생으로 햇볕에 말릴 뿐 덖지 않고 주무르지 않은 것을 상품으로 쳤는데, 아직 시험해 보지 못했다. 『문룡다전』

아차芽茶는 불로 만든 것이 다음이고 날것을 햇볕에 말린 것이 상품이니, 또한 천연에 가까운 데다 연기와 불을 끊었기 때문이다. 더군

다나 만드는 사람의 손과 기구가 깨끗하지 않고 불과 시기가 제때를 잃으면 향과 빛깔을 손상시킬 수 있음에랴. 날것으로 말린 차가 병 속에서 우려지면 가지와 잎이 펴지고 맑은 비취빛이 선명히 돌아 더욱 좋다. 『**자천소품**』煮泉小品

따고 나서 시루에 살짝 찌면 생숙生熟이 알맞게 된다. (덜 찌면 맛이 세고 너무 찌면 맛이 떨어진다.) 다 찌면 채반에 얇게 편다. 축축할 때 살짝 주물러 가마에 넣고, 고르게 펼쳐 불에 쬐어 말리되 타지 않게 한다. 대나무를 엮어 가마를 만들고 대껍질로 싸고 덮어 화기를 거두어들인다. 『**왕씨농서**』

납차는 가장 귀한 데다 만드는 것도 평범하지 않다. 상등품의 여린 잎을 골라 곱게 갈아 체에 거른 후, 뇌자 등 여러 향유를 섞어 제조법대로 만든다. 떡 모양으로 찍어내되 제작 양식은 솜씨대로 만들도록 맡겨둔다. 마르면 향기 나는 기름으로 윤기를 내고 꾸민다. 완성품으로는 대룡단, 소룡단, 대과帶胯 등의 빼어난 차가 있지만, 오직 공납에 충당하므로 민간에서는 보기 어렵다. 『**왕씨농서**』

등차橙茶는 이렇게 만든다. 등자나무의 껍질을 가는 실처럼 잘라 등사橙絲 1근을 만든다. 좋은 차 5근을 말려 등사 사이에 섞고, 고운 베를 연기 쬐는 대광주리(火箱)에 깐 다음, 그 위에 차를 올려놓고 말린 뒤 깨끗한 면으로 덮는다. 4~6시간이 경과하면 세워서 잇댄 종이 포대로 싸고, 이어서 면을 덮어 불에 쬐어 말린 다음 사용한다. 『**고씨다보**』

연화차는 해 뜨기 전에 반쯤 머금은 연꽃을 벌려 세다細茶 한 줌을 연꽃송이 속에 가득 넣은 후 삼 껍질로 슬쩍 매어 하룻밤 지나게 한다. 다음 날 아침에 꽃송이를 따서 꽃잎을 재껴 찻잎을 쏟아 부은 다음, 건지建紙로 차를 싸서 불에 쬐어 말린다. 다시 앞의 방법대로 하되 찻잎을 다른 꽃술 안에 넣는다. 이렇게 하기를 여러 차례 한 다음, 가져다 불에 쬐어 사용하면 향기와 맛을 말로 다 할 수 없다. 『고씨다보』

목서木樨, 말리茉莉, 해당화(玫瑰), 장미, 난사蘭蔥, 귤꽃(橘花), 치자, 목향木香, 매화도 모두 차를 만들 수 있다. 여러 꽃들이 채 피지 않고 한껏 벙글어 꽃봉오리의 향기가 온전한 것을 딴다. 찻잎의 많고 적음을 헤아려 꽃을 따서 차를 만든다. 꽃이 많으면 너무 향이 나서 차의 여운을 뺏고, 꽃이 적으면 향이 나지 않아 아름다움을 다하지 못하니, 찻잎 3정停에 꽃 1정이어야 맞다. 가령 목서화는 가지와 꼭지 및 먼지, 벌레, 개미를 없앤 후, 자기 항아리에 한 층은 차 한 층은 꽃으로 켜켜이 채워 가득 차게 한 다음 종이와 댓잎으로 단단히 묶어야 한다. 이것을 솥에 넣고 거듭 끓여낸 후 꺼내어 식기를 기다려 종이로 싸서 봉한 다음, 불 위에 놓고 말려서 보관한다. 다른 꽃도 이 방법을 따른다. 『고씨다보』

거두고 보관하기

차는 댓잎과는 맞고 향료는 꺼린다. 따뜻하고 마른 것을 좋아하며 차고 습한 것은 싫어한다. 때문에 보관하는 농가에서 댓잎으로 싸서 가마 안에 넣는다. 2~3일에 한 번 사람의 체온 정도로 불을 넣어 따뜻하게 데운다. 따뜻하면 습한 것을 제거하지만 불이 너무 세면 차가 타버려 못 먹게 된다. 『고씨다보』

서무오徐茂吳가 말하였다. "차를 보관하는 방법은 이렇다. 큰 항아리에 차를 채우되, 바닥에 댓잎을 깔고 단단히 봉하여 뒤집어 놓아 두면 여름이 지나도 누렇게 뜨지 않는다. 차의 기운이 바깥으로 새어 나가지 않기 때문이다."

자진子晉이 말하였다. "덮개가 있는 항아리 속에 뒤집어놓되 항아 리 바닥이 단사丹砂여야 한다. 그러면 물이 생겨나지 않고 늘 건조함 이 유지된다. 또 항상 단단히 봉해두어 햇빛에 노출되지 않아야 하니, 햇빛에 노출되면 반점이 생겨 차의 색이 손상된다. 보관 장소는 또 뜨 거운 곳도 맞지 않다. 햇차는 냉큼 내어 써서는 안 되니, 매실이 누렇 게 익는 때를 지나야 맛이 비로소 깊어진다." 『쾌설당만록』快雪堂漫錄

차를 보관할 때는 자기 단지를 새로 깨끗이 씻고 마른 댓잎으로 두루 펼쳐 촘촘하게 깐 다음, 차를 꼭꼭 채워 넣되 흔들어 빈틈없이 하는데 손가락을 사용해서는 안 된다. 위에 마른 댓잎을 여러 층 덮 고, 또 불에 구운 마른 숯을 단지 주둥이에 깔고 단단히 묶는다. 근래 에 주둥이를 틀어막는 주석 용기를 써서 차를 저장하는 것은 더욱 건 조하고 촘촘하게 보관할 수 있기 때문이다. 대개 자기로 된 단지도 바 람이 스며드는 작은 틈이 있으니 견고한 주석만은 못하다. 『다전』

보관할 때 10~20근들이의 큰 자기 항아리를 사용한다. 안쪽 면 에 사방으로 댓잎을 두껍게 대고 가운데는 차를 저장한다. 반드시 바 짝 말린 가장 새 항아리로 차 보관 용도에만 써야 오래될수록 좋아지 고 해마다 바꿀 필요도 없다. 차를 차곡차곡 채운 다음 두꺼운 댓잎으 로 항아리 입구를 꽉 메운다. 다시 댓잎을 덧댄 후 진피지眞皮紙로 싸 고 모시 줄로 단단히 묶은 다음, 새로 구운 큰 벽돌로 눌러 미세한 바 람도 들어오지 못하게 해야 다음 해 햇차를 맛볼 때까지 보관할 수 있 다. 『허씨다소』

차는 습한 것을 싫어하고 건조한 것을 좋아한다. 추운 것을 싫어하며 따뜻한 것을 좋아한다. 고온다습한 것을 싫어하고 청량한 것을 좋아한다. 놓아두는 곳은 반드시 항상 앉고 눕는 장소여야 하니, 사람과 가까운 곳에 두면 늘 따뜻하여 춥지 않기 때문이다. 반드시 판자로 만든 방에 두어야지 흙으로 된 방에 두어서는 안 되니, 판자로 된 방은 건조하고 흙으로 된 방은 고온다습하기 때문이다. 또 반드시 바람을 통하게 하고 구석진 곳에 두어서는 안 되니, 구석진 곳은 고온다습하기 쉬운 데다 잘 살피지 못할 염려가 있다.

시렁에 보관하는 방법은 이렇다. 벽돌을 바닥에 여러 층 쌓고, 또 사방으로 벽돌을 쌓아 모양을 화로같이 만든다. 클수록 좋되 흙벽에 가까이해서는 안 된다. 그 위에 항아리를 앉히고 수시로 아궁이 밑의 재를 식혀 항아리 둘레에 쌓아둔다. 여기에서 반 척 바깥에 수시로 불씨가 남아 있는 재를 쌓아두어 안쪽의 재를 늘 건조하게 유지하여 한편으로 바람도 피하고 한편으로 습기도 피하게 한다.

화기가 항아리에 들어가는 것을 조심해야 한다. 차를 누렇게 하기 때문이다. 세상 사람들이 대부분 대나무 그릇에 차를 보관한다. 아무리 그 위에 댓잎을 많이 써서 보호한다지만 댓잎의 성질이 질기고 억세어 착착 붙지 않아 촘촘하게 하기가 아주 어려우니, 새는 틈이 없을 수 있겠는가. 바람과 습기가 쉽게 들어오는 경우가 많으니, 이로울 게 없다. 또 땅속의 화로에 두어서는 안 되니, 절대 해서는 안 된다. 사람들 중에는 대나무 그릇에 담아 대광주리에 두는 경우가 있는데 불을 사용하면 누렇게 되고 불을 없애면 습기가 도니 조심하고 조심해야 한다. 『허씨다소』

장마철에는 마음대로 열어서는 안 된다. 쓰고자 한다면 반드시 날씨가 청명하여 따스하고 화창한 날 차 단지를 열어야 바람의 피해가 없다. 먼저 뜨거운 물로 손을 씻고 삼베 수건으로 닦는다. 단지 입구 쪽의 댓잎은 꺼내어 따로 건조한 곳에 둔다. 따로 준비한 작은 항아리에 꺼낸 차를 담아두는데, 날짜를 헤아려 10일을 한도로 한다. 차 단지에서 차를 1촌 꺼냈으면 1촌의 댓잎을 채워 넣는데, 이때 댓잎은 반드시 잘게 잘라야 한다. 차는 날이 갈수록 줄어들고 댓잎은 날이 갈수록 늘어나는 것이 절후이니 건조시키고 차곡차곡 채워 단단히 싸는 것을 이전처럼 해야 한다. 『허씨다소』

차의 성질은 종이를 싫어한다. 종이가 물속에서 만들어져 물 기운을 많이 받았기 때문이다. 하룻밤만 종이에 싸두면 종이에 기운을 빼앗겨 차 맛이 없어진다. 불 속에서 말렸다고 하더라도 조금 지나면 습한 기운이 돈다. 『허씨다소』

일상에 쓰일 차는 작은 항아리에 저장하되 댓잎으로 싸고 모시줄로 묶어 또한 바람을 맞지 않게 한다. 책상머리에 두어야지 시장바구니나 책 상자 안에 두지 말아야 하며, 식기와 함께 두는 것은 특히 조심해야 한다. 향료와 같이 두면 향료가 배어들고, 해산물과 함께 두면 비린내가 배어든다. 나머지도 미루어보면 알 수 있으니, 하룻밤을 지나지 않아 변한다. 『허씨다소』

종자 보관하기

여물었을 때 씨를 수확하여 축축한 모래흙과 섞어 대광주리에 담고 볏짚으로 덮는다. 그렇게 하지 않으면 얼어 죽는다. 『사시유요』

한로에 차 씨를 수확하여 햇볕에 말린 다음, 축축한 모래흙과 고르게 섞어 광주리 안에 담아둔다. 『군방보』

출전: 『임원경제지』林園經濟志 만학지晩學志 권5 잡식雜植

해설   만학지는 『임원경제지』의 권23~권27에 걸쳐 과류果類, 덩굴류, 목류木類 등에 대해 기술해놓은 것이다. 차에 대한 내용은 담배와 함께 잡류에 들어 있는데, 차의 명칭, 차의 유래, 차의 종류, 명차와 생산지, 재배법, 차의 성질, 차 조제법, 보관법 등에 대해 자세하게 기술했다. 이상의 역자는 차영익이며, 교열자는 김태완, 박종우, 이두순, 이동인이다.

물의 품등

산 물이 상등이고 강물이 중등이고 우물물이 하등이다. 산 물 중
에서도 유천乳泉°이나 석지石池의 완만하게 흘러가는 것을 고르는 것
이 가장 좋다. 폭포처럼 쏟아지는 물, 용솟음치는 물, 여울물과 세찬
물은 먹지 말아야 한다. 오랫동안 먹으면 목과 관련된 질환을 불러일
으킨다. 또 대체로 산의 골짜기에 별도로 흐르는 물로서 깊이 고여 흐
르지 않는 것은 여름에서 가을 서리가 내리기 전까지 혹 숨어 있는 용
이 그 사이에다 독을 담아놓을 수도 있다. 마시는 자는 물을 터서 나
쁜 기운을 흘려보내고 새로운 샘물을 졸졸 흐르게 한 후에 떠먹어야
한다. 강물은 사람들과 멀리 떨어진 물을 취하고, 우물물은 길어가는
사람들이 많은 물을 취한다. 『다경』

폭포수는 비록 성대함이 지극하지만 먹을 수는 없다. 넘치고 세
차고 출렁이고 요동치는 물은 맛이 이미 크게 변하여 참된 성질을 잃
은 것이다. '폭瀑'이라는 글자는 물(水)이라는 뜻과 사납다(暴)는 뜻을
따랐으니, 대개 깊은 의미가 있다.

내가 한번은 폭포수 위의 근원을 살펴보니, 모두 물줄기가 모여
합치는 곳으로 출구에 높은 벼랑이 있어 비로소 내리 쏟아져 폭포가
되었고, 하나의 근원과 하나의 물줄기로써 이렇게 폭포를 이룬 것은

• 유천乳泉   종유석에 떨어지는 물방울.

없었다. 근원이 많으면 곧 물줄기들이 섞이게 되니 좋은 품질이 아니라는 것을 알 수 있다. 『수품』水品

폭포수를 먹을 수는 없지만, 그 물이 흘러 소에 이르러 오랫동안 고요히 모인 것은 더 이상 폭포수와 같지 않다. 『수품』

모래흙에서 솟는 샘은 기세가 성대하게 솟구친다 하더라도 혹 그 아래는 텅 비어서 바다의 맥과 통하기도 하니, 이것은 좋은 물이 아니다. 『수품』

물은 젖빛이 도는 것이 가장 좋다. 젖빛이 도는 물은 틀림없이 달고, 저울에 달아보면 다른 물에 비해 유독 무겁다. 『수품』

샘물 중에 막혀서 오염물이 쌓이거나 혹 안개와 구름이 무성하게 끼거나 밑바닥이 보이지 않는 것이 가장 나쁘다. 만약 차가운 계곡이 맑고 아름다우며 성질과 기운이 맑고 윤택하면 반드시 밝은 빛과 사물들의 그림자를 머금고 있을 것이니, 이것이 가장 좋은 물의 품질이다. 『수품』

샘물은 단 것을 상등으로 친다. 샘물 중 단 것은 저울에 달아보면 틀림없이 무거운데, 심원한 근원이 그렇게 만든 것이다. (안:『태서수법』泰西水法에 '물의 품질을 시험하는 법'이 있는데, "맛이 없는 것이 참된 물이다. 맛이란 모두 외부에서 더해진 것이다. 때문에 물을 알아볼 때는 담백함을 위주로 한다" 하였다. 또 "같은 그릇에 번갈아 따라서 무게를 달아보아 가벼운 것이 상등이 된다"고 하였다. 『건륭어제집』乾隆御製集에서는 "물은 가벼운 것을 귀하게 친다. 일찍이 은으로 말(斗)을 만들어서 옥천玉泉의 물을 달아보니 말의 무게가 1냥이었다. 오직 새상塞上의 이손수伊遜水만이 그나마 비슷하였다. 제남濟南의 진주천珍珠泉과 양자중楊子中의 냉천은 모두 1~2리釐 정도 무거웠고,

혜산惠山·호포虎跑·평산平山은 더욱 무거웠다. 옥천보다 가벼운 물은 오직 설수雪水와 하로荷露 정도였다" 하였다. 이렇게 보면 여기의 언급과 서로 반대된다.) 『수품』

샘물은 감색에 시리지 않으면 모두 하등의 품질이다. 『주역』周易에 이르길 "우물이 달고 차서 시원한 샘물을 먹는다"(井洌寒泉食)* 하였으니, 우물물은 차가운 것을 상등품으로 삼는 것을 알 수 있다. 『수품』

샘물 중에 달고 차가운 것은 향기가 짙으니 기운이 비슷한 것들이 서로 함께하는 것이다. 『수품』

샘물이 처음 나오는 곳은 매우 담박하다. 산의 바깥 기슭으로 나오면 점차 단맛이 나고, 흘러 바다에 이르면 단맛에서 짠맛이 된다. 때문에 길어놓은 지 오래되어도 물맛이 역시 변한다. 『수품』

육 처사陸處士가 물에 대해 논한 것은 지극히 정확하다. 다만 폭포수는 목에 관련된 질환을 일으킬 뿐만 아니라, 본디 우려할 만한 독이 많다. 육 처사가 "깊게 고여 흐르지 않는다"라고 한 것은 바로 용담수龍潭水이다. 아무리 해독을 흘려보냈다 해도 먹어서는 안 된다. 『수품』

우물은 물이 땅속 깊이 고인 것으로 땅속의 음맥이다. 산속 샘물이 천연적으로 솟는 것과는 달라 마실 경우 배 속에 고여 금방 더부룩하며, 약을 달이면 약기운을 발산하거나 유통시키지 못하니 멀리하는 것이 좋다. 육 처사가 "우물물은 길어가는 사람들이 많은 물을 취한다"라고 한 것은 샘물이 없는 곳에서나 그럴 뿐, 우물은 본디 품등을 논할 수 있는 게 아니다. 『수품』

• "우물이 …… 먹는다"(井洌寒泉食) 『주역』 「산풍정괘」山風井卦의 구오九五 효사爻辭이다.

샘물을 먼 거리로 옮길 때에 이틀 밤이 지나면 곧바로 나빠진다. 액법液法에 의하면 샘물 속의 조약돌을 가져다 담가놓으면 맛이 변하지 않는다고 한다. 『수품』

돌은 산의 뼈이고 냇물은 물의 길이다. 산은 기운을 펴서 만물을 생산하니 기운이 펴지면 맥이 길어진다. 때문에 "산의 물이 상등이다"고 한 것이다. 강물은 공공의 물이니 여러 물들이 그 속에 함께 들어 있다. 여러 물이 만나면 맛이 섞이는 법이니 때문에 "강물이 중등이다"라고 한 것이다. "강물은 사람들과 멀리 떨어진 물을 취한다"라고 한 것은, 대개 사람들과 멀리 떨어져 있으면 곧 맑고 깊어서 흙탕물의 앙금이 없기 때문이다. 우물은 맑은 것으로 샘물 가운데 맑고 깨끗한 것이니 사람들이 공동으로 사용하는 것이다. 우물은 또한 법이며 절제함이다. 거주하는 사람들을 규제하고 음식을 절제하면서도 고갈됨이 없다. 맑음은 음陰에서 나오고 통함은 섞임으로 들어가는 지라, 법과 절제는 수맥이 흐려지고 맛이 막히는 부득이함에서 말미암는 것이다. 그래서 "우물이 하등이다"라고 한 것이다. "우물물은 길어가는 사람들이 많은 물을 취한다"라고 한 것은 대개 기가 통하고 흐름이 활발하기 때문일 뿐, 결국 좋은 품등이 아니니 먹지 않는 것이 좋다. 『자천소품』

눈이란 천지가 한기寒氣를 쌓은 것이다. 도곡陶穀은 눈 녹인 물로 단차團茶를 달였다. 송나라 정위는 「차를 달이며」(煮茶)라는 시에서 "너무도 아껴 책 상자에 갈무리해두고, 단단히 간직하여 눈 오는 날을 기다리네"(痛惜藏書篋 堅留待雪天)라고 하였다. 이허기李虛己는 「건다•를 학사에게 보내며」(建茶呈學士)라는 시에서 "양원梁苑의 눈•을 가져다가 건계춘을 달여보네"(試將梁苑雪 煎動建溪春)라고 하였다. 곧 눈 녹인 물이 차를 달여 마시기에 특히 좋은 것이다. 그럼에도 육 처사가 제일 말품末品에 배열한 것은 무엇 때문인가? 아마 맛이 건조하기 때문에 그런 것이리라. 만약 성질이 너무 차서 말품에 배열했다고 한다면, 그것은 그렇지 않을 것이다. 『자천소품』

비는 음양의 조화이고 천지의 베풂이니, 물이 구름에서 내려와서 때를 도와 낳고 기르는 것이다. 온화한 바람에 내리는 순조로운 비와 옅은 구름에 내리는 단비는 실로 먹을 수 있다. 예컨대 용이 지나가며 뿌린 것, 폭포처럼 쏟아지는 것, 아주 성글면서 차가운 것, 비리면서 검은 것, 처마에서 떨어지는 것은 모두 먹을 수 없다. 『자천소품』

샘물과 멀리 떨어져 있는 사람은 스스로 물을 길어올 수 없으므로 모름지기 성실한 아이를 보내 물을 길어 석두성石頭城 아래의 거짓*을 면한다. 소식蘇軾은 옥녀하玉女河의 물을 사랑하여 승려에게 조수부調水符를 주고서 길어 왔다.* 증다산曾茶山(증기曾幾)은 「혜산천*을 보내준 데 감사하는 시」(謝送惠山泉詩)에서 "예전에 물을 길어 보내느

• 건다建茶 복건성 건계建溪 일대에서 생산되는 명차. 건계춘建溪春이라고도 한다.
• 양원梁苑의 눈 남조 송의 사혜련謝惠連이 지은 「설부」雪賦는 양원에 큰 눈이 내린 풍경을 곡진하게 묘사하였는데, 후에 다른 사람의 시문을 찬미하는 전고典故로 사용되었다. 여기서는 양원에 내린 눈을 가지고 찻물을 끓여보고 싶다는 의미이다. 양원은 서한 양梁 효왕孝王이 세운 정원으로, 그 규모가 30여 리에 달할 정도로 광대하였다.
• 석두성石頭城 아래의 거짓 진晉나라 때 왕도王導가 소준蘇峻의 난리 때 황제를 두고 두 아들만 데리고 달아났다가, 나중에 석두성으로 들어가 부절을 찾았던 일. 여기서는 아이가 주인을 속이고 아무 물이나 길어 오는 것을 뜻함.
• 소식蘇軾은~길어 왔다 신표(符)의 일종. 송나라 소식이 옥녀동玉女洞의 물을 사랑하여 길어 오는데, 심부름꾼에게 속임을 당할까 염려하여 대를 쪼개어 신표로 하고 그중의 하나를 그곳의 중에게 간직하게 하여 왕래의 신표로 삼았다고 한다. 여기서는 그만큼 차를 달이는 물을 소중히 하였음을 의미한다.

라 고생하셨지"(舊時水遞費經營)라고 하였다. 『자천소품』

　물을 옮길 때에 돌을 넣어서 씻으면 또한 출렁거려 일어나는 흙탕을 없앨 수 있다. 맛으로 말하자면 흔들리면 흔들릴수록 더욱 떨어진다. 『자천소품』

　물을 옮길 때 조약돌을 병 속에 두면 그 맛을 좋게 할 뿐 아니라 또한 물을 맑게 하여 탁하지 않게 한다. 황정견黃庭堅의「혜산천시」惠山泉詩에 "석곡의 차가운 샘물에 조약돌을 깔았네"(錫谷寒泉擁石俱)라고 읊은 구절이 이것이다. 『자천소품』

　물을 긷는 길이 멀면 반드시 원래의 맛을 잃는다. 당자서唐子西(당경唐庚)가 말하길 "단차團茶든 과차銙茶든 반드시 햇차를 귀하게 여기고, 물은 강물과 우물물을 불문하고 반드시 신선한 것을 귀하게 여긴다"고 하였다. 『자천소품』

　무릇 샘물이 달지 않으면 차의 온전한 맛을 손상시킬 수 있다. 때문에 옛사람들이 물 선택을 가장 중요한 요체로 여겼다. 『다보』

　우물물이 게장처럼 혼탁하고 짠 것은, 모두 쓰지 말아야 한다. 『다보』

　소재옹蘇才翁(소순원蘇舜元)과 채군모가 차 맛을 겨루었다. 채군모가 혜산천을 쓰자 소재옹의 차 맛이 다소 못하여, 죽력수竹瀝水로 바꾸어 끓이고서야 마침내 좋은 차맛을 얻었다. 『가우잡지』嘉祐雜志

　차를 달이는 물로는 감천甘泉이 제일 좋고, 다음이 매우梅雨°이다. 매우는 영양분이 많아 만물이 이 덕에 제 맛을 기른다. 오직 감천

• 혜산천惠山泉　무석현無錫縣의 혜산사惠山寺에 있는 암반 샘물.
• 매우梅雨　매실이 노랗게 익는 늦은 봄이나 초여름에 내리는 비.

과 매우 이하로는 마실 만한 것이다. 『다해』

차를 달일 때 물의 공功이 여섯 가지 있다. 샘물이 없으면 빗물을 쓰는데, 가을비가 가장 좋고 매우가 그다음이다. 가을비는 차면서 희고 매우는 맑으면서 희다. 설수雪水는 오곡의 정수라서 색깔이 희지 못하다. 『나개다기』羅岕茶記

땔감의 품등

불은 숯을 사용한다. 그다음은 단단한 장작을 사용한다. 뽕나무, 회화나무, 오동나무, 상수리나무 따위이다. (안: 뽕나무나 오동나무는 불꽃이 제일 피지 않는 것들인데, 지금 언급하였으니 알지 못하겠다.) 고기를 구워 누린내와 기름기가 찌든 숯, 진액이 많은 나무와 패기敗器는 사용하지 않는다. (진액이 많은 나무는 잣나무, 계수나무, 노송나무이다. 패기는 썩고 망가진 기물이다.) 옛사람들은 노신勞薪*으로 끓인 차는 그 특유의 맛이 있다는데, 정말로 그런 것인가. 『다경』

차는 모름지기 약한 불로 덖고 센 불로 달여야 한다. 활화活火는 숯에 불꽃이 피는 것을 말한다. 『다보』

모든 나무로 물을 끓일 수 있으니 유독 숯만 쓸 수 있는 건 아니다. 다만 오직 차를 윤택하게 달이는 것은 숯이 아니면 안 된다. 다도에도 법이 있으니, 물은 고여 있는 것을 피하고 땔감은 연기가 많은 것을 피한다는 것이다. 법도를 어겨 끓임이 어그러지면 차가 망쳐진다. 『십육탕품』十六湯品

---

* 노신勞薪   오랫동안 사용한 낡은 수레를 부수어 땔나무로 한 것.

혹 울타리로 쓰던 보릿짚으로 붙인 불이나 혹 타다 남은 허탄虛炭은 원래의 몸체가 다 없어졌어도 성질은 여전히 부박浮薄하다. 성질이 부박하면 끝내 불꽃이 여린 단점이 있다. 숯은 그렇지 않으니 진실로 탕湯의 벗이다. **『십육탕품』**

차는 본래 신령한 식물이어서 더럽히면 상한다. 배설물로 피운 불은 비록 세기는 하지만 나쁜 성질이 완전히 가시지 않아 탕을 만들어 차에 부으면 향과 맛이 떨어진다. **『십육탕품』**

댓가지와 나뭇가지를 바람과 햇빛에 말려서 솥에 때고 병에 지피면 매우 시원하게 잘 탄다. 그러나 본 성질이 허하여 중화中和의 기운이 없기 때문에 탕을 해친다. **『십육탕품』**

차의 성패는 물 끓음의 청탁에 달렸으니, 물 끓음은 연기를 가장 싫어한다. 땔나무 한 가지를 태워 짙은 연기가 방 안에 자욱해져버린다면 물 끓음이라 할 것도 없고 차라고 할 것도 없다. **『십육탕품』**

물이 준비되어 있고 차가 준비되어 있다 해도 불이 없어서는 소용없다. 불이 없다는 말이 아니라 좋은 불이 있어야 한다는 말이다. 이약李約이 "차를 달일 때에는 모름지기 약한 불로 덖고 센 불로 달여야 한다"라고 하였는데, 활화는 숯에 불꽃이 피는 것을 말한다. 소식의 시에 "활수活水는 모름지기 활화로 달여야 한다"(活水仍須活火烹)라는 것이 이것이다.

나는 이렇게 생각한다. 산속에서 숯을 항상 얻을 수는 없다. 그러니 사화死火밖에 없다면 마른 소나무 가지가 제일 훌륭하다. 만약 추운 계절에 솔방울을 많이 주워서 쌓아두고, 차를 끓이는 도구로 사용한다면 더욱 아취가 있을 것이다. **『자천소품』**

물 끓음의 징후

물 끓음은 이렇다. 물고기눈 같은 물방울이 생기면서 가느다랗게 소리가 나는 때가 첫째 끓음이다. 솥의 가장자리를 따라 구슬방울이 연이어 샘솟는 때가 둘째 끓음이다. 팔팔 끓는 때가 셋째 끓음이다. 더 이상 끓으면 물이 쇠어 마실 수가 없다.

첫째 끓음에는 물의 양을 맞추고 소금으로 간을 맞춘다. 맛보고 남은 것을 버린다고 하는 것은 잡맛이 없게끔 하나의 맛으로 모은다는 것이 아니겠는가.

둘째 끓음에는 끓는 물을 한 바가지 떠내고 대젓가락으로 끓는 물의 중심을 휘젓는다. 그리고 차 가루를 물의 분량에 맞추어 끓는 물의 중앙으로 넣는다. 잠시 후 끓는 기세가 마치 파도가 쳐 물방울이 튀듯 하면, 떠냈던 물을 부어서 물의 기세를 가라앉혀 차의 화華를 길러준다.

무릇 여러 사발에 따라 두되 말沫과 발餑이 골고루 나뉘게 해야 한다. 말과 발은 탕湯의 화華이다. 화 가운데 엷은 것을 말이라고 하고 두꺼운 것을 발이라고 하며, 잘고 가벼운 것을 화花라고 한다. 마치 대추꽃이 둥근 연못 위에 표표하게 떠다니는 듯하고, 또 감아 도는 연못과 구비진 물가에 푸른 부평초가 막 생긴 듯하며, 또 상쾌한 맑은 하늘에 비늘 구름이 떠 있는 것과 같다.

말은 녹전綠錢*이 물가에 뜬 것 같고, 또 국화꽃이 술 단지와 그릇 속에 떨어진 것 같다. 발은 차 찌꺼기로 달이기 때문에 끓을 무렵이 되면 화華가 겹쳐지고 말이 쌓여 허연 모습이 마치 눈이 쌓인 듯하다.

• 녹전綠錢 이끼를 녹전이라고 하며, 엽전 모양의 돈 차를 녹태전綠苔錢이라고 한다.

「천부」舞賦에서 "밝기는 쌓인 눈과 같고, 빛나기는 봄의 연밥 같네"(煥如積雪 燁若春薂)라고 하였다.

처음 달일 때는 물이 끓으면 버린다. 말 위에 흑운모黑雲母 같은 검은 수막水膜이 있는데, 마셔보면 맛이 바르지 못하다.

첫 번째의 차가 준영雋永이 된다. (지극히 맛있는 것을 준영이라 하니, '준'은 맛이 있다는 뜻이고 '영'은 맛이 오래간다는 뜻이다. 역사가 오래됨을 준영이라고도 한다. 『한서』漢書에는 "괴통蒯通(본명 철徹)이 『준영』 20편*을 지었다"라고 하였다.) 혹은 끓인 물을 남겨두었다가 저장하여 화華를 기르고 끓음을 돕는 용도에 대비한다.

차는 첫째와 둘째와 셋째 주발은 차례대로 마신다. 넷째, 다섯째 주발 이상은 갈증이 심한 경우가 아니면 마시지 말아야 한다. 『다경』

탕은 차의 생명을 좌우한다. 명차라고 해도 지나치게 끓이면 곧 평범한 차와 맛이 같게 된다. 불기운이 너무 쌓이면 물의 성질이 다 없어지기 때문이다. 마치 되 속의 쌀과 저울 위의 생선처럼 높낮이를 평평하게 하여 지나침과 미치지 못함이 없는 것을 법도로 삼는 것이니, 대개 한결같이 하여 치우치지도 않고 섞이지도 않는 것이다. 이것을 득일탕得一湯이라고 한다.

새로 지핀 불이 막 일어나 물주전자가 달궈지자마자 성급하게 따르면 이는 마치 갓난아기가 채 어린아이도 되지 못한 격이다. 이렇게 해서는 장부다운 맛을 기대하기 어렵다. 이것을 영탕嬰湯이라 한다.

사람 나이가 백 살이 넘은 것은 물이 열 번 넘게 끓는 것과 같다.

---

* 『준영』 20편 원래 『준영』은 81편으로 구성되어 있는데, 여기서 20편이라고 한 것은 전사 과정의 오기가 아닌가 생각된다.

혹 이야기를 나누다가 때를 놓치고 혹 일 때문에 놓아두었다가 비로소 찻물을 쓰면 탕이 이미 성질을 잃어버리게 된다. 미안한 말이지만 백발 노안의 상늙은이가 활을 잡고 화살을 겨누어 명중시킬 수가 있겠는가, 아니면 씩씩하게 오르고 성큼성큼 걸어서 멀리까지 갈 수가 있겠는가? 이것을 백발탕白髮湯이라고 한다.

또한 거문고 타는 이를 살펴보건대 소리가 중도中道에 맞으면 뜻이 오묘하고, 먹을 가는 자를 살펴보건대 힘이 중도에 맞으면 색깔이 짙다. 소리에 완급이 있으면 거문고는 망하게 되고 물을 부을 때 완급이 있으면 차는 손상되고 마니, 알맞은 탕을 마시는 것은 팔에 책임이 있다. 이것을 중탕中湯이라고 부른다. **『십육탕품』**

나의 동년우同年友 이남금李南金은 『다경』에서 "어목魚目, 용천湧泉, 연주連珠를 가지고 물을 끓이는 단계로 삼는다"고 하였다. 그러나 근세에 차를 끓일 때 솥으로 끓이는 경우가 거의 없고 대부분 병을 써서 물을 끓이니, 그 끓는 모습을 살피기 어렵다. 사정이 이러한즉, 마땅히 물이 끓는 소리를 가지고 첫째 끓음(一沸), 둘째 끓음(二沸), 셋째 끓음(三沸)의 단계를 분별해야 한다. 또 육씨가 차를 끓이는 법은 차솥에 나아가지 않는 까닭에 둘째 끓음을 가지고 양을 알맞게 가늠하여 넣으니, 다구茶甌 앞에 나아가 끓이는 요즘 탕법과는 다르다. 그러고 보면 마땅히 둘째 끓음을 건너 셋째 끓음을 지날 즈음에 양을 알맞게 가늠하여 써야 한다.

이에 소리로 분별하는 시를 지어 "섬돌 가 풀벌레들 찌륵찌륵 만마리 매미 재촉하더니, 갑자기 천대의 수레가 우르르 오는구나. 솔바람 소리가 개울물 소리와 함께 들려오는 걸 들으면 급하게 옥색의 푸른 자기 찻잔을 불러야 하네"(砌蟲唧唧 萬蟬催 忽有十車輄載來 聽得松風並

澗水 急呼縹色綠瓷杯)라고 하였으니, 그 논의가 무척 정밀하다. 그러나 차를 끓일 때는 여리게 해야지 쇠게 해서는 안 되니, 대개 끓음이 여리면 차 맛이 달고 끓음이 쇠면 차 맛이 지나치게 쓰다. 만약 찻물 소리가 솔바람 소리나 개울물 소리처럼 들릴 때 갑자기 차를 넣어 우린다면 어찌 너무 쇠서 쓰지 않겠는가. 오직 찻물을 병에 옮기고 불을 끈 다음, 끓던 것이 멈추기를 기다려서 우려야 한다. 그렇게 한 뒤에야 끓음이 알맞아서 차 맛이 감미로우니, 이는 이남금이 미처 강구해보지 못한 것이다.

이로 인해 시 한 수로 보충하기를, "소나무에 이는 바람소리 홰나무에 뜨는 빗소리 처음 들려올 때, 급하게 구리 찻사발을 가져다 죽로에서 내려놓네. 소리가 잦아들어 조용해지기를 기다리면, 한 사발 춘설차가 제호*보다 더 좋지"(松風檜雨到來初 急引銅瓶離竹爐 待得聲聞俱寂後 一甌春雪勝醍醐)라고 하였다. 『학림옥로』鶴林玉露

차를 끓일 때에는 반드시 불꽃이 있는 숯불을 쓴다. 물이 끓어오르면 곧바로 냉수를 붓고, 다시 끓어오르기를 기다려 다시 냉수를 붓는다. 이렇게 세 차례 정도 하면 차의 색깔과 맛이 모두 한층 더 좋아진다. 『거가필용』

탕이 마구 끓어 넘치지 않도록 해야 차 맛을 돋울 수 있다. 처음에는 물고기눈과 같은 물방울이 흩어져 있으면서 미세하게 소리가 들린다. 중간에는 사방의 가장자리에 샘물이 솟는 것처럼 구슬 같은 물방울이 연달아 올라온다. 마지막에는 물이 팔팔 끓으면서 물의 기운이 완전히 없어지게 되는데 이것을 '노탕'老湯이라고 한다. 세 번 끓이는

• 제호醍醐 우유를 발효시켜 만든 음료수. 맛있는 음료의 대명사이다.

이 삼비三沸의 방법은 센 불이 아니면 할 수 없다. 『다보』

　무릇 차가 적고 탕이 많으면 구름발처럼 차가 흩어지고, 탕이 적고 차가 많으면 우윳빛을 띠며 차가 뭉친다. 『다보』

　사람들이 물이 끓는 징후만 알고 불의 징후는 모른다. 불이 타오르면 물이 마르게 마련이니 불을 다루는 것을 물을 다루는 것보다 먼저 알아야 한다. 『여씨춘추』呂氏春秋에서 이윤伊尹이 탕왕湯王에게 다섯 가지 맛에 대해 얘기하면서, "물이 아홉 번 끓으면 맛이 아홉 번 변하는데 불이 기준이 됩니다" 하였다. 『자천소품』

　물 끓음이 여리면 차 맛이 제대로 나지 않고, 과하게 끓으면 물이 쇠하여 차 맛이 떨어진다. 오직 화花만 있고 의衣는 없을 때*가 차를 우리는 시점이 된다. 『자천소품』

　물속이 맑고 깨끗하면서 흰 조약돌이 둘러져 있는 샘물을 택하여 끓이면 더욱 묘하다. 『자천소품』

　산곡山谷(황정견)이 "시원하여라! 마치 시냇가의 소나무가 맑은 소리를 내는 것 같구나. 넓디넓어라! 마치 봄 하늘에 흰 구름이 떠가는 것 같구나"(淘淘乎 如澗松之發淸吹 浩浩乎 如春空之行白雲) 하였으니, 차를 끓이는 삼매경을 얻었다 말할 수 있겠다. 『암서유사』巖棲幽事

　고황顧況은 이렇게 읊었다.

약한 불, 가는 연기　　　　　　　　　　文火細烟

작은 차 솥, 길다란 샘물이로다　　　　　小鼎長泉

● 화花만 있고 의衣는 없을 때　물이 끓을 때 가는 거품이 물 위에 떠서 대추꽃처럼 있는 상태가 화花이고 물 표면에 가득 덮힌 상태가 의衣이다.

소동파는 이렇게 읊었다.

활수란 모름지기 활화로 끓여야 하니   活水仍須活火烹
몸소 낚시 바위에서 깊고 맑은 물을 긷노라.   自臨釣石汲深淸

문형산文衡山(문징명文徵明)은 이렇게 읊었다.

산속 옹달샘물 도자기 병에 새로 길어다가   瓦瓶新汲山泉水
비단 모자 머리에 쓰고 손수 차를 달이네   紗帽籠頭手自煎

또 소동파는 「전다가」煎茶歌에서 이렇게 노래했다.

게눈 거품 지나서 물고기눈 거품 생기니   蟹眼已過魚眼生
쏴아 쏴아아 솔바람 소리가 나려 하네   颼颼欲作松風鳴
자잘한 구슬이 자욱하게 일어나더니   蒙茸出磨細珠落
사발 둘레에 뭉게뭉게 구름이 피네   眩轉遶甌飛雲輕

또한 사종謝宗은 「논다」論茶에서 이렇게 읊었다.

섬배蟾背*의 아름다운 향을 맡으며   候蟾背之芳香
새우눈처럼 끓는 거품을 살피네   觀蝦目之沸湧

• **섬배**蟾背 찻잎의 이름.

이상의 사람들은 모두 차에 조예가 깊은 사람들이라 말할 만하다. 『군방보』

채군모가 "물 끓임은 여린 것을 취하지 쇠한 것을 취하지 않는다"라고 한 것은 단병차團餠茶를 두고 한 말이다. 지금 여린 싹으로 만든 차는 끓임이 충분하지 않으면 다신茶神이 우러나오지 못하고 차의 색깔이 깨끗하지 못하다. 때문에 차 끓이기의 승패는 특히 다섯 번째 끓음에 달려 있다. 『징회록』澄懷錄

물 끓임이 차의 생명을 좌우하기 때문에 물 끓임을 살피는 것이 가장 어렵다. 미처 충분히 끓지 않은 경우엔 찻잎이 물 위로 뜬다. 이런 것을 영아탕嬰兒湯이라고 하는데, 향이 잘 나지 않는다. 너무 끓인 경우엔 찻잎이 물 밑으로 가라앉는다. 이런 것을 백수탕百壽湯이라고 하는데, 맛이 많이 껄끄럽다. 끓음을 잘 아는 사람은 반드시 센 불에 부채질을 급히 한다. 수면에 우윳빛 구슬방울이 일고 솔바람 파도 소리가 나면 이때가 바로 알맞은 물끓임이다. 『다설』茶說

끓인 물을 따르는 법

차가 이미 잘 제조되었으면 마땅히 조화롭게 하여 모양을 잡아야 한다. 만약 손은 떨고 팔은 늘어져 오직 살짝 따르기만을 신경 써서 다병 주둥이의 끝에 있는 듯 없는 듯이 하면 끓인 물이 순조롭게 통하지 못하고, 이 때문에 차 맛이 균일하고 순수하지 못하게 된다. 이는 온몸의 맥과 기혈이 끊어졌다 이어졌다 하는 사람과 같으니, 이런 사람이 오래 살고자 한들 오래 살 수 있겠는가? 『십육탕품』

역사力士가 바늘을 잡거나 농부가 붓을 잡을 때 성공할 수 없는 까닭은 거칠고 서툴러 일을 그르치기 때문이다. 이제 한 사발에 넣는 차는 많아도 2전이 안 되며 찻잔에 맞게 부으면 끓인 물이 6푼을 넘지 않는다. 만일 왈칵 부어서 그득 따라 놓으면 차 맛이 어디에 있겠는가. 『십육탕품』

차를 따를 때에는 우선 찻잔을 불에 데워야 하니, 따뜻하게 하면 차의 표면에 우윳빛이 감돌고 차갑게 하면 차의 색이 우러나지 않기 때문이다. 『다보』

씻는 방법

무릇 차를 달일 때에는 먼저 뜨겁게 끓인 물로 찻잎을 씻어 먼지와 냉기를 없앤다. 이렇게 하여 달이면 맛이 좋다. 『다보』

다병, 찻잔, 찻숟가락에 녹이 슬면 차의 맛을 손상시킨다. 꼭 먼저 씻어서 깨끗하게 하면 좋다. 『다보』

만약 찻잎이 본래 깨끗하다면 씻지 말아야 한다. 『군방보』

다기는 모름지기 정갈한 것을 살펴 택한다. 만약 누린내와 기름때에 찌든 것 따위는 차의 참맛을 모두 손상시킨다. 『군방보』

소금으로 간을 맞추는 것에 대해 논함

당나라 사람들은 차를 달일 적에 생강과 소금을 많이 사용하였다. 때문에 홍점鴻漸(육우)이 이렇게 읊었다. "첫째 끓음에서 물의 양을 맞추고 소금으로 간을 하네."(初沸水合量 調之以鹽味) 설능薛能은 시에서 이렇게 읊었다. "소금을 넣는 것은 늘 조심해야 하고 생강은 넣을 수록 더욱 좋다네."(鹽損添常戒 薑宜着更誇) 소자첨蘇子瞻(소식)은 "차 가운데 중등품은 생강을 써서 끓이는 것이 정말 좋지만 소금은 안 된다"라고 하였다.

나는 소금과 생강 모두 물에 재앙이 된다고 생각한다. 만약 산림에 살면서 물을 마실 때 이 둘을 조금 넣어 남기嵐氣를 줄이는 것이 혹 좋을 수도 있다. 그러나 차에는 소금과 생강이 실로 필요 없다. **『자천소품』**

다과茶果에 관하여 논함

차에는 참된 향과 아름다운 맛과 바람직한 색이 있으니 끓이는 즈음에 진귀한 과일이나 향초香草를 섞어서는 안 된다. 차의 향을 빼앗는 것으로는 송자宋子, 감등柑橙, 행인杏仁, 연심蓮心, 목향, 매화, 말리, 장미, 목서 따위가 있다. 맛을 빼앗는 것으로는 우유, 반도番桃, 여지荔枝, 원안圓眼, 수리水梨, 비파枇杷 따위가 있다. 색을 빼앗는 것으로는 시병柿餠, 교조膠棗, 화도火桃, 양매楊梅, 등귤橙橘 따위가 있다.

무릇 좋은 차를 마실 때 과실을 없애야 비로소 깨끗한 맛을 느낄 수 있으니, 다른 것을 섞으면 참다운 맛을 분간할 수 없다. 그럼에도 꼭 넣어야 한다면 호도, 개암, 외씨, 조인藻仁, 능미菱米, 남인欖仁, 밤, 계두鷄頭, 은행, 산약, 순건笋乾, 지마芝麻, 거호莒蒿, 와이萵苣, 근채芹菜 따위는 정제하면 혹 쓸 수 있다. **『다보』**

지금 사람들이 차 따위를 올릴 때에 다과를 넣는데, 이는 더욱 비속한 것이다. 설령 좋은 차라 하더라도 참맛을 손상시키니 또한 마땅히 없애야 한다. 또 과일을 넣으려면 반드시 숟가락을 사용해야 할 터이다. 그런데 금이나 은으로 만든 숟가락이라면 산림 선비의 다기가 전혀 아니고 놋으로 만든 것은 또 녹이 스니 모두 좋지 않다. 옛말에 북쪽 사람들은 소락酥酪*을 타서 맛을 내고 촉 땅 사람들은 석회를 넣는다고 하였다. 이것은 모두 오랑캐들이 마시는 방법으로 실로 뭐라 나무랄 것도 못 된다. 『자천소품』

매화, 국화, 말리화를 차에 올리는 사람이 있다. 비록 풍류와 운치는 음미할 만하나 역시 차 맛을 손상시킨다. 좋은 차가 있다면 또한 이러한 일은 없어야 한다. 『자천소품』

누영춘漏影春을 만드는 방법은 다음과 같다. 꽃 모양으로 구멍을 뚫은 종이를 잔에 붙인 다음 차를 다져 넣고 종이를 제거하여 인위적으로 꽃 모양을 만든다. 별도로 여지의 살로 이파리를 만들고, 솔잎이나 은행잎 따위로 꽃술을 만든다. 그리고 끓는 물을 부어 점점이 푼다. 『청이록』清異錄

예찬倪瓚은 호도와 송자의 알에 진분眞粉을 섞어 돌 모양의 작은 덩이를 만들어 차 속에 넣고는 청천백석차淸泉白石茶라고 이름 지었다. 손님이 오면 그것을 대접했는데 혹 예사로 마시는 자가 있으면 예찬이 발끈하여 "풍미라곤 조금도 모르는 자이니 정말 속물이구나"라고 하였다. 『운림유사』雲林遺事

차 마시는 방법

무릇 물 한 되를 끓이면 가늠하여 다섯 사발로 나눈다. (사발의

• 소락酥酪 소와 양의 젖을 정제하여 만든 식품.

수는 작게는 셋에서 많게는 다섯으로 한다. 만약에 사람의 수효가 많아서 열 사람이 되거든 두 개의 풍로를 더한다.) 뜨거운 동안에 연이어 마시니, 뜨거운 동안에는 무겁고 탁한 것은 아래로 엉기고 정수精粹와 영화英華는 위로 떠오르기 때문이다. 만약 식으면 정수와 영화가 기운을 따라 없어지지만 마시면 소진되지 않으니, 또한 이렇게 하는 것이다.

차의 본성은 검약하여 광대한 것은 맞지 않으니, 광대하게 하면 맛이 흐리고 엷다. 가령 한 개 주발에 채운다 하더라도 절반 정도 마시면 오히려 맛이 부족해지는데, 하물며 광대한 경우에 있어서랴! 차의 빛깔은 담황색이고 그 향은 매우 좋다. 『다경』

차를 달임에 모든 조건이 갖추어져도 마시는 사람이 그에 맞는 사람이 아니라면 유천을 길어다가 쑥과 누린내 풀에 뿌려주는 것과 같은 경우이니, 죄가 이보다 큰 것이 없다. 마시는 사람이 단번에 들이켜 다 마셔버리면 차 맛을 음미할 겨를조차 없게 되니 비속하기 짝이 없다. 『자천소품』

당나라 사람들은 꽃을 마주하고 차를 마시는 것을 살풍경이라고 하였다. 때문에 왕안석王安石의 시에 "금곡원의 온갖 꽃들 앞에서 차를 달이지 마오"(金谷千花莫漫煎)라고 하였으니, 마음이 꽃에 있지 차에 있는 것이 아니기 때문이다.

나는 금곡원의 꽃 앞에서는 정말 어울리지 않을 것이라 생각한다. 그러나 만약 차 한 사발을 가지고 산꽃과 마주하여 마신다면 마땅히 풍경을 더욱 도와줄 것이니, 또한 어찌 고아주羔兒酒*가 필요하겠

• **고아주**羔兒酒 양고주羊羔酒라고도 하는데 좋은 술의 이름이다.

는가? 『자천소품』

무릇 고기가 이빨 사이에 낀 것은 차를 얻어 양치질하면 모두 없어져 어느새 빠져버리니 번거롭게 찌르고 후비지 않아도 된다. 그리고 이빨의 성질은 쓴 것을 편안히 여기니, 차로 인해 이들이 점점 견고하고 긴밀해져서 충치가 절로 없어질 것이다. 그러나 대체로 중하품등의 차를 사용한다. 『동파집』東坡集

다구茶具

풍로　풍로는 구리와 쇠로 주조하였고 옛 솥의 형상이다. 두께는 3분이다. 테두리의 바깥 둘레가 9분이고 안쪽 둘레가 6분이다. 속을 비우고 흙손질을 해놓았다. 발은 세 개이고, 고문古文으로 21자가 적혀 있다. 한 발에는 "위에는 물, 밑에는 바람, 가운데는 불"(坎上巽下離于中)이라고 적혀 있다. 한 발에는 "몸에 오행을 고르게 하여 모든 질병을 물리친다"(體均五行去百疾)라고 적혀 있다. 한 발에는 "당나라가 수나라를 멸망시킨 이듬해에 주조하다"(聖唐滅隋明年鑄)라고 적혀 있다. 세 개의 발 사이에 세 개의 창을 설치하였다. 맨 밑의 창 하나는 통풍과 재를 빼는 곳으로 썼다. 창 위에는 모두 고문으로 여섯 글자를 적어놓았다. 한 창에는 "이공"伊公 두 글자를 써놓았고, 한 창에는 "갱육"羹陸의 두 글자를 써놓았고, 한 창에는 "씨다"氏茶 두 글자를 써놓았다. 이른바 '이공의 국이요 육우의 차로다'(伊公羹 陸氏茶)라는 뜻이다. 풍로 속에 불룩하게 솟아오른 둔덕을 만들고 세 개의 칸막이를 마련해놓았다. 한 칸막이에는 꿩을 그렸는데, 꿩은 불을 상징하는 새이기 때문에 불의 괘인 이괘離卦를 그렸다. 또 한 칸막이에는 표범의 그림을 그렸는데, 표범은 바람을 상징하는 짐승이기 때문에 바람의 괘인 손괘巽卦를 그렸다. 다른 한 칸막이에는 물고기의 그림을 그렸는데, 물고기는 물에 사는 동물이므로 물의 괘인 감괘坎卦를 그렸다. 손巽은 바람을 맡고 이離는 불을 맡고 감坎은 물을 맡는다. 바람은 불을 일으킬 능력이 있고 불은 물을 데울 능력이 있으므로 세 가지의 괘를 갖추어놓았다. 풍로의 외면엔 이어진 꽃무늬, 늘어진 당초무늬, 굽이진 물, 네모난 무늬 따위로 장식한다. 풍로는 간혹 주물 외에 쇠를 두들겨서 만들기도 하고 혹은 진흙을 빚어서 만든 것도 있다. 풍로의 재받침은 세 발이 달린 쇠 주발을 만들어 받친다.

숯 광주리(筥)   대나무로 짠다. 높이가 1척 2촌에 너비가 7촌이다. 혹은 등나무를 사용하기도 한다. 광주리 모양의 나무틀을 만들고 그 틀대로 짠다. 6개의 둥근 눈이 나오게 하고, 바닥과 뚜껑은 매끈한 대상자처럼 짜며, 입구는 불로 지진다.

숯 망치(炭檛)   쇠를 가지고 육각형으로 만든다. 길이는 1척이다. 윗부분을 날카롭게 하고, 중간 부분을 도톰하게 하며, 손잡이는 날씬하게 한다. 머리 부분에는 한 개의 작은 쇠고리를 달아 장식한다. 오늘날의 하서河西와 농우隴右 지방 군인들이 차고 있는 나무방망이를 닮은 것이다. 이 밖에 편리한 대로 쇠망치 모양으로 만들거나 도끼 모양으로 만들기도 한다.

부지깽이(火筴)   일명 부젓가락(筋)이라고 한다. 일상 사용하는 것은 둥글고 곧으며 길이는 1척 3촌이다. 꼭대기는 평평하게 잘라져 있고 총대蔥臺나 갈고리 쇠사슬 등은 붙어 있지 않다. 쇠 또는 정련된 구리로 만든다.

솥(鍑)   발음은 보輔이다. 혹은 부釜라 하거나, 부鬴라고도 한다.

제련하지 않은 쇠로 만든다. 요즘 대장장이가 말하는 급철急鐵인데, 그 쇠는 못 쓰게 된 보습(耕刀)을 녹여 만든다. 속은 흙으로 거푸집을 만들고 겉은 모래로 거푸집을 만든다. 흙으로 된 거푸집은 속에서 미끄러워 씻어내기 쉽고 모래로 된 거푸집은 바깥에서 성글어 불꽃을 빨아들인다. 솥귀를 네모나게 하는 것은 정령政令을 바르게 하기 위해서다. 가장자리를 넓게 하는 것은 원대함을 힘쓰기 위해서다. 배꼽을 길게 하는 것은 중심을 지키기 위해서다. 배꼽이 길면 가운데서 끓고, 가운데서 끓으면 차 가루가 잘 떠오르고, 차 가루가 잘 떠오르면 차 맛이 순해진다. 홍주에서는 자기로 만들며, 내주萊州에서는 돌로 만든다. 자기제瓷器製와 석제石製는 모두 우아한 그릇이기는 하지만 성질이 견실하지 못하여 오래 견디기 어렵다. 은으로 만들면 매우 깨끗하기는 하지만 너무 사치스럽고 화려하다. 우아한 것은 우아한 대로 좋고 깨끗한 것은 깨끗한 대로 좋지만, 만약 늘 사용할 것이라면 은이 결국 가장 좋다.

교상交床　다리는 열 십+ 자 모양으로 교차시키고, 상판의 가운데를 둥글게 파내어 솥을 받친다.

집게(夾)　작고 푸른 대나무로 만든다. 길이는 1척 2촌이다. 1촌 정도의 마디가 있는 것을 가지고 마디 위쪽을 쪼개어 그 틈에 차를 끼워서 굽는 것이다. 저 가느다란 대나무는 불에 쬐면 액즙이 스며나와 우선 향이 산뜻해져 차 맛을 더욱 돋운다. 하지만 이런 것은 숲이 우거진 골짜기가 아니고서는 누릴 수 없는 일일 것이다. 혹 집게를 정제된 쇠나 불린 구리의 종류로 만들기도 하는데 오래 견디는 장점을 취한 것이다.

종이주머니(紙囊)　희고 두꺼운 섬등지剡藤紙*를 꽉 봉하여 구워놓은 차를 저장해두면 향이 새지 않게 할 수 있다.

연애[*]   상등품은 굴나무로 만든다. 차등품은 배나무, 뽕나무, 오동나무, 산뽕나무로 만든다. 방아의 확(臼)은 속은 둥글게 하고 겉은 네모나게 한다. 속을 둥글게 하는 것은 연이 잘 돌게 하기 위해서이고, 겉을 네모나게 한 것은 기울지 않게 하기 위해서이다. 속에 맷돌을 넣는데 꼭 맞게 하여 바깥에 나머지 나무가 튀어나오지 않게 한다. 맷돌의 모양은 수레바퀴와 같은데 바퀴살은 없고 굴대가 있다. 굴대의 길이는 9촌, 너비는 1촌 7분, 맷돌의 지름은 3촌, 맷돌 가운데 두께는 1촌, 맷돌 가장자리의 두께는 5분, 굴대의 중앙은 네모나고 손잡이는 둥글다. 가루털이개는 새의 날개로 만든다.

체와 합(羅合)   차가루를 체로 쳐서 합盒에 담고 뚜껑을 덮어 보관한다. 구기(則)는 합 속에 넣어둔다. 체는 큰 대나무를 쪼개고 굽혀서 사견紗絹을 씌운다. 합은 대나무 마디로 만들거나 삼나무를 굽힌 것에 옻을 칠하여 만든다. 합의 높이는 3촌이며, 덮개의 높이는 1촌, 바닥 높이는 2촌, 입구의 지름은 4촌이다.

구기(則)   바다조개껍질, 굴껍질, 큰 조개껍질 따위로 만든다. 혹은 구리, 쇠, 대나무로 만든 국자 따위로 만든다. 구기란 헤아리는 것(量), 가늠하는 것(準), 재는 것(尺)이다. 대개 물 한 되를 끓인다면 사방 한 치 숟가락분의 차 가루를 사용한다. 만약 연한 맛을 즐기는 사람이라면 양을 줄이고 진한 맛을 즐기는 사람이라면 양을 더한다. 그

• **섬등지**剡藤紙   '섬'은 당나라 때의 섬현剡縣으로 지금의 절강성 승현嵊縣이다. '등지'란 등나무 껍질로 만든 종이.

• **연애**   약연藥硏과 같은 것이다. 연에서 갈아낸 차 부스러기는 가죽털이개로 모아서 체에 친 다음 차합茶盒에 담는다.

렇게 양을 덜고 더하므로 구기라고 하는 것이다.

물통(水方)　주樹나무, 홰나무, 개오동나무, 가래나무 등으로 짜서
만든다. 안쪽과 바깥의 이음새에는 옻칠을 한다. 용량은 한 말들이다.

거름망(漉水囊)　일상에 사용하는 것이라면 틀은 생동生銅을 녹여
주조한다. 이는 습기에 대비한 것으로 더러운 이끼가 끼거나 맛이 비
리고 떫어질 염려가 없다. 숙동熟銅으로 만들면 더러운 이끼가 끼고,
쇠로 만들면 맛이 비리고 떫다. 산림의 은사隱士는 나무나 대를 가지
고 만든다. 다만 나무와 대는 오래가지 못하고 먼 길에 휴대할 수 없
다. 그래서 생동을 쓴다. 망은 푸른 대나무로 짜서 구부리고 푸른 모
초비단(碧縑)＊을 잘라서 꿰맨 다음 비취 장식을 섬세하게 꾸민다. 따
로 기름 먹인 초록빛 자루를 만들어서 거름망을 저장한다. 거름망의
지름은 5촌이며, 손잡이는 1촌 5분이다.

표주박(瓢)　희표犧杓라고도 한다. 박을 켜서 만들거나 또는 나무
를 깎아서 만들기도 한다. 진晉나라의 사인舍人(벼슬 이름) 두육杜毓이
지은 「천부」荈賦에 "잔질은 박으로 한다"(酌之以匏)라고 하였다. 박이
란 표주박을 말한다. 표주박의 입구는 넓고, 종아리는 홀쭉하며 손잡
이는 짤막하다. 옛날 영가永嘉(307~313) 연간에 여요餘姚 사람인 우홍
虞洪이 폭포산瀑布山에 들어가서 차를 따다가 어떤 도사를 만났다. 그
도사가 "나는 단구자丹丘子라 하오. 그대여, 훗날 차를 달이다가 차 사
발이나 구기(犧)에 남은 것이 있거든 부디 내게 한잔 보내주오" 하였
다. 희犧는 나무로 만든 구기이다. 지금 일반적으로 쓰고 있는 것은 배

＊ 모초비단(碧縑)　두 가닥의 비단실로 치밀하게 짠 비단이므로 물이 새지 않는다(유희劉熙
의 『석명』釋名 참조).

나무로 만든 것이다.

대젓가락(竹夾) 복숭아나무, 버드나무, 포규蒲葵로 만들거나 또는 감나무의 목심木心으로 만들기도 한다. 길이는 2척이고, 젓가락의 양쪽 끝에 은을 씌운다.

소금단지(鹺簋) 자기로 만든다. 원통의 지름은 4촌이다. 합슴(오늘날의 합盒)의 형상과 같다. 혹 병이나 술잔을 가지고 사용하기도 하는데 소금을 저장하는 용기이다. 소금 주걱은 대나무로 만들며, 길이는 4촌 1분에, 너비는 9분이다. 주걱은 대쪽 구기와 같다.

숙우熟盂 숙우는 익힌 물을 저장하는 것이다. 자기나 사기로 만들었다. 두 되들이다.

사발(盌) 월주越州에서 생산된 것이 상등품이다. 정주鼎州, 무주, 악주岳州 그리고 수주壽州와 홍주 차례이다. 어떤 사람은 형주산邢州産을 월주산越州産보다 상등품이라 치지만 절대로 그렇지 않다. 가령 형주산 자기가 은이라면 월주산 자기는 옥이니, 이것이 형주산이 월주산보다 못한 첫째 이유이다. 가령 형주산의 자기가 눈이라면 월주산 자기는 얼음이니, 이것이 형주산이 월주산보다 못한 둘째 이유이다. 형주산은 백색이기 때문에 차를 담으면 붉게 보이고 월주산은 청색이기 때문에 차를 담으면 푸르게 보이니, 이것이 형주산이 월주산보다 못한 셋째의 이유이다. 진나라 두육의 「천부」에 "그릇을 고르고 질그릇을 가리니, 동구에서 생산된 것일세"(器擇陶揀 出自東甌)라고 하였다. 여기에서의 구甌는 월주 지방이니 구월주산甌越州産이 상등품이다. 입술은 말리지 않고 바닥이 낮게 말렸다. 반 근이 못 된다. 월주의 자기와 악주의 자기는 모두 청색이다. 청색이 차에 좋으니 차의 빛깔이 백록색이 나기 때문이다. 형주의 자기는 백색이기 때문에 차의 빛깔은 붉게 보인다. 수주의 자기는 황색이기 때문에 차의 빛깔은 자줏빛으로 보인다. 홍주의 자기는 갈색이기 때문에 차의 빛깔은 흑색으로 보인다. 이런 것은 모두 차에 적합치 않다.

삼태기(畚) 흰 부들의 줄기를 말아서 짠다. 사발 10매를 저장할 수 있다. 또는 둥근 광주리를 사용하기도 한다. 종이 수건은 섬등지를 꿰매어 네모난 모양으로 만드는데 이것 또한 10매씩 저장할 수 있다.

솔(札) 솔은 병려栟櫚 껍질을 모아 수유나무에 엮어서 묶는다. 또는 잘라낸 대나무를 다발로 만들어 대롱에 끼는데, 모양은 커다란 붓과 같다.

개숫물통(滌方) 설거지하고 남은 것을 저장한다. 가래나무로 만들고 방식은 물통과 같다. 여덟 되들이다.

찌꺼기통(滓方) 모든 찌꺼기를 모아두는 것이다. 만드는 법은 개숫물통과 같다. 닷 되들이다.

마른 행주(巾) 성긴 베로 만든다. 길이는 2척이다. 두 장을 만들어 번갈아 사용한다. 이것으로 모든 그릇을 깨끗하게 훔친다.

진열장(具列) 상床처럼 만들거나 시렁처럼 만들기도 한다. 또는 오로지 나무로만 만들거나 대나무로만 만들기도 한다. 혹 나무와 대나무를 섞어 만들되 노란색과 검정색으로 구분하여 옻칠한 것도 있다. 길이는 3척, 너비는 2척, 높이는 6촌이다. 구열이란 말은 모든 차그릇을 거두어 전부 진열한다는 뜻이다.

모둠바구니(都籃) 모둠바구니는 모든 다기를 한꺼번에 다 갈무리할 수 있기 때문에 이렇게 이름 붙인 것이다. 대껍질로 안쪽에 삼각형의 모눈을 짜고, 밖은 두 겹의 넓은 대껍질로 세로축을 만든다. 한 가닥의 가는 대껍질을 가지고 세로축으로 세워놓은 대껍질을 묶어 나가는데 두 겹으로 된 세로축을 교차하면서 짜깁기하여 모눈을 만들어 아롱지게 한다. 높이 1척 5촌, 바닥 너비 1척, 바닥 높이 2촌, 길이 2척 4촌, 너비는 2척이다. 『다경』

소나무 사이의 돌 위에 다기를 앉힐 만한 공간이 있다면 구비하여 늘어놓는 다탁茶卓은 챙기지 않는다. 마른 장작, 세 발 달린 솥, 개숫물통 따위를 쓴다면 풍로, 재받이, 숯 망치, 부젓가락, 교상 등은 챙기지 않는다. 만약 샘물이나 골짝 물에 임하게 된다면 물통, 개숫물통, 거름망은 챙기지 않는다. 사람의 숫자가 다섯 이하에 차가 맛있고 정한 것이라면 체는 가져가지 않는다. 칡덩굴을 잡고 바위에 오르거나 동아줄을 잡고 골짝에 들어갈 때 산어귀에서 차를 구워 가루를 내어 혹 종이에 싸거나 합에 담을 수만 있다면, 연碾이나 가루털이개도 필요 없다. 표주박, 주발, 대젓가락, 솔, 숙우, 소금단지를 미리 하나의 대광주리에 모두 담았다면 모둠바구니도 필요 없다.

다만 성읍 안의 귀족 집안에서는 24다기 가운데 하나만 빠져도 차 마시기를 그만둔다. (안: 지금 사람들은 차를 달일 적에 항아리를 사용하고 솥을 쓰지 않으니 솥을 챙기지 않아도 좋다. 다만 새로 난 아차芽茶를 달일 때에 진작에 연으로 갈아서 가루로 만들어놓지 않았다면, 집게, 종이주머니, 연, 체, 합을 모두 폐할 수 있다. 생강과 소금을 사용하지 않는다면 소금단지도 챙길 것 없다.) 『다경』

금과 은으로 탕기湯器를 만드는 것은 오직 부귀한 사람들만 갖출 수 있다. 이런 까닭에 끓임의 묘법을 개발하는 공로는 가난한 사람이 세울 수 없는 것이 있다. 탕기에서 금과 은을 버릴 수 없는 것은 마치 거문고에서 오동나무를 버릴 수 없는 것이나 먹(墨)에서 아교를 버릴 수 없는 것과 같기 때문이다. 『십육탕품』

돌은 천지의 빼어난 기운이 응결되어 형상에 부여된 것이라 다듬어 그릇을 만들어도 빼어난 기운은 그대로 남는다. 그래서 물 끓음이 좋지 않는 경우란 없다. 『십육탕품』

귀한 금과 은은 흠이 있고 천한 구리와 철은 나쁘다. 이렇게 보면 옹기병이 좋다. 세상을 피해 사는 은사에게 품등과 형색이 한결 어울린다. 『십육탕품』

속된 사람들이야 물 끓이는 그릇을 어느 겨를에 꼼꼼히 따지겠는가? 구리든 쇠든 납이든 주석이든 끓기만 하면 그만이다. 이렇게 끓인 물은 비리고도 떫어서 마시고 나면 찝찝한 맛이 입 안에 감돌면서 가시지 않는다. 『십육탕품』

유약을 바르지 않은 기와는 물이 스며드는 데다 흙 기운도 남아 있으니, 담장을 이고 지붕을 덮는다 하더라도 욕먹기에 좋다. 속담에 "기와병을 가지고 다병으로 쓰는 것은 다리가 부러진 말을 타고 높은 곳에 오르는 격이다" 하였으니, 호사가들은 기억해야 한다. 『십육탕품』

다병이 작아야 하는 건 물 끓음을 살피기 쉬운 데다 때에 맞게 차를 넣거나 끓인 물을 부을 수 있기 때문이다. 만약 다병이 클 경우엔 마시고 남은 차가 오래 남아 있으니 맛이 넘어버리고 나면 못 쓴다. 다요茶銚와 다병은 은과 주석이 가장 좋고 자기와 돌이 그다음이다. 『다보』

흰색의 차엔 검은 잔이 잘 어울린다. 건안建安(196~220) 연간에 만들어진 잔은 감흑색紺黑色에 토끼털 무늬가 있는데, 배가 조금 두꺼워 데워놓으면 열이 오래가고 잘 식지 않으므로 아주 유용하다. 다른 곳에서 생산된 것은 배가 얇거나 색깔이 이상해서 모두 못 미친다. 『다보』

다호茶壺는 작은 것을 귀하게 친다. 손님 한 사람마다 병 하나를 가지고 스스로 따라서 스스로 마시며 운치를 즐기도록 맡겨둔다. 왜 그런가? 다호가 작으면 향기는 흩어지지 않고 맛은 고이지 않게 된다. 더욱이 차 속의 향기와 맛은 너무 일러서도 안 되고 너무 늦어서도 안 되니, 꼭 맞는 시점이 있기 때문이다. 너무 이르면 충분치 않고 너무 늦으면 이미 넘어버린다. 꼭 알맞은 때를 보아 한 번에 다 마셔야 하는데, 잘 가늠하여 조절하는 것은 그 사람에게 달려 있는 것이다. 『다전』

다탁은 처음 건중建中(780~783) 연간 촉상蜀相 최령崔寧의 딸로부터 시작되었다. 찻잔에 받침이 없어서 손가락이 데이는 걸 걱정하다 접시로 찻잔을 받쳤는데, 잠시 후 차를 다 마시자 잔이 쓰러져버렸다. 이에 밀납으로 접시 가운데를 두르자 잔이 고정되었다. 곧장 목수에게 명하여 밀랍 대신 옻칠을 하여 촉상에게 바쳤다. 촉상이 기특하게 여겨 이름을 짓고서 손님들과 친척들에게 말해주니, 사람들마다 편리하게 여겼다. 이후로 전해진 것들은 바닥에 테를 두르고 제작법을 발전시켜 갖가지 형태가 된 것이다. (안: 지금 쓰이는 다주茶舟, 다반은 모두 이 제작법이 기원이다.) 『자가록』資暇錄

자기 병에 찻물을 붓고 사기 냄비에서 물을 끓이는 것이 좋다. 『청이록』에서 말한 부귀탕이란 은 냄비에 물을 끓인 것인데 맛이 아주 좋다. 구리 냄비에 끓인 물을 주석 호로에 부은 것은 그다음이다. 『준생팔전』遵生八牋

찻잔은 선요宣窯의 단잔壇盞이 가장 좋다. 질박하고 두꺼우면서 백옥빛이 도는 데다 양식이 고아하다. 차이는 좀 나지만 선요의 꽃무늬 흰 사발도 양식이 맞고 옥처럼 말끔하다. 다음으로는 희요喜窯에서 생산한 것으로 가운데 '다茶' 자가 쓰인 작은 옥잔도 이쁘다. 황백색의 차를 마시고 싶다면 청화靑花 물감을 쓴 찻잔은 맞지 않다. 술을 따를 때도 마찬가지다. 순백색의 잔이 최상품이고 나머지는 볼 것 없다. 『준생팔전』

차를 마시는 데 필요한 16가지 기구들은 다음과 같다.

상상商象 : 옛날 돌솥. 찻물을 끓인다.

귀결歸潔 : 대나무로 만든 솔. 병을 닦는다.

분영分盈 : 국자. 물의 양을 가늠한다.

체화遞火 : 큰 구리 구기. 불씨를 옮긴다.

강홍降紅 : 구리 부젓가락. 불씨를 모은다.

집권執權 : 차의 양을 다는 저울. 한 국자에 물 2근, 차 1냥을 탄다.

단풍團風 : 장식하지 않은 대부채. 불을 부친다.

녹진漉塵 : 차 세제. 차를 씻는다.

정비靜沸 : 대나무 시렁. 『다경』에 나오는 지복支腹이다.

주춘注春 : 도자기 병. 찻물을 붓는다.

운봉運鋒 : 과도果刀. 과일을 깎고 자른다.

감둔甘鈍 : 나무 받침대.

철향啜香 : 도자기 찻잔. 차를 마신다.

요운撩雲 : 대나무 찻술가락. 과일을 집는다.

납경納敬 : 대나무 주머니. 잔을 담는다.

수오受汚 : 차 수건. 잔을 닦는다.

다기들을 모두 수납할 때 필요한 7가지 기구는 다음과 같다.

고절군苦節君 : 차를 달이는 화로. 찻물을 끓인다. 여행자가 챙긴다.

건성建城 : 대껍질로 만든 상자. 차를 담아 높은 곳에 보관한다.

운둔雲屯 : 도자기 병. 샘물을 뜨거나, 찻물을 끓일 때 쓴다.

오부烏府 : 대나무 바구니. 숯을 담아두고 찻물을 끓일 때 사용한다.

수조水曹 : 자기 항아리와 질동이. 샘물을 담았다가 차솥에 붓는다.

기국器局 : 대나무로 짠 네모난 상자. 다구茶具 보관에 쓴다.

외유품사外有品司 : 대나무로 짠 둥글고 길쭉한 제합提盒. 각종 찻
잎을 담아 차를 달일 때를 대비한다. **『준생팔전』**

〔안 : 심부深夫(고렴高濂)의 23구와 육 처사의 24기가 들쭉날쭉하기
에 지금 함께 수록하여 때에 따라 선택하게 했다.〕

출전: 『임원경제지』 이운지怡雲志 권1 산재청공山齋淸供

서유구 徐有榘, 1764~1845
다구茶具

　　먼 여행의 숙박에 풍로를 휴대하기란 쉽지 않다. 게다가 갑자기
차 부뚜막을 설치하기도 어렵다. 이럴 때 유랍鍮鑞을 가지고 다음과
같이 다관茶罐을 만든다. 모양은 물부리도 없고 손잡이도 없이 항아리
나 동이처럼 만든다. 안쪽 바닥 한가운데 놋쇠로 만든 통을 세운다.
통 모양은 배는 불룩하고 주둥이는 좁으며, 높이는 다관보다 4~5분
높게 한다. 통의 바깥에 물을 부은 다음 통 속에 숯을 담아 지피면, 연
못이 섬을 감싸고 있는 듯하므로 통이 달구어짐에 따라 물이 끓는다.
숯 2~3덩이를 가지고 10잔 정도의 차를 끓일 수 있다. 다관의 마개도
유랍으로 만든다. 통의 주둥이에는 마개를 쓰지 않는다. **「금화경독기」**
金華耕讀記

　　이런 방법도 있다. 붉은 구리로 다관을 만들되 쇠뿔 모양으로 만
들고, 위에 마개를 달아 여닫을 수 있게 한다. 물을 붓고 마개를 닫은
다음 곧바로 화로 속에 찔러두면 잠깐 사이에 바람 소리와 파도 소리
가 나면서 찻물이 끓는다. 먼 길의 여행엔 이 방법이 제일 편리하다.
다만 임林씨의 16탕법十六湯法 가운데 있는 신훈법薪熏法에 저촉되기
는 한다. **「금화경독기」**

　　찻잔이나 차합은 작은 박을 가지고 만들면 한껏 아취가 있고, 먼
곳을 갈 때 휴대하기에도 편리하다. 일찍이 중국에서 만든 것을 보았
는데 몸체에 전서篆書 모양의 무늬가 돋을새김처럼 볼록하게 나와 있
었다. 박이 채 여물기 전에 거푸집 틀을 만들고 거기에다 임의대로 전

서 무늬나 꽃문양을 새긴 다음 텃밭에 가서 박에다 씌워 놓아두면, 박이 자라면서 거푸집 틀 안에 꽉 차 절로 돋을새김 무늬를 만든다고 한다. 『금화경독기』

다구를 모두 담는 큰 궤짝은 거죽을 삼나무로 만든다. 아래엔 속 상자(替) 하나를 만들어 숯을 갈무리하고, 위엔 세 칸의 당撞(서랍)을 만든다. 당의 높이는 속상자보다 배로 높게 한다. 가운데의 당에는 유 랍으로 만든 다관 하나와 나무로 만들어 옻칠을 한 다주 10벌을 보관한다. (다관의 앞뒤로 칸을 나눈다.) 오른쪽 당에는 도자기 찻잔 5~6개와 박찻잔 3~5개를 넣는다. 왼쪽 당에는 나무차통, 박다통, 납호리병을 갈무리하되, 각각의 통 속에 종류별로 아주 여린 찻잎부터 넓은 찻잎에 이르기까지 나누어 담는다. 전체적으로 한 개의 문을 설치하여 자물쇠로 열고 닫는다. 이것은 육 처사의 24다기에 대면 겨우 5분의 1쯤 되고, 고심부高深夫(고렴)의 16다기와 견주어도 3분의 1이 못된다. 대개 산행이나 여행지에서는 될 수 있는 대로 간편해야 하기 때문이다. 『금화경독기』

이슬람의 다구는 휴대하고 다니면서 화로에 데우기에 더없이 좋다. 솥과 사발은 모두 붉은 칠을 한 가죽으로 외피를 만들어 올망졸망한 것이 대과帶銙*와 같으니, 허리에 차거나 등에 지기에 제일 간편하다. 『열하일기』熱河日記

출전: 『임원경제지』 이운지 권8

• 대과帶銙   혁대의 두 끝을 잠그는 장식물.

해설 이운지는 『임원경제지』의 권99~권106에 걸쳐 선비들의 취미 생활과 관련하여, 문방구와 차, 향, 문주연회文酒宴會 등에 대해 기술한 것이다. 차와 관련해서는 좋은 물 가리는 법, 땔감, 물 끓이는 법, 끓인 물 따르는 방법, 좋은 다기 구별법, 차 마시기 좋은 장소, 차 만드는 방법, 다구의 종류와 용법 등에 대해 자세하게 기록하였다. 이 밖에 『임원경제지』 권43 「정조지」鼎俎志에는 구기자차, 국화차, 강귤차 등 각종 차를 끓이는 방법이 수록되어 있다.

이상의 역자는 정진성이며, 교열자는 배기표, 이규필이다.

이학규 李學逵, 1770~1835

감찰다시監察茶時

감찰다시는 국조의 오래된 전례이다. 양사兩司(사간원과 사헌부)의 대원臺員들이 준비되지 않거나, 혹 일이 있어 대청臺廳에 나오지 않았으면, 감찰 한 사람이 공복公服을 갖추어 입고 승정원에 이르러 입으로 '다시'라고 말하고 퇴출한다. 이 전례를 지금까지 행한다. 일찍이 전고에 밝은 원로에게 자세히 여쭈었으나, 그 까닭에 대해 자세히 아는 분이 없었다.

고려 충렬왕 6년에 감찰사가 여러 사원司員들의 근태를 검속하였는데 이를 아시衙時라고 하였다. 감찰사가 늘 여름이 시작되는 4월과 겨울이 시작되는 10월에 검속하였으니, 지금의 아시가 곧 다시이다. 짐작건대 대원이 대청에 나오지 못하면 다시를 보고하여 검칙하는 일을 잊지 않았음을 표시했을 터인데, 다시의 전례가 여기에서 근원한 듯하다.

출전: 『낙하생집』洛下生集

해설 감찰다시라는 국조의 오래된 전례에 대한 고증이다. 이 말의 기원을 아는 사람이 없어 고려 시대 문헌까지 찾아 그 말의 어원과 의미를 추측하고 있다. 앞에 나온 이익의 「다시」와 함께 참조해서 보아야 할 대목이다.

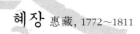

혜장 惠藏, 1772~1811

금호琴湖에게 보낸 답장

아침에 일어나 참선을 마치면 곧 일어나 상쾌한 누각 위에 앉아 향기로운 차 한 사발을 마신 뒤 위응물韋應物의 시 몇 편을 읊는 것 또한 절간에서나 있을 법한 맑은 일이오.

돌이켜 생각해보면, 세간의 영화와 명예, 이익과 녹봉이란 덧없기가 흐르는 물과 같고 잠시 피었다 시들어버리는 꽃과 같소. 이를 잡고 감상할 수 없기에 허상이라 보는 것도 나쁘지 않다고 생각할 뿐이오.

출전: 『아암집』兒菴集

해설　금호琴湖라는 인물은 윤규렴尹奎濂으로 추측된다. 그는 정약용과도 교유하였으며, 『다산시문집』 권5에 그에게 보낸 시가 수록되어 있다.

정학연 丁學淵, 1783~1859

차의 재배와 저장

『사시유요』四時類要에 다음과 같은 내용이 있다.

차는 여물었을 때 씨를 따 젖은 모래흙과 섞어 버무려서 대바구니에 담아 짚으로 덮어둔다. 이렇게 하지 않으면 얼어서 살지 못한다. 음력 2월에 꺼내 나무 아래나 또는 북쪽 응달진 곳에 심는다. 구덩이를 둘레 3척, 깊이 1척으로 파서 잘 삭은 똥거름에 흙을 섞어 구덩이 속마다 60~70알의 씨앗을 심는다.

대개 흙은 1촌의 두께를 조금 넘도록 덮고, 풀이 나도 김매지 않고 그냥 둔다. 2척 간격으로 구덩이를 만들고, 한창 가물 때는 쌀뜨물을 뿌려준다. 이 식물은 햇볕을 두려워하여 뽕나무 아래나 대나무 그늘진 땅에 심으면 모두 좋다. 2년이 넘으면 김을 매고 가꿀 수 있다. 오줌으로 누에똥을 희석하여 거름으로 주위에 뿌려준다. 또 너무 많이 주면 안 되니, 뿌리가 부드럽고 약해 상할까 두렵기 때문이다. 대체로 산속의 언덕이 높고 큰 지역이 적당하다. 만일 평평한 땅이라면 곧 양쪽 밭두둑을 깊이 파내어 밭도랑으로 물이 새 나가도록 한다. 뿌리가 물에 잠기면 반드시 죽는다. 3년 뒤에는 차를 거둔다.

『화경』花鏡에 이르기를, "차를 갈무리하는 데 모름지기 주석 병을 쓰면 차의 빛깔과 향이 비록 1년이 지나도 한결같다"고 했다.

현호玄扈 서광계徐光啓 선생이 이르기를, "차를 거두어 갈무리하
는 경우에는 반드시 대나무 그릇을 쓰되 대나무 잎을 잘라 섞어 저장
하면 오래되어도 습기가 배지 않는다"고 했다.

출전: 『종축회통』種畜會通 권5 목부木部

해설 정약용의 큰아들 정학연의 저술인 『종축회통』에 나오는 차에 대한 기록이다.
이 『종축회통』은 최근에 나온 『다산학단 문헌집성』(성균관대학교 대동문화연구원
간행) 제1권에 수록되어 있다.

초의 草衣, 1786~1866

홍현주洪顯周에게 바친다

옛말에 또한, "눈꺼풀로 삼천계三千界를 다 덮고, 콧구멍으로 100억의 몸을 담는다" 했습니다. 이와 같은 코와 눈은 사람마다 본디 갖추고 있고, 하늘과 땅과 해와 달은 이 눈 가운데 있습니다. 눈 안에서 들고 나도 눈빛을 가린 적이 없으니, 더욱이 이 세상 안에서 어찌 방해하여 서로 막힘이 있겠습니까. 천 그루 소나무 아래서 달을 마주하며 수벽탕秀碧湯 차를 끓이고, 이 수벽탕이 백수탕*이 되면 당신께 가져다 드리고 싶은 생각이 나지 않는 때가 없었습니다. 문득 밝은 달과 더불어 당신을 모시고 싶은 생각이 나니, 이것은 서로 막힘이 없게 하려는 도리이지 별다른 신통한 묘술이 있어서 그런 것이 아닙니다.

출전: 『일지암문집』—枝庵文集 권2

• 백수탕百壽湯 물을 너무 오래 끓여 물의 본성을 잃어버린 것이다. 여기서는 뜨겁게 잘 끓인 차란 뜻으로 쓰였다.

해설　초의 선사가 1837년경에 해거재海居齋 홍현주에게 올린 편지이다. 1832~
1833년경 북산北山 변지화卞持和를 통해 홍현주가 초의에게 차에 관한 여러 가지
사실을 문의하였다. 이에 초의가 「동다송」을 지어 보내면서 이 편지를 쓴 것이다.

완당阮堂 김정희金正喜에게 바치는 제문

　　손수 뇌협차雷莢茶와 설유차雪乳茶를 달여 마시던 사이라 부음을
접하매 적삼이 모두 젖었습니다. 생전에 한 번 뵌 모습 옥거울 속에서
간절히 찾노니, 떠나신 뒤 이승과 저승의 슬픔은 용과 난새를 잃은 것
보다 더욱 애절합니다.

출전: 『일지암문집』 권2

해설　　초의 선사가 김정희가 1856년 돌아가고 난 뒤 대상을 치르기 전인 1858년 2
월 22일 청명절에 쓴 제문이다. 초의는 1817년에 김정희를 처음 만났는데, 이 제문
에서는 이후로 차를 함께 마시며 기쁨과 슬픔을 나누었던 일들을 추억하며 죽음을
애도하고 있다.

다신전 茶神傳

찻잎 따기(『만보전서』萬寶全書에서 초록함)

찻잎을 딸 때는 제때에 미쳐서 하는 것이 가장 중요하니, 너무 이르면 맛이 온전하지 못하고 늦으면 신기神氣가 흩어진다. 곡우 전 5일 간의 것이 상품이고, 곡우 뒤 5일 간의 것이 다음이며, 다시 5일 뒤의 것이 또 그다음이다. 차의 싹은 붉은 것이 상품이고, 찻잎이 오그라든 것이 다음가고, 둥근 잎이 또 그다음이며, 조릿대 잎처럼 빛나는 것이 최하품이다. 밤새 구름 없이 이슬에 흠뻑 젖은 것이 상품이고, 한낮에 따는 것이 다음가며, 궂은비가 내릴 때는 따기에 알맞지 않다. 차는 골짜기 가운데서 나는 것이 상품이 되고, 대숲 밑에서 나는 것이 다음가고, 잔돌 가운데서 나는 것이 또 그다음이며, 누런 모래땅에서 나는 것이 또 그다음이다.

차 만드는 법

새로 딴 차는 늙은 잎과 부스러진 가지와 줄기를 가려내고 너비 2척 4촌 되는 노구솥에 차 1근 반을 넣어 덖는다. 노구솥이 잘 달구어지면 비로소 찻잎을 넣어 급히 덖는데 불을 늦춰서는 안 된다. 잘 익기를 기다렸다가 바야흐로 불을 물리고 거두어 체 안에 담아 가벼운 덩이를 비벼가며 여러 번 체질을 한다. 다시 노구솥에 넣고 점점 불을 줄이되 물기가 마를 정도로 한다. 이 과정 속에 심오한 이치가 있으나 그것을 말로 표현하기는 어렵다. 불김이 고루 들면 차의 빛깔과 향이

아름다워지니 그 심오한 이치를 연구하지 못하면 차의 신비한 맛이 모두 부족하게 된다.

차의 품질 구별

차의 오묘함은 처음 차를 만들 때의 정성과 차를 저장하는 법과 끓은 물에 차를 우려내는 데에 있다. 차의 품질은 노구솥에서 정해지고, 차의 맑고 흐림은 끝 불에 관계된다. 불이 강하면 차의 향이 맑고, 노구솥이 차가우면 신기가 줄어든다. 불이 세차면 설익은 채로 타버리고, 땔감이 적으면 푸른빛을 잃는다. 불을 오래 끓면 너무 익고, 빨리 꺼내면 도리어 설익는다. 너무 익으면 누렇게 되고, 설익으면 검은 빛이 난다. 이를 따르면 맛이 달고, 이를 거스르면 맛이 정도를 넘게 된다. 흰 점을 띤 것은 무방하고, 타지 않은 것이 가장 좋다.

차의 갈무리

차를 만들어 처음 말릴 때는, 먼저 오래된 그릇 속에 담아 겉에서 종이로 입구를 밀봉한다. 3일이 지난 뒤 그 본성이 회복되기를 기다려 다시 약한 불기로 덖어 바싹 말리고 식은 뒤 병 속에 저장한다. 가볍게 쌓아 채워서 속을 대껍질로 싸서 봉한다. 곧 꽃잎 같은 죽순 껍질과 종이로 여러 겹 병 입구를 단단히 묶는다. 그 위를 불로 구워 식힌 벽돌로 눌러둔다. 차를 저장할 때는 절대로 바람에 쏘이거나 불기를 가까이하면 안 된다. 바람을 쏘이면 냉해지기 쉽고 불기를 가까이하면 누래지기 때문이다.

불 조절

차를 달이는 요지는 불 조절이 우선이다. 화로에 불이 벌겋게 달궈지면 다관을 비로소 얹고 부채질을 가볍고 빠르게 하다가, 물 끓는 소리를 기다려 점점 세게 빨리 부친다. 이것은 불기운의 약하고 세기를 조절하는 것이다. 불기가 너무 약하면 물의 성질이 유약해지고, 유약하면 물이 차에 지게 된다. 불기가 너무 세면 불의 성질이 강렬해지고, 강렬하면 차가 물에 제압을 당한다. 이것은 모두 중정中正과 화기가 부족해서 그러한 것이니 차를 달이는 요지가 아니다.

물 끓이는 법

물을 끓이는 데는 3가지 큰 분별법과 15가지 작은 분별법이 있다. 첫째는 형태로 분별하는 것이고, 둘째는 소리로 분별하는 것이며, 셋째는 기운으로 분별하는 것이다. 또 형태는 속을 분별하는 것이고 소리는 겉을 분별하는 것이며, 기운은 단계별로 분별하는 것이다. 게눈·새우눈·물고기눈·구슬꿰미 같은 것은 모두 처음으로 끓기 시작한 맹탕萌湯이다. 곧바로 솟구쳐 끓어오르고 파도가 치고 물결이 일어나는 것처럼 되었다가 물기운이 완전히 사라지는 것은 순숙純熟이다. 처음 끓는 소리, 구르는 소리, 떨리는 소리, 소나기 소리 같은 것은 모두 맹탕이다. 곧바로 소리가 없어지면 바야흐로 이것이 순숙이다. 김이 한 가닥, 두 가닥으로 뜨고 서너 가닥이 되고, 어지러워 구분없이 뒤엉켜 흐트러진 실처럼 끓어오르는 것은 모두 맹탕이다. 그러다가 곧바로 김이 나서 솟아올라 어우러지면 비로소 이것이 순숙이다.

어린 찻잎만 써서 끓이라

채군모는 차를 끓이는 데엔 어린 찻잎을 쓰고 쇤 찻잎은 쓰지 않는다고 하였다. 대개 옛사람들의 차 만드는 방법에 의하면, 찻잎이 만들어지면 반드시 맷돌질하고, 맷돌질하고 나서 반드시 곱게 갈고, 갈고 나서는 반드시 체로 친다. 그렇게 하면 티끌이 나부끼고 가루가 날리게 된다. 이에 약재를 섞어 용봉단을 만들면 차를 끓일 때 다신茶神이 문득 떠오름을 보게 된다. 이래서 어린 찻잎은 쓰지만 쇤 찻잎은 쓰지 않는 것이다. 요즈음의 차 만들기는 체와 맷돌을 쓰지 않고 찻잎을 그대로 사용한다. 그러니 찻잎을 끓일 때는 모름지기 순숙을 해야만 비로소 다신이 일어나게 된다. 그래서 찻물은 모름지기 다섯 단계로 끓여야 차의 세 가지 기이함인 빛깔·향·맛이 우러난다고 말하는 것이다.

차를 우리는 법

물 끓음이 순숙임을 알았다면 곧바로 거두어 먼저 다관에 약간을 따라 냉기를 없애고 따라낸 뒤 찻잎을 넣는다. 이때 찻잎의 많고 적음을 적절하게 짐작하여, 중정을 잃으면 안 된다. 찻잎을 너무 많이 넣으면 맛이 쓰고 향이 가라앉으며, 물이 많으면 차의 색깔이 맑고 맛이 없다. 다관을 두 차례 쓴 뒤에는 다시 냉수로 씻어내어 다관을 서늘하고 깨끗하게 한다. 그렇지 않으면 차의 향이 줄어든다. 다관의 물이 완숙하면 다신이 건전하지 못하고, 다관이 깨끗하면 찻물의 성품이 마땅히 신령스럽다. 차가 제대로 우러나기를 조금 더 기다린 뒤에 마포에 걸러서 마신다. 거르는 것도 빠르면 안 되고, 마시는 것도 더디면 안 된다. 마심이 빠르면 다신이 나타나지 않고, 더디면 차의 묘한 향기가 먼저 사라지게 된다.

찻잎을 넣는 법

찻잎을 넣는 데에 차례가 있으니 그 마땅함을 잃어서는 안 된다. 찻잎을 먼저 넣고 끓인 물을 다음에 붓는 것을 하투下投라고 한다. 끓인 물을 반 붓고 차를 넣은 뒤 다시 끓인 물을 가득 붓는 것을 중투中投라고 한다. 끓인 물을 먼저 붓고 찻잎을 뒤에 넣는 것을 상투上投라고 한다. 봄과 가을에는 중투, 여름에는 상투, 겨울에는 하투로 한다.

차 마시는 법

차를 마실 때는 손님이 적은 것을 귀하게 여긴다. 손님이 많으면 시끄럽고, 시끄러우면 곧 아담한 정취가 모자라게 된다. 혼자 마시는 것을 신의 경지라 말하고 손님이 둘이면 매우 좋다고 한다. 손님이 서넛이면 아름다운 정취가 있다고 하고, 손님이 대여섯이면 덤덤하다고 한다. 일고여덟이면 그저 나눠 마신다고 한다.

차의 향

차에는 진향眞香·난향蘭香·청향淸香·순향純香이 있다. 안팎이 똑같은 것을 순향이라 하고, 설지도 않고 너무 익지도 않은 것을 청향이라 하며, 불김이 고루 알맞은 것을 난향이라 한다. 곡우 전에 다신이 고루 갖추어진 것을 진향이라 한다. 또한 함향含香·누향漏香·부향浮香·간향間香이 있는데, 이는 모두 바르지 못한 향기다.

차의 빛깔

차는 맑고 푸른 것을 으뜸으로 삼고, 찻물(濤)은 남백색을 좋은 물로 여긴다. 노랑·검정·빨강·어두운 빛깔이 도는 것은 모두 차의 품격에 들지 못한다. 찻물이 구름과 같은 것은 상품이 되고, 푸른 것은 중품이 되고, 누런 것은 하품이 된다. 새로 떠온 샘물과 활활 타는 숯불은 차를 끓여주는 오묘한 기술이요, 옥 같은 차와 얼음 같은 찻물은 찻잔에 잘 어울리는 절묘한 기예이다.

차의 맛

차의 맛은 달고 부드러운 것은 상품이 되고, 쌉쌀하고 떫은 것은 하품이 된다.

오염된 차는 참맛을 잃는다

차에는 본래의 참된 향기가 있고, 참된 빛깔이 있으며, 참된 맛이 있다. 한번 오염되면 곧 그 참됨을 잃는다. 만일 물에 소금기가 들어 있거나, 차 속에 다른 재료가 붙어 있거나, 찻잔에 과즙류가 묻어 있으면 모두 차의 참됨을 잃는 것이다.

변질된 차는 쓸 수 없다

차를 처음 만들면 푸른 비취빛이다. 거두어 저장함에 법도대로 하지 않으면, 첫 번째엔 녹색으로 변하고, 두 번째는 누런색으로 변하고, 세 번째는 검은색으로 변하며, 네 번째는 흰색으로 변한다. 이를 마시면 곧 위장이 차가워지고, 심하면 수척한 기운이 쌓이게 된다.

물의 등급

차는 물의 신神이고, 물은 차의 체體이다. 진수眞水가 아니면 차의
신이 드러나지 않고, 진차眞茶가 아니라면 그 체를 엿볼 수 없다. 산
꼭대기의 샘물은 맑고 가벼우며, 산 아래 샘물은 맑고 무겁다. 돌 사
이에서 나는 샘물은 맑고 달며, 모래 속 샘물은 맑고 차가우며, 흙 속
의 샘물은 담백하다. 누런 빛깔의 돌에서 흘러나오는 물은 좋고, 푸른
돌에서 흘러나오는 물은 쓸 수 없다. 흘러서 움직이는 물이 괴어 있는
물보다 낫고, 응달진 곳에서 나는 물이 양지의 물보다 좋다. 참된 근
원의 물은 맛이 없으며, 참된 물은 향기가 없다.

우물물은 찻물로 적당치 않다

『다경』에 이르기를 "산 물이 상등이고, 강물은 하등이며, 우물물
은 최하등이다"라고 하였다.

첫째는 가까이에 강이 없고 산에도 샘물이 없으면 오직 봄철에
내리는 빗물을 많이 저장한다. 그 맛은 달고 부드러우니, 만물을 길이
길러주는 물이다. 눈 녹은 물은 비록 맑기는 하나 성질이 무겁고 음산
하여 사람의 비장과 위장을 차게 하므로 많이 저장해두기에는 알맞지
않다.

물의 저장

물을 저장하는 항아리는 모름지기 그늘진 뜰 가운데 놓고, 비단
으로 덮어 별과 이슬의 기운을 받아들이게 하면, 물의 빼어난 영기가
흩어지지 않고 신기가 항상 남아 있게 된다. 가령 나무나 돌로 누르고
종이나 댓잎으로 봉하여 햇살을 쪼이면, 밖으로 그 신기가 흩어져 없

어지고 안으로 그 영령한 기운이 닫히므로 물의 신기가 없어지게 된다. 차를 마심에 오직 귀한 것은 차의 신선함과 물의 영령함이니, 차에서 그 신선함을 잃고 물에서 그 영령함을 잃는다면 도랑물과 무엇이 다르겠는가.

차를 달이는 도구

상저옹桑苧翁(육우)은 차를 달이는 데 은그릇을 쓰다가 이를 너무 사치스럽다고 생각하여 뒤에는 자기를 사용했다. 그러나 또 오래 쓸 수가 없어 끝내는 은그릇으로 돌아갔다. 나의 생각으로 은그릇은 부유한 집에나 있는 것이니 서민의 집에서는 그저 주석그릇을 쓰더라도 또한 차의 향기와 빛깔과 맛에는 손색이 없을 것이다. 구리그릇과 쇠그릇은 피해야 한다.

찻잔

찻잔은 눈처럼 흰 것이 가장 좋고, 남백색의 것도 찻물의 빛깔을 해치지 않으므로 이에 버금간다.

찻잔 닦는 베 헝겊

차를 마시는 전후에는 모두 가는 베 헝겊을 사용하여 찻잔을 닦는다. 기타의 것은 더러워지기 쉬워서 쓰기에 적당치 않다.

차의 양생

차를 만들 때에는 정성스럽게 하고, 차를 갈무리할 때에는 건조하게 하며, 차를 우릴 때에는 청결하게 한다. 정성스럽게 하고 건조하게 하고 청결하게 하면 다도는 최고의 경지에 이른다.

　무자년(1828) 비가 내린 끝에 스승을 따라서 지리산 칠불아원七佛
啞院*에 갔다가 이 책자를 베껴 써가지고 내려와 다시 정서正書로 쓰
려고 하였으나 병으로 말미암아 이루지 못하였다. 사미승 수홍修洪이
이때 시자방侍者房에 있었다. 그가 다도茶道를 알고자 하여 정서로 베
꼈으나 그도 병이 나서 마치지 못하였다. 이 때문에 좌선하는 틈틈이
억지로 붓을 들어 이를 끝맺혔다. 시작이 있고 끝맺음이 있다 함은 어
찌 다만 군자들만의 일이겠는가. 사찰에서도 더러 조주趙州*처럼 차
를 마시는 풍속이 있으나 모두가 다도를 모른다. 그러므로 베껴서 보
이기에는 두렵기만 하다.
　경인년(1830) 봄에 휴암병선休庵病禪이 눈 내리는 창가에서 화로를
앞에 두고 삼가 쓰다.

출전: 『만보전서』 외

─────────────

• **칠불아원**七佛啞院　경상남도 하동군 화계면 범왕리 지리산에 있던 절. 쌍계사에 딸린 암
자. 옛 이름은 운수원雲水院. 1948년 불타기 전에 있었던 아자방이 널리 알려져 있다.
• **조주**趙州　당나라의 고승高僧으로, 일찍이 조주에서 불교를 크게 드날렸던 종심從諗을
가리킨다. 조주와 곡천 선사谷泉禪師 사이의 선문답 가운데 차에 관한 이야기가 있다.

해설　「다신전」은 초의 선사가 순조 28년(1828, 무자) 그 스승을 따라 지리산 쌍계사雙溪寺에 딸린 암자인 칠불암七佛菴에 갔다가 그 아자방亞字房에서 『경당증정만보전서』敬堂增訂萬寶全書에 있는 내용을 베껴 온 것이다. 이 「다신전」은 찻잎 따기, 차 만들기 등 차에 관한 여러 가지 사항이 22개 절로 나뉘어 쓰여 있다. 여기에 번역하고 교주해 실은 「다신전」은 동국역경원의 『한글대장경 초의집외』와 윤병상 선생의 『다도고전』茶道古典을 많이 참고했음을 밝혀둔다.

김정희 金正喜, 1786~1856

이재彝齋 권돈인權敦仁에게 (제17신)

　　이 차의 품격은 과연 승설차勝雪茶의 남은 향기라고 할 만한 것입니다. 내가 일찍이 쌍비관雙碑館*에서 이와 같은 것을 보았거니와, 우리나라에 돌아온 이후로는 40년 동안에 이런 것을 다시 보지 못하였습니다. 영남 사람들이 이것을 지리산 산승山僧에게서 얻었는데, 산승 또한 개미떼가 절간 탑에 모여드는 것처럼 다투어 채집하니, 실로 많이 얻기가 어렵다고 합니다. 또 명년 봄에 다시 보내달라고 조르면 산승들이 모두 깊이 숨겨두고 관官을 두려워하여 쉽게 내주지 않을 것입니다만, 그 사람이 산승들과 좋게 지내는 사이이므로 그래도 도모해볼 수 있을 것입니다. 그리고 그 사람이 내 글씨를 매우 좋아하니, 상황을 보아가며 서로 교환하는 길도 있을 것입니다.

　　서두書頭의 소인小印을 보면 이것이 철규鐵虯*의 솜씨인 듯한데, 기교가 이러한 경지에 이르렀단 말입니까. 우리나라 사람들은 일찍이

• **쌍비관雙碑館**　청나라 때의 고증학자인 완원阮元의 서재 이름. 원래 이름은 태화쌍비지관泰華雙碑之館이다.
• **철규鐵虯**　김정희와 교유하던 스님의 이름.

꿈에도 생각해보지 못한 것입니다. 비록 복우허濮又栩·주당周棠의 무리*라 할지라도 반드시 이보다 뛰어나지는 못할 것입니다. 한 달 전과 비교하면 또 한 경지가 더 나아간 것이니, 이 얼마나 기이한 일입니까?

해설　김정희가 일생을 통해 가장 친밀했던 벗이 이재 권돈인이다. 김정희가 권돈인에게 보낸 서간도 35통이나 돼 초의 선사에게 보낸 44통 다음으로 많다. 그런데 차와 관련된 말이 나오는 것은 이 한 통뿐이다. 이 편지는 69세 되던 1855년 봉은사에 있으면서 쓴 것으로 추정된다.

• **복우허濮又栩·주당周棠의 무리**　복우허는 미상이다. 주당은 자가 소백小伯으로 추사 김정희와 교유하였던 중국의 문인이다. 그림과 글씨에 모두 빼어나 김정희가 그의 제화시를 많이 베꼈다고 한다.

조선 후기의 차 문화— 산문　　　　　　　　　　　　　175

김정희 金正喜, 1786~1856

오경석 吳慶錫 에게 (제4신)

　　아내를 잃는 슬픔을 당했다는 소식에 매우 놀란 심정을 이길 수
없네. 이 일은 비단 노년이나 중년이 당해서는 안 될 뿐 아니라 소년
또한 당해서는 안 되네. 아내란 이른바 하루라도 없어서는 안 되는 존
재이니 대(竹)와 더불어 같다네.* 나도 일찍이 이 경우를 겪어봐서 그
쓰라림을 익히 알고 있다네.

　　……

　　부쳐온 용정차는 훌륭한 품질이니 각별한 관심이 아니라면 어떻
게 이를 마련했겠는가. 그저 고마울 따름이네. 종이부채는 바로 써서
보낼 작정일세. 온 하인이 바로 돌아간다기에 길게 쓰지 못하니 모두
뒤로 미루고 이만 줄이네. 답장을 보내네.

출전: 『완당전집』 권4

해설　오경석은 역관 출신으로 우리나라 개화파의 스승이다. 서예의 대가이며 서화
감별의 대가인 오세창吳世昌의 아버지이기도 하다. 오세창이 훗날 김정희의 서화
감별을 잘하게 된 내력의 일단을 이 편지로 짐작할 수 있다.

• **하루라도 없어서는 …… 더불어 같다네**　진晉나라 왕희지王羲之가 집에 대나무를 잔뜩 심어
놓고 "어찌 하루라도 대나무가 없을 수 있겠는가"라고 한 말을 비유한 것.

초의에게

여덟 번째 편지

……

차를 특별히 보내주시니 심폐心肺가 매우 개운하오만, 늘 덖는 법이 조금 지나쳐 정기가 빠진 것 같다는 느낌이 드오. 만일 다시 만들 경우에는 혹 불 조절에 유의하는 것이 어떻겠소. 무술년(1838) 4월 8일 부처님 생신날.

출전: 『완당전집』 권5

열일곱 번째 편지

초의의 서신 한 장만 얻어 보아도 다행스러운데, 어찌 그 층층 바다를 넘어 멀리 오기를 바라리오.

그러나 스스로 대승大乘 법문으로써 큰소리치고 있으니, 이런 범안凡眼으로 본다면 어찌 대승이 담장이나 깨진 기왓조각에 묶인 바가 되어 동서로 분주하며 벗어나지 못할 일이 있겠소.

또한 모름지기 나 같은 범부에게 급히 찾아와서 한번 『금강경』金剛經을 읽어준다면 비로소 정진하여 한 과果를 얻을 것이오.

이몸은 돌이요 나무일 따름이니, 다포茶包가 정말 훌륭한 제품이지만, 능히 차의 삼매三昧를 투득透得할 수 있겠소?

글씨란 본시 날과 달을 다해도 마치기 어려운 것인데 어떻게 쉽사리 성취하기를 맨손으로 용을 잡듯이 할 수가 있겠소. 어느 때를 막론하고 스님이 모름지기 들어와서 스스로 가져가면 될 것이오. 이만 줄이겠소.

출전: 『완당전집』 권5

스물여섯 번째 편지

……

두 자루 부채를 짝지어 보내니 웃으며 받아둠이 어떻겠소? 전일에 보내준 다병은 이미 다 먹었는데, 싫증남이 없는 요구라서 큰 보시를 심히 바라오. 할 말은 모두 뒤로 미루고 이만 줄이겠소.

정미년(1847) 음력 6월 15일 유도노인遊桃老人

출전: 『완당전집』 권5

스물아홉 번째 편지

……

보내준 차는 병든 위胃를 쾌히 낫게 해주어 감사함이 골수에 사무치도록 절실하오. 더구나 병이 침중한 지금으로서야 말할 나위 있겠소.

자흔自欣과 향훈向熏까지도 각각 멀리서 보내준 것이 있어 그 뜻이 진실로 두터우니, 나를 위해 대신 감사하다고 해주시구려.

훈납熏衲*이 따로 박생朴生에게 준 엽차는 백파공白坡公의 추아차
麤芽茶 못지않게 향그러운 맛이 매우 좋았소. 행여 나를 위해 다시 한
포를 청해주실 수 있겠는지…….

출전: 『완당전집』 권5

서른두 번째 편지

……

여섯 가지 차는 이 갈증난 폐를 적셔줄 만하다오. 다만 얼마 되지
않은 데다 또 훈납과도 일찍이 차에 대한 약속을 알뜰히 한 바 있는데
하나의 가지에 하나의 잎*도 보내주지 않으니 한탄스럽소. 모름지기
이 뜻을 그에게 전달하고 그의 차 상자를 뒤져내 봄에 오는 인편에 보
내주면 대단히 좋겠소. 글씨 쓰기도 어렵고 인편도 바쁘니 예를 생략
하오.

완당노인

새 차는 어찌하여 돌샘과 솔바람 사이에서 혼자만 마시며 도대체
멀리 있는 사람 생각은 왜 아니하는지. 봉棒 30대를 단단히 맞아야 하
겠구려.

출전: 『완당전집』 권5

• 자흔自欣, 향훈向熏, 훈납熏衲 모두 완당과 교유가 있던 스님인 듯하나, 미상이다.
• 하나의 가지에 하나의 잎 원래 갓 움튼 차의 싹을 이르는 말이나, 여기서는 적은 양을 뜻
함. 이 책 36쪽의 '일창일기' 참조.

서른네 번째 편지

……

나는 스님을 보고 싶지도 않고 또한 스님의 편지도 보고 싶지 않으나 다만 차의 인연만은 차마 끊어버리지도 못하고 쉽사리 부수어버리지도 못하여 또 이렇게 차를 보내달라고 조르게 되오. 편지는 보낼필요 없고, 다만 두 해 동안 쌓인 빚을 모두 챙겨 보내되 더이상 지체하거나 어김이 없도록 하는 게 좋을 거요.

출전: 『완당전집』 권5

서른다섯 번째 편지

『법원주림』法苑珠林과 『종경록』宗鏡錄 그리고 새로 편찬한 『어록』語錄은 한번 와서 서로 고증하고 싶지 않소? 대혜大慧 종고 선사宗杲禪師의 공안公案들을 남김없이 타파했으니, 이것이 크게 유쾌한 일이라오.

새 차는 몇 조각이나 따 왔는지. 잘 간수하여 장차 나에게 가져오려는가요. 자흔·향훈 여러 스님에게서도 일일이 색출하여 모두 빠른 인편에 부치거나 혹은 스님 1명만을 보내도 안 될 것 없겠지요.

김세신金世臣도 편안한지……. 항상 생각하고 있소.

단오절에 선물하는 부채를 부쳐 보내니 나누어주고 또 남겨두시오.

세상에는 또 한 해가 왔오. 절간의 해와 달도 다시 새로 돌아왔으니, 노고추老古錐*께서도 1년 동안 할 일을 마련하기를 세간의 고화승羔花勝과 같이 하는가요?

갑자기 전하는 인편으로부터 편지와 아울러 다포를 받았는데 차의 향기에 감촉되어 문득 눈이 열림을 깨달았으니, 편지의 있고 없음은 본시 헤아리지도 않았다오.

다만 이가 아려 참으로 괴롭지만, 혼자서 좋은 차를 마시고 남과 더불어 같이 못하니 이는 감실龕室 속의 부처가 또한 자못 영험하여 율법을 베푼 것이겠소. 웃을 수밖에요.

이 몸은 차를 마시지 못해서 병이 든 것인데, 이제 또 차를 마시고 나아버렸소이다. 이것도 웃을 일이지요. 인편이 선 채로 재촉하므로 간신히 이 어두운 눈을 버티며 두어 자 적었소.

봄이 따뜻하고 해가 길면 빨리 석장錫杖을 들고 와서 찾아와 『종경록』과 『법원주림』을 읽는 것이 지극히 묘한 일일 것이오. 이만 줄이오이다.

삼호어수三湖漁叟

출전: 『완당전집』 권5

서른여섯 번째 편지

스님이 와서 초의의 편지를 받고 또 다포도 받았소. 이곳의 샘물맛은 바로 관악산 한 줄기에서 흘러나온 것으로, 두륜산에 비하면 등급이 어떨지 모르겠지만 또한 서너 가지 공덕功德은 있다오. 그래서 급히 보내온 차를 시험해보매 샘맛도 좋고 차맛도 좋으니, 바로 한 조

• 노고추老古錐 불교의 용어로, 노숙老熟한 사가師家에 대한 경칭으로 쓰인 말로, 노숙한 사가의 불교의 진리를 깨침이 송곳처럼 예리하다는 데서 온 말이다.

각 기쁨의 인연이었소.

이는 차가 그렇게 만든 것이요 편지가 그렇게 만든 것이 아니니, 그렇다면 차가 편지보다 나은 것인지.

또한 근일에는 일로향실一爐香室에 죽 머물러 있다니 더 좋은 인연이 있는 것이오? 왜 얽매임을 부숴버리고 지팡이를 멀리 날려 나와 이 차의 인연을 같이하지 않는지요.

또한 요즈음에는 선열禪悅에 대하여 자못 점입가경의 묘미가 있는데, 더불어 이 묘체妙諦를 함께할 사람이 없으매 스님과 한 번 만나 시원하게 토론하고 싶은 생각이 무척 간절하오. 이 소원을 이룰 수 있을지 모르겠소.

내 글씨가 약간 있어서 부치니 거두어주기 바라오. 곡우 전에 딴 찻잎은 얼마쯤 가려놓았소. 어느 때나 부쳐 보내 이 차의 굶주림을 진정시켜주려는지. 멀리서 발꿈치를 들고 날로 바라보오이다. 이만 줄이오.

향훈에게 가는 한 장의 편지는 옮겨 전달해주기 바라오.

출전: 『완당전집』 권5

서른일곱 번째 편지

이와 같이 뜨거운 무더위는 범을 잡아 엎드리고 용을 길들일 재주가 있어도 아마 당해내기 어려울 것 같소. 잘 알지는 못하지만 은지銀地* 법계法界에서 능히 이선천二禪天*의 즐거움을 얻는 것이 세간의 뜨거운 불구덩이만 못한 것인지.

곧 묻노니, 선의 수행은 맑고 흡족한지요. 향훈과 자흔 여러 스님도 함께 편안하고 건강하기를 멀리서나마 축송하기를 마지않사외다.

선사는 죽 일로향실에 머물러 공부를 계속하신다지만, 향훈은 어디서 수양하는지요. 그립다오.

천한 사람은 그사이 갑작스런 설사병에 걸려 진원眞元이 몽땅 탈진되었으니 세상살이의 고통이 마침내 이런 것인가 하오. 다행히 차의 힘으로 말미암아 몸이 난촉煖燭*을 연장하게 되었으니 이는 바로 한 사방에 없는(一四方空) 무량복덕無量福德이라오.

가을 뒤에도 계속 부쳐주길 바라나 이건 끝없는 욕심이 아니겠소. 향훈이 만든 차도 인편에 따라 곧 보내주면 좋겠구려. 마침 가는 인편을 인하여 대략 적을 뿐 장황하게 적지는 못하였소. 이만 줄이오.

노완老阮

출전: 『완당전집』 권5

영해타운첩瀛海朵雲帖(제6신)

비로소 박생 편에 서찰을 부쳤소. 바다를 건너기 전에 영남에 있

• 은지銀地　불각도량佛閣道場을 일컫는 것인데, 금지金地·유리지琉璃地라고도 한다.
• 이선천二禪天　이선二禪을 수성修成한 자가 사는 천처天處이다. 색계천色界天의 제이중第二重으로 신역新譯에는 이정려二靜慮라 이르는데, 이 가운데 다시 삼천三天이 구별되어 일천은 소광천少光天, 이천은 무량광천無量光天, 삼천은 광음천光音天이다.
• 난촉煖燭　몸에 감촉된 바가 있는 것을 촉이라 하는데, 난촉은 팔촉八觸 중의 하나로서 몸이 더워 불 같은 것을 이른다.

는 스님이 뜻밖에 찾아와서 아울러 선사의 서찰도 받아 보았소. 이에 노련하고 능숙한 선사의 정황이 맑고 편안하다는 것을 알았구려.

대나무의 그윽한 빛과 연꽃의 서늘한 빛에 정신이 골몰하여 그리운 생각을 견디기 어렵구려. 선사가 사는 곳이 곧 하나의 극락국토極樂國土인데 구태여 천만 번 아미타불을 염송念誦하는지요.

원래 서찰은 또한 차를 부탁하는 것이었소. 이곳에서 차를 구하기가 어렵다는 것은 스님도 아시는 바일 게요. 스님이 스스로 법제하는 차는 당연히 해마다 하는 일이니 더 말할 필요가 없지요. 그 절에서 제조한 30~40편 되는 작은 덩어리 중에서 좋은 것을 가려서 보내주시기를 간절히 바라오.

백파공이 말한 추아차 또한 부처님께 올리기에 충분하오. 만일 박생이 다시 찾아올 때까지 기다리면 아무래도 너무 늦어질 근심이 있을까 염려되오. 먼저 김모金某와 인편을 상의하여 빨리 부치면 어떻겠소? 마시던 것이 떨어지려 하여 이렇게 급함을 알리오.

포장泡醬은 과연 더없는 진귀한 음식이니, 이것은 신선 세계(香積界)에서 온 것인가 싶소. 또 겨울을 나면 특별히 나를 위해 따로 한 단지 만들어주기를 거듭 바라오. 바람이 끝이 없다고 꾸짖음이 없기를 바라오. 과연 오래 지나도 맛에는 손색이 없구려. 지난해 가져온 것을 여름철까지 소반 위에 올릴 수가 있으니 정말 신기하오. 더 할 말은 남아 있으나 이만 줄이오.

출전: 『완당평전』阮堂平傳

영해타운첩(제7신)

두 통의 편지를 이미 박생 편에 부쳤소. 영남에서 온 스님이 지금 또 돌아간다고 고하는구려. 그는 어디에서 무슨 말을 듣고 왔으며 무엇을 보고 돌아가는지 모르겠소. 뜬구름같이 황당한 그의 말은 약간 타파하였습니다만, 놀란 듯한 그의 눈은 다시금 우습게 느껴지는구려. 그의 타고난 성품과 자질은 매우 좋으나 견문이 모두 거칠고 잡스러웠소.

요즈음 사찰에서는 애꾸눈을 가진 사람들이 걸핏하면 기괴한 말을 하니 거듭 껄껄 웃음이 나오. 차에 관한 일은 앞서 보낸 서신에서 또한 자세하게 언급했지만, 작은 덩어리 수십 개로는 몇 번 마시는 것도 지탱할 수 없을까 염려되오. 100원圓어치만 살 수 있으면 좋을 것 같으니, 다시 깊이 생각해주는 것이 어떻겠소? 나머지는 잠시 뒤로 미루고 다 말하지 않으리다.

출전: 『완당평전』

해설   김정희가 초의 선사에게 보낸 서찰은 『완당선생집』阮堂先生集에 38통이 실려 있고, 『완당평전』 제3권(자료·해제편)에 실린 「영해타운첩」에 10통이 모여 있는데, 이 가운데 6통은 『완당선생집』에 실린 38통 가운데 있는 것과 같고, 나머지 4통만 『완당평전』 제3권에서 처음 세상에 소개되었다. 이 4통 가운데 차와 관련된 내용이 있는 것이 여기에 소개한 여섯 번째 편지와 일곱 번째 편지이다. 이 「영해타운첩」에 실린 서찰 9통은 제주에 귀양 살면서 쓴 것이고, 1통은 유배에서 풀려 강상에 막 돌아와서 쓴 것이다.

김정희 金正喜, 1786~1856

허 선달許先達에게 답한다(제1신)
─칠십이구초당七十二鷗艸堂에서 보내는 감사 편지

부채는 지금 이미 철이 지났으나, 기왕에 가지고 있던 것이라 지금 부치니 받아주기 바라네. 수금壽琴과는 이따금 왕래가 있는지? 초의는 편안히 잘 계시는지? 올해 들어서는 편지 한 통도 없네. 세상과 인연을 끊어서 그런 건지 거듭 탄식스럽네. 이번에 부쳐온 차편茶片도 또한 초의암艸衣庵에서 나온 것인가? 대단히 좋은 품질이라 기꺼울 따름이네.

그대가 잠시 초의암에서 나는 차를 가로채어서 편의대로 다시 부쳐주기를 몹시 바라고 바라겠네. 구기자枸杞子 새로 딴 것 2근만 구해서 보내주겠는가.

경술(1850) 7월 16일 병든 완당

출전: 『모완첩』摹阮帖

해설　김정희가 소치小痴 허련許鍊에게 보낸 편지는 김상희金相喜의 『모완첩』에 5통이 실려 있는데, 이는 『완당척독』阮堂尺牘에도 빠져 있다. 여기 실린 2통의 편지는 『완당평전』 제3권(자료·해제편)에 소개된 것을 약간 수정한 것이다.

허 선달에게 답한다(제3신)
—북청 한쪽(靑左)에서 보내는 답장

먼 남쪽 하늘과 아득한 북녘 지방에 서로 떨어져 있어 기러기로도 소식을 전할 수 없고 물고기로도 서신을 전할 수 없네. 지난해 여름 집의 인편에 차와 편지를 받아보았고, 아울러 초의 선사의 편지도 얻었네. 신기한 소식과 놀라운 일과 같아서 절로 탄식이 나오네.

곧 또한 천만 뜻밖에도 편지와 함께 상자에 담은 화정畵幀과 다포가 차례대로 손에 들어왔네. 이것을 일러 "만 리도 지척과 같고, 하늘 끝도 이웃과 같다"(萬里尺咫 天涯比鄰)고 하는 것인지. 아래위로 천백 년 세월과 종횡 일만 리 땅 위에도 무릇 마음과 힘이 통하지 못할 곳이 없거늘, 다만 사람이 마음을 쓰지 않고 힘을 쓰지 않을 뿐이라네.

요즈음 어머니도 편히 계시고 자식들도 잘 지내고 있음을 알게 되니 기쁘기 한이 없어 멀리서 축하를 물 흐르듯 보내네. 천한 이 몸은 유배지에서 초췌하게 지내며, 갈수록 우둔해지고 갈수록 더 어리석어지니 무엇을 족히 말하겠는가.

화정은 곧 자작나무 껍질로 만들었는데 집안사람들이 모두 북쪽 사람이라, 처음 보는 이들은 경이하며 찬탄하지 않음이 없었다네.

이른바 개 그림*이라 겸손을 떨던 자네의 범 그림이 이런 경지이던가. 소를 삼킬 기상*이 있더니 천리마처럼 날래게 돌진하겠네.

• 개 그림 범을 그리다가 제대로 되지 않으면 개처럼 된다(畵虎不成反類狗)는 말을 인용한 것으로, 허 선달이 자신의 범 그림을 겸손하게 표현한 것이다.

차편은 동정東井의 물로 시험하니 향과 맛이 더욱 빼어나네. 동정은 바로 우리나라의 강왕곡수康王谷水*라네. 이 차로 말미암아 샘물의 등급을 알겠고, 또한 다시 차의 품질도 알겠으니, 이 또한 하나의 기이한 일일세.

초의 선사는 절간을 따로 지었다고 하니, 선사 말년의 얼마나 큰 행복인가. 보내준 종이에 글자를 썼는데 쓸 만하던가? 졸렬한 내 글씨를 별도로 써서 보내고자 하나 이곳엔 종이 한 조각 없으니 한탄스럽네.

아이가 엊그제 이미 돌아갔는데 편지도 당연히 그편에 받겠지. 초의 선사에게 보낸 한 통 편지는 곧바로 전해지기를 바라네. 돌아갈 길을 매우 서두르는지라 길게 쓰지 못하네. 천만 가지 회포가 필묵이 미치지 못하는 곳에 남아 있네. 헤아려주기 바라네.

임자년(1852) 8월 19일 노완老阮

출전: 『모완첩』

해설   김정희가 함경도 북청 유배 시절 허련에게 보낸 편지이다. 그 내용을 보면 허련이 보내준 차를 동정의 물로 끓여 맛보고 나서, 그 물을 중국의 강왕곡 물에 비유하고 있다.

• **소를 삼킬 기상** 허 선달이 그린 범 그림의 기상이 드높음을 칭찬한 말이다. 범의 새끼는 아직 무늬가 자리잡기도 전에 이미 소를 삼킬 기상(呑牛之氣)이 있다고 한다.
• **강왕곡수**康王谷水 중국의 소식이 차를 달여 마셨다는 여산廬山의 골짜기 물. 『소문충공집』蘇文忠公集을 보면, "여산 강왕곡康王谷의 물로 증갱曾坑(차 이름)을 달여 마신 후, 옷을 벗고 편히 누워서 사람을 시켜 나의 「적벽부」赤壁賦 전후편을 외게 하면 크게 즐거울 것이다" 라고 하였다.

김명희 金命喜, 1788~1857

찻잎을 따서 덖는 방법

동이 틀 새벽 무렵에 차를 따다가 해가 보이면 그친다. 손톱을 써서 싹을 끊어 따야 손가락으로 문지를 염려가 없다. 나쁜 기운에 더럽혀지면 차가 깨끗하지 못하다. 차의 공교로움은 대체로 새로 물을 알맞게 붓고, 어린 찻잎 적당량을 찻물에 넣는 데 있다. 무릇 어린 차 싹은 참새 혓바닥과 곡식 낟알 같은 것이 상등품이다. 한 가지에 하나 돋은 찻잎을 가려 딴 것이 제일이고, 가지가 두 번 뻗어 두 개의 잎이 나온 것을 딴 것이 다음 품질이다. 나머지 ○○은 하등 품질이다.

차를 따는 방법은 모름지기 동틀 무렵이 좋고 해가 뜨면 좋지 않다. 새벽에는 밤이슬이 마르지 않아 차 싹이 살지고 번지르르한데, 해를 보면 양기가 엷어지고 차 싹의 기름진 맛이 안으로 줄어든다. …… 그리고 깨끗하지 못하다.

청명절인 양력 4월 5~6일과 곡우 때인 양력 4월 20~21일이 찻잎을 딸 때이다. 그러나 청명 때는 너무 이르고 입하 때인 양력 5월 5~6일은 너무 늦으며 곡우 앞뒷날이 그 차를 따기에 매우 알맞은 때이다. ○○○○

다시 이보다 하루나 이틀 뒤 ○○에 늦게 따도 그 기력이 보전되며 향기로움이 곱절이나 짙고 거두어 저장하기에 쉽다. ○○ 조금 길고 커지면 …… 어린 가지와 여린 잎이다.

처음 따서 덖지 않은 찻잎은 향기가 드러나지 않고, 반드시 불의 힘을 빌려야 그 향기가 피어난다. 그러나 성질이 수고로움을 견디지 못하니, 덖기를 오래도록 하지 않아야 한다. 차를 덖는 번철에 찻잎을 많이 넣어 고르게 저어주지 못하거나 번철 속에 지나치게 오래 두어 향기가 흩어지고 또 바짝 마르게 되면, 어떻게 차를 달여 우려낼 수 있겠는가. 찻잎을 덖는 ○○○ 새 번철을 가장 꺼리니, 번철의 누린내가 한번 찻잎에 들어가면 더이상 간향閒香이 없다. 기름기를 더욱 꺼리는데 그 해로움은 번철보다 지나치다. 찻잎을 덖을 때는 나무는 대체로 ○○ 가지가 좋으며 줄기와 나뭇잎은 쓰지 않는다. 줄기는 불꽃의 세력이 세차며, ○○ 나뭇잎은 불꽃이 쉽게 피고 쉽게 사그라든다. 번철은 반드시 깨끗하게 문질러 닦고, 찻잎은 골라 집어내어가며 덖는다. 한 번철 안에는 대략 찻잎 4냥쯤을 넣어 먼저 뭉근한 불을 쓰고 다음엔 센 불을 쓰며, 손놀림을 빨리하여 나무를 더해가며 급히 비비는데, 급히 저어 돌려서 반쯤 익은 다음이라야 차의 향기가 피어난다. 이것이 찻잎을 볶는 것이다.

찻잎을 따는 경우 반드시 너무 작지 않아도 된다. 잎이 작으면 싹이 곡우 전에 처음 난 것이니 차맛이 부족하다. 싹이 반드시 너무 크지 않아도 된다. 싹이 너무 크면 차 싹이 이미 쇤 것이니 차맛이 부족하다.

모름지기 곡우 전후에 생긴 것으로 ○○ 줄기를 이루고 달린 잎은 녹색을 띠며 둥글고 또 두터운 것이 상품이 된다.

찻잎을 덖을 때는 모름지기 한 사람이 딸려서 ○○ 부채질을 하

여 열기를 없애야 하니, …… 뜨거우면 누른 빛깔이 되고 향기와 맛이
조금씩 줄어든다.

　　찻잎을 따고 덖는 몇 개 법칙을 써서 드림에, 많은 사람들이 보고
이것에 따라 차를 제조하여 중생을 이롭게 하려 함이니, ○○ 부처님
이 중생을 교화하는 일이 아니리오. 산천처사山泉處士

출전: 개인 소장본

해설　　이 편지는 최근에 발견된 것으로, 글자가 지워지거나 판독되지 않는 부분이
상당수 있다. 내용은 차를 따서 제조하는 방법에 관한 것이다.

음식

차를 달이는 법은 이렇다. 먼저 구리 주전자나 사기 주전자에다 물을 붓고 여러 차례 끓인다. 찻잎 조금을 찻사발에 넣고 끓는 물을 따른 다음 뚜껑을 덮어둔다. 이윽고 차 잎사귀가 펴져 새로 필 때처럼 된다. 물은 깨끗하고 맑아 황랍黃蠟 빛처럼 되고, 맑은 향기가 사람에게 끼쳐 온다. 이때 한편 얘기를 나누고 한편 마시는 것이다. 부잣집이나 시장 점포, 사관寺觀에서는 모두 화로에다 석탄불을 피운 다음, 화로 위에 4~5개의 구멍이 뚫린 큼직하고 네모난 벽돌장으로 덮고 그 위에 다시 주전자를 받쳐놓는다. 화롯불이 타올라 주전자가 달구어지면 소나무에 부는 바람 소리나 회나무에 떨어지는 빗방울 소리가 항상 끊이지 않는다. 그때 물을 따르라고 명하면 다른 주전자를 가져다가 물을 방울방울 조금씩 따라 부으며, 찻물의 온도를 가늠하여 비로소 찻사발에다 붓는다.

차 맛의 청탁淸濁은 전적으로 수질의 고하에 달려 있다. 북방은 땅이 평평하여 고인 물이 많다. 그래서 흔히 큰 수레에다 물을 싣고 다니며 파는 것을 볼 수 있는데, 이는 아마 멀리 서산西山 근방에서 길어 오는 것인 듯하다. 부호의 집이나 시장 점포, 사관 같은 데서 끓여 차를 마시는 물은 반드시 이 물을 사서 가져온 것이니, 차 맛이야 의당 맑고 개운하다. 하지만 가난한 백성들은 꼭 그렇게 할 수 없다.

요동 벌판은 수토水土가 좋지 않기로 더욱 유명하다. 그럼에도 길가에 왕왕 찻집이 있어서 수레를 멈추고 사서 마실 경우 동전 한 닢만 내면 얼마든지 마시라고 하는데, 마시면 필시 개운해서 입에 댈 만하다. 대관절 어디서 얻어 온 것이기에 그런지 모르겠다.

전에 들으니 수질이 나쁜 물은 끓일수록 맑아지는데, 그렇지 않으면 흙 앙금이 반은 된다고 한다. 차에 쓰는 물을 많이 끓여야 하는 까닭이 실로 이 때문이란 것을 이제야 알겠다.

차의 품등도 하나같지 않다. 일상에 쓰는 것은 황차·청차이고, 다음은 향편차香片茶이다. 가장 진귀한 것으로는 보이차이지만 가짜도 많다. 절강에서 나는 국차菊茶는 맑은 향기가 매우 마시기 좋은데, 그중에서도 악라관鄂羅館, 회자관回子館에서 대접받은 차는 향미가 특이했다. 이는 서양에서 나는 것으로, 모양이 마치 회향과 같다. 동팔참東八站처럼 차가 귀한 곳에서는 쌀을 볶아서 대용하는데, 이것을 노미차老米茶라고 한다.

출전: 『연원직지』燕轅直志 권6 「유관별록」留館別錄

해설　김경선이 1832년에서 1833년 사이에 사신으로 중국에 가서, 그곳의 차 문화에 대해 기록한 글이다. 내용은 차를 끓이는 법, 수질과 차의 맛, 차의 품등 등을 다루고 있다.

이규경 李圭景, 1788~1856

도다변증설茶茶辨證說

'도'茶 자는 중당中唐부터 비로소 '다'茶라고 하였으니 그에 관한 설은 『당운정』唐韻正과 『곤학기문』困學紀聞에 자세하다. 차에는 세 가지가 있으니, "누가 씀바귀를 쓰다고 했나"(誰謂茶苦)* 할 때의 '도'茶는 쓴 풀이고, "고운 여인이 띠꽃같이 귀엽네"(有女如茶)*라고 할 때의 '도'茶는 띠풀 이삭이고, "여뀌를 제거하도다"(以薅茶蓼)*라고 할 때의 '도'茶는 육초陸草이다.

『이아』爾雅에 '도'茶 자 또는 '도'潃 자는 모두 다섯 번 보인다. 용례는 각각 다르다. 『석초』釋草에 "도는 씀바귀다"(荼苦菜)라고 한 구절

• **누가 씀바귀를 쓰다고 했나**(誰謂茶苦) 『시경』패풍邶風 「곡풍」谷風에 "누가 씀바귀를 쓰다고 했나, 내게는 냉이처럼 달구나"(誰謂荼苦 其甘如薺)라고 하였다.
• **고운 여인이 띠꽃같이 귀엽네**(有女如茶) 『시경』정풍鄭風 「출기동문」出其東門에 "성 밖을 나가 보니 고운 여인이 띠꽃같이 귀엽네. 아무리 귀여우면 무엇하나 내 마음엔 생각이 없는 걸. 흰옷 입은 남자와 물들인 옷 입은 여자여 함께 즐길 만하도다"(出其闉闍 有女如荼 雖則如荼 匪我思且 縞衣茹藘 聊可與娛)라고 하였다.
• **여뀌를 제거하도다**(以薅茶蓼) 『시경』주송周頌 민여소자지십閔予小子之什 「양사」良耜에 "그 삿갓이 가뿐하며 그 호미로 이에 땅을 파서 여뀌를 제거하도다"(其笠伊糾 其鎛斯趙 以薅荼蓼)라고 하였다.

조선 후기의 차 문화―산문

195

의 주석에 다음을 인용하여 해석했다. 『시경』詩經의 「출기동문」出其東門 편의 "누가 씀바귀를 쓰다고 했나, 내게는 냉이처럼 달구나"(誰謂荼苦 其甘如薺)라고 한 부분의 소疏에 "이것은 맛이 쓰면서 먹을 수 있는 나물이다. 잎사귀는 고거苦莒와 흡사하면서 가늘고, 자르면 흰 즙액이 나온다. 꽃은 노오란 것이 마치 국화 같다. 먹을 수 있지만 쓸 뿐이다"라고 한 것이 그 내용이다. 또 『이아』의 "표과도"薰荂荼의 주에 "곧 방초이다"(卽芳)라고 한 부분의 소에 "살펴보건대, 『주례』周禮 '장도'掌荼와 『시경』의 '고운 여인이 띠꽃같이 귀엽네'에 띠풀의 이삭이라고 했는데, 표薰와 과荂는 그 별칭이다"라고 되어 있다. 또 말하기를 "『이아』의 '도호장'荼虎杖 주에 홍초紅草와 비슷하면서 조금 크고, 가느다란 가시가 있다. 붉은 물을 들일 수가 있다"라고 하였다. 또 말하기를 "『이아』의 '도위엽'荼委葉 주에 『시경』의 '이휴도료'以茠荼蓼 부분의 소를 인용하여 '도荼는 일명 위엽委葉이다. 왕숙王肅의 『설시』說詩에 따르면 도는 육예초陸穢草다'라고 하였다. 그렇게 본다면 도라는 것은 들판 황무지에 자라는 잡초이지 씀바귀가 아니다"라고 하였다.

『석목』釋木에는 다음과 같이 실려 있다. 『이아』의 "가고도"檟苦荼 주에 "나무는 크기가 치자나무처럼 작다. 겨울에 잎이 나며, 끓여서 마실 수 있다. 지금 일찍 따는 것을 도荼라고 하고 늦게 따는 것을 명茗이라고 한다. 일명 천荈이라고도 하며, 촉蜀 지방 사람들은 고도苦荼라고 한다"라고 하였다.

이제 『시경』을 가지고 고찰해보건대, 패풍邶風 「곡풍」谷風의 "도고"荼苦, 「칠월」七月의 "채도"采荼, 「금」綿의 "근도"菫荼는 모두 씀바귀이다. 「하소정」夏小正의 "취도유"取荼莠, 『주례』 「지관」地官의 "장도", 『의례』儀禮의 "깔개에는 도를 쓰되, 수와 택을 채워 넣는다"(茵著用荼

實綏澤焉), 「치효」鴟鴞의 "날도"捋荼는 띠풀 이삭이다. 「출기동문」의 "고운 여인이 띠꽃같이 귀엽네", 『국어』國語의 "오왕吳王 부차夫差가 방진方陣을 만들었다. 백상白常, 백기白旗, 소갑素甲, 백우白羽 등의 살촉이 멀리서 바라보니 도茶와 같았다"라고 한 것도 또한 띠풀 이삭이다. 「양사」良耜의 "도료"荼蓼는 위엽委葉의 도荼이다.

오직 "호장지도"虎杖之荼와 "가지고도"櫃之苦荼는 그에 관한 설이 『시경』과 『주례』에 보이지 않는다. 다만 왕포王襃의 『동약』僮約에서는 "양무가 도를 샀다"(陽武買荼)라고 하였고, 장재張載의 시 「등성도백토루」登成都白菟樓에서는 "아름다운 도는 육청*의 으뜸이네"(芳荼冠六清)라고 하였고, 손초孫楚의 시에서는 "생강과 계피와 도와 천은 파촉에서 생산되네"(薑桂茶荈出巴蜀)라고 하였다.

『본초연의』本草衍義에서는 "진晉나라 온교溫嶠가 올린 표에 '공물로 도茶 천 근을 올리고, 명茗 300근을 올렸습니다'라고 하였으니, 이로써 진나라가 촉 지방을 침범한 뒤부터 차를 끓여 마시는 일이 있었음을 알 수 있습니다"라고 하였다. 왕포의 『동약』에 앞에서는 "자라를 찌고 도를 삶는다"(魚鼈烹荼)라고 하였고, 뒤에 "양무가 도를 샀다"라고 한 주에 "앞의 것은 씀바귀이고 뒤의 것은 명茗이다"라고 하였다. 『당서』唐書에 "육우가 차를 즐겨서(이 뒤로는 도荼 자에서 획 하나를 감하여 다茶라고 하였다.) 『다경』 3편을 짓자, 천하가 이로부터 더욱 차를 마실 줄 알았다. 당시에 회흘이 입조入朝함에 비로소 말을 몰고 와서 차를 무역하게 되었다"라고 하였다. 명대에 이르러 차마어사를 두었다. 『대당신어』大唐新語에 다음과 같은 말이 있다. "우보궐右補闕

---

* 육청六清 여섯 가지 음료이다. 물水, 장漿, 단술(醴), 양涼, 의醫, 이酏를 말한다.

기무경은 천성이 차를 마시지 않았지만 박학다식하여 『다음』茶飮이라는 저술을 지었는데, 그 서문에 '체증을 가라앉히므로 순간의 이로움에는 잠깐 그럴듯하지만, 기운과 정기를 깎아먹으므로 평생의 해로움은 크다'라고 하였다."

내가 살펴본 바는 다음과 같다.

'다'茶 자 가운데 가장 오래된 것은 겨우 『신농식경』神農食經과 『물리소지』物理小識에 보인다. '다'에 대한 해답은 『신농식경』에 실려 있는데, 옛날 도茶라고 한 것이 곧 다茶이다. (『한서』漢書 '지'志에 "도茶의 속음이 다茶이다. 『통아』通雅에 상세하다"라고 하였다.) 한굉韓翃이 차를 사양하며 올린 「사다계」謝茶啓에 "오주吳主가 차를 두고, 진인晉人이 차를 퍼뜨렸다. 안자晏子의 삼명三茗은 예부터 그렇거니와 오직 상저桑苧는 제조로써 유명할 뿐이다"라고 하였다.

당나라 때 경릉竟陵의 육우는 『다경』에서 "첫째는 다이고, 둘째는 가이고, 셋째는 설이고, 넷째는 명이고, 다섯째는 천이다. 천 가지 만 가지가 있지만 거칠게 말해보자면 다음과 같다. 예컨대 오랑캐들의 가죽장화처럼 찌부러진 것이 있으며, 들소의 가슴처럼 곧고 좁은 것, 산에서 피어오르는 뜬구름처럼 뭉실뭉실한 것, 물에 씻겨 가볍게 휘날리듯이 고요하고 맑은 것은 옛날에는 볼 수 없었던 것이다"라고 말하였다.

『신농식경』에는 "차를 오랫동안 복용하면 뜻을 기쁘게 하는 힘이 있다"라고 하였다. 주공周公은 『이아』에서 "가檟는 쓴바귀이다"라고 하였다. 『안자춘추』晏子春秋에서 "안영晏嬰이 제齊 경공景公을 도와 재상을 할 때 음식은 오곡밥을 빼고 삼익三弋, 오란五卵, 명채茗菜를 구운 것뿐이었다"라고 하였다. 곽박郭璞은 『이아주』爾雅注에서 "나무는 작아 마치 치자나무 같다. 겨울에 잎이 나는데 끓여서 마실 수 있다"라고 하였고, 『본초강목』本草綱目 「목부」木部에는 "명茗은 쓴 차이니, 맛이 달면서도 쓰다. 성질이 조금 차고 독은 없다. 누창瘻瘡을 고치고, 소변을 잘 나오게 하고, 담과 소갈증을 해소하며, 사람의 잠을 적게 한다"라고 되어 있다.

송나라 웅번熊蕃의 『선화북원공다록』宣和北苑貢茶錄에는 이런 기록이 있다. "육우와 배문裴汶은 모두 건주에서 생산된 차의 품질에 대해 등급을 매기지 않았으니, 차에 대해 말하는 자들은 다만 '두 분은 일찍이 건주에 가지 않았다'라고 하였다. 그러나 이것은 차의 발원이 정말로 때가 있음을 알지 못한 것이다. 대개 옛날에는 산천이 아직 세상에 알려지지 않았고 영명한 차 싹이 세상에 드러나지 않았다. 당나라 말엽에 이른 뒤에야 북원에서 최초의 차가 생산되었는데, 이때에 촉나라의 사신詞臣을 가장한 모문석毛文錫이 『다보』茶譜를 지어 또한 건주의 차에 대해 등급을 매겨, 건주의 차 가운데 보라색 순을 따서 납면臘面을 만든 차(자순차)가 복건성에서 생산된다는 것을 말했을 뿐이다. 오대의 난세에는 건주가 남당에 속해 있었다. 해마다 모든 현의 백성들을 이끌고 북원에서 찻잎을 따다가, 처음에는 연고硏膏를 만들고 이어서 납면을 만들었다. 또 그중 훌륭한 것을 제조하여 '경정'京鋌이라 하였다.

성조聖祖께서 개보開寶(968~976) 말엽 남당에 내려갔다가, 태평흥국太平興國(976~984) 초에 특별히 용봉모龍鳳模를 설치하고 사신을 보내어 북원으로 가게 했다. 그리고 단차團茶를 만들어 다른 차들과 구별하였다. 용봉차는 대개 여기에서 비롯되었다. 모두 태종조에 제작된 것인데, 함평咸平(998~1003) 초년에 이르러 정진공丁晉公이 비로소

『다록』茶錄에 실었다.

경력 중엽에 채군모가 소룡단을 운반하여 올렸다가 교지를 받고서 해마다 공물로 바치게 되었다. 소룡단이 나오고부터 용봉차가 드디어 차품次品이 되었다. 원풍 연간에 밀운룡을 만들라는 교지가 있었는데, 밀운룡의 품질이 또 소룡단보다 윗길이었다. 소성 연간에 최고의 차는 서운상룡瑞雲翔龍으로 바뀌었다. 대관大觀(1107~1110) 초년에 이르러 금상께서 친히 『다론』茶論 12편을 지어 '백차白茶라는 것은 일반 차와 같지 않으니, 우연히 나온 것이지 사람의 힘으로 만들 수 있는 것이 아니다'라고 하였다. 이에 백차가 최고의 차가 되었다.

무릇 차 싹 가운데 최상품을 소아小芽라고 하는데 작설이나 응조鷹爪 같은 것이고, 차품은 간아揀芽라고 하는데 하나의 싹에 하나의 잎이 붙어 있는 것이니 '일창일기'一槍一旗라고 하는 것이다. 그다음은 중아中芽라고 하는데, 한 싹에 두 개의 잎이 붙어 있는 것이니 '일창양기'一鎗兩旗라고 하는 것이다. 선화宣和 경자년(1120)에 정가간鄭可簡이 처음으로 은선빙아銀線氷芽*라는 것을 창안하였으니, 대개 익힌 싹에서 이미 가려내어 거듭 발라내고 다만 심心 한 가닥만을 취한 것으로 용단승설龍團勝雪이라고 한다. 차의 오묘함은 용단승설에 이르러 지극해졌다. 그럼에도 오히려 백차의 다음이 되는 것은 금상의 기호가 그렇기 때문이다."

송나라 채양은 『다록』에서 이렇게 말했다. "차는 색이 흰 것을 귀

• **은선빙아**銀線氷芽 찻잎에서 익은 부분을 발라내고 가운데 심지만을 취해 맑은 샘물에 씻은 것으로, 은실처럼 윤기가 난다고 하여 붙인 말. '은사빙아' 銀絲氷芽라고도 한다. 이에 대해서는 정민, 「이상적의 차시와 차생활」, 『문헌과해석』(2009년 봄호)에 자세한 설명이 있다.

하게 친다. 다만 병다餠茶는 대체로 진고珍膏를 가지고 그 면에 바르기 때문에 청색, 황색, 자색, 흑색 등 다른 색이 있게 된다. 이미 가루를 내었으니, 황백색을 띠는 것은 물의 탁하고 무거움을 받아들인 것이고, 청백색을 띠는 것은 물의 투명하고 맑은 것을 받아들인 것이다. 까닭에 건안建安 사람들은 우열을 겨룰 때 청백색을 황백색보다 높게 쳤다."

남월南越 사람 진감陳鑑의 『호구다경주보』虎丘茶經注補에 "육상저陸桑苧 옹의 『다경』에 호구차가 빠져 있다"라고 하였다. 조심스레 생각해보건대, 육상저 옹은 일찍이 호구에 은거한 분이다. 반듯반듯 품수를 나누고 물에 따라 차를 논했는데 무엇이 빠졌겠는가. 이것은 빠뜨린 것이 아니라, 호구차가 본래 『다경』에 있는데 그것을 지적해낸 사람이 없었을 뿐이다.

『다경』의 "나무는 과로瓜蘆와 같다"라고 한 부분의 주에 "과로는 고체苦栿이다. 광주廣州에 있으며, 잎은 호구차와 다름이 없는데, 다만 과로가 쓸 뿐이다"라고 하였다. "꽃은 백장미와 같다"라는 부분의 주에서는 "호구차는 꽃이 피면 백장미에 비해 작고 찻잎은 작은 탄환 같다. 최상품은 푸석푸석한 돌밭에서 자라고, 중품은 자갈밭에서 자란다. 들에서 채취한 것이 상품이고 정원에서 기른 것은 차품이다. 양지바른 언덕이나 울창한 숲에서 잘 자라는데, 보라색이 상품이고 녹색이 그다음이며, 순이 상품이고 싹이 다음이며, 잎이 말린 것이 상품이고 펴진 것이 다음이다. 무릇 차를 따는 기간은 2월, 3월, 4월 사이이다. 차 가운데 순이란 것은 푸석푸석한 돌밭에서 자란 것인데 길이가 4∼5마디이다. 마치 고사리처럼 처음 촉을 내밀면 이슬을 맞으며 딴다. 차의 싹은 총총한 차나무 가지 위에서 돋아나는데, 그 가지가 3개,

4개, 5개인 것이 있다. 그중 가운데 가지에서 빼어나고 좋은 것만을 골라 만드는데, 샘물로 끓인 것이 최상품이고, 빗물로 끓인 것이 다음이고, 우물물로 끓인 것이 최하품이다"라고 하였다.

이 부분의 보주補註에 다음과 같이 되어 있다. "유백추劉伯芻의 『수기』水記에 '육홍점陸鴻漸(육우)이 이계경李季卿을 위해 호구산虎丘山 검지劍池의 석천수石泉水에 품등을 매겨 제3등이라 하였고, 장우신張又新은 검지의 석천수에 품등을 매겨 제5등이라 하였다' 하였다. 『이문광독』夷門廣牘에서는 '호구의 석천은 옛날에 제3등이었는데 나중에 제5등이 되었다. 석천에 물이 고였기 때문인데, 모두 빗물이 쌓이고 도랑의 스며든 물이 고인 것이다. 더구나 무덤의 도로에 당시 석공들이 갇혀 죽은 이가 많은 데다, 승려들이 그 위에 살기에 더럽고 탁한 물이 스며들지 않을 수 없다. 그러니 비록 육우천陸羽泉이라고 이름이 났을지라도 천연수가 아니며, 도가道家에서는 옷과 음식에 시체의 기운을 꺼리는 것이다' 라고 하였다."

찻물 끓이기의 단계는 다음과 같다. 첫 단계를 '새우눈'(蝦眼)이라 하고, 다음 단계를 '게눈'(蟹眼)이라 하고, 다음 단계를 '물고기눈'(魚眼)이라고 한다. 그리고 마치 솔바람 소리가 들리는 듯하다가 결국 소리가 나지 않게 된다(새우눈과 게눈과 물고기눈은 주전자 안에서 물이 끓는 모습이다.). 소리가 마치 솔바람처럼 나다가 점점 잦아들면 불기운이 다된 것이니, 이것은 쓰지 말아야 한다.

근세의 다품茶品을 가지고 말하자면, 용정과 개편芥片이 일등품이다. 장주長洲의 여종옥呂種玉이 말하기를, "차 가운데 순정한 것으로 말하자면 절강에서는 용정차를 제일로 치고, 강남에선 개편을 제일로 친다"라고 하였다. 모소민冒巢民(모양冒襄)의 『개다휘초』芥茶彙抄에 "장홍 경계에서 생산된 차는 '나해'羅嶰, '백암'白巖, '오첨'烏瞻, '청동'青東, '고저', '소포'篠浦이다. 호구차는 영아육향嬰兒肉香이라 되어 있다. 오나라의 가柯 아무개가 해마다 오동나무에 이슬이 처음 맑게 맺힐 즈음에 나를 위해 개약산芥藥山에 들어가 바구니마다 10여 종의 차를 따 가지고 왔다. 그 가운데 가장 순정하고 오묘한 것은 불과 1근쯤이나 몇 냥에 지나지 않았는데, 맛이 노숙하고 향이 깊어 지란芝蘭과 금석金石의 성질을 갖추고 있었다"라고 하였다.*

심재心齋 장조張潮의 「개다휘초서」芥茶彙抄序에서는 "옛사람들은 차를 가루로 만들어 찐 다음 틀로 찍어내어 병다를 만들었다. 그런데 이것은 이미 본래의 맛을 잃어버린 데다 찌기까지 하였고, 게다가 소금을 넣은 것이다"라고 하였다.

『물리소지』에서는 "양자강 주변에는 천舛이 잘 자란다"라고 하였는데, 양자강 중엽의 냉천冷泉은 유난히 차를 끓이기에 알맞다.

예나 지금이나 차에 대해 말한 사람은 무척 많다. 그러나 그 문채와 풍치만은 총체적으로 육홍점이 쓴 『다경』의 청신한 조어에는 미치지 못한다. 그런 까닭에 간략하게 그 구절을 뽑아보았다.

"차에는 아홉가지 어려움인 '구난'九難이 있다. 첫째는 조造, 둘째는 별別, 세째는 기器, 넷째는 화火, 다섯째는 수水, 여섯째는 자炙, 일곱째는 말末, 여덟째는 자煮, 아홉째 음飮이다. 흐린 날 따거나 밤에 덖는 것은 조造가 아니고, 맛을 씹어보거나 향기를 맡아보는 것은 별

---

* 이 부분은 말이 통하지 않아 『속다경』續茶經을 참고하여 보충 번역하였다. 원문은 다음과 같다. "爲余入芥籠, 籠携來十餘種, 其最精妙者, 不過斤許數兩耳, 味老香深, 具芝蘭金石之性."

別이 아니고, 더러운 솥과 불결한 사발은 기器가 아니고, 기름 먹은 장작이나 부엌에서 쓰는 탄은 화火가 아니고, 급한 여울물이나 웅덩이에 고인 물은 수水가 아니고, 겉만 익고 안은 날로 된 것은 자炙가 아니고, 푸른 가루나 옥색 가루는 말末이 아니고, 껄끄러운 상태에서 마구 휘젓는 것은 자煮가 아니고, 여름에 흥하고 겨울에 폐하는 것은 음飲이 아니다.”

그중에 풍로風爐에 대해 말한 것은 무척 고상하여 취할 만하다. 또 차를 끓이는 여러 기구들에 대해 말한 것이 있지만 번거로워 언급하지 않는다.

송나라 나대경羅大經의 『학림옥로』에 다음과 같은 내용이 있다. “나의 동년우同年友 이남금李南金은 『다경』에서 ‘어목魚目, 용천湧泉, 연주連珠를 가지고 물을 끓이는 단계로 삼는다’고 하였다. 그러나 근세에 차를 끓일 때 솥으로 끓이는 경우가 거의 없고 대부분 병을 써서 물을 끓이니, 끓는 모습을 살피기 어렵다. 사정이 이러한즉, 마땅히 물이 끓는 소리를 가지고 첫째 끓음(一沸), 둘째 끓음(二沸), 셋째 끓음(三沸)의 단계를 분별해야 한다. 또 육씨가 차를 끓이는 법은 차솥에 나아가지 않는 까닭에 둘째 끓음을 가지고 양을 알맞게 가늠하여 넣으니, 다구茶甌 앞에 나아가 끓이는 요즘 탕법과는 다르다. 그러고 보면 마땅히 둘째 끓음을 건너 셋째 끓음을 지날 즈음에 양을 알맞게 가늠하여 써야 한다.

이에 소리로 분별하는 시를 지어 ‘섬돌 가 풀벌레들 찌륵찌륵 만 마리 매미 재촉하더니, 갑자기 열대의 수레가 우르르 오는구나. 솔바람 소리가 개울물 소리와 함께 들려오는 걸 들으면 급하게 옥색의 푸른 자기 찻잔을 불러야 하네’라고 하였으니, 그 논의가 무척 정밀하다. 그러나 차를 끓일 때는 여리게 해야지 쇠게 해서는 안 되니, 대개 끓음이 여리면 차 맛이 달고 끓음이 쇠면 차 맛이 지나치게 쓰다. 만약 찻물 소리가 솔바람 소리나 개울물 소리처럼 들릴 때 갑자기 차를 넣어 우린다면 어찌 너무 쇠서 쓰지 않겠는가. 오직 찻물을 병에 옮기고 불을 끈 다음, 끓던 것이 멈추기를 기다려서 우려야 한다. 그렇게 한 뒤에야 끓음이 알맞아서 차 맛이 감미로우니, 이는 이남금이 미처 강구해보지 못한 것이다.

이로 인해 시 한 수로 보충하기를, '소나무에 이는 바람소리 홰나무에 뜨는 빗소리 처음 들려올 때, 급하게 구리 찻사발을 가져다 죽로에서 내려놓네. 소리가 잦아들어 조용해지기를 기다리면, 한 사발 춘설차가 제호보다 더 좋지'라고 하였다."

오종선吳從先의 『소창청기』小窓淸紀에서는 "차를 끓이는 것은 함부로 할 것이 아니니, 반드시 그 사람과 차가 서로 잘 맞게 해야 한다. 그런 까닭에 차를 끓이는 법은 매양 고사高士와 은자들에게 전해져 가슴 속에 연하煙霞와 천석泉石의 탈속한 기운이 생기도록 한다"라고 하였다. 지금 북경의 다품 가운데 자자하게 성행하는 것으로는 보이차가 제일이고, 백호차白毫茶가 둘째이고, 청차가 셋째이고, 황차가 넷째이다. 그 가운데 황차가 매양 우리나라에 대량으로 유입되어 일상적으로 마시는 차가 되었다. 그러나 오직 사대부가 및 부호가에서 쓰는 것임에도 중원에서 일상적으로 쓰는 것만 못하니, 우리나라 사람들이 차에 대한 벽癖이 없음을 또한 알 수 있다.

하지만 우리나라 사람들이 차를 마신 역사는 신라 시대부터 비롯되었다. 『동국통감』東國通鑑에서는 "신라 흥덕왕 3년 무신戊申(곧 당 문종 태화太和 2년이다)에 대렴大廉을 당나라에 보내어 차나무의 씨를 얻어 와, 왕명으로 지리산에 심게 하였다"라고 하였다. 최고운崔孤雲의 『계원필경』桂苑筆耕 「사탐청료전상」謝探請料錢狀에서는 "지금 본국의 사신이 탄 배가 바다를 건너 고국으로 돌아가려 하기에 제가 차와 약제를 사서 집에 보내는 편지에 부치려 하였습니다"라고 하였으니, 이런 사례들이 충분한 증거가 되는 것들이다. 송나라 손목孫穆의 『계림유사』雞林類事 「방언」方言에서는 "고려인은 다茶를 차라고 한다"라고 하였으니, 고려인 역시 차를 마셨던 것이다.

지금 생산되는 차의 이름은 영남의 대밭에서 나온 것은 죽로차竹露茶라 부르고, 밀양부 관아의 뒷산 산록에서 생산된 차는 밀성차密城茶라 부른다. 교남 강진현 만불사萬佛寺에서도 차가 나는데 다산 정약용이 유배 생활을 할 때 쪄서 덩어리를 만들어 작은 떡처럼 만든 것을 만불차萬佛茶라고 한다. 이 세 가지뿐이고 다른 것은 들어본 적이 없다. 우리나라 사람들이 차를 마시는 목적은 소화를 위해서이니, 장우신의 『전다수기』煎茶水記에서 "줄기를 가루 내고 잎을 갈며, 난초를 베고 계수를 잘라 차를 만든다네"(粉槍末旗 蘇蘭薪桂)라고 한 운치를 따라갈 겨를이 없다.

차는 세상 사람들이 모두 좋아하는 것이지만, 당송唐宋 이래로 차에 세금을 매기는 법이 소금이나 쇠에 세금을 매기는 염철법鹽鐵法과 같고 보면, 거기서 나는 이윤을 또한 알 수 있다. 처음에는 당 덕종 때 조찬이 천하의 차, 칠, 대, 나무(木)에 세금을 매겨 10분의 1을 취하여 상평본전으로 삼았다. 봉천으로 나가게 되자, 곧 후회하고 조서를 내려 급히 그만두게 했다. 정원 8년에 수재로 인해 세수稅收가 감소하자, 이듬해 제도염철사 장방이 상주하여 차를 생산하는 주현의 산야 및 상인의 요로에서 세 가지 등급으로 값을 정하여 10분의 1을 세금으로 거두었다. 이때부터 해마다 40만 관의 전을 얻었다. 그러나 수재와 한재를 구제하지는 못했다. 목종이 즉위하자 두 군데 진鎭에 병사를 두느라 국고가 고갈되었다. 이에 염철사 왕파王播가 총애를 받기 위해 스스로 아부를 하여 천하의 차세를 올려 100전당 50냥을 증액하였다. 뒤에 판이사 왕애가 각다사権茶使를 두고 관장官場에 백성과 차나무를 옮겨놓고는 오래 묵어 쌓인 것을 불지르니 천하가 크게 원망하였다. 영호초令狐楚가 대신 염철사 겸 각다사가 되어 다시 세금 납입을 명하되 값만 올려주었을 뿐이다. 이석李石이 재상이 되어 차세를 모두 염철세로 돌려버리니, 이것이 각다의 대략이다. 차의 이익이 소금이나 쇠와 더불어 같으니, 세금 징수를 소략하게 하더라도 무슨 해로움이 있겠는가.

차를 심는 방법 또한 몰라서는 안 된다.『만보전서』萬寶全書에서는 "2월 사이에 심는다. 각 구덩이마다 차 씨앗 수십 알을 뿌려놓고, 자라기를 기다려 옮겨 재배한다. 늘 분뇨 거름을 부어주고, 3년이면 찻잎을 수확할 수 있다. 차에는 '일기이창'一旗二槍이란 것이 있는데, 하나의 움에 두 장의 싹인 것이다. 대개 일찍 따는 것은 차가 되고, 늦게 따는 것은 천이 된다. 곡우 전후로 수확하는 것은 좋은 차이니, 거친 것이든 여린 것이든 모두 찻잎으로 쓸 수 있다. 오직 찻잎을 딸 때의 시간에 달려 있으니, 하늘색이 희끄무레 밝아오고, 덖는 온도가 알맞고, 저장법이 제대로 갖추어져야 한다. 차는 댓잎과 어울리며 향내 나는 약재를 꺼린다. 따뜻하고 건조한 것을 좋아하고 차고 습한 것은 꺼린다. 그런 까닭에 수장가가 대껍질로 잘 싸서 화덕 속에 이틀이나 사흘을 넣어두고는 한 차례 불을 써서 사람의 체온과 같아지게 지피니, 따뜻해지면 습기가 제거된다. 만약 불기운이 세면 차가 타버려서 먹을 수 없다"고 하였다.

『고금비원』古今祕苑에서는 "차의 성질은 물을 싫어하니, 비탈진 응달에 잘 자란다. 땅속으로 물이 흐르는 곳에는 쌀겨와 태운 흙을 함께 넣어 심는다. 한 곳에 60∼70알의 씨앗을 뿌릴 수 있는데, 두께 1촌 쯤 흙을 덮되 싹이 틀 때 김을 맬 필요는 없다. 어릴 때에는 쌀뜨물을 부어주고, 항상 소변과 분뇨 거름을 준다. 혹은 누에똥으로 둘러막으니, 물이 뿌리에 스며들면 틀림없이 죽는다. 3년 뒤면 찻잎을 수확할 수 있다. 무릇 차를 심을 때에는 2척 1총叢의 간격을 두어야 한다. 차를 보관하는 방법은 변회便灰를 병의 바닥에 뿌려놓은 다음, 찻잎을 가져다가 포낭包囊의 크기에 구애될 것 없이 위에서 잘 두드려주면 습기가 자연스레 변회 안으로 스며들어 따로 관솔불을 쓸 필요가 없다. 8월 무렵이 되면 별도로 변회를 교환하거나, 변회를 말려서 다시 써도 된다." 우리나라 사람들이 중국에서 종자를 가져왔으니, 법대로 심으면 또한 수요를 충당할 수 있을 것인데, 지혜롭게 터득해서 오는 사람이 없다.

일본 사람들도 또한 기록이 있으니 살펴볼 만하다. 일본인 양안상순良安尙順의 『화도회』和圖會*에는 다음과 같이 기록되어 있다. "무릇 찻잔에 차를 넣을 때는 순서가 있다. 먼저 찻잎을 넣고 뒤에 끓는 물을 붓는 것을 하투라고 하고, 끓는 물을 반쯤 붓고 차를 넣은 다음 다시 끓는 물을 채우는 것을 중투라고 하고, 끓는 물을 먼저 붓고 차를 뒤에 넣는 것을 상투라고 한다. 봄과 가을에는 중투가 어울리고 여

• 양안상순良安尙順의 『화도회』和圖會 일본인 데라지마 료안寺島良安의 『화한삼재도회』和漢三才圖會를 말한다. 상순尙順은 그의 자字.

름에는 상투가 어울리고 겨울에는 하투가 어울린다"라고 하였다.

차에 대한 서책으로는 육옹陸翁의 『다경』, 채양의 『다록』, 자안子安의 『시다록』試茶錄, 송 휘종徽宗의 『대관다론』大觀茶論, 웅번의 『북원다록』北苑茶錄과 『북원별록』北苑別錄, 황유黃儒의 『품다요록』品茶要錄, 심괄沈括의 『본조다법』本朝茶法, 장우신의 『전다수기』, 소이蘇廙의 『십육탕품』十六湯品, 섭청신葉淸臣의 『술자다소품』述煮茶小品, 온정균溫庭筠의 『채다록』採茶錄, 당경唐庚의 『투다기』鬪茶記, 서헌충徐獻忠의 『수품』水品, 전예형田藝蘅의 『자천소품』煮泉小品, 고원경顧元慶의 『다보』茶譜, 풍시가馮時可의 『다록』茶錄, 허차서許次紓의 『다소』茶疏, 문룡聞龍의 『다전』茶箋, 나름羅廩의 『다해』茶解, 웅명우熊明遇의 『나개다기』羅岕茶記, 풍가빈憑可賓의 『개다전』岕茶箋, 육수성陸樹聲의 『다료기』茶寮記, 진감의 『호구다경』虎丘茶經, 모소민의 『개다휘초』 등이 있다. 이처럼 차에 대한 저술이 매우 많지만, 지금 어찌 차의 품질을 비교하고 물의 맛에 등급을 나누어놓은 내용들을 억지로 기억하겠는가.

출전: 『오주연문장전산고』五洲衍文長箋散稿 인사편人事篇 복식류服食類 「다연」茶煙

해설 차의 어원에 대해 문헌을 근거로 고증하고, 차나무의 생리와 자생지, 차를 만드는 법, 차의 발달사, 물과 불의 조절에 관한 내용 등을 소개한 글이다. 마지막에는 차에 대한 저술들을 두루 열거해놓았다. 전체적으로 차에 대한 학문적 집성이라 할 만하다. 한편 이 글은 원문에 오자와 탈자가 특히 많은데, 여기서는 대체로 한국고전번역원의 교정을 따랐다.

차, 율무, 청양을 심는 것에 대한 변증설

차는 율무 및 청양青蘘과 함께 일상에서 가장 절실하게 소용되는
것이다. 청양은 거승巨勝(참깨)의 다른 이름인데 함께 변증한다. 차를
심는 법은 이렇다. 2월 중 나무그늘 아래나 혹은 응달진 곳에 북쪽으
로 원둘레 3척, 깊이 1척으로 땅을 파서 두엄과 거름을 익힌다. 각 구
덩이마다 50~60개의 씨앗을 뿌리고 두께 1촌 이상 정도 흙을 덮는
다. 잡초와 어울려 자라도록 내버려두면 김을 맬 수 없기 때문에 2척
가량 거리를 두고 한 구덩이씩 심는다. 가물면 쌀뜨물을 부어주고, 쌀
뜨물이 없으면 물을 부어준다. 뽕나무 아래면 아주 좋고, 대숲 그늘
아래에 심어도 좋은데, 다만 날을 가려야 한다. 2년 후에는 흙을 갈아
엎고 묽은 똥이나 누에똥을 탄 물을 부어주어 웃자라지 않게 해야 하
니, 뿌리가 아직 어리기 때문에 다칠까 염려해서이다. 3년 후에는 거
름을 많이 끼얹어주는데, 소똥 거름, 누에똥 등 잡다한 똥거름을 덮어
준다. 대체로 산중의 그늘진 기슭에서 잘 자라는데 평지에서는 반드
시 도랑과 이랑을 깊게 파야 한다. 물이 깊으면 도랑과 두둑을 만들어
물을 빼서 물이 침범하지 못하게 해야 하니, 물이 침범하면 곧 죽는
다. 3년 뒤에는 매 그루마다 8냥 정도의 찻잎을 따니, 1묘畝당 140그
루로 계산한다면 120근의 차를 얻게 된다. 차가 사면으로 펼쳐지기
전에는 웅마雄麻(삼베의 일종), 모시나 잡곡, 기장 등을 심어도 좋다.

차의 씨앗을 받는 법은 차가 여물었을 때 씨앗을 채취하여 습한
모래흙과 섞어 광주리 안에 반죽하여 담아둔다. 담벼락에 붙여놓거나

흙더미에 찔러두어도 좋다. 그리고 반드시 좋은 볏짚이나 풀로 덮어
두었다가 2월이 되면 꺼내어 파종한다. 그렇지 않으면 금방 말라버리
거나 얼어버려 살지 못한다. 나머지 자세한 방법은 『오주종수서보』五
洲種樹書補 및 『거가필용』居家必用에서 논하였다.

출전: 『오주연문장전산고』 만물편 초목류 「곡종」穀種

해설   차와 깨와 율무 등 선비들의 기호 식품에 대해 씨앗 고르기, 싹 틔우기, 재배
하는 방법 등을 두루 설명한 글이다. 여기서는 그중에서 특히 차를 심고 가꾸는 법
그리고 씨앗을 받는 법 등에 대해 논한 내용을 가려 뽑았다.

개다芥茶와 죽로차竹露茶

장조의 「개다휘초서」에 "옛사람들은 차를 가루로 만들어 찐 다음 틀로 찍어내어 병다를 만들었다. 그런데 이것은 이미 본래의 맛을 잃어버린 데다 찌기까지 하였고, 게다가 다시 소금을 넣은 것이다"라고 하였다. 모양冒襄의 『개다휘초』에 "장흥 경계에서 생산된 차는 '나해', '백암', '오첨', '청동', '고저', '소포'이다. 호구차는 영아육향이라 되어 있다. 오나라의 가 아무개가 해마다 오동나무에 이슬이 처음 맑게 맺힐 즈음에 나를 위해 개약산에 들어가 바구니마다 10여 종의 차를 따 가지고 왔다. 그 가운데 가장 순정하고 오묘한 것은 불과 1근쯤이나 몇 냥에 지나지 않았는데, 맛은 노숙하고 향은 깊어 지란과 금석의 성질을 갖추고 있었다"라고 하였다.*

죽로차는 우리나라 영남 지방 진주목과 하동부 등지의 대밭 가운데서 난다. 대숲의 이슬에 젖어 자라나기 때문에 죽로차라고 한다. 영남 사람 심인귀沈寅龜가 일찍이 그 찻잎을 따다가 쪄서 말린 다음 차로 말려 내게 보내주었다. 끓여서 마시면 풀의 기미가 없이 맑은 향이 나는 것이 마치 중국에서 생산된 차와 같았다. 기운을 가라앉히고 체증을 내리는 데다 그 이름이 몹시 운치가 있으니, 시로 읊을 만하다. 약초에는 해아孩兒가 있고 차에는 영아육향이 있기 때문에 이렇게 이

---

* 앞의 「도다변증설」에서도 나온 대목인데, 마찬가지로 『속다경』을 참고하여 보충 번역하였다.

름 한 것인가.

출전: 『시가점등』詩家點燈

해설   개차와 죽로차에 대한 어원, 조제 방법, 먹는 법, 맛, 효능 등에 대해 설명한
자료이다.

이상적 李尙迪, 1803~1865

용단승설을 적다

용단차 1과銙(차의 수량을 표시하는 단위)에는 한쪽 면에 용이 휘감은 형상을 만들어 비늘과 수염이 은은히 일어나 있고, 옆에 '승설'勝雪 두 글자가 있는데 해서체의 글씨로 음각되어 있다. 건초척建初尺을 가지고 재어보면 사방 1촌이고 두께는 그 반이다.

근래에 석파石坡 이하응李昰應이 호서의 덕산현에 성묘하고 돌아오던 길에 고려 시대의 고탑古塔을 들렀다가, 작은 동불銅佛과 금니金泥로 글씨를 쓴 불경첩, 사리자舍利子, 침단향沈檀香, 진주 따위와 함께 용단승설 4과를 얻었는데, 근래에 내가 그중 하나를 손에 넣어 보관하고 있다.

살펴보니, 구양수歐陽脩의 『귀전록』歸田錄에는 "경력 연간에 채군모가 처음 소품룡차小品龍茶를 만들어 올리면서 '소단'小團이라고 했다"고 하였고, 『잠확유서』潛確類書에는 "선화 경자년에 조신漕臣 정가간이 은선빙아銀線氷芽를 처음 만들었는데, 규격을 사방 1촌으로 하는 새로운 과銙였다. 작은 용이 그 위에 꿈틀대므로 그 이름을 용단승설이라 하였다"고 하였다.

또 살펴보니, 『고려도경』高麗圖經에 "고려의 토속은 차 맛이 쓰고 떫어 마실 수가 없고, 오직 중국의 납차蠟茶만을 귀하게 쳐서 용봉단과 아울러 내려준다. 하사품 외에 상인들이 또한 무역하여 판매하면서 근래에는 제법 차 마시는 것을 좋아하게 되었고, 다구茶具도 만들게 되었다"고 하였다. 이것을 보면 대개 인종 시대에 이미 소룡단이 있었던 것이다. 오직 승설차란 이름은 휘종 선화 2년(1120)에야 비로소 보인다. 그리고 서긍徐兢은 선화 5년 계묘에 사신으로 우리나라에 온 사람인데, 그가 고려의 풍속 및 물산에 대해 실로 충분히 보고 익히 들었기 때문에 말하는 것이 이러했던 것이다. 또 고려의 승려 의천義天, 지공指空, 홍경洪慶, 여가如可 같은 이들이 앞뒤로 바다를 건너, 불도를 묻고 불경을 구하면서 송나라에 왕래한 것이 줄줄이 이어졌음은 문헌이 증명하는 사실이다. 이 무렵 이 사람들이 명차를 다투어 구입하여 불사佛事에 공양하고 석탑에 갈무리하기까지 하였던 것이 틀림없으니, 700년 세월을 지나 다시 세상에 나온 것이다. 그러니 얼마나 기이한 일인가!

무릇 사물 가운데 가장 부패하기 쉽고 사라지기 쉬운 것으로는 음식을 따라갈 것이 없다. 그런데 이제 두망頭綱(교역품) 1종이 우리나라에 흘러들어 와 〈백응도〉白鷹圖와 세월을 나란히 하고 값은 수금서瘦金書*보다 귀하게 되어 (나는 옛날 선화 연간에 송 휘종이 그린 「백응도」 및 숭녕崇寧(1102~1106) 연간의 귀중한 보배 몇 매枚—휘종의 어서인 수금체—를 소장했다.) 지금 문단의 고아한 완상물이 되었으니, 어찌 신령께서 나의 고동 취벽趣癖을 가만히 보우한 것이 아니겠는가.

---

* 백응도白鷹圖와 수금서瘦金書 〈백응도〉는 송나라 휘종이 그린 그림이고, 수금서는 송나라 휘종의 글씨체를 말한다.

이에 고실故實을 고증하여 동호인 제현과 함께하노라.

출전: 『은송당집』恩誦堂集 속집 권1

해설　이상적이 흥선대원군興宣大院君 이하응이 찾은 용단승설차를 얻게 되어 이 차의 유래에 대해 문헌을 근거로 추정한 글이다. 그 내용을 보면 이하응이 고탑에서 얻었다는 용단승설차는 함께 나온 동불, 불경, 사리와 함께 700년 세월을 묵은 것이다.

음식의 훈증 飮食薰蒸

정신과 기운을 화창하게 하는 데 좋기로는 오직 순수하고 맑은
차가 제일이다. 입과 가슴의 찌꺼기를 말끔히 씻어내고, 피부와 근맥
의 탁한 땀을 발산하니, 정신이 활발해지고 생각이 시원해진다.

출전: 『기측체의』氣測體義 신기통神氣通 권2

해설　차를 의학적 측면, 혹은 생활 건강이란 측면에서 접근하여 기술한 자료이다.
그 내용을 보면 차는 몸속의 찌꺼기와 땀을 배출하여 정신과 기운을 화창하게 하는
효능이 있는 것으로 인지했음을 알 수 있다.

조재삼 趙在三, 1808~1866

황차

　　신라의 역사 기록에 의하면, 흥덕왕 때 재상 대렴大廉이 당나라에
서 종자를 얻어 지리산에 심었는데, 향과 맛이 당나라의 것보다 나았
다고 한다. 그리고 해남에는 옛날부터 황차가 있었는데 세상에 아는
이가 없었다. 오직 정약용만이 알았기 때문에, '정차'丁茶라 부르는데,
또한 '남차'南茶라고도 한다.

출전: 『송남잡지』松南雜識 「화약류」花藥類

해설　이 기록을 통해 신라 흥덕왕 때 중국에서 차를 들여와 지리산에서 재배하였
고, 해남의 황차를 정약용의 성을 따서 '정차' 혹은 '남차'라고 불렀음을 알 수 있다.
이 기록 외에 『송남잡지』에는 『다경』과 『다보』, 작설차에 관한 중국의 시인 두목杜牧
의 시가 인용되어 있으나, 내용이 중복되고 중국의 자료를 인용한 것이므로 여기서
는 소개하지 않는다.

황차 관련 기록

토산土産

황차는 금강곡金剛谷에 있는데, 일명 장군차將軍茶라고도 한다.

불우佛宇

영의정 하륜河崙은 「불훼루기」不毀樓記에서 다음과 같이 말하고 있다. "김해는 옛날의 가락가야駕洛伽倻이다. 가락과 신라는 함께 일어났는데, 수로首露의 탄생은 아주 기이하여 남긴 풍속이 아직도 순박하게 남아 있다. 그리고 등림登臨의 아름다움은 남방에서 으뜸간다. 금강사金剛社의 작은 헌軒이 제일사第一社인데, 산다山茶 나무가 있어 뜰 한쪽에 드리워져 있다. 고려조의 충렬왕이 여기에 가마를 세우고 '장군차'라는 이름을 하사하였다."

출전: 『김해읍지』金海邑誌

해설　금강곡은 김해 인근의 골짜기이다. 그 내용을 보면 황차를 일명 장군차라고 불렀으며, 금강사라는 절에 유명한 산다 나무가 있었다고 하였다. 산다란 일반적으로 동백을 지칭하는 것이지만, 이 기록을 보면 차나무로 파악하기도 하였음을 알 수 있다. 위의 '황차' 기록과 참조해서 보아야 할 자료이므로 여기에 수록해둔다.

이유원 李裕元, 1814~1888

다시청 茶時廳

　　서거정徐居正의 「제좌청기」齊坐廳記에 다음과 같은 기록이 있다.

　　"사헌부에는 관청이 둘인데, 하나는 다시청이고 하나는 제좌청齊
坐廳이다. 다시라는 것은 다례茶禮의 뜻을 취한 것이다. 고려 및 조선
초에는 대관들이 단지 언책言責만을 맡고 일반 업무를 보지 않은 까닭
에 하루에 한 번씩 청사에 모여 차를 마신 뒤 파하였다. 그런데 국가
의 제도가 점차 갖추어짐에 따라 대관들도 판결하는 일을 겸하게 되
어 사무가 번다해졌다. 이에 마침내 이곳을 상주하는 장소로 삼았는
데 정식 관아는 아니었다.

　　제좌청은 길일을 골라 대대적으로 모여서 대례大禮를 강론하고
대사大事를 논의하는 곳인데, 그 일제히 모여 회동하는 의식은 출입出
入하고 영송迎送하며 진퇴進退 배읍拜揖하는 절목의 상세하고 엄격하
기가 다른 관청의 회동 예절에 견줄 바가 아니다. 또 대관의 전례들을
모아 겸용하므로, 예절은 비록 번잡하지만 상하의 사이에 은연중에
경계警戒하는 뜻이 있다."

출전: 『임하필기』林下筆記 제22권

해설 이 글의 내용을 보면 고려 말 조선 초에 대관들이 언책을 논하는 자리에서 차를 마시는 일이 관례화되었으며, 또 그 장소를 다시청이라고 불렀음을 알 수 있다.

신헌구 申獻求, 1823~1902

다설茶說

　　내가 사물의 생리를 살펴보니, 멀리 있으면 버려지고 때를 만나지 못하면 감추어지게 된다. 그래서 복숭아나 오얏을 배출한 동문同門에 있지 않으면 사람들이 알아주지 않고, 종남산終南山 가는 길목에 있지 않으면 자재資材가 팔리지 않는다.* 슬프도다! 해양海陽의 옥천차玉川茶는 향기와 맛이 아름답고 짙어서, 설화雪花나 운유雲腴 같은 차도 더 나을 것이 없다. 그런데 먼 촌구석의 풍속이 우매하여 논에 난 피처럼 간주해버린다. 서울 안의 사대부들이 토산土産을 보면 무시하고 얕봄이 건양建陽의 붉은 산과 푸른 물*이 단로檀爐와 전향篆香 같은 물건에 끼지 못하는 것 이상이다. 저것이 궁벽한 데서 생장하여 나무꾼에게 벌목됨을 다행히 면하더라도 끝내 썩은 풀이나 마른 움과 뒤섞이게 될 것이니, 어떻게 백수탕을 시음할 수 있겠는가?

───────────

● **복숭아나 …… 팔리지 않는다**　복숭아나 오얏은 훌륭한 문사文士의 미칭이다. 종남산은 가짜로 은거하여 유명세를 떨쳐 벼슬에 나가는 사람들이 도성에 가까운 종남산에 주로 은거하였기 때문에 쓴 말로, 이를 비꼬아 종남첩경終南捷徑이라 한다.
● **건양建陽의 붉은 산과 푸른 물**　당나라 때 손초가 초 형부에게 차를 보내며 쓴 편지에 천하게 사용하지 말 것을 당부한 사실을 빗대어 한 말이다.

근래에 대둔산방大芚山房에서 이 차를 비로소 마실 수 있었는데,
바로 초의 스님이 제조하신 것이다. 옛날 부 대사傅大士는 몽정에 암
자를 엮고서 성양화聖楊花와 길상예吉祥蕊를 나누어 심었으며, 각림覺
林의 스님 지숭志崇은 세 가지 품격의 향기를 변별하여 비웃는 이들을
크게 놀라게 하였는데, 훤초대萱草帶를 받들어 부처님께 바치고 자용
향紫茸香으로는 손님들을 접대하여 드디어 천하에 이름이 났다. 초의
가 바로 이런 부류이니 신령한 마음과 지혜로운 눈으로 풀과 나물 속
에서 캐내어 뛰어난 향기와 맛을 얻었으니, 물건에도 운명적 만남이
있는 것인가? 몽정과 각림의 차는 당대의 명사들에게 많이 유입되어
그 품평이 드러났다. 그러나 초의의 차는 오직 스님들에게만 명성을
얻었고 세상에서는 일컬어지지 않았다. 이것은 사대부들의 홀시가 너
무 심하였기 때문이니, 누가 기꺼이 문헌을 모아서 육우의 『다경』을
계승하려 하겠는가? 아! 내가 이 설說을 지은 것은 꼭 초의의 차 때문
만은 아니니, 남도의 인사들이 정화精華를 품고 있으면서도 불우함에
한탄하는 경우가 많음을 한스럽게 여겨서이다.

출전: 『추당잡고』秋堂襍稿

해설 신헌구는 초의의 시집인 『일지암시고』에 발문跋文을 썼는데, 특히 초의를 잘
이해했던 지기知己였던 것으로 알려져 있다. 이 글에서는 특히 초의의 차가 서울의
사대부들에게 제대로 대접받지 못하고 있음을 안타까운 마음으로 지적하였다.

김윤식 金允植, 1835~1922

차 주발

비록 남령南零의 물과 용단승설차가 있다 해도, 제 그릇에 담지 않으면 서시西施가 더러운 것을 뒤집어쓴 경우와 같다.

출전: 『운양집』雲養集, 권11

해설 『다경』을 보면, 남령의 물이란 중국 양자강에 있는 물로 차를 끓이는 데 가장 좋은 물이라고 한다. 용단승설차는 승설차(일명 올싹차)를 일컫는 말로, 이 차를 중국 사람 완원에게서 대접받은 적이 있는 김정희는 권돈인에게 보낸 편지에서, 지리산에서 나는 승설차의 품질이 북경에서 마신 승설차와 같다고 하였다.

이홍장과의 담화

묻기를 "귀국에서 생산되는 물품은 참으로 희소한데 찻잎이 생산되니까?"

답하기를 "전라도 연해에서 간혹 차가 생산됩니다."

—신사년(1881) 12월 1일

12월 25일에 도착하여 필담筆談을 끝마치자, 이홍장李鴻章이 통역을 시켜 "귀국은 차를 생산합니까?"라고 물었다. 대답하기를 "전라도 연해에서 왕왕 차를 생산하지만 우리나라 사람들이 차를 즐기지 않기 때문에 차를 업으로 삼는 사람들이 없습니다"라고 하였다.

또 "양잠을 합니까?"라고 물었다. 대답하기를 "양잠을 합니다"라고 하였다.

이홍장이 말하기를 "서양은 차를 심거나 양잠을 할 수 없기 때문에 찬차粲茶를 많이 심으면 큰 이익을 거둘 수 있습니다. 귀국의 국왕께 속히 아뢰어 찬차를 많이 심도록 나라 안에 명령을 하달하심이 좋을 것입니다"라고 하였다.

—신사년 12월 26일

출전: 『음청사』陰晴史

해설 『음청사』는 김윤식이 1880년 만추문후사로 중국을 방문한 견문기이다. 김윤식은 이 사행에서 차와 관련하여 북양대신 이홍장, 천진天津의 군기소총판 유함방劉含芳 등과 조선의 차 생산에 관하여 문답하였다. 여기에서는 그 내용의 일부를 가려뽑았다. 12월 1일자 기록은 이홍장과 김윤식이 통역관을 두고 문답한 내용 중 일부인데, 이홍장은 여기서 조선의 인삼 재배와 양잠 등에 대해 묻고 이어서 차의 생산에 대해서도 질문하였다.

12월 26일자 기록도 앞의 내용과 마찬가지로 이홍장이 조선에서 차 산업을 일으킬 것을 권유한 내용이다.

정약용과 강진 차

　　유함방劉含芳이 "귀국에서 생산되는 차가 많습니까?"라고 물었
다. 내가 다음과 같이 대답하였다. "우리나라는 차를 마시는 것을 숭
상하지 않기 때문에 차가 있는 줄도 모릅니다. 근세에 학사學士 정약
용은 박식하고 남다른 재주가 있는데, 어떤 일로 강진에 귀양을 갔다
가 우거하던 곳 곁에 차나무가 있는 것을 보고는 비로소 채취하여 차
를 덖는 방법을 가르쳤습니다. 이때부터 차가 있다는 것을 비로소 알
게 되었습니다. 지금 전라도 연해의 산과 들에는 곳곳마다 차나무가
있습니다. 그러나 본래 차를 숭상하지 않기 때문에 토착민들도 팔아
이익을 얻을 줄을 몰라서 자생하여 저절로 자라도록 내버려둡니다.
오직 서울의 벼슬아치 집에서 때때로 토착민에게 부탁하여 채취해 갔
지만, 법대로 차를 덖어 제조하지 못합니다."

　　유함방이 다음과 같이 말하였다. "만약 차를 심어 채취하고 덖어
제조하는 방법을 백성들이 익히게 한다면 해외에 팔 수 있을 것이니,
이것은 백성을 위하여 이익을 일으키는 한 가지 방법이 될 것입니다."
내가 말하기를 "만약 백성들이 팔아서 나는 이익을 안다면 비록 권장
하지 않더라도 일어나서 실천할 것이니, 심어 채취하고 덖어 제조하
는 방법을 가르치지 않으면 안 될 것입니다"라고 하였다.

　　유함방이 말하기를 "어느 나라든 생계를 꾸려 나가는 것은 요컨
대 종種·식植·조造·작作 이 네 글자를 벗어나지 않을 것이니, 이 가르
침을 귀국은 유의해야 할 것입니다"라고 하였다. 내가 말하기를 "어

찌 좋지 않겠습니까? 다만 우리나라는 백성의 풍속이 경박하고 게을러서 아마도 홍성하고 작성하는 이익을 다 내기 어려우니, 이 점이 고민입니다"라고 하였다.

유함방이 말하기를 "선善을 들어 가르치고 그렇게 할 수 없으면 권면해야 할 것이니, 백성들이 이익에 달려가는 것은 물이 아래로 흐르는 것과 같습니다. 이 점은 위에 계신 분들이 고무시켜야 할 것입니다"라고 하였다. 내가 말하기를 "백성을 교화하고 풍속을 이루는 것은 오직 지도와 솔선이 어떠한가에 달려 있으니, 삼가 우리 임금께 아뢰어야겠습니다"라고 하였다. ……

차를 심어 판매하자는 논의는 지난해에 보정부保定府*에서 필담할 때에 이홍장도 누누이 말하고 간곡하게 권하였으며, 주상께서도 민간에 포고하여 깨우쳤던 일이다. 지금 유함방이 말한 것은 차를 심어 판매할 것을 힘써 권한 것이다. 내가 중국의 경세치용經世致用을 보면 정식으로 바치는 부세賦稅에만 의지하지는 않으니, 이 밖에 가장 큰 세원稅源은 염정鹽政이고 그다음이 차이다. 서양 사람들도 근래에 차를 심기는 하지만 토질이 결국 중국만 못하기 때문에 다투어 차를 사게 된다. 우리나라는 토질이 중국의 남방과 같으니, 차를 심고 채취하고 덖는 것을 법대로 한다면 반드시 큰 이익을 거둠이 인삼 못지않을 것이다. 그래서 그의 말이 이와 같은 것이다.

출전: 『음청사』

• **보정부**保定府　중국 하북성河北省 북경 남쪽의 지명. 홍선대원군이 청나라에 의해 유폐되었던 곳으로 유명하다.

해설　　이 글은 『음청사(상)』 임오년(1882) 2월 26일자 기록으로, 김윤식이 유함방과 문답한 내용이다. 유함방이 조선의 차 생산에 대해 물었고 이어서 두 사람 간의 담화가 이어지는데, 특히 다산 정약용과 강진의 차에 대한 논의는 주목을 요하는 부분이다.

내아문 포시布示

차의 이익이 가장 크지만 우리나라에서는 완전히 버려두고 강구하지 않으니 도내道內의 차 생산지를 별도로 찾아야 한다. 예컨대 황매차나 작설차 따위는 훌륭한 상품이 되지 않은 적이 없다. 토질에 알맞은 차 품종과 재배 방법은 내년 정월 그믐 안으로 상세하게 알려줄 것이다. 본 아문으로부터 차의 종류를 널리 구하여 적당하게 나누어 주어야 할 것이다.

출전: 『음청사』

해설　이 글은 구한말 내아문(국가의 살림을 맡아보던 관청)에서 공포한 내용인데, 언제 공포한 것인지 그 시기를 밝힐 수 없었다. 다만 앞에서 살펴본 『음청사』에서 국가적으로 차의 재배를 권장하려 한 것으로 보아서, 이때를 즈음하여 국가 기관에서 차의 재배를 권장하였음을 알 수 있다.

승정원일기 承政院日記

『승정원일기』는 오늘날 대통령 비서실이라고 할 조선 시대의 승정원에서 국왕을 수행하면서 그 언행을 일기체 형식으로 기록한 것이다. 따라서 문단의 주제가 통일되어 있지 않으므로, 여기서는 다만 부분적으로 차와 관련하여 의미가 있다고 판단되는 내용만을 가려서 수록하였다.

흑색 작설차를 봉납捧納한 일

조태구趙泰耉가 다음과 같이 말하였다. "신은 직책인 약방藥房의 일을 가지고 우러러 전달합니다. 사신이 돌아오면 의례적으로 중국의 약재를 받들어 올립니다. 그중에 작설차는 이전부터 바친 것이 모두 청색입니다. 이번에는 청색과 흑색 두 종류를 바쳤는데, 시험 삼아 달여보니 흑차黑茶가 색도 그렇게 검지 않고 맛도 약간 낫습니다. 부제조 김연金演의 말을 들으니 흑차를 상품으로 친다고 합니다. 그러므로 도제조가 흑색을 받들어 올리도록 신에게 아뢰게 하였기 때문에 감히 여쭙니다." 주상께서 말씀하시기를 "맛이 나은 것을 받들어 올림이 좋겠다"라고 하셨다.

출전: 숙종 38년(1712) 5월 5일 원본 468책 / 탈초본 25책

해설   이전에는 중국을 다녀온 사신이 으레 청색 작설차를 바쳤는데, 이때부터는 청색 작설차보다 맛이 더 좋은 흑차로 올렸음을 알 수 있다.

청차와 우전차의 효능

주상께서 말씀하시기를 "세자는 먹성이 좋고 많이 먹기 때문에 지나치게 살이 찐다. 십 세 전에 비만이면 습열濕熱의 우려가 없겠는가? 나는 어려서부터 절식節食하였기 때문에 비록 비습肥濕하여도 발걸음은 경쾌하다. 세자가 육미원六味元의 해를 입은 것이 아닐까?"라고 하셨다. 김재로金在魯가 말하기를 "그 해가 있는 듯합니다"라고 하셨다.

주상께서 말씀하시기를 "비아환肥兒丸*은 틀림없이 해가 없는가?"라고 하셨다. 재로가 말하기를 "비만을 조장하는 약제가 아닙니다. 청차를 복용하면 좋을 것입니다"라고 하였다.

주상께서 말씀하시기를 "비만에 좋은가?"라고 하셨다. 재로가 말하기를 "저 사람들(중국인)은 고기를 먹은 후에 반드시 우전차를 복용합니다"라고 하였다.

주상께서 말씀하시기를 "무엇을 우전차라 부르는가?"라고 하셨다. 재로가 말하기를 "우수 전에 딴 것이라고 방서方書의 차주茶注에 보입니다. 우전을 복용하면 사람을 야위게 할 수도 있는데, 비록 기氣를 소모시킨다고 말하지만 지나치게 살찐 사람에게는 좋습니다"라고 하였다.

• **비아환肥兒丸**　어린이가 몸이 여위고 먹으려 하지 않는 증상에 쓰는 처방. 호황련, 사군자육, 인삼 등을 써서 만든다.

주상께서 말씀하시기를 "유복명柳復明은 북경에 갔을 때 보았는가?"라고 하셨다. 복명이 말하기를 "우전차는 저들도 명차라고 이르는데, 달이면 정황색正黃色이 되고 복용하면 사람을 가뿐하고 맑게 만듭니다"라고 하였다.

주상께서 말씀하시기를 "기에 해가 없겠는가?"라고 하셨다. 조명리趙明履가 말하기를 "신이 한 노인을 늘 지켜보았는데 많이 복용하면 심히 피로해하는 것으로 보아 기를 소모시킴을 알 수 있습니다"라고 하였다. 재로가 말하기를 "음식을 섭취한 후에 복용하면 해가 없습니다. 작동목미음昨冬木米飮은 기의 허실虛實을 따라 복용해야 하고, 작설차 종류를 복용할 경우 담痰이 뭉친 것을 소화시키는 효험이 있습니다"라고 하였다.

주상께서 말씀하시기를 "달일 때 무엇을 넣는가?"라고 하셨다. 복명이 말하기를 "주차晝茶(낮에 마시는 차)에는 강초薑椒를 넣습니다"라고 하였다. 재로가 말하기를 "주차가 좋습니다"라고 하였다.

출전: 영조 20년 4월 22일 원본 971책 / 탈초본 53책

해설   이 글은 영조 임금이 신하들과 청차와 우전차의 효능에 대해 논한 대목인데, 특히 비만과 관련해서 차의 효능을 논한 부분이 눈길을 끈다.

우전차의 효능

요사이 육미원을 올린 후에 외부 사람들은 모두 동궁의 영특한 자태가 보통 사람들과 다르다고 하고, 또 보약을 써서 혹시 어떤 병이 하부下部에 생긴다면 장차 어떻게 하겠냐는 논의가 있었다.

"신의 생각으로는 동궁께서 이렇게 살이 찌는 것은 육미원이 원인인 듯합니다." 주상께서 말씀하시기를 "나의 생각도 이와 같다"라고 하셨다. 현기붕玄起鵬이 말하기를 "차가 비록 기를 내린다고 하지만 또한 기를 소모시킬 수 있으므로 간간이 올림이 좋겠습니다"라고 하였다. 주상께서 말씀하시기를 "이 차는 작설차와 한 종류인가?"라고 하셨다. 허조許鋽가 말하기를 "한 종류입니다. 저 사람들은 또한 속임수가 많아서 비록 우전차라고 부르더라도 그것이 틀림없는 우전차라고 어떻게 보장할 수 있겠습니까?"라고 하였다. 주상께서 말씀하시기를 "허조의 말이 옳다. 이미 작설차와 한 종류라면 하필 다시 이 차를 쓰겠는가? 단지 약간만 넣는 것이 좋겠다"라고 하셨다. 김응삼金應三이 말하기를 "전부터 들었는데 세자 궁 안팎에 물이 매우 부족하다고 합니다. 늘 올리는 물을 각별히 가림이 좋을듯합니다"라고 하였다. 주상께서 말씀하시기를 "세자궁世子宮의 물은 내가 어렸을 때 마시던 물인데, 근래에 부족하다고 한다"라고 하셨다.

출전: 영조 20년 4월 24일 원본 971책 / 탈초본 53책

해설　영조 임금이 동궁에게 올린 우전차에 대해 신하들과 논의한 대목이다. 그 내용을 보면 우전차가 기를 올리거나 내리는 기능이 있는 것으로 파악했으며, 지나치게 마실 경우 기를 소모시킬 우려가 있는 것으로 판단했음을 알 수 있다.

작설차의 효능

주상이 묻기를 "작설차는 효험이 있는가?"라고 하셨다. 홍상한洪象漢이 말하기를 "좋습니다"라고 하였다. 주상께서 말씀하시기를 "우리나라 재료인가?"라고 하셨다. 김약로金若魯가 말하기를 "우리나라 사람들은 먼 곳에서 나는 것을 귀하게 여기는데, 작설차는 국산이 좋습니다"라고 하였다. 주상께서 말씀하시기를 "그렇다면 우리나라에 작설차가 나는 밭이 있는가?"라고 하셨다. 상한이 말하기를 "전라도에서 생산됩니다"라고 하였다. 김선행金善行이 말하기를 "중국에서도 대부분 남방에서 나옵니다"라고 하였다. 약로가 말하기를 "만약 차 맛을 돋우고자 하신다면 사탕을 드셔야 됩니까?"라고 하였다. 주상께서 말씀하시기를 "꿀보다 못한 듯하다"라고 하셨다. 선행이 말하기를 "사탕이 꿀보다 낫습니다"라고 하였다. 주상께서 말씀하시기를 "속이 안 좋을 때 마침 찐 콩이 있어서 복용해보니, 위를 열어 진정시키는 것은 어째서인가?"라고 하셨다. 여러 의사들이 말하기를 "콩은 바로 오곡五穀의 근본입니다"라고 하였다. 주상께서 말씀하시기를 "좋은가? (좋다면) 어떤 콩이 좋은가?"라고 하셨다. 모두 대답하기를 "검은 콩이 매우 유익합니다"라고 하였다.

출전: 영조 28년 4월 10일 원본 1081책 / 탈초본 59책

해설　영조 임금과 신하들이 작설차의 효능과 산지에 대해 문답한 글이다. 그 내용을 보면 작설차의 경우 전라도에서 나는 제품을 중국의 것보다 나은 품질로 파악하고 있음을 알 수 있다.

삼남三南의 작설차

정축년 3월 24일 삼경三更에 주상께서 선원전璿源殿*재실에 납시었다. 약방 제조가 입시했을 때, 제조 이후李珝·부제조 김상석金相奭·가주서 유서오柳敍五·기사관 백대성白大成·이동태李東泰·의관 김이형金履亨·피세린皮世麟·정지언鄭趾彦·김덕륭金德崙·김리정金履貞·방태여方泰興·이홍문李興門·채응우蔡膺祐·김복령金福齡·박태균朴泰均이 차례로 나와 엎드렸다. …… 주상께서 말씀하시기를 "차를 달일 때 어느 곳의 물을 쓰는가?"라고 하셨다. 이형이 말하기를 "회통문會通門에서 긷는데, 일찌감치 채비해두었습니다"라고 하였다. 주상께서 말씀하시기를 "군사청軍士廳은 청廳에 그것이 있는가?"라고 하셨다. 이형이 말하기를 "본청本廳은 향군침의청鄕軍針醫廳이고 의약청議藥廳은 모두 임시로 고용한 군사들입니다"라고 하였다. 주상께서 말씀하시기를 "부릴 경우엔 고군雇軍이 좋다"라고 하셨다. 주상께서 말씀하시기를 "물에는 무거운 것이 있다고 하는데, 그러한가?"라고 하셨다. 이형이 말하기를 "저울로 재서 무게가 무거운 것을 씁니다"라고 하였다. 주상께서 말씀하시기를 "중국 작설차의 뿌리는 어떠한가?"라고 하셨다. 이형이 말하기를 "각 나무마다 모두 그 꽃을 취하여 만듭니다" 하였다. 세린이 말하기를 "별도로 한 종류가 있는데 이것은 만든 것이 아닙니다"라고 하였다. 주상께서 말씀하시기를 "우리나라 작설

• **선원전**璿源殿 창덕궁 안에 조선 역대 왕들의 어진御眞을 모신 전각.

차는 어떠한가?"라고 하셨다. 이형이 말하기를 "또한 어떤 나무인가를 막론하고 싹 트는 것이 이것입니다"라고 하였다. 세린이 말하기를 "별도로 종류가 있다는 것은 삼남三南에서 생산되는 것입니다"라고 하였다.

여러 신하들이 잠시 물러나고 파하는 시각 뒤에 다시 명을 받들어 입시하여 차례로 나아가 엎드렸다. 주상께서 말씀하시기를 "자전慈殿께서 일어나 앉으시어 소강차蘇薑茶를 조금씩 드시지만 혼침昏沈함은 어제보다 심하다. 그리고 익힌 국을 올리라고 명하시기에 얼마 안 있어 목미음木米飮을 올렸더니, 목미음을 익힌 국으로 아셨다. 적은 양의 물을 다섯 차례 마시셨지만 오늘은 전보다 적게 마시셨다. 내가 심히 답답하여 청심환淸心丸을 올리려 하는데 어떠한가?"라고 하셨다. 이형이 말하기를 "잠시 상태를 보아가며 쓰는 게 좋을 듯합니다"라고 하였다. 주상께서 말씀하시기를 "자전의 면부面部에 기가 쪼그라진 듯하다. 나는 맥을 모르지만 맥도脈度도 크고 힘이 있으니 필시 외기外氣가 더해진 것이 아니겠는가! 여러 어의御醫를 거느리고 들어가 진찰하도록 하라" 하셨다. 여러 신하들이 잠시 물러났다가, 모든 신하들이 차례로 나왔다.

출전: 영조 33년 3월 24일 원본 1142책 / 탈초본 63책

해설　이 글은 영조 임금이 차를 달일 때 쓰는 물과 작설차에 대해 신하들에게 질의한 대목이다. 그 내용을 보면 궁중에서는 회통문에서 물을 길어 차를 달였으며, 주로 작설차를 복용하였음을 알 수 있다.

承政院日記

작설차의 복용법

무자년 10월 초2일 사시巳時(오전 10시경)에 주상께서 집경당集慶堂에 납시었다. 한림翰林을 불러서 시험하여 입시할 때에 겸춘추관사 한익모韓翼謩·이창의李昌誼, 동지사 김시묵金時默, 홍문제학 정존겸鄭存謙, 옥당 홍억洪檍·임희교任希敎, 동부승지 구상具庠, 가주서 강문상康文祥, 기사관 김치구金致九·유덕신柳德申이 차례로 나아가 엎드렸다. 익모가 말하기를 "요사이 성체聖體는 어떠합니까?"라고 하였다. 주상께서 말씀하시기를 "똑같다"라고 하셨다. "수면과 수라의 절도는 어떠합니까"라고 묻자, 주상께서 말씀하시기를 "똑같다"라고 하셨다.

표제表題를 쓰기를 명하셨는데, 중국의 마테오리치利瑪竇가 자명종을 올리는 그림을 본떠서 걸어두도록 하셨다.

주상께서 말씀하시기를 "근래에 곡기穀氣가 자주 생각난다"라고 하셨다. 익모가 말하기를 "이것은 아주 좋습니다"라고 말하였다. 주상께서 말씀하시기를 "타락을 마시는 것이 매우 힘든데, 어떤 우유로 타락을 만드는가?"라고 하셨다. 홍억이 말하기를 "사람의 젖이 가장 좋습니다"라고 하였다. 주상께서 말씀하시기를 "밤이 길어 심히 어려운데 탕제를 계속 복용하는 것도 어렵다"라고 하셨다. 창의가 말하기를 "약을 복용함에 평상시 복용하던 한도를 줄이지 말고, 수라를 드심에도 평상시 드시던 한도를 조금도 줄이지 마십시오. 이것이 신의 구구한 바람입니다"라고 하였다. 주상께서 말씀하시기를 "여름에는 오미자차를 복용하고 겨울에는 작설차를 복용하기 때문에 익히거나 찬

것을 자주 마시지 않는다"라고 하셨다. 창의가 말하기를 "작설차는 오래 복용해서는 안 됩니다"라고 하였다. 주상께서 말씀하시기를 "윤면동尹冕東은 어떤 사람인가?"라고 하셨다. 익모가 말하기를 "선비입니다"라고 하였다. 주상께서 말씀하시기를 "내가 일찍이 윤면동을 사리에 밝다고 생각했는데, 한 필의 비단 때문에 장형杖刑을 결정하고 형刑을 시행하는 것이 극히 형상할 수 없을 정도다. 나는 일찍이 유수柳脩가 윤면동만 못하다고 생각했는데, 요사이의 일을 가지고 살펴보면 지조가 자못 확고하다"라고 하셨다. 창의가 말하기를 "면동의 사람됨은 일찍이 실컷 들었는데, 이번 일은 실로 알기 어렵습니다"라고 하였다. 주상께서 말씀하시기를 "분관分館*을 이미 시행했으니, 정부의 간택과 인사 이동은 오늘 내일 할 것이다"라고 하셨다. 전교傳敎를 내려서 시관試官을 물러나게 하고 천신賤臣에게 명하여 약방에서 입시토록 하셨다. 도제조 김양택金陽澤, 제조 이창수李昌壽, 부제조 황경원黃景源, 판부사 김상철金尙喆, 가주서 강문상, 기사관 김치구·유덕신, 의관 방태여·허추許礎·이이해李以楷·경현慶絢·김계량金季良·김종수金宗壽·정윤열鄭允說·서명위徐命緯·허은許㺚 등이 차례로 나아가 엎드렸다. 양택이 말하기를 "야간에 성체는 어떠합니까?"라고 하였다. 주상께서 말씀하시기를 "똑같다"라고 하셨다. 수면과 수라의 절도는 또한 어떠합니까? 주상께서 말씀하시기를 "똑같다"라고 하셨다. 주상께서 말씀하시기를 "식욕이 조금 당기고 얼굴에 비기肥氣가 있는데, 이것은 오래 누워 있어서 쌓인 것을 배설하지 못해 밖으로 부기浮

• 분관分館　조선 시대에 문과에 급제한 사람을 승문원承文院·성균관成均館·교서관校書館의 세 관청에 나누어 실무를 익히게 하던 일.

氣가 도는 것이 아니겠는가?"라고 하셨다. 양택이 말하기를 "이것은 사실 비기이지 부기가 아닙니다. 여항의 서민들을 가지고 말하면 연로하여 비기가 있는 사람이 비록 간혹 있지만, 이들은 안색에 윤기가 없습니다. 주상의 안색을 바라보면 윤기가 흘러 움직이니, 이것은 약의 효력입니다"라고 하였다. 창수가 말하기를 "다행히 윤기가 얼굴에 가득하니 부기가 아닙니다"라고 하였다. 탕제를 드신 후에 방태여가 진맥하고 물러나 엎드려 아뢰기를 "맥후脈候의 좌우삼부左右三部가 조화롭고 균일하며, 활체滑體도 똑같습니다"라고 하였다. 허추가 진맥을 하고서 물러나 엎드려 아뢰기를 "맥후는 태여가 아뢴 것과 같습니다"라고 하였다. 이이해가 진맥하고서 물러나 엎드려 아뢰기를 "맥후는 허추가 아뢴 것과 같습니다"라고 하였다. 주상께서 말씀하시기를 "작설차가 효험이 있는 것 같다"라고 하셨다. 양택이 말하기를 "비위脾胃에 좋지 못한 기가 있으면 복용하고, 그렇지 않으면 오래 복용해서는 안 됩니다"라고 하였다.

출전: 영조 44년 10월 2일 원본 1285책 / 탈초본 71책

해설　이 글은 신하들이 집경당에서 영조 임금에게 문후를 여쭙는 과정의 문답 내용이다. 그 내용을 보면 영조 임금이 여름에는 오미자차를 겨울에는 작설차를 주로 복용하였음을 알 수 있는데, 특히 작설차가 비위의 기를 내리는 데 효능이 있는 것으로 파악하고 있음을 알 수 있다.

조선왕조실록 朝鮮王朝實錄

중국 작설차를 봉진封進함

　　내국內局에서 봉진하는 당사향唐麝香은 아예 없애고 당작설唐雀舌은 3분의 2를 감하게 하였다. 송명흠宋明欽이 '나라를 다스리는 급무는 임금을 잘 보필하고 쓰임을 절약하는 것보다 나은 것이 없다'고 생각하였으므로 이 두 가지 일을 진달하였는데, 임금이 모두 따랐던 것이다. 명흠이 물러날 때 임금이 다시 손을 잡고 교지를 내려 권면하였다.

출전: (원전) 44집 127면

해설　영조 39년(1763) 2월 26일의 기록이다. 경비 절감을 위해 내국에서 봉진하던 중국의 사향을 없애고 작설차의 양은 3분의 2를 감하였음을 알 수 있다.

다례에 쓰던 인삼차

영접도감迎接都監의 당상 조진관趙鎭寬이 아뢰기를 "칙사勅使를 맞아들이고 보내면서 다례를 행할 때 매번 인삼차를 쓰고 있는데, 인삼이 진귀한 식품이기는 하지만 일단 늘 마시는 차가 아니기 때문에 그 맛을 알지 못해 도리어 좋아하지 않는 경우가 생기곤 합니다. 올봄에 다례를 행할 때 직접 본 것을 가지고 말하더라도, 중국에서 온 사신이 찻잔을 받아 들고 한 번 맛보더니 마시지를 않았으니, 그 뜻을 알 만합니다. 만약 품질이 좋은 다른 차를 가져다 쓰면 온당하게 될 듯싶으니, 이렇게 하는 것으로 규정을 정하도록 하소서" 하니, 따랐다.

출전: (원전) 47집 226면

해설　정조 23년(1799) 12월 27일의 기록이다. 조선에서는 중국의 사신이 오면 다례를 행하였는데, 여기에서 쓰는 인삼차를 중국 사람의 입에 맞는 것으로 바꾸자는 건의를 한 것이다.

인정전仁政殿에서 행하던 다례

인정전으로 돌아와 중국에서 온 칙사를 접견하고 다례를 행하였다. …… 또 말을 전하기를 "두 대인께서 황명皇命을 받들고 멀리 소방小邦에 오셨으니, 더없이 영광스럽습니다. 이번에는 평시와 달라서 비록 전례대로 연회宴會를 실행할 수는 없습니다만, 간략히 다례를 진설하여 작은 정성을 표하고 싶습니다" 하니, 두 칙사가 말하기를 "차를 내어오는 것은 마땅히 하교하신 대로 해도 되겠습니다만, 과반果盤을 내어오는 것은 이런 때에는 참으로 불안스러우니, 중지하는 것이 좋겠습니다" 하였다. 또 말을 전하기를 "변변찮은 몇 그릇의 음식은 찬품饌品이라 하기에 부족하니, 굳이 사양하지 말기 바랍니다" 하니, 두 칙사가 말하기를 "이처럼 은근하게 권하시니, 의당 분부대로 따르겠습니다" 하였다. 이어 차를 내어왔다.

사옹원司饔院 가제조 1인은 다병茶瓶을 받들고 1인은 다종茶鍾과 반구盤具를 받들고 전내殿內로 들어와서 남쪽 가까이서 북쪽을 향하여 섰다. 1인은 과반을 들고 상칙사의 오른쪽에서 북쪽을 가까이 하고 남쪽을 향하여 서고, 1인은 부칙사의 오른쪽에서 남쪽을 가까이 하고 북쪽을 향하여 섰으며, 제조 1인은 과반을 들고 전하의 오른쪽에서 남쪽을 가까이 하고 북쪽을 향하여 섰다. 가제조 1인이 다종에다 차를 받아 꿇어앉아 상칙사 앞에 올리니 상칙사가 다종을 받았으며, 다른 1인은 꿇어앉아 부칙사 앞에 올리니 부칙사가 다종을 받았으며, 제조가 다종에다 차를 받아 꿇어앉아 임금에게 올렸다. 임금이

다종을 잡고 들어서 보이니, 칙사들도 또한 들어서 보였다. 이 일이 끝나자 가제조 2인이 각기 칙사들 앞으로 나아가 꿇어앉아 다종을 받았고, 제조가 임금 앞으로 나아가 꿇어앉아 다종을 받아가지고 함께 다반에 가져다 놓았다.

이 일이 끝나자 가제조가 꿇어앉아 칙사들 앞에 과반을 올렸으며, 제조가 꿇어앉아 임금 앞에 과반을 올렸다. 이 일이 끝나자 말을 전하기를 "변변치 못한 소찬小饌이라서 매우 부끄럽습니다. 주인의 마음에 매우 서운하니, 다시 차를 내오게 하는 것이 어떻겠습니까?" 하니, 두 칙사가 말하기를 "찬품이 매우 좋으니, 의당 특별히 많이 먹도록 하겠습니다" 하였다. 또 말을 전하기를 "통관 이하에게도 차를 내려주고 싶은데 어떻겠습니까?" 하니, 두 칙사가 말하기를 "차를 하사하시겠다는 하교는 성념盛念에서 나온 것이니, 삼가 하교에 따르겠습니다" 하였다. 통관들이 드디어 정문正門 밖으로 나아가 차를 받아 받들어 마시고 나서 이어 몸을 굽혀 감사하다고 하였다. 또 말을 전하기를 "정情은 비록 끝이 없지만 두 대인大人이 먼 길을 온 끝이라서 피로할까 걱정스러우니, 다반을 물리는 것이 어떻겠습니까?" 하니, 두 칙사가 말하기를 "하교하신 대로 하겠습니다" 하였다.

출전: (원전) 47집 343면

해설   순조 즉위년(1800) 11월 24일의 기록이다. 그 내용은 중국 사신을 맞아 인정전에서 행하던 다례의 절차와 의식을 보여주는 것이다. 『조선왕조실록』에는 궁중에서 다례를 행하였다는 기록이 다수 남아있으나, 그중에서 이 기록이 비교적 상세하다.

대마도 사람들의 차 애호

일본 역관 현의순玄義洵·최석崔昔 등이 보고 들은 것에 대해 별단別單으로 아뢰었다.

대마도의 풍속은 검소함을 숭상하며, 이예주伊豫州의 산에는 동철銅鐵이 나는데 채취하여도 고갈되는 일이 없습니다. 유기鍮器는 일체 엄금하고 일상생활에는 모두 나무그릇과 나무젓가락을 사용하며, 반찬은 물고기·바다 나물·사슴고기·산약·우엉 등인데, 그 맛이 매우 담박합니다. 비록 천한 사람일지라도 차를 몸에 지니고 다니지 않는 사람이 없습니다. 대개 재용財用을 매우 아끼는데, 인구는 날로 늘어나 도세島勢가 점점 쇠잔해간다고 합니다.

출전: (원전) 47집 644면

해설　순조 9년(1809) 12월 2일의 기록이다. 역관 현의순 등이 대마도 사람들이 생활 속에서 차를 애호하는 풍속을 아뢴 내용이다.

사적으로 차를 거래하는 것에 대한 법령

형조刑曹에서 아뢰기를, "주금酒禁을 실시할 때에 법을 어기고 술을 빚거나 사서 마시는 자에 대하여 본래 정해진 법령이 없어 매양 다른 법을 원용援用만 하였는데, 술을 빚는 데에도 많고 적음이 있고 사서 마시는 데에도 주객主客의 구분이 있으므로, 법률을 적용함에 절충하는 도리가 없을 수 없습니다. 그 조례를 이미 조정에서 의논하도록 하였으나 품지稟旨를 거치지 아니하면 백성들이 법령을 믿지 않기 때문에 법령의 조항을 마련하여 올립니다" 하였다.

사목事目

많이 빚다 잡힌 자는 『대명률』大明律의 '사적으로 차를 판매한 조항'에 의하여 장杖 100에 도徒 3년의 율律로 시행하고, 적게 빚었을 때에는 많이 빚었을 때에 비하여 1등을 감하여 장杖 90에 도徒 2년 반의 법률로 시행하되, 조정 관리인 경우 의금부로 넘겨서 처치하고 생원·진사 이하는 바로 추치推治한다.

사서 마신 자는 '사적으로 차를 산 조항'에 의하여 장 100의 율로 시행한다.

출전: (원전) 48집 385면

해설　순조 32년(1832) 윤9월 17일의 기록으로, 형조에서 사적으로 술을 밀매하는 데 대한 관련 법령을 아뢴 대목이다. 조선에서는 사적으로 술이나 차를 거래하는 데 대한 법령이 따로 마련되어 있지는 않았으나, 이 내용을 보면 중국의 법령에 따라 차를 사적으로 밀매하는 경우와 동일하게 법을 적용하였음을 알 수 있다.

원문

申維翰, 1681~1752

國中貴賤男女 無一飮水之法 而必飮茶湯 卽家家蓄茶 甚於穀物
茶是雀舌之類 而或取靑芽搗乾細末 溫湯調飮 或以長葉煎湯 去滓而
飮 每食後必健倒一盂 至於市街道路 設罏煎茶者 千里相望使行大小
數百人 日日所供 各得靑茶一合 葉茶一束 而所過館中 別置茶僧 晝
夜煎湯以待 其俗之日用常禮 莫茶若也

茶食

國家祀典有茶食 用米麵和蜜 木匡中築作團餅 人不解其名義 余
謂此宋朝大小龍團之訛也 茶始煎湯 家禮用點茶 則以茶末投之盞中
沃以湯水 攪以茶筅 今之倭茶皆如此 丁公言蔡君謨出奇 爲茶餅 獻
之朝 遂成同風 坡詩所謂武夷溪邊粟粒芽前丁後蔡相籠加 今之祭用
茶食 卽點茶之義 名存而物易也 人家或有粉碎粟黃而代者 作魚鳥花
葉之狀 是龍團轉訛 觚之不觚 何物不然

茶時

城上所監察茶時之語 雖人人誦說 不知其義也 城上所者 舊闕城
牆之上 卽當日臺員會議之所 而諫官無行公之員 則監察諸員替會而
罷 謂之茶時 言其啜茶而罷也 監察者 古之殿中御使也 糾檢百僚 須
先自處以儉 故矗布陋色樸馬破鞍 望之 知其爲監察 此古例也 雖貴
遊子弟 無敢變改 後有一二宰相主時論 許其從便 遂復華美之服云
當時有夜茶時之語 自宰相以下 或有干濫不法者 諸監察乘夜茶時于
其近地 書其罪惡於白板 掛諸門上 以荊棘封其門 着署以散 其人遂
禁錮 永爲棄物 夜茶時一句 俚俗猶傳爲造次搏擊之語 嗚呼 國朝美
風 何可復見

李匡師, 1705~1777

來道齋記

　　來道齋 余友成仲之居也 名以來道者 來道甫也 道甫者余也 蓋
取元美來玉樓思白來仲樓之義也 成仲於是齋 蓄奇書異文 蓄鍾鼎古
碑 蓄名香 蓄顧渚雨前茶 蓄端歙之石湖之穎徽之煤 爲余嘗置好酒
興發輒相思 思輒以馬邀之 余亦欣然而赴 入門相向 撫掌而笑 相對
無他言 取案上書數卷快讀 展古紙撫周鼓漢碣二三 則成仲己手焚香
巾露臂坐 自烹茶相喫 夷猶竟日 迫曛乃歸 或累日不歸

李象靖, 1710~1781

答金道彦 直甫 景蘊宗發 弘甫宗燮 喪禮問目(壬午)

朝夕上食扱匙正筯之節 家禮無之 然愚意旣有饋奠 則扱匙正筯
所以象生時飮食之儀 行之恐無害也 家禮虞卒練祥 竝無其文 然豈可
以此而不行邪 點茶 今人例以進水代之 故有澆飯之節 果非古禮 然
東俗擧皆行之 若無害義則不必以矯俗爲高也

申光洙, 1712~1775

與成川元生洞

　　年前慰狀　可勝哀感　南北絶遠　憑便不易　尙稽修答　恒庸歎悵　意
外惠札　不知自何來　歷山川一千餘里　轉到山中　如見烱然眉目　關外
親知　不爲不多　無一人相問者　此固西人交態　尊獨轉轉討便　見問至
再　何其多情也　況饋西茶　洱江以後　嘗此味者幾何　三南昨年茶貴　十
錢易十五葉　正苦乏絶　不堪胃敗　此茶適到此際　如喫玉川子九椀茶
兩腋幾欲習習　每吸一竹劣茶　輒思吾尊不置

安鼎福, 1712~1791

漱茶說

　　除煩去膩 世不闕茶 然闇中損人 殆不少 昔人云自茗飲盛後 人
多患氣不復病黃 雖損益相半 而消陽助陰 益不償損也 吾有一法 常
自珍之 每食已 輒以濃茶漱口 煩膩旣去 而脾胃不知 凡肉之在齒間
者 得茶浸漱之 乃消縮不覺脫去 不煩挑刺也 而齒便漱濯 緣此漸堅
密 蠱病自已 然率皆用中下茶 其上者自不常有 間數日一啜 亦不爲
害也 此大是有理 而人罕知者 故詳述云 元風六年八月二十三日書

李德履, 1728~?

記茶

布帛菽粟 土地之所生 而自有常數者也 不在於官 必在於民 少取則國用不足 多取則民生倒懸 金銀珠玉 山澤之所産 而孕於厥初 有減而無增者也 觀於秦漢之賞賜黃金 率以百千斤爲槪 至於宋明之際 白金以兩計 古今之貧富 於斯見矣 今若有布帛菽粟之爲民所天 金銀珠玉之爲國所富 而得於荒原隙地 自開自落之閑草木 可以裨國家而裕民生 則何可以事在財利而莫之言也

茶者南方之嘉木也 花於秋而芽於冬 芽之嫩者曰雀舌鳥嘴 其老者曰茗蔎檟荈 著於神農 列於周官 降自魏晉浸盛 歷唐至宋 人巧漸臻 天下之味莫尙焉 而天下亦無不飮茶之國 北虜最遠於茶鄕 嗜茶者無如北虜 以其長時餕肉背熱不堪故也 由是宋之撫遼夏 明之撫三關 皆用是以爲餌

我東産茶之邑 遍於湖嶺 載輿地勝覽 攷事撮要等書者 特其百十之一也 東俗雖用雀舌入茶 擧不知茶與雀舌本是一物 故曾未有採茶飮茶者 或好事者 寧買來燕市 而不知近取諸國中 庚辰舶茶之來 一國始識茶面 十年爛用 告乏已久 亦不知採用 則茶之於東人 其亦沒緊要之物 不足爲有無 明矣 雖盡物取之 無權利之嫌 舟輪西北開市處 以之換銀 則朱提鍾燭 可以軼川流而配地部矣 以之換馬 則冀北之駿良駃騠 可以充外閑 而溢郊牧矣 以之換錦緞 則西蜀之織成綺羅 可以袨士女而變旌幟矣 國用稍優 而民力自紓 更不消言 則向所云得

於荒原隙地 自開自落之閑草木 而可以裨國家裕民生者 殆非過言

夫生財之道 疏其源而導其流 則天下之財 如水趨下 而我爲之壑培其根而遂其閼 則天下之財 若木斯苗 而我爲之藪 是以嘔土膏沃周勤稼穡而興 海濱斥鹵 齊勸女工而饒 越用計然之策而伯 秦漑涇水之濁而强 故知物無恒産 制物者 在於人 國無常賦 富國者 亦由於人惟在明君賢相 推而行之 變而通之 而司馬遷謂桑弘羊不加賦於民國用足 則固謬矣 至若管仲 九合諸侯一匡天下 則亦豈不以九府之法哉中國之茶 生於越絶萬里之外 然猶取以爲富國禦戎之奇貨 我東則産於笆籬墻圮 而視若土炭無用之物 並與其名而忘之 故作茶說一篇 條列茶事于左方 以爲當局者建白措施之地云爾

一 茶有雨前雨後之名 雨前者 雀舌是已 雨後者 卽茗蔎也 茶之爲物 早芽而晚苗 故穀雨時茶葉未長 須至小滿芒種 方能苗大 蓋自臘後至雨前 自雨後至芒種 皆可採取 或以葉之大小 爲眞贗之別者豈九方相馬之倫也

一 茶有一槍一旗之稱 槍則枝 而旗則葉也 若謂一葉之外不堪採則荊州玉泉寺茶 以大如掌 爲稀奇之物 凡草木之始生一葉 大於一葉漸成其大 豈有一葉頓長如掌者乎 且見舶茶 莖有數寸長 葉有四五連綴者 蓋一槍者 謂初苗一枝一旗者 謂一枝之葉也 此後枝上生枝 則始不堪用矣

一 茶有苦口師晚甘侯之號 又有以天下甘者無如茶 謂之甘草 茶之苦 則夫人皆能言之 茶之甘則意謂嗜之者之說 近因採取 遍嘗諸葉

獨茶葉以舌舐之　有若淡蜜水漬過者　始信古人命物之意非苟然也　茶
是冬靑　十月間液氣方盛　將以禦冬　故葉面之甘　尤顯然　意欲此時採
取煎膏　不拘雨前雨後　而未果然也　煎膏實東人之臆料硬做者　味苦只
堪藥用云（倭國香茶膏　當以別論　我國所造　最鹵莽）

　　一　古人云　墨色須黑　茶色須白　色之白者　蓋謂餅茶之入香藥造
成者　月兔龍鳳團之屬　是也　宋之諸賢所賦皆餅茶　而玉川七椀　則乃
葉茶　葉茶之功效已大　餅茶不過以味香爲勝　且前丁後蔡　以此招譏
則不必求其法　而造成者也

　　一　茶之味　黃魯直詠茶詞　可謂盡之矣　餅茶以香藥合成　後用渠
輪硏末入湯　另是一味　似非葉茶之比　然玉川子　兩腋習習生淸風　則
何嘗用香藥助味哉　唐人亦有用薑鹽者　坡公所哂　而向時一貴家宴席
用蜜和茶　而進一座　讚頌不容口　眞所謂鄕態沃蜜者也　正堪撥去吳中
守陸子羽祠堂

　　一　茶之效　或疑東茶不及越産　以余觀之　色香氣味　少無差異　茶
書云　陸安茶以味勝　蒙山茶以藥用勝　東茶蓋兼之矣　若有李贊皇陸子
羽　其人則必以余言爲然

　　一　余於癸亥春　過尙古堂　飮遼陽士人任某所寄茶　而葉小無槍
想是孫樵所謂聞雷而採者也　時方春月　庭花未謝　主人設席　松下相待
傍置茶爐　爐罐皆古董彝器　各盡一杯　適有老傔患感者　主人命飮數盃
曰　是可以療感氣　距今四十餘年　其後舶茶之來　人又以爲泄痢之當劑

今余所採者 非但偏試寒暑感氣 食滯酒肉毒 胸腹痛皆效 泄痢者尿澁
欲成淋者之有效 則以其利水道故也 瘰癧者之無頭疼 有時截愈 則以
其淸頭目故也 最後病瘧者 初痛一二日 熱啜數椀而病遂已 病瘧日久
不得發汗者 飮輒得汗 則古今人之所未論 而余所親驗者也

一 余頃於飮濁酒數杯後 見傍有冷茶 漫飮半盃入睡 喉痰卽盛唾
出 十餘日始瘳 益信冷則反能聚痰之說 聞漂人來到也 於瓶中瀉出勸
客 豈非冷者耶 又聞北譯徐宗望之食兒猪炙也 一手持小壺 且啗且飮
是必冷茶也 想熱食之後 冷亦不能作祟也

一 茶能使人少睡 或終夜不得交睫讀書者 勤於紡績者飮之 可謂
一助禪定者 亦不可少是

一 茶之生 多在山中多石處 聞嶺南則家邊 竹林處處有之 竹間
之茶尤有效 亦可於節晚後採得 以其不見日故也

一 同福小邑也 頃聞一守令 採八斗雀舌 用以煎膏 夫八斗雀舌
待其成茶而採之 則可爲數千斤 又八斗採掇之勞 足當數千斤蒸焙之
役 其多少難易懸絶 而不得用以利國 則豈不惜哉

一 茶之採 宜於雨餘 以其嫩淨故也 坡詩云 細雨足時茶戶喜

一 按文獻通考 採茶之時 縣官親自入山 使民之老幼男女 遍山
搜求 採綴蒸焙 先以首採而精者爲貢茶 其次爲官茶 餘則許民自取

蓋茶利甚大 有關國家如此

一 茶書文有片甲者 早春黃茶 而舶茶之來 擧國稱以黃茶 然其
槍枝已長 決非早春採者 未知當時漂來人 果得傳名如此否也 有自黑
山來者言 丁酉冬 漂海人指兒茶樹 謂之黃茶云 而兒茶者 圻內所謂
黃梅也 黃梅花黃 先杜鵑發 葉有三角如山字形 有三筋 莖葉皆帶薑
味 峽人之入山也 包飽以食 各邑取其嫩枝 煎烹以待使客 且其枝截
取二握 爲主材 和茶煎服 則感氣傷寒 及無名之疾彌留數日者 無不
發汗神效 豈亦一種別茶耶

右十數條 皆漫錄茶事 而未及其裨國家裕生民之大利 今方挽入
正事 以下十條 今散帙不暇錄

茶條

一 籌司前期 馳關湖嶺列邑 使開報有茶無茶 而有茶之邑 則使
守令査出貧人之無結卜 及有結卜而不滿十員以下者 及疊納軍役者
以待之

一 籌司前期 出郎廳帖百餘張 揀選京城萬局人精幹者 待穀雨後
給夫馬草料分送于茶邑 詳探茶所 審候茶時 率本邑査錄之貧民 入山
採掇 教以蒸焙之法 務令器械整齊（焙器陰籬第一 其餘當用簾 而諸
奉焙佐飯笥 浸去油氣 入飯後竈中 則可一竈一日焙十斤）揀擇精美
蒸焙得疊 斤兩毋濫 通計一斤茶償錢五十文 初年則梢五千兩 取萬斤
茶 貿倭紙作貼 分送于都會 官舟送于西北開市處 亦須郎廳中一人

押解納庫 仍爲償勞之典

一 曾見舶茶帖面 印寫價銀二錢 而貼中之茶 乃一兩也 況鴨江
以西去燕京數千里 豆滿江北去瀋陽又數千里 則一貼二錢 恐以太廉
見輕 然第以一貼二錢論價 則萬斤茶價銀當爲三萬二千兩 爲錢九萬
六千兩 年年加採百萬斤費錢五十萬 爲國家經費而少紓民力 則豈非
大利也

一 議者必謂彼中若知我國有茶 則必徵貢茶 恐開弊於無窮 而此
與愚民 畏縣官之日採塡魚池 而種芹者何異 今若輸與數百斤 使天下
昭然知東國之有茶 則燕南趙北之商 舉將轔轔跑跑踰柵門而東矣 向
欲以萬斤茶爲限者 誠恐遠地之耳目不長 一隅之財貨未集 有滯貨之
患故也 若使有售無滯 雖百萬斤 可以優辦 而崇陽之種 亦將不拔而
益滋 此實不易得之機也 何可以此爲限也

一 旣開茶市 則須別擇監市御史京譯官押解官之屬 至於隨行人
皆以幹事者差定 不可如前只許灣人赴市 蓋灤俗獺苟狗態 輸情于彼
人有不可信者故也 且茶市罷後 優加賞給 使視作己事 然後方可久行
無幹 香餌之下 必有死魚云者 政謂是也

一 以我國之素儉 若暴得數百萬於常稅之外 則何事不可做 但財
用旣優 則撓奪多端 若上下齊心 而於本錢雜費紙價船價之屬償勞之
外 不許遷動一毫 雖所需無得相關 只用於西邊修築城邑池 及路傍左
右五里減田租之半 俾專力築城館 開溝洫 使千里之路 如繭管之窄

使路傍之溝　如地網之密　今年未盡者　明年繼行　又募西邊材力之士
取以於屯城之日習射　聽一屯城置數百人射砲　中格者　優數償賚　使可
以畜妻子　則是常時有數萬莫强之兵　豈不足以禦暴客而威隣國哉

　　一　茶能使人少睡　或終夜不能交睫　夙夜在公　晨昏趨庭者　咸其
所需而　鷄鳴入機之女　墨帳勤業之士　俱不可少是　若夫厭厭無歸　頷
頷罔夜之君子　則有不暇奉聞焉

黃胤錫, 1729~1791

(附)扶風鄉茶譜

扶風之去茂長三舍地 聞茂之禪雲寺有名茶 官民不識採啜 賤之
凡卉爲副木之取 甚可惜也 送官隸採之 適新邨從叔 來與之參 方製
新 各有主治 作七種常茶 又仍地名 扶風譜云 茶本自十月至月臘日
連採 而早採爲佳苦茶 一名雀舌 微寒無毒 樹少似梔 冬生葉 早採爲
茶 晚爲茗 曰茶曰檟曰蔎 曰茗曰荈 以採早晚名 臘茶謂麥顆 採嫩芽
搗作餠 並得火良 葉老曰荈 宜熱 冷則聚痰 久服去人脂 令人瘦

茶名

風 甘菊 蒼耳子 寒 桂皮 茴香 暑 白檀香 烏梅 熱 黃連 龍腦 感
香薷 藿 香楸 桑白皮 橘皮 滯 紫檀香 山査肉 取點子 爲七香茶 各
有主治

製法

茶六兩 右料每各一錢 水二盞 煎半拌茶焙乾 入布帒置燥處 凈水
二鍾 罐內先烹 數沸注缶 入茶一錢蓋定 濃熟熱服

茶具

爐可安罐 罐入二缶 缶入二鍾
鍾入二盞 盞入＿合 盤容置缶鍾盞

右李弼善運海 知扶安縣 與其季前正言重海 及從叔曾游寒泉門
下者 商確譜製者也 余亦爲其有用 錄來今二十年 尙在巾衍 而弼善
兄弟 俱作古人 哀哉 姑志下方 以示兒輩 丙申五月十四日頤翁 其從
叔之子一海進士 與趙裕叔同硯云

二十五日壬辰 曉晴 買黃茶葉二貼 價一錢一分 煎服取汗 朝不
能飯

茶

茶차나모樹小如梔子 冬生葉 早採曰茶 晩採曰茗(其名有五 曰茶
曰檟 曰蔎 曰茗 曰荈 荈 葉老者也)

洪大容, 1731~1783

飲食

酒有紅燒酒淸酒黃酒諸種 黃酒者濁酒也 酒盃絶小 僅容數匙 溫
酒鑞器 亦僅容一杯 圓而腰細 隔其腰 上受酒 下透火氣 易溫如影響
瀉于杯 執杯而嚪少許 卽必攢眉聚口而長呼 談少間而後再嚪 凡七八
嚪 始盡一杯 不惟紅露烈釀 其淸酒黃酒亦然 以此終日飮 不劇醉 亦
不傷人 享其趣而不受其敗 古人一日三百杯 良有以也 亦不足爲異也
待人先以茶爲禮 必以茶葉少許 置于梡中 銅罐湯水以灌之 合蓋少頃
茶葉舒潤如新綻 湯水淨淡 如黃蠟色 淸香襲人 且談且嚪 食頃纔竭
一梡 侍者復提湯罐 添水而蓋之 凡富貴家及市肆炕廚 或熾石炭 廚
上蓋方甎 甎中鑿圓穴 加銅罐于其上 松風檜雨 終日不絶聲 茶品多
種 靑茶爲最下常品 普洱茶都下最所珍賞 亦多假品 浙江菊茶 淸香
甚可口 凡市肆人家所見待者 狀如茴香 香美絶異 飯梡大如茶梡 樣
子少異 凡數人或六七人 共圍一卓 先設菜醬之屬 每人置飯梡茶梡各
一 然後取梡盛飯而進之 次進羹湯肉炙 凡飯茶湯炙 隨喫隨進 多食
者 或喫八九梡飯 則倍於東國恒人食量矣

是時 自前授音 時時聞有呑嚼聲 有茶珠數丸流落于席 洪拾而嘗
之曰 此茶珠也 進御太多 何故也 令曰 因食滯 且喜其甘且香也 又
曰 北京茶 以何品爲上 臣曰 以普洱茶爲上品 普洱在雲南地 得之頗
貴 臣亦未之見也 茶珠全是龍腦 氣性寒 不宜於調氣 且茶以苦爲貴

甘者雖悅口 後味不如喫苦之餘 惟桂花茶甘香 不如茶珠之烈而頗宜
於下氣 苦癖積者多喫而有效 茶珠則不必過進矣 令曰 桂花茶果宜於
癖積乎 又曰 余本無滯症 兒時見人有滯症 心窃羨之 故作噫氣而效
之 近年則眞有滯症 甚可苦也 臣曰滯症讀書人例症而最妨於讀書 不
可不善爲調下也 令曰時體漸變 如盤床器皿 亦有古今之別 此何故也
臣曰時尙之累變 自來然矣 但觀其變而亦可卜世運升降 如食器古制
則口必開濶 今則腹濶而口反縮狹矣 令曰然則其制孰勝 洪曰 縮狹之
不如開濶 明矣 臣家則尙用古制 令曰 桂坊家用何制 臣曰 臣所食用
今制 笑曰 然則桂坊爲時體也 又曰 外間飲食奢儉如何 臣曰 昇平日
久 服食日就於奢 有識之所憂也 令曰 桂坊家飲食如何 臣曰 如臣寒
微者 卽欲奢亦不得也 李曰 臣爲注書時嘗蒙仁元王后賜饌 其味品簡
簡珍異 非閭巷比也 令曰 仁元聖母才品絶異 於飲食亦然 且本房其
分輩 素以善飲食稱矣 又曰 其分輩中以誰家飲食爲最耶 臣未諳睿旨
顧洪曰 指戚里家耶 洪曰 此是某家也 臣曰 某家之飲食 以奢得名
皆始於戚里 轉染於連姻 自然聞見所致 傳言或過矣 令曰 此人食事
之致美 余亦聞之 非家人烹飪不進云 然乎 李曰 果有是聞矣 後於被
謫也 勢無奈何 則何能取捨 可謂饑不擇食 以此爲一世之笑資 令曰
近來饌品小而巧侈過 余意則反不如豐備也

柳得恭, 1748~1807

無題

茶無土産 貿於燕市 或代以雀舌薑橘 官府熬糯米沈水 亦謂之茶
近俗或用白頭山杉芽

俞晩柱, 1755~1788

無題

仲春上旬 福建漕司進第一綱臘茶 名北苑試新 皆方寸小夸 進御
止百夸 護以黃羅軟盝 藉以靑篛 裹以黃羅夾複 臣封朱印 外用朱漆
小匣鍍金鎖 又以細竹篾絲織笈貯之 凡數重 此乃雀舌水芽 所造一夸
直四十萬 僅可供數甌之啜耳 茶之初進御也 翰林司例有品賞之費 皆
漕司邸吏賂之 間不滿欲 則入鹽少許 茗花爲之散漫 而味亦漓矣

茶之盛行 自陸羽始 止是碾磑茶耳 其妙處在於別水味 宋時 江
茶最富爲末茶 湖南西川江東浙西 爲芽茶靑茶烏茶 惟建寧 甲天下爲
餅茶 廣西修江 亦有片茶 雙井蒙頂顧渚壑源 一時不可卒數 南人一
日之間 不可無數杯 北人和揉酥酪雜物 蜀人又特入白土 皆古之所無
有也 羽死號爲茶神 矞雲龍小餅 宋朝以爲近臣之異賜 梅宛陵詩 所
謂龍文御餅嘉者 是也 建茶爲天下第一 廣西修江盼茶次之 南渡後
宮禁嬪御 日所飮用 卽此品 盼茶修四寸博三寸許

陸機以蓴羹, 對晉武子羊酪 是時未尙茶耳 然博物志 已有眞茶
令人不寐之說 則唐以前 未嘗無茶也 梅宛陵詩 吳中內史才多少 從
此蓴羹不足誇 亦通論也

丁若鏞, 1762~1836

無題

嶺南湖南　處處有茶　若許一斗米　代納一斤茶　或以十斤茶　代納
軍布則　數十萬斤　不勞可集　丹輪西北開市處　依越茶印貼之價　一兩
茶　取二錢銀則　十萬斤茶　可得二萬斤銀而爲錢銀六十萬　不過一兩年
而可置四十五屯之田矣

貽兒菴禪子乞茗疏(乙丑冬在康津作)

旅人　近作茶饕　兼充藥餌　書中妙解　全通陸羽之三篇　病裏雄呑
遂竭盧仝之七椀　雖侵精瘠氣　不忘蒙母舅之言　而消壅破癥　終有李贊
皇之癖　洎乎朝華始起浮雲晶晶乎晴天　午睡初醒　明月離離乎碧磵　細
珠飛雪山爐　飄紫箏之香　活火新泉野席　薦白菟之味　花瓷紅玉繁華
雖遜於潞公　石鼎青煙澹素　庶近於韓子　蟹眼魚眼　昔人之玩好徒深
龍團鳳團　內府之珍頒已罄　茲有采薪之疾　聊伸乞茗之情　竊聞苦海津
梁　最重檀那之施　名山膏液　潛輸草瑞之魁　宜念渴希　毋慳波惠

題藏上人屏風

避風如爰居 避雨如穴蟪 避暑如吳牛 亦是違吾所厭 嗜書如甘蔗
嗜琴如橄欖 嗜詩如昌歜 無非從吾所好 月明池明 月暗池暗 明斯照
影 暗斯歸息 自然與物無競 潮來魚來 潮去魚去 來斯漁之 去斯勿追
亦足供此所樂 吹竹彈絲 哦詩描畫 似宕不宕 似莊不莊 豈非澹泊生
涯 蒔花種菜 洗竹焙茶 道閒非閒 道忙非忙 眞是淸涼世界 晴牕棐几
燒篤耨香 點小龍團 好看陳眉公福壽全書 淺雪筠菴 戴烏角巾 含金
絲烟 流觀酈道元水經新注

茶

茶者 冬靑之木 陸羽茶經 一曰茶 二曰檟 三曰蔎 四曰茗 五曰荈
本是草木之名 非飮淸之號 (周禮有六飮六淸) 東人認茶字 如湯丸膏
飮之類 凡藥物之單煮者 總謂之茶 薑茶橘皮茶木瓜茶桑枝茶松節茶
五果茶 習爲恒言非矣 中國似無此法 李洞詩云 樹谷期招隱 吟詩煮
柏茶 宋詩云 一盞菖蒲茶 數箇沙糖粽 陸游詩云 寒泉自換菖蒲水 活
火閑煮橄欖茶 斯皆於茶錠之中 雜以柏葉菖蒲橄欖之等 故名茶如此
非單煮別物 而冒名爲茶也 (東坡有寄大冶長老乞桃花茶裁詩 此亦
茶樹之別名 非以桃花冒名爲茶也)

榷茶考

唐德宗建中元年 納戶部侍郎趙贊議 稅天下茶漆竹木 十取一以
爲常平本錢

時軍用廣 常賦不足 故有是詔 及出奉天 乃悼悔 下詔亟罷之

貞元九年 復稅茶

鹽鐵使張滂奏請 出茶州縣及茶山 外商人要路 每十稅一 充所放
兩稅 其明年已後 水旱賦稅不辦 以此代之 詔可 仍委張滂 具處置條
目 每歲得錢四十萬貫 茶之有稅 自此始 然遭水旱處 亦未嘗以稅茶
錢拯瞻 胡寅曰 凡言利者 未嘗不假託美名 以奉人主私欲 滂以茶稅
錢 代水旱田租 是也 既以立額 則後莫肯蠲矣

穆宗時 增天下茶稅率 百錢增五十 天下茶加斤至二十兩

• 文宗時 王涯爲相判二使 復置榷茶 自領之 使徙民 茶樹於官
場 榷其舊積者 天下大怨

武宗時 鹽鐵使崔珙 又增江淮茶稅 是時茶商所過州縣 有重稅
或掠奪舟車露積雨中 諸道置邸以收稅 謂之塌地錢 故私犯益起

• 大中初 鹽鐵使裴休 著條約 私鬻三犯皆三百斤 乃論死 長行
軍旅 茶雖少亦死 顧載三犯至五百斤 居舍儈保 四犯至千斤皆死 園
戶私鬻百斤以上杖脊 三犯加重徭 伐園失業者 刺史縣令 以縱私鹽論

• 胡寅曰 榷茶以來 商旅不得貿遷 而必與官爲市 在私則終不能
禁 而榷埋惡少 竊販之害興 偶有販獲 姦人猾吏 相爲囊橐 獄迄不直
而治所由歷 株連枝蔓 致良民破産 接村比里 甚則盜賊出焉 在公則
收貯不虔 發泄不時 至於朽敗 與新斂相妨 或沒入竊販 無所售用 於
是擧而焚之 或乃沈之 殘民害物 咸弗恤也

• 馬曰 按陸羽傳 羽嗜茶 著經三篇 言茶之原之法之具尤備 天

下益知飮茶矣 時鬻茶者 至畫羽形 置煬突間爲茶神 有常伯熊者 因
羽論復廣著茶之功 其後尙茶成風 回紇入朝 始驅馬市茶 羽貞元末卒
然則嗜茶榷茶 皆始於貞元間矣

　• 臣謹案 茶之爲物 其始也 蓋藥草之微者也 及其久也 連軺車
而方舟舶 則縣官不得不征之 然是亦商販之一物 量宜收稅 斯足矣
何至官自爲商 禁民私賣 至於誅殺而不已乎

　宋太祖乾德二年詔 民茶折稅外悉官買 敢藏匿不送官 及私販鬻
者 沒入之論罪 主吏私以官茶貿易及一貫五百 幷持仗販易 爲官私擒
捕者 皆死

　淳化三年詔 盜官茶販鬻十貫以上 黥面配本州牢城

　宋制 榷茶有六務(江陵·蘄州等) 十三場(蘄州·黃州等) 又買茶
之處 江南湖南福建 總數十郡 山場之制 領園戶受其租 餘悉官市之
又別有民戶折稅課者

　凡茶有二類 曰片曰散 片茶蒸造實捲摸中串之 惟建劍則旣蒸而
硏 編竹爲格 置焙室中 最爲精潔 他處不能造 其名有龍鳳石乳的乳
白乳頭金蠟面頭骨次骨末骨麤骨山挺十二等 以充歲貢 及邦國之用
泊本路食茶 餘州片茶 有進寶雙勝寶山兩府 出興國軍(在江南) 仙芝
嫩藥福合祿合運合慶合指合 出饒池州(在江南) 泥片 出虔州 綠英金
片 出袁州 玉津 出臨江軍靈川福州 先春早春華英來泉勝金 出歙州
獨行靈草綠芽片金金茗 出潭州 大拓枕 出江陵 大小巴陵開勝開捲小
捲生黃翎毛 出岳州 雙上綠牙大小方 出岳辰澧州 東首淺山薄側 出
光州 總二十六名 其兩浙及宣江鼎州 止以上中下 或第一至第五爲號
散茶有太湖龍溪次號末號 出淮南 岳麓草子楊樹雨前雨後 出荊湖 淸
口 出歸州 茗子 出江南 總十一名

　至道末 賣錢二百八十五萬二千九百餘貫 天禧末 增四十五萬餘

貫 天下茶皆禁 唯川峽廣 聽民自賣 不得出境

端拱三年 歲課增五十萬八千餘貫

仁宗初 建茶務 歲造大小龍鳳茶 始於丁謂 而成於蔡襄

陳傳良云 嘉祐四年 仁宗下詔弛禁 自此茶不爲民害者 六七十載
矣 此韓琦相業也 至蔡京始復権法 於是茶利 自一鐵以上 皆歸京師

熙寧七年至元豐八年 蜀道茶場四十一 京西路金州爲場六 陜西
賣茶爲場三百三十二 稅息 至李稷加爲五十萬 及陸師閔爲百萬云

元豐中 創置水磨 凡在京茶戶 擅磨末茶者有禁 米豆雜物拌和者
有罰

• 侍御史劉摯上言 蜀地権茶之害 園戶有逃以免者 有投死以免
者 而其害猶及鄰伍 欲伐茶則有禁 欲增植則加市 故其俗論 謂地非
生茶也 實生禍也 願選使者 攷茶法之弊欺 以蘇蜀民

宋自熙豐來 舊博馬 皆以粗茶 乾道末 始以細茶遣之 成都利州
路十二州 奇茶二千一百二萬斤 茶馬司所收 大較若此

丘濬曰 後世以茶易虜馬 始見於此 蓋自唐世 回紇入貢 已以馬
易茶 蓋虜人多嗜乳酪 乳酪滯膈 而茶性通利 能蕩滌之故也 宋人始
制茶馬司

元世祖至元十七年 置権茶都轉運司于江州 總江淮荆南福廣之稅
有末茶有葉茶

丘濬曰 茶之名 始見於王褒僮約 而盛著于陸羽茶經 經唐宋以來
遂爲人家日用 一日不可無之物 然唐宋用茶 皆爲細末 製爲餅片 臨
用而輾之 唐盧仝詩所謂首閱月團 宋范仲淹詩所謂輾畔塵飛者 是也
元志 猶有末茶之說 今世惟閩廣間用末茶 而葉茶之用 遍於中國 外
夷亦然 世不復知有末茶矣

大明時　悉罷権務貼射交引　茶由諸種名色　惟於四州　置茶馬司一
陝西置茶馬司四　又間於關津要害　置批驗所　每年遣行人　掛榜於行茶地
方　俾民知禁

　　•丘濬曰　産茶之地　江南最多　今日皆無権法　獨於川陝　禁法頗嚴
蓋爲市馬故也　夫以中國無用之茶　而易虜人有用之馬　雖曰取茶於民　然
因是可以得馬　以爲民衛　其視山東河南養馬之役　固已輕矣

　　大明律曰　凡犯私茶者　同私鹽法論罪　私鹽法見上

　　臣歷觀前古財賦之制　雖其損益得失　代各不同　大較有道之世　其
賦斂必薄　而其財用必裕　無道之世　其賦斂必重　而其財用必匱　此已
然之跡　昭昭然者也　由是觀之　裕財之術非一　而其大利　無過乎薄斂
也　匱財之術非一　而其大害　無踰乎重斂也　嗚呼　天下之財有限　而其
用無限　以有限之財　應無限之用　其何以堪之　故聖人制法曰　量入而
爲出　入者財也　出者用也　量有限以節無限　聖人之智也　興隆之道也
縱無限以竭有限　愚夫之迷也　敗亡之術也　凡制賦稅者　勿先計國用
惟量民力　揆天理　凡民力之所不堪　天理之所不允　則毫髮不敢加焉
於是通計一年之入　參分之　以其二支一年之用　留其一爲來年之蓄　所
謂三年耕　有一年之食也　如有不足　自祭祀賓客而下　乘輿服飾　一應
百物　皆減之爲儉約　期與相當而後已焉　此古之道也　無他術也

平賦

一

貢蔘之價　其厚十倍　則何所虧欠　貢竹之價　其高三倍　則誰其攘

竊 又皆布之於民庫歟 玉堂契屛 禁府筆債 何所當於小民 政院朝報

武廳罰禮 何所當於下民 又皆出之於民庫歟 軍器寺之牛角 宜徵於泮

庖 長生殿之羔鬚 宜屬於貢物 雀舌 宜貿於藥舖 雉羽 宜購於獵戶

又皆責之於民庫 豈不謬歟

二

榷茶榷鹽 商賈之事也 靑苗免役 聚斂之臣也 然其行之也 莫不

如是 獨所謂民庫之法 不稟於人主 不報于宰相 監司漫不知何事 御

史曾未有題決 而一二奸胥 自下而橫斂 一二昏官 私撰其節目 銖累

寸積 歲增月加 而其弊至於是矣

茶信契節目

戊寅八月晦日 僉議

所貴乎人者 以有信也 若羣聚而相樂 旣散而相忘 是禽獸之道也

吾輩數十人 粤自戊辰之春 至于今日 羣居績文 如兄若弟 今函丈北

還 吾輩星散 若遂漠然相忘不思 所以講信之道 則不亦佻乎 去年春

吾輩預慮此事 聚錢設契 其始也 人出錢一兩 兩年生息 今其錢爲三

十五兩 第念旣散之後 錢貨出納 未易如意 方以爲憂 而函丈於寶巖

西村 有薄田數區 臨行放賣 多不能售 於是 吾輩以三十五兩之錢 納

于行裝 函丈以西村數區之田 留作契物 名之曰茶信契 以爲日後講信

之資 若其條例 及田土結負之數 詳錄下方

座目

序次不以年齒 以各其昆弟 雙雙書之

三十五	仙	李維會	兄	字畜甫 甲辰生	廣州人 進士 父基俊 祖尙熙 曾祖海錫 白雲處士保晩五代孫 子秉濂
三十	仙	李綱會	弟	字紘甫 己酉生	有弟緒會·緒會·網會
三十六		丁學稼		字穉箕 癸卯生	先生之胄子 後改學淵 字曰稚修 號酉山
三十三		丁學圃		字穉裘 丙午生	先生之次男 改學游
三十二		尹鍾文		字惠冠 丁未生	蓮洞 恭齋公胄子德熙二子 靑皐惱孫也
二十七		尹鍾英		字拜延 壬子生	恭齋公第五孫德烈孫持忠系子 卽先生之外從也 進士 號敬菴
五十一	仙	丁修七		字來則 戊子生	靈光人 號烟菴 卽先生之命贈也 後孫世居長興盤山
三十九		李基祿		字文伯 庚子生	廣州人
三十三		尹鍾箕	伯	字裘甫 丙午生	高祖考 杏堂祖考十代宗孫
三十一	仙	尹鍾璧	仲	字輪卿 戊申生	高祖考 號醉綠堂 改諱鍾霆 又鍾億
二十八		尹玆東	兄	字聖郊 辛亥生	石南本宗富春派譜 作一東(浩字行) 進士 孝義宗派第二派 子柱燮 字琪端 孫祚夏
十三	仙	尹我東	弟	字禮邦 丙寅生	栗亭 子亨燮 孫柱夏 順夏 子在亮 在正 世居寶巖栗亭
二十六	仙	尹鍾心	兄	字公牧 癸丑生	生家高祖考 號紺泉
二十一		尹鍾斗	弟	字子建 戊午生	紺泉公弟 系子昌浩 鍾箕次子 玄孫在亳
二十三		李宅逵		字伯鴻 丙辰生	平昌人 父進士承薰 陰邪杖斃 後伸 祖文參判三司東郁 叔致薰文科 弟臣逵參奉 子在謙進士 三人俱戊辰杖斃(李○內從)
二十五		李德芸		字書香 甲寅生	
二十一	仙	尹鍾參	叔	字旗叔 戊午生	高祖考 號星軒 蔭僉樞通政 改諱鍾翼
十六		尹鍾軫	季	字琴季 癸亥生	季高祖考 號淳菴 進士

已上 十八人

永登坪 業字畓 三斗落 稅額五負三束(庚午三月成文 本價六兩)
賣於庚辰十二月十九日 稅米代白給

巨古坪 篤字畓 二斗落 稅額七負二束(庚午四月成文 本價九兩)

靑龍坪 終字畓 四斗落 稅額十七負七束(丙子三月成文 本價二
十三兩)

大川坪 昌字畓 五斗落 稅額二十五負(丙子三月成文 本價二十
五兩)

毛木洞 克字畓念兩字畓 四斗落 稅額十四負(壬午三月成文 本
價二十八兩)

計十八斗落

約條
一 右畓其在寶巖者 李德芸照管 其在白道者 李文伯照管 每年
秋收穀 待春作錢
一 每年淸明寒食之日 契員會于茶山 以修契事 出韻賦詩 聯名
作書 送于酉山 右會之日 魚價錢一兩 自契中上下 糧米一升段 各自
持來
一 穀雨之日 取嫩茶焙作一斤 立夏之日 取晚茶作餠二斤 右葉
茶一斤 餠茶二斤 與詩札同付
一 菊花開時 契員會于茶山 以修契事 出韻賦詩 聯名作書 送于
酉山 右會之日 魚價錢一兩 自契中上下 糧米一升 各自持來
一 霜降之日 買新棉布一疋 其麤細視年 穀多則買細布 穀少則
買麤布 白露之日 取榧子五升與棉布 同送于酉山 榧子則惠冠拜延
年年進排 而此兩人則除其茶役

一　採茶之役　各人分數自備　而其不自備者　以錢五分給信束（淳
菴小諱）令橘洞雇邨兒採茶充數

一　東菴蓋草價一兩　立冬日　自契中上下　使橘洞六員　董督編苫
必於冬至前新覆　而若過冬至　則明春茶役　六人全當　而他契員　勿爲
助役

一　右諸役所用上下之後　若有餘錢　著實契員　處事之殖利　而一
人所授　毋過二兩　錢滿十五兩　或二十兩　卽爲買畓　付之契中　其殖利
之錢　毋過二十兩

邑城諸生座目

孫秉藻	小字俊燁 字
黃裳	小字山石 號后園處士 晚居大口 一粟山房 字帝獻
黃裒	小字安石 號醉夢齋 字
黃之楚	小字婉聃 號硯菴 字 仁升子 子鎬崩 曾孫鎬政·鎬采
李晴	小字鶴來 字琴招 壬子生
金載靖	小字尙圭 字

余於嘉慶辛酉冬　到配于康津　寓接于東門外酒家　乙丑冬　棲寶恩
山房　丙寅秋　徙于鶴來之家　戊辰春　乃寓茶山　通計在謫十有八年　其
居邑者八年　其居茶山者十有一年　始來之初　民皆恐惧　破門壞墻　不
許安接　當此之時　其爲左右者　孫黃等四人也　由是言之　邑人是與共
憂患者也　茶山諸人　猶是稍平後相知者也　邑人何可望也　玆於茶信契
憲之末　又錄邑人六員　以爲徵後之文　又此諸人　應於茶信契事　同心
照管　是余之留託也　其可忽諸

一　立夏之後　葉茶餅茶　入送于邑中　自邑中討便　付送于酉山

一 霜降之後 棉布樞子 入送于邑中 自邑中討便 付送于酉山

一 茶信契田畓 如有負束之差誤 收拾之散落 則契員入言于邑中
周旋顧護

一 茶信契田畓稅穀 每年冬 契員與邑中相議善處 俾無陳荒之弊

一 袖龍掣鯨 亦方外之有緣者也 其傳燈契田畓 如有可憂之事
入告邑中 自邑中周旋顧護

書贈旗叔琴季二君

茶山諸生 訪余于洌上 敍事畢 問之曰 今年葺東菴否 曰 葺 紅桃
並無槁否 曰 蕃鮮 井甃諸石無崩否 曰 不崩 池中二鯉益大否 曰 二
尺 東寺路側種先春花 並皆榮茂否 曰 然 來時摘早茶付晒否 曰 未
及 茶社錢穀無逋欠 曰 然 古人有言云 死者復生 能無愧心 吾之不
能復至茶山 亦與死者同 然倘或復至 須無愧 可也

癸未六月夏(道光三年) 洌上老人 書贈旗叔琴季二君

尹馨圭, 1763~1840

茶說

夫茶食肉者物也　食前方丈　飽飫而坐　臟腑委肉　筋骨流脂　渾身
頓覺困重　神氣不堪闌茸　于斯時也　試進一椀茶　疏滌腸胃　則神淸氣
健　運用便利　茶誠食肉者之好物也　龍晶桂珠有名　畢陳石鼎銅鍋　獸
炭蚓吼　異香聞外　美味入脣　雖非食肉者　擧有漸近　自然之　愛茶遂爲
好事者物也

好事者未必皆食肉者　雖寒儒野士　遇冠昏吉日　歲時佳節則　賓主
禮讓　朋知聚飮　有不可已也　然薄饌殘瀝　滲淡寡味　是未足爲一飽　而
肴核旣罄　喚茶輒進曰　非此莫可以消化而安中也　豈其然乎　自爲淸致
遂成風俗

其中酷之甚而好之篤者　非但自爲好於一時　亦恐後人之不以爲好
也　著經以詔之　圖像以神之　可謂志之勤者矣　今余非食肉者　又非好
事者　猶夫七十年　啜茶不休　此何故也　余素多病　又善於食滯　其食不
過糲飯也　菜根也　又未嘗飽也　又或不給於日再食也　然而自不得消化
而安中　又或逢着分外之物　珍羞大戴　滿盤驚目　則自以窮者　願飽之
心　不能無胃動而涎嚥　物物稀見　味味可悅

於是乎　盤膝而體益肆　攘袂掀頤　下箸二三　則胸何爲而自結　腹
何爲而先飽焉　令撤去眼前物　不欲更對　而嘔瀉幷作　昏窒幾危者　屢
矣　顧無醫藥可療之策　臨時救急　只有導滯單方而導體單方　莫如乎茶
矣

然所謂有名之茶　非窮者之所致有也　且從園中叢薄間　摘得穀雨
之芽端陽之葉　入薑數角而煎飲　則乃有其效　然收聚芽葉　蒸曝成藥
亦不容易　每患難繼　年前遇地主宋一教氏　其所食恒茶　卽木棉子也
木棉子乃鄉曲紡績家　多有之物　而此有順氣導下之功　自無口刺胃敗
之害云　余乃細問其炒黑篩揚之法　逐日烹服爲數年于茲矣

今夏適見乏　更爲博求木棉子　而不可得　蓋家家所有之物　春後不
歸於田種　則盡入於農者秧坂　故然耳　然則所謂他種名茶　吾何處可得
玄川宋君士蓋有心人也　爲採其家後　有名之藥　先以一囊封見遺　曰
又將乾曬繼送也　其大人靑城老人聞此　亦爲送贈山查黃梅木果之屬
一升許　從此茶將富有矣　遂卽煎飲如初　甚覺安中　親舊間厚意可謝也
然則余之啜茶不休　非肉食而然也　非好事而然也　蓋出於不得已者　而
其亦煎服之際　爲弊不少奈何　況醫書言茶之利害曰　一時之效甚少　終
身之累反大　此豈可長服之物乎　不得已可知也　況人之不知者　必以好
事者　譏笑我紛紛　又奈何　然是則不相悉者　非所憂也　靑城老人結廬
高巘　俯瞰邑里大道　白馬澄江　自後而右　風飄煙雲　日夕入矚　多種名
花果木　繞屋蓊蔚　淸福自在　幽趣甚適　老人年今八十餘　筋力康強　起
居安閒　疏食菜羹　乃其分也　世間肉食者之貪榮饕富　視之如浮雲焉
此其謂城市山林之高士流也歟

癸巳六月下旬戲齋老夫書

徐有榘, 1764~1845

茶

名品

一曰茶 二曰檟 三曰蔎 四曰茗 五曰荈

茶經 茶南方之嘉木也 一尺二尺迺至數十尺 其巴山峽川有兩人合抱者 伐而掇之 其樹如瓜蘆 葉如梔子 花如白薔薇 實如栟櫚 蔕如丁香 根如胡桃 野者上 園者次 陽崖陰林紫者上 綠者次 筍者上 芽者次 葉卷上 葉舒次 陰山坡谷者不堪採掇

顧氏茶譜 茶之産于天下多矣 若劍南有蒙頂石花 湖州有顧渚紫筍 峽州有碧澗明月 邛州有火井思安 渠江有薄片 巴東有眞香 福州有柏巖 洪州有白露 常之陽羨 婺之擧巖 丫山之陽坡 龍安之騎火 黔陽之都濡高株 瀘川之納溪梅嶺之數者 其名皆著 品第之 則石花最上 紫筍次之 又次則碧澗明月之類是也

茶箋 天池青翠芳馨可稱仙品 陽羨俗名羅岕 浙之長興者佳 荊溪稍下 細者其價兩倍天池 六安品亦精 入藥最效 龍井不過十數畝 外此有茶 皆不及 天目爲天池龍井之次

本草綱目 茶有野生種生 種者用子 其子大如指頂 正圓黑色 其仁入口 初甘後苦 最戟人喉 大約茶品甚衆 有雅州之蒙頂石花露芽穀芽爲第一 建寧之北苑龍鳳團爲上供 蜀之茶 則有東川之神泉獸目 硤州之碧澗明月 夔州之眞香 邛州之火井思安 黔陽之都濡 嘉定之峨眉

瀘州之納溪 玉壘之沙坪 楚之茶 則有荊州之仙人掌 湖南之白露 長沙之鐵色 蘄州蘄門之團面 嘉州霍山之黃芽 廬州之六安英山 武昌之樊山 岳州之巴陵 辰州之溆浦 湖南之寶慶茶陵 吳越之茶 則有湖州顧渚之紫筍 福州方山之生芽 洪州之白露 雙井之白毛 廬山之雲霧 常州之陽羨 池州之九華 丫山之陽坡 袁州之界橋 睦州之鳩坑 宣州之陽坑 金華之舉巖 會稽之日鑄 皆產茶有名 今人採櫧櫟山礬南燭烏藥諸葉 皆可爲飮 以亂茶云

群芳譜 建州大小龍團 始於丁謂 成於蔡君謨 熙寧末 有旨下建州 製蜜雲龍一品 尤爲奇絶 蜀州雀舌鳥嘴麥顆 蓋嫩芽所造似之 又有片甲者 早春黃芽 葉相抱如片甲也 蟬翼 葉頓薄如蟬翼也 洪州鶴嶺茶 其味極妙 蜀之雅州蒙山頂有露芽穀芽 皆云火前者 言採造於禁火之前也 火後者次之 一云雅州蒙頂茶 其主最晚 在春夏之交 常有雲露覆其上 若有神物護持之 又有五花茶者 其片作五出花雲脚 出袁州界橋 其名甚著 不若湖州之研膏紫筍 烹之有綠脚垂下 草茶盛于兩浙 日注第一 自景祐以來 洪州雙井白芽 製作尤精 遠在日注之上 遂爲草茶第一 宜興灉湖出含膏 宣城縣有丫山 形如小方餅 橫鋪茗芽 産其上 其山東爲朝日所燭 號曰陽坡 其茶最勝 其名曰丫山陽坡橫文茶 一曰瑞草魁 又有建州北苑先春 洪州西山白露 安吉州顧渚紫筍 常州宜興紫筍陽羨 春池陽鳳嶺 睦州鳩坑 南劍石花露錢芽簽芽 南康雲居 峽州小江園碧澗蓼明月蕢茱萸東川獸目 福州方山露芽 壽州霍山黃芽 六安州小峴春 皆茶之極品 玉壘關外寶唐山有茶樹 産懸崖 筍長三寸五寸 方有一葉兩葉 大和山騫林茶 初泡極苦澀 至三四泡清香特異 人以爲茶寶 涪州出三般茶 最上賓化 製於早春 其次白馬 最下涪陵

許氏茶疏　江南之茶　唐人首稱陽羨　宋人最重建州　于今陽羨僅有其名　建茶亦非最上　惟有武夷雨前最勝　近日所尙者　爲長興之羅岕　疑卽古人顧渚紫筍也　介於山中謂之岕　羅氏隱焉故名羅　然岕故有數處　今惟洞山最佳　若在顧渚　亦有佳者　人恒以水口茶名之　全與岕別矣　若歙之松羅　吳之虎丘　錢塘之龍井　香氣穠郁　並可雁行與岕頡頏　往時次甫亟稱黃山　黃山亦在歙中　然去松羅甚遠　往時士人皆貴天池　天池產者　飮之略多令人胸滿　自余始下其品　浙之產　又有天台之雁宕　栝蒼之大盤東陽之金華　紹興之日鑄　皆與武夷相爲伯仲　錢塘諸山　產茶甚多　南山盡佳　北山稍劣　北山勤於用糞　茶雖易茁　氣韻反薄　往時頗稱睦之鳩坑　四明之朱溪　今皆不得入品　武夷之外　有泉州之清源　倘以好手製之　亦與武夷亞匹　楚之產曰寶慶　滇之產曰五華　此皆表表有名者

東溪試茶錄　白茶自爲一種　與常茶不同　其條敷闡　其葉瑩薄　崖林之間偶然生出　非人力所可致　有者不過四五　家生者不過一二株　所造止於二三銙而已　芽英不多　尤難蒸焙　湯火一失則已變而爲常品　須製造精微　運度得宜則表裏昭徹　如玉之在璞　它無與倫也　白葉茶出於近歲　園培時有之　地不以山川遠近　發不以社之先後　芽葉如紙　民間大重之　以爲茶瑞　柑葉茶　樹高丈餘　徑頭七八寸　葉厚而圓　狀類柑橘之葉　其芽發　卽肥乳　長二寸許爲食　茶之上品　早茶亦類柑　葉發常先春　民間採製爲試焙者也　細葉茶葉比柑葉細薄　樹高五六尺　芽短而不乳　今生沙溪山中　蓋土薄而不茂也　稽茶葉細而厚密　芽晚而靑黃　晚茶蓋稽茶之類　發比諸茶晚生於社後　叢茶亦曰蘗茶　叢生　高不數尺一歲之間發者數四　貧民以爲利

研北雜志　交趾茶如綠苔　味辛　名之曰登

桐栢山志　瀑布山 一名紫凝山 産大葉茶

黃山志　蓮花茶旁就石縫養茶 多輕香冷韻襲人斷齶 謂之黃山雲霧茶

杭州府志　寶雲山産者名寶雲茶 下天竺香林洞者名香林茶 上天竺白雲峯者名白雲茶

雲南志　太華山在雲南府西 産茶色味俱似松蘿 名曰太華茶 普洱山在車里軍民宣慰司北 其上産茶性溫味香 名曰普洱茶 孟通山在灣甸州境 産細茶味最勝 名曰灣甸茶

大理府志　感通寺在點蒼山聖應峯麓 舊名蕩山 又名上山 有三十六院 皆産茶 樹高一丈 性味不減陽羨 名曰感通茶

宛陵詩注　楊州歲貢蜀岡茶 似蒙頂茶 能除疾延年

杏蒲志　我國湖南州郡 往往産茶 李晬光芝峯類說云 新羅興德王時 使臣自唐還賚茶子來 命植智異山 未知其時賚來者 何地之産 而今湖南之茶 要其遺種也 葉麤大而硬 煎之 氣味一似燕肆購來之黃茶 意採擷蒸焙之 未得其法也 嶺湖南沿海州郡極高 較中國江浙兩淮等 産名茶地方 不甚相遠 地氣寒煖諒亦無異 或謂風土不宜者 妄也 苟能購得嘉種而栽藝有方 焙造合宜 則石花紫筍之名品 未始不可得於東土矣

按　東人不甚啜茶 國中自有茶種 而知者亦鮮 近自五六十年來 縉紳貴遊 往往有嗜之者 每歲燕輈之購來者 動輒汗牛馬 然眞者絶罕 多雜以櫨櫟檀皂之葉 久服之 令人冷利 今略掇中州産茶地方及各種名品 載錄如右 俾好事者 得以購種傳殖焉 苟其蒔藝焙造之有術 庶不至捨吾邦固有之眞茶 而購他域價翔之僞茶也

又按　片茶 始自南唐之北苑 而宋人最尙之 慶曆之小龍團 元豐

之密雲龍 紹聖之瑞雲龍 皆其最著者也 論者謂茶之團者片者 皆出于
碾磑之末 旣損眞味 復加油垢 卽非佳品 不若芽茶之天然淸香也 蓋
龍團鳳餠 本充貢獻 雜以腦子諸香膏油調齊 一夸之直至四十萬錢 故
當時有金易得 龍餠不易得之語 此豈山林淸修之士所易致哉 今專錄
芽茶名品而片茶則略之云

　　土宜
　　宜樹下 或背陰之地　**四時類要**
　　大槪宜山中帶坡坂 若於平地 卽於兩畔深開溝壟 洩水 水浸根必
死　**同上**
　　其地上者生爛石 中者生礫壤 下者生黃土　**茶經**
　　植産之地 崖必陽 圃必陰 蓋石之性寒 其葉抑以瘠 其味疏以薄
必資陽和以發之 土之性敷 其葉疏以暴 其味强以肆 必資陰蔭以節之
陰陽相濟 則茶之滋長得其宜　**大觀茶論**
　　茶地南向爲佳 向陰者遂劣 故一山之中 美惡大相懸也　**茶解**
　　性惡水 宜肥地斜坡陰地走水處　**群芳譜**

　　時候
　　二月種茶　**四時類要**
　　淸明穀雨 摘茶之候也 淸明太早 立夏太遲 穀雨前後 其時適中
若肯再遲一二日期 待其氣力完足 香烈尤倍 易於收藏 梅時不蒸 雖
稍長大 故是嫩枝柔葉也 杭俗喜于盂中撮點 故貴極細 理煩散鬱 未
可遽非 吳淞人極貴吾鄕龍井 肯以重價購雨前細者 狃於故常 未解妙
理 岕中之人 非夏前不摘 初試摘者 謂之開園 采自正夏 謂之春茶

其地稍寒 故須待夏 此又不當以太遲病之 往日無有秋日摘茶者 近乃
有之 秋七八月 重摘一番 謂之早春 其品甚佳 **許氏茶疏**

採之宜早 率以清明穀雨前者爲佳 過此不及 **王氏農書**

茶之佳者 造在社前 其次火前 謂寒食前也 其下則雨前 謂穀雨
前也 **學林新編**

採茶雨前 則精神未足 夏後則梗葉太麤 然茶以細嫩爲妙 須當交
夏時採（按 此羅岕採茶之候也 較他例遲數候 岕茶箋）北苑官焙造
茶 常在驚蟄後 **茗溪詩話**

種藝

開坎圓三尺深一尺 熟劚著糞和土 每阬中種六七十顆子 蓋土厚
一寸強 任生草 不得耘 相去二尺 種一方 旱時以米泔澆 此物畏日
桑下竹陰地種之皆可 二年外方可耘治 以小便稀糞蠶沙澆壅之 又不
可太多 恐根嫩故也 三年後收茶 **四時類要**

法如種瓜 三歲可採 **茶經**

種子 用糠與焦土拌種之 **群芳譜**

但可種成 不可移栽 **增補陶朱公書**

護養

茶園不宜加以惡木 惟桂梅辛夷玉蘭玫瑰蒼松翠竹 與之間植 足
以蔽覆霜雪 掩映秋陽 其下可植芳蘭幽菊清芬之物 **茶解**

宜忌

最忌 菜畦相逼 不免滲漉 滓厥清眞 **茶解**

收採

採茶在二月三月四月之間 茶之筍者 生爛石沃土 長四五寸 若薇
蕨始抽 凌露採焉 茶之芽者 發於叢薄之上 有三枝四枝五枝者 選其
中枝穎拔者採焉 其日有雨不採 晴有雲不採 **茶經**

擷茶以黎明 見日則止 用爪斷芽 不以指揉 慮氣汗薰漬 茶不解
潔 故茶工多以新汲水自隨 得芽則投諸水 凡芽如雀舌穀粒者爲鬪品
一鎗一旗（按 茶始生而嫩者爲一鎗 浸大而開爲一旗）爲揀芽 二鎗
二旗爲次之 餘斯爲下 茶之始芽萌 則有白合 既擷則有烏帶（按 西
溪叢話云 北苑龍團勝雲白 二種先蒸後揀 每一芽先去外兩小葉 謂之
烏帶 又次取兩嫩葉 謂之白合 留小心芽置於水中 呼爲水芽 聚之稍
多 卽研焙爲二品茶）白合不去害茶味 烏帶不去害茶色 **大觀茶論**

採茶須侵晨 不可見日 晨則夜露未晞 茶芽肥潤 見日則爲陽氣所
薄 使芽之膏腴內耗 至受水而不鮮明 故常以五更集衆入山 至辰則止
勿令貪多務得 **北苑別錄**

採茶 須看風日晴和 月露初收 親自監採入籃 烈日之下 又防籃
內鬱蒸 須傘蓋至舍 速傾淨區薄攤 細揀枯枝病葉蛸絲青牛之類 一一
剔去 方爲精潔 **岕茶箋**

採茶不必太細 細則芽初萌 而味欠足 不必太青 青則茶已老 而
味欠嫩 須在穀雨前後 覓成梗帶葉 微綠色而團且厚者 爲上 **屠氏
茶箋**

茶初摘時 須揀去枝梗老葉 惟取嫩葉 又須去尖與柄 恐炒時易焦
也 **聞龍茶箋**

蒸焙

茶之美惡 尤係于蒸芽壓黃之得失 蒸太生則芽滑 故色清而味烈 過熟則芽爛 故色赤而不膠 壓久則氣竭味漓 不及則色暗味澀 蒸芽欲及熟而香 壓黃欲膏盡亟止 如此則製造之工 十已得七八矣 **大觀茶論**

滌芽唯潔 濯器唯淨 蒸壓唯其宜 研膏唯熟 焙火唯良 飲而有少砂者 滌濯之不精也 文理燥赤者 焙火之過熟也 夫造茶 先度日晷之短長 均工力之眾寡 會采擇之多少 便一日造成 恐茶過宿 則害色味
同上

生茶初摘 香氣未透 必借火力 以發其香 然性不耐 勞炒不宜久 多取入鐺 則手不匀 久於鐺中 過熟而香散矣 甚且焦枯 何堪烹點 炒茶之器 最忌新鐵 鐵腥一入 不復有香 尤忌脂膩 害甚於鐵 須豫取一鐺 專用炊飯 無得別作他用 炒茶之薪 僅可樹枝 不可幹葉 幹則火力猛熾 葉則易焰易滅 鐺必磨瑩 旋摘旋炒 一鐺之內 僅容四兩 先用文火 次用武火催之 手加木指 急急鈔轉 以半熟爲度 微俟香發 是其候矣 急用小扇 鈔置被籠純綿大紙襯底 燥焙積多 候冷 入瓶收藏 人力若多 數鐺數籠 人力卽少 僅一鐺二鐺 亦須四五竹籠 蓋炒速而焙遲 燥濕不可相混 混則大減香力 一葉稍焦 全鐺無用 然火雖忌猛 尤嫌鐺冷 則枝葉不柔 以意消息 最難最難 **許氏茶疏**

芥茶不炒 甑中蒸熟 然後烘焙 緣其摘遲 枝葉微老 炒亦不能使嫩 徒枯碎耳 亦有一種極細炒芥 乃采之他山炒焙 以欺好奇者 彼中甚愛惜茶 不忍乘嫩摘採 以傷樹本 余意他山所產 亦稍遲採之 待其長大 蒸之 似無不可 **同上**

蒸茶須看葉之老嫩 定蒸之遲速 以皮梗碎而色帶赤爲度 若太熟則失鮮 其鍋內須頻換水 蓋熟湯能奪茶味也 **芥茶箋**

茶焙每年一修 修時雜以濕土 便有土氣 先將乾柴 隔宿薰燒 令
焙內外乾透 先用麤茶入焙 次日 然後以上品焙之 焙上之簾 又不可
用新竹 恐惹竹氣 又須勻攤 不可厚薄 如焙中用炭 有烟者 急剔去
又宜輕搖大扇 使火氣旋轉 竹簾上下更換 若火太熱 恐黏焦氣 太煖
色澤不佳 不易簾 又恐乾濕不勻 須要看到茶葉梗骨處俱已乾透 方可
幷作一簾或兩簾 實在焙中最高處 過一夜 乃將焙中炭 留數莖于灰爐
中 微烘之 至明早可收藏矣 **同上**

炒時 須一人 從旁扇之 以祛熱氣 否則黃色香味俱減 炒起出鐺
時 置大磁盤中 仍須急扇 令熱氣稍退 以手重揉之 再散入鐺 文火炒
乾入焙 蓋揉則其津上浮 點時香味易出 田子藝以生曬 不炒不揉者
爲佳 亦未之試耳 **聞龍茶箋**

芽茶 以火作者爲次 生曬者爲上 亦更近自然 且斷烟火耳 況作
人手器不潔 火候失宜 皆能捐其香色也 生曬茶 瀹之瓶中 則槍旗舒
暢 清翠鮮明 尤爲可愛 **煮泉小品**

採訖 以甑微蒸 生熟得所 （生則味硬 熟則味減） 蒸已 用筐箔薄
攤 乘濕略揉之 入焙勻佈 火烘令乾 勿使焦 編竹爲焙 裹箬覆之 以收
火氣 **王氏農書**

蠟茶最貴而製作亦不凡 擇上等嫩芽 細碾入羅 雜腦子諸香膏油
調齊如法 印作餅子 製樣任巧 候乾 仍以香膏油潤飾之 其製有大小
龍團帶胯之異 惟充貢獻 民間罕見之 **同上**

橙茶 將橙皮切作 細絲一斤 以好茶五斤焙乾 入橙絲間和 用密
麻布襯墊火箱 置茶於上烘熱 淨綿被罨之 三兩時 隨用建連紙袋封裹
仍以被罨焙乾 收用 **顧氏茶譜**

蓮花茶 於日未出時 將半含蓮花撥開 放細茶一撮 納滿蕊中 以

麻皮略熟 令其經宿 次早摘花 傾出茶葉 用建紙包茶焙乾 再如前法
又將茶葉入別蕊中 如此者數次 取出焙乾收用 不勝香美　**同上**

　　木樨茉莉玫瑰薔薇蘭蕙橘花梔子木香梅花 皆可作茶 諸花開時
摘其半含半放蕊之香氣全者 量其茶葉多少 摘花爲茶 花多則太香而
脫茶韻 花少則不香而不盡美 三停茶葉一停花始稱 假如木樨花 須去
其枝蒂及塵垢蟲蟻 用磁罐 一層茶 一層花 投間至滿 紙箬熟固 入鍋
重湯煮之 取出待冷 用紙封裹 置火上焙乾收用 諸花倣此　**同上**

收藏

　　茶宜蒻葉而畏香藥 喜溫燥而忌冷濕 故收藏之家 以蒻葉封裹 入
焙中 兩三日 一次用火 當如人體溫 溫則去濕潤 若火多 則茶焦不可
食　**顧氏茶譜**

　　徐茂吳云 藏茶法 實茶大甕 底置箬 封固倒放 則過夏不黃 以其
氣不外泄也 子晉云 倒放有蓋缸內 缸宜砂底 則不生水而常燥 時常
封固 不宜見日 見日則生翳 損茶色矣 藏又不宜熱處 新茶不宜驟用
過黃梅 其味始足　**快雪堂漫錄**

　　藏茶 新淨磁罈 週廻用乾箬葉密砌 將茶漸漸裝盡搖實 不可用手
指 上覆乾箬數層 又以火炙乾炭 鋪罈口紮固 近有以夾口錫器貯茶者
更燥更密 蓋磁罈猶 有微罅透風 不如錫者堅固也　**茶箋**

　　收藏宜用磁甕 大容一二十斤 四圍厚箬 中則貯茶 須極燥極新
專供此事 久乃愈佳 不必歲易 茶須築實 仍用厚箬塡緊甕口 再加以
箬 以眞皮紙包之 以苧麻緊扎 壓以大新磚 勿令微風得入 可以接新
許氏茶疏

　　茶惡濕而喜燥 畏寒而喜溫 忌蒸鬱而喜淸涼 置頓之所 須在時時

坐臥之處 逼近人氣 則常溫不寒 必在板房 不宜土室 板房則燥 土室
則蒸 又要透風 勿置幽隱 幽隱之處 尤易蒸濕 兼恐有失點檢 其閣庋
之方 宜磚底數層 四圍磚砌 形若火爐 愈大愈善 勿近土墻 頓甕其上
隨時取竈下火灰 候冷 簇於甕旁 半尺以外 仍隨時取灰火簇之 令裏
灰常燥 一以避風 一以避濕 却忌火氣入甕 則能黃茶 世人多用竹器
貯茶 雖復多用箬護 然箬性峭勁 不甚伏帖 最難緊實 能無滲罅 風濕
易侵多故 無益也 且不堪地爐中頓 萬萬不可 人有以竹器盛 置被籠
中 用火卽黃 除火卽潤 忌之忌之　**同上**

　陰雨之日 不宜擅開 如欲取用 必候天氣晴明 融和高朗 然後開
缶 庶無風害 先用熱水濯手 麻帨拭燥 缶口內箬 別置燥處 另用小罌
貯所收茶 量日幾何 以十日爲限 去茶盈寸 卽以寸箬仍須碎剪 茶日
漸少 箬日漸多 此其節也 焙燥築實 包扎如前　**同上**

　茶性畏紙 紙於水中成 受水氣多也 紙裹一夕 隨紙作氣 茶味盡
矣 雖火中焙出 少頃卽潤　**同上**

　日用所須 貯小罌中 箬包苧扎 亦勿見風 宜卽置之案頭 勿頓市
箱書簏 尤忌與食器同處 竝香藥則染香藥 海味則染海味 其他以類而
推 不過一夕 卽變矣　**同上**

　藏種

　熟時收取子 和濕沙土拌勻 筐籠盛之 穰草蓋覆 不爾卽凍死不生
四時類要

　寒露收茶子晒乾 以濕沙土拌勻 盛筐內　**群芳譜**

茶供

水品

山水上 江水中 井水下 其山水揀乳泉石池漫流者上 其瀑湧湍激 勿食之 久食 令人有頸疾 又多別流於山谷者 澄浸不洩 自火天至霜 郊以前 或潛龍蓄毒於其間 飲者可決之 以流其惡 使新泉涓涓 然后 酌之 其江水取去人遠者 井取汲多者 **茶經**

瀑布水雖盛至 不可食 汎激撼盪水 味已大變 失眞性矣 瀑字從水 從暴 蓋有深義也 余嘗攬瀑水上源 皆派流會合處 出口有峻壁 始垂 挂爲瀑 未有單源隻流如此者 源多則流雜 非佳品 可知 **水品**

瀑水雖不可食 流至下潭 停滙久者 復與瀑者不類 **同上**

泉出沙土中者 其氣盛涌 或其下空洞 通海脈 此非佳水 **同上**

水以乳液爲上 乳液必甘 稱之獨重于他水 **同上**

泉有滯流積垢 或霧翳雲蓊 有不見底者 大惡 若冷谷澄華 性氣 清潤 必涵內光澄物影 斯上品爾 **同上**

泉以甘爲上 泉甘者稱之必重厚 其所由來者遠大 使然也（案 泰 西水法 有試水美惡法 云 無味者眞水 凡味皆從外合之 故試水以淡 爲主 又云 以一器更酌而稱之 輕者爲上 乾隆御製集 水以輕爲貴 嘗 製銀斗 較玉泉水 斗重一兩 惟塞上伊遜水尙可埒 濟南珍珠泉楊子中 冷 皆較重一二釐 惠山虎跑平山則更重 輕於玉泉者惟雪水荷露 與此 相反） **同上**

泉水不紺寒 俱下品 易謂井洌寒泉食 可見井泉以寒爲上 **同上**

泉水甘寒者多香 其氣類相從爾 **同上**

水泉初發處甚澹 發于山之外麓者 以漸而甘 流至海則自甘而作

鹹矣 故汲者持久 水味亦變　　**同上**

　　陸處士論水至確　但瀑水不但頸疾　故多毒沫可慮　其云澄寂不洩
是龍潭水　雖出其惡　亦不可食　　**同上**

　　井水淳泓　地中陰脈　非若山泉天然出也　服之中聚易滿　煮藥物不
能發散流通　忌之可也　陸處士云　井取汲多者　止自乏泉處　可爾　井故
非品　　**同上**

　　移泉水遠去　信宿之後　便非佳　液法取泉中子石養之　味可無變
同上

　　石山骨也　流水行也　山宣氣以產萬物　氣宣則脈長　故曰山水上
江公也　衆水共入其中也　水共則味雜　故曰江水中　其曰取去人遠者
蓋去人遠則澄深　而無盪瀁之漓耳　井清也　泉之清潔者也　物所通用者
也　法也節也　法制居人　令節飲食　無窮竭也　其清出于陰　其通入于淆
其法節　由于不得已脈暗而味滯　故曰井水下　其曰井取汲多者　蓋氣通
而流活耳　終非佳品　勿食可也　　**煮泉小品**

　　雪者天地之積寒也　陶穀取雪水烹團茶　而丁謂煮茶詩　痛惜藏書
篋　堅留待雪天　李虛己建茶呈學士詩　試將梁苑雪　煎動建溪春　是雪
尤宜茶飲也　處士列諸末品　何邪　意者以其味之燥乎　若言太冷，則不
然矣　　**同上**

　　雨者陰陽之和　天地之施　水從雲下　輔時生養者也　和風順雨　明
雲甘雨　固可食　若夫龍所行者　暴而霽者　旱而凍者　腥而墨者　及簷溜
者　皆不可食　　**同上**

　　去泉遠者　不能自汲　須遣誠實山童取之　以免石頭城下之僞　蘇
子瞻愛玉女河水　付僧調水符　取之　曾茶山　謝送惠山泉詩　舊時水遞
費經營　　**同上**

移水而以石洗之　亦可以去其搖盪之濁滓　若其味則愈揚愈減矣
同上

移水取石子置瓶中　雖養其味　亦可澄水　令之不淆　黃魯直惠山泉
詩　錫谷寒泉撇石俱　是也　　**同上**

汲泉道遠　必失原味　唐子西云　茶不問團銙　要之貴新　水不問江
井　要之貴活　**同上**

凡水泉不甘　能損茶味之嚴　故古人擇水　最爲切要　　**茶譜**

井水　如蟹黃混濁鹹苦者　皆勿用　　**同上**

蘇才翁與蔡君謨鬪茶　蔡用惠山泉　蘇茶少劣　改用竹瀝水煎　遂能
取勝　　**嘉祐雜志**

烹茶宜甘泉　次梅水　梅雨如膏　萬物賴以滋養其味　獨甘梅後　便
不堪飮　　**茶解**

烹茶水之功居六　無泉則用天水　秋雨爲上　梅雨次之　秋雨冽而白
梅雨醇而白　雪水五穀之精也　色不能白　　**羅岕茶記**

薪品

其火用炭　次用勁薪謂桑槐桐櫪之類也（案　桑薪桐薪最不起焰　今
乃云然　未可知）其炭曾經燔炙爲膻膩所及　及膏木敗器不用之（膏木
爲栢桂檜也　敗器爲朽廢器也）古人有勞薪之味　信哉　**茶經**

茶須緩火炙　活火煎　活火謂炭火之有焰者　　**茶譜**

凡木可以煮湯　不獨炭也　惟沃茶之湯　非炭不可　在茶家亦有法律
水忌停　薪忌薰　犯律踰法　湯乖則茶殆矣　　**十六湯品**

或柴中之麩火　或焚餘之虛炭　本體雖盡而性且浮　性浮則有終嫩
之嫌　炭則不然　實湯之友　　**同上**

茶本靈草　觸之則敗　糞火雖熱　惡性未盡　作湯泛茶　減耗香味
同上

　竹篠樹梢　風日乾之　燃鼎附瓶　頗甚快意　然體性虛薄　無中和之
氣　爲湯之殘賊也　　**同上**

　調茶在湯之淑慝　而湯最惡烟　燃柴一枝　濃烟蔽室　又安有湯耶
又安有茶耶　　**同上**

　有水有茶　不可無火　非無火也　有所宜也　李約云　茶須緩火炙活
火煎　活火謂炭火之有焰者　蘇軾詩　活水仍須活火烹　是也　余則以爲
山中不常得炭　且死火耳　不若枯松枝爲妙　若寒月多拾松實　蓄爲煮茶
之具　更雅　　**煮泉小品**

湯候

　其沸　如魚目微有聲爲一沸　緣邊如湧泉連珠爲二沸　騰波鼓浪爲
三沸　已上水老　不可食也　初沸則水合量　調之以鹽味　謂棄其啜餘　無
迺䑛艦而鍾其一味乎　第二沸　出水一瓢　以竹筴　環激湯心　則量末當中
心而下　有頃　勢若奔濤濺沫　以所出水止之　而育其華也　凡酌置諸盌
令沫餑均　沫餑　湯之華也　華之薄者曰沫　厚者曰餑細輕者曰花　如棗
花漂漂然於環池之上　又如廻潭曲渚青萍之始生　又如晴天爽朗有浮
雲鱗然　其沫者　若綠錢浮於水湄　又如菊英墮於樽俎之中　餑者　以滓
煮之　及沸則重華累沫　皤皤然　若積雪耳　荈賦所謂　煥如積雪　燁若春
薂薂有之　第一煮　水沸而棄　其沫之上　有水膜如黑雲母　飲之則其味
不正　其第一者　爲雋永（至美者曰雋永　雋味也　永長也　史長曰雋永
漢書　蒯通著雋永二十篇也）或留熟以貯之　以備育華救沸之用諸　第
一與第二　第三盌次之　第四第五盌外　非渴甚　莫之飲　　**茶經**

湯者 茶之司命 若名茶而濫湯 則與凡末同調矣 火積已儲 水性
乃盡 如斗中米秤上魚 高低適平 無過不及爲度 蓋一而不偏雜者也
是名得一湯 薪火方交 水釜纔熾 急取旋傾 若嬰兒之未孩 欲責以壯
夫之事 難矣哉 是名嬰湯 人過百息 水踰十沸 或以話阻 或以事廢
始取用之 湯已失性矣 敢問皤鬢蒼顏之大老 還可執弓搖矢以取中乎
還可雄登闊步以邁遠乎 是名白髮湯 亦見夫皷琴者也 聲合中則意妙
亦見夫磨墨者也 力合中則色濃 聲有緩急則琴亡 注湯有緩急則茶敗
飲湯之中 臂任其責 是名中湯　　**十六湯品**

　　余同年李南金云 茶經以魚目湧泉連珠 爲煮水之節 然近世瀹茶
鮮以鼎鑊 用瓶煮水 難以候視 則當以聲辨一沸二沸三沸之節 又陸氏
之法 以未就茶鑊 故以第二沸 爲合量而下末 若以金湯就茶甌瀹之
則當用背二涉三之際爲合量 乃爲聲辨之詩云 砌蟲唧唧萬蟬催 忽有
千車梱載來 聽得松風并澗水 急呼縹色綠瓷杯 其論固已精矣 然瀹茶
之法 湯欲嫩而不欲老 蓋湯嫩則茶味甘 老則過苦矣 若聲如松風澗水
而遽瀹之 豈不過於老而苦哉 惟移瓶去火 少待其沸止而瀹之 然後湯
適中而茶味甘 此南金之所未講者也 因補以一詩云 松風檜雨到來初
急引銅瓶離竹爐 待得聲聞俱寂後 一甌春雪勝醍醐　　**鶴林玉露**

　　煎茶須用有焰炭火 滾起便以冷水點 住伺再滾起再點 如此三次
色味皆進　　**居家必用**

　　當使湯無妄沸 庶可養茶 始則魚目散布微微有聲 中則四邊泉湧
纍纍連珠 終則騰波鼓浪 水氣全消 謂之老湯 三沸之法 非活火不能
成也　　**茶譜**

　　凡茶少湯多則雲脚散 湯少茶多則乳面聚　　**同上**

　　人但知湯候而不知火候 火然則水乾 是試火先于試水也　呂氏春

秋 伊尹說湯五味 九沸九變 火爲之紀 **煮泉小品**

　湯嫩則茶味不出 過沸則水老而茶乏 惟有花而無衣 乃得點瀹之
候耳 **同上**

　擇水中潔淨白石帶泉 煮之尤妙 **同上**

　山谷云 洶洶乎 如澗松之發清吹 浩浩乎 如春空之行白雲 可謂
得煎茶三昧 **巖棲幽事**

　顧況云 文火細烟 小鼎長泉 蘇子瞻云 活水仍須活火烹 自臨釣
石汲深清 文衡山云 瓦瓶新汲山泉水 紗帽籠頭手自煎 又東坡煎茶歌
蟹眼已過魚眼生 颼颼欲作松風鳴 蒙茸出磨細珠落 眩轉遶甌飛雲輕
又謝宗論茶 候蟾背之芳香 觀蝦目之沸湧 皆可謂深于茶者 **群芳譜**

　蔡君謨 湯取嫩而不取老 爲團餅茶發耳 今旗芽槍甲 湯不足 則
茶神不透 茶色不明 故茗戰之捷 尤在五沸 **澄懷錄**

　湯者茶之司命 故飲湯最難 未熟則茶浮于上 謂之嬰兒湯 而香則
不能出 過熟則茶沈于下 謂之百壽湯 而味則多滯 善候湯者 必活火
急扇 水面若乳珠 其聲若松濤 此正湯候也 **茶說**

點法

　茶已就膏 宜以造化成其形 若手顫臂䚟 惟恐其深 缾觜之端 若
存若亡 湯不順通 故茶不勻粹 是猶人之百胍氣血斷續 欲壽奚獲
十六湯品

　力士之把針 耕夫之握管 所以不能成功者 傷於麤也 且一甌之茗
多不二錢 茗盞量合宜下 湯不過六分 萬一快瀉而深積之 茶安在哉
同上

　凡點茶 先須燲盞 令熱則茶面聚乳 冷則茶色不浮 **茶譜**

滌法

凡烹茶 先以熱湯洗茶葉 去其塵垢冷氣 烹之則美 **茶譜**

茶瓶茶盞茶匙生鉎 致損茶味 必須先時洗潔則美 **同上**

如茶本潔淨 勿洗 **群芳譜**

茶器 須點簡淨潔 若近腥羶油膩等物 則茶之眞味俱敗 **同上**

論調鹽

唐人煎茶 多用薑鹽 故鴻漸云 初沸水合量 調之以鹽味 薛能詩
鹽損添常戒 薑宜着更誇 蘇子膽以爲茶之中等 用薑煎信佳 鹽則不可
余則以爲二物 皆水厄也 若山居飲水 少下二物 以減嵐氣 或可耳 而
有茶 則此固無須也 **煮泉小品**

論茶果

茶有眞香有佳味有正色 烹點之際 不宜以珍果香草雜之 奪其香
者 松子柑橙杏仁蓮心木香梅花茉莉薔薇木樨之類是也 奪其味者 牛
乳番桃荔枝圓眼水梨枇杷之類是也 奪其色者 柿餅膠棗火桃楊梅橙
橘之類是也 凡飲佳茶去果 方覺清絕 雜之則無辨矣 若必曰所宜 核
桃榛子瓜仁藻仁菱米欖仁栗子雞豆銀杏山藥笋乾芝麻莒蒿萵苣芹荣
之類 精製或可用也 **茶譜**

今人薦茶類 下茶果 此尤近俗 是縱佳者能損眞味 亦宜去之 且
下果則必用匙 若金銀大非山居之器 而銅又生鉎 皆不可也 若舊稱
北人和以酥酪 蜀人入以白土 此皆蠻飲 固不足責 **煮泉小品**

有以梅花菊花茉莉花薦茶者 雖風韻可賞 亦損茶味 如有佳茶 亦
無事此 **同上**

漏影春 法用鏤紙貼盞 糝茶而去紙 僞爲花身 別以荔肉爲葉 松鴨脚之類爲蕊 沸湯點攪　**清異錄**

倪元鎭 用核桃松子肉 和眞粉 成小塊 如石狀 置茶中 名曰淸泉白石茶 客至供之 或有啖如常者 元鎭虺然曰 略不知風味 眞俗物也 **雲林遺事**

飮法

凡煮水一升 酌分五盌（盌數 少至三 多至五 若人多至十 加兩爐）乘熱連飮之 以重濁凝其下 精英浮其上 如冷則精英隨氣而竭 飮啜不消亦然矣 茶性儉 不宜廣 則其味黯淡 且如一滿盌 啜半而味寡 況其廣乎 其色緗也 其馨歟也　**茶經**

煮茶得宜 而飮非其人 猶汲乳泉 以灌蒿蘓 罪莫大焉 飮之者 一吸而盡 不暇辨味 俗莫甚焉　**煮泉小品**

唐人以對花啜茶 爲殺風景 故王介甫詩 金谷千花莫漫煎 其意在花 非在茶也 余則以爲金谷花前 信不宜矣 若把一甌 對山花 啜之當更助風景 又何必羔兒酒也　**同上**

凡肉之在齒間者 得茶漱滌之 乃盡消縮 不覺脫去 不煩刺挑也而齒性便苦 緣此漸堅密 蠹毒自已矣 然率用中下茶　**東坡集**

茶具

風爐　以銅鐵鑄之 如古鼎形 厚三分 緣濶九分 令六分 虛中致其杇墁 凡三足 古文書二十一字 一足云坎上巽下離于中 一足云體均五行去百疾 一足云聖唐滅隋明年鑄 其三足之間 設三窓 底一窓 以爲通飇漏燼之所 上幷古文書六字 一窓之上 書伊公二字 一窓之上

書羲陸二字 一窓之上 書氏茶二字 所謂伊公羲陸氏茶也 置墆㙷於
其內 設三格 其一格 有翟焉 翟者火禽也 畫一卦曰離 其一格 有彪
焉 彪者風獸也 畫一卦曰巽 其一格 有魚焉 魚者水蟲也 畫一卦曰坎
巽主風 離主火 坎主水 風能興火 火能熟水 故備其三卦焉 其餙以連
葩垂蔓曲水方文之類 其爐 或鍜鐵爲之 或運泥爲之 其灰承 作三足
鐵柈擡之.

筥　以竹織之 高一尺二寸 徑闊七寸 或用藤 作木楦 如筥形 織
之 六出圓眼 其底蓋若利箧 口鑠之

炭檛　以鐵六稜制之 長一尺 銳上 豐中 執細 頭系一小鐹以飾
檛也 若今之河隴軍人木吾也 或作鎚 或作斧 隨其便也.

火筴　一名筯 若常用者圓直 一尺三寸 頂平截 無葱臺句鑠之屬
以鐵或熟銅製之

鍑　音輔 或作釜 或作鬴 以生鐵爲之 今人有業冶者 所謂急鐵
其鐵以耕刀之趄 鍊而鑄之 內模土而外模沙 土滑於內 易其摩滌 沙
澁外 吸其炎焰 方其耳以正令也 廣其緣以務遠也 長其臍以守中也
臍長則沸中 沸中則末易楊 末易楊則其味淳也 洪州以瓷爲之 萊州以
石爲之 瓷與石 皆雅器也 性非堅實 難可持久 用銀爲之至潔 但涉於
侈麗 雅則雅矣 潔亦潔矣 若用之恒 而卒歸於銀也

交床　以十字交之 剜中令虛 以支鍑也

夾　以小靑竹爲之 長一尺二寸 令一寸有節 節已上剖之 以炙茶
也 彼竹之篠 津潤于火 假其香潔 以益茶味 恐非林谷間莫之致 或用
精鐵熟銅之類 取其久也

紙囊　以剡藤紙白厚者 夾縫之 以貯所炙茶 使不泄其香也

碾　以橘木爲之 次以梨桑桐柘爲之 內圓而外方 內圓備於運行

也 外方制其傾危也 內容墮而外無餘木 墮形如車輪 不輻而軸焉 長九寸 濶一寸七分 墮徑三寸分 中厚一寸 邊厚半寸 軸中方而執圓 其拂末 以鳥羽製之

羅合 羅末以合蓋貯之 以則置合中 用巨竹 剖而屈之 以紗絹衣之 其合以竹節爲之 或屈杉而漆之 高三寸 蓋一寸 底二寸 口徑四寸

則 以海具蠣蛤之屬 或以銅鐵竹匕策之類 則者量也準也度也 凡煮水一升 用末方寸匕 若好薄者減 嗜濃者增 故云則也

水方 以椆木槐楸梓等 合之 其裏幷外縫漆之 受一斗

漉水囊 若常用者 其格 以生銅鑄之 以備水濕 無苔穢腥澁意 以熟銅苔穢 鐵腥澁也 林栖谷隱者 或用之竹木 木與竹 非持久涉遠之具 故用之生銅 其囊 織靑竹以捲之 裁碧縑以縫之 細翠鈿以綴之 又作綠油囊以貯之 圓徑五寸 柄一寸五分

瓢 一曰犧杓 剖瓠爲之 或刊木爲之 晉舍人杜毓荈賦云 酌之以匏 匏瓢也 口濶脛薄柄短 永嘉中 餘姚人虞洪 入瀑布山 採茗 遇一道士 云 吾丹丘子 祈子他日 甌犧之餘 乞相遺也 犧木杓也 今常用以梨木爲之

竹夾 或以桃柳蒲葵木爲之 或以柿心木爲之 長一尺 銀裏兩頭

鹺簋 以瓷爲之 圓徑四寸 若合形 (或卽今盒字) 或瓶或罍 貯鹽花也 其揭竹制 長四寸一分 濶九分 揭策也

熟盂 以貯熟水 或瓷或沙 受二升

盌 越州上 鼎州次 婺州次 岳州次 壽州洪州次 或者以邢州處越州上 殊爲不然 若邢瓷類銀 越瓷類玉 邢不如越一也 若邢瓷類雪 則越瓷類氷 邢不如越二也 邢瓷白而茶色丹 越瓷靑而茶色綠 邢不如越三也 晉杜毓荈賦 所謂器擇陶揀 出自東甌 甌越也 甌越州上 口唇

不捲 底卷而淺 受半斤已下 越州瓷岳瓷皆青 青則益茶 茶作白紅之
色 邢州瓷白 茶色紅 壽州瓷黃 茶色紫 洪州瓷褐 茶色黑 悉不宜茶

畚 以白蒲捲而編之 可貯盌十枚 或用筥 其紙帊 以剡紙 夾縫
令方 亦十之也

札 緝栟櫚皮 以茱萸木 夾而縛之 或截竹束而管之 若巨筆形

滌方 以貯滌洗之餘 用楸木合之 制如水方 受八升

滓方 以集諸滓 製如滌方 處五升

巾 以絁布爲之 長二尺 作二枚 互用之 以潔諸器

具列 或作床 或作架 或純木純竹而製之 或木或竹 黃黑可扃而
漆者 長三尺 濶二尺 高六寸 具列者 悉斂諸器物 悉以陳列也

都籃 以悉設諸器而名之 以竹篾內作三角方眼 外以雙篾濶者經
之 以單篾纖者縛之 遞壓雙經作方眼 使玲瓏 高一尺五寸 底濶一尺
高二寸 長二尺四寸 濶二尺　**茶經**

凡煮器若松間石上可坐 則具列廢 用槁薪鼎櫪之屬 則風爐灰承
炭檛火筴交牀等廢 若瞰泉臨澗 則水方滌方漉水囊廢 若五人已下 茶
可味而精者 羅廢 若援藟躋巖 引絙入洞 於山口 炙而末之 或紙包合
貯 則碾拂末等廢 既瓢盌筴札熟盂鹺簋 悉以一筥盛之 則都籃廢 但城
邑之中 王公之門 二十四器闕一則茶廢矣

(案 今人煮茶 用罐不用鼎 則鍑可廢矣 但以芽茶瀹之 未嘗碾而
末之 則夾紙囊碾羅合 皆可廢矣 不用薑鹽 則鹺簋可廢矣)　**同上**

以金銀爲湯器 惟富貴者具焉 所以策功建湯業 貧賤者有不能遂
也 湯器之不可捨金銀 猶琴之不可捨桐 墨之不可捨膠　**十六湯品**

石凝結天地秀氣而賦形者也 琢以爲器 秀猶在焉 其湯不良 未之
有也　**同上**

貴欠金銀 賤惡銅鐵 則甆瓶有足取焉 幽士逸夫 品色尤宜　**同上**

猥人俗輩 煉水之器 豈暇深擇 銅鐵鉛錫 取熱而已 是湯也 腥苦且澀 飲之逾時 惡氣纏口而不得去　**同上**

無油之瓦 滲水而有土氣 雖御胯宸緘 且將敗德銷聲 諺曰 茶瓶用瓦 如乘折脚駿登高 好事者幸誌之　**同上**

凡瓶要小者 易候湯 又點茶注湯有應 若瓶大 啜存停久 味過則不佳矣 茶銚茶瓶 銀錫爲上 甆石次之　**茶譜**

茶色白宜黑盞 建安所造者 紺黑紋如兎毫 其坯微厚 燿之 久熱難冷 最爲要用 出他處者 或薄坯色異 皆不及也　**同上**

茶壺以小爲貴 每一客壺一把 任其自斟自飲 方爲得趣 何也 壺小則香不渙散 味不耽閣 況茶中香味 不先不後 只有一時 太早則未足 太遲則已過 見得恰好 一瀉而盡 化而裁之 存乎其人　**茶箋**

茶托子 始建中蜀相崔寧之女 以茶盂無襯 病其熨指 取楪子承之 旣啜而盂傾 乃以蠟環楪子之央 其盂遂定 卽命匠以漆環代蠟 進於蜀相 蜀相奇之 爲製名而話於賓親 人人爲便 是後傳者 更環其底 愈新其製 以至百狀焉（案 今所用茶舟茶盤 皆此製之濫觴也）　**資暇錄**

磁壺注茶 砂銚煮水爲上 淸異錄云富貴湯 當以銀銚煮湯 佳甚 銅銚煮水 錫壺注茶次之　**遵生八牋**

茶盞惟宣窰壇盞爲最 質厚白瑩 樣式古雅 有等宣窰印花白甌 式樣得中 而瑩然如玉 次則嘉窰心內茶字小琖爲美 欲試茶色黃白 豈容靑花亂之 注酒亦然 惟純白色皿爲最上乘品 餘皆不取　**同上**

茶具十六器曰 商象（古石鼎也, 用以煎茶）歸潔（竹筅箒也 用以滌壺）分盈（杓也 用以量水斤兩）遞火（銅火斗也 用以搬火）降紅（銅火筯也 用以簇火）執權（準茶秤也 每杓水二斤用茶一兩）團

風（素竹扇也 用以發火）漉塵（茶洗也 用以洗茶）靜沸（竹架 卽茶
經支腹也）注春（磁瓦壺也 用以注茶）運鋒（劖果刀也 用以切果）
甘鈍（木碪墩也）啜香（磁瓦甌也 用以啜茶）獠雲（竹茶匙也 用以
取果）納敬（竹茶匙也 用以放盞）受汚（拭抹布也 用以潔甌）

　　總貯茶器七具曰 苦節君（煮茶作爐也 用以煎茶 更有行者收藏）
建城（以篛爲籠 封茶以貯高閣）雲屯（磁瓶 用以杓泉 以供煮也）
烏府（以竹爲籃 用以盛炭 爲煎茶之用）水曹（卽磁缸瓦缶 用以貯
泉 以供火鼎）器局（竹編爲方箱 用以收茶具者）外有品司（竹編圓
橦提合 用以收貯各品茶葉 以待烹品者也）　**同上**

　　（案 深夫二十三具與陸處士二十四器 互有出入 今竝載之 以備
裁擇）

茶具

　　遠遊旅次 未易携帶風爐 又不可聚設茶竈 則用鍮鑞爲罐 無嘴無
提梁 形如缸盎 內底正中 竪起銅造筩子 腹飽口弇 高出罐口四五分
貯水筩子之外 裝炭筩子之中而爇之 如池環島 筩熱水沸 用炭二三塊
可煎十盞茶 其蓋亦用鍮鑞爲之 惟筩口不用蓋　　**金華耕讀記**
　　一法 用赤銅爲罐 形肖牛角 上設蓋 令啓閉 旣貯水關蓋 直挿灶
火中 斯須作風濤聲 最便於遠行旅宿 但恐犯林氏十六湯中薪熏之律
耳　**同上**
　　茶盞茶盒 用小匏爲之 饒有雅趣 亦便遠携 曾見華造者 身有篆
文 凸起如陽刻者 聞於匏未熟時 作型範 隨意刻篆文或花紋 就園圃

中 套匏任置 則匏長充滿範內 自作凸起之文云　**同上**

　　茶具總匣皮護杉木爲之　下設一替藏炭　上設三撞　撞之高倍于替
中撞藏鍮鑵茶罐一木漆茶舟十（分庋茶罐前後）右撞藏磁盞五六匏
盞三五　左撞藏木盒匏盒鑵壺　分貯各種芽茶銙茶　總設一門　鎖鑰啓閉
此較陸處士二十四器　堇過五分之一　比高深夫十六器　未及三分之一
蓋山行旅宿　不得不益就簡便也　**同上**

　　回回茶具　最宜道路携持爇爐　鎗椀皆以朱漆皮韋爲外套　纍纍如
帶銙　腰帶背負　極其簡便　**熱河日記**

李學逵, 1770~1835

監察茶時

監察茶時 國朝古例也 兩司臺員不備 或有故不得詣臺 則監察一
員 具公服 詣承政院 口稱茶時 卽退出 至今行之 嘗歷問老成典故者
無能詳其故 高麗忠烈王六年 監察司檢諸司勤怠 謂之衙時 監檢常以
冬夏孟月行 今之衙時 乃茶時也 意者 臺員不得詣臺 則報茶時 以識
不忘檢飭也 茶時之例 似本于此

惠藏, 1772~1811

答琴湖

　朝起參禪了　便起坐快閣上　啜佳茗一碗　吟蘇州詩數篇　亦自山家清事　回念世間榮名祿利　忽忽如水流花樹　不堪把玩　未妨眠之爲第二月耳

茶

四時類要曰 熟時收取子 和濕沙土拌 筐籠盛之 穰艸蓋 不爾卽
凍不生 至二月中出 種之於樹下 或北陰之地 開坎圓三尺深一尺 熟
钁著糞和土 每坑中種六七十顆子 蓋土厚一寸強 任生艸不得耘 相去
二尺種一 方旱時以米泔澆 此物畏日 桑下竹陰地種之 皆可 二年外
方可耘治 以小便稀糞蠶沙澆壅之 又不可太多 恐根嫩故也 大槩宜山
中帶坡峻 若於平地 卽於兩畔深開 溝壟洩水 水浸根必死 三年後收
茶

花鏡曰 藏茶須用錫缾 則茶之色香 雖經年如故

玄扈先生曰 收藏者 必以篛籠 剪篛雜貯之 則久而不浥

草衣, 1786~1866

上海居道人書

　　古亦有言　眼皮蓋盡三千界　鼻孔盛捔百億身　如此鼻眼　人人本具
天地日月　在此眼中　運旋出沒　未嘗爲碍眼光　況此一四海之內　焉有
防礙而相隔也　千株松下　對明月而煎秀碧湯　湯成百壽　則未嘗不思持
獻道人　思則便與明月　爲侍座側而爲勝　此其所以不相隔礙之道理也
非別有個神通妙術而然也

阮堂金公祭文

　　手煎雷莢雪乳同傾　耳觸聲悲　蘿衫具濕　生前一晤　憑珠鏡而叮嚀
身後雙悲　併龍鸞而彌切

茶神傳

採茶論(抄出萬寶全書)
　　採茶之候　貴及其時　太早則香不全　遲則神散　以穀雨前五日爲上
後五日次之　再五日又次之　茶芽　紫者爲上　面皺者次之　團葉者次之
光而如篠葉者最下　徹夜無雲泡露採者爲上　日中採者次之　陰雨下不

宜採 産谷中者爲上 竹林下者次之 爛石中者又次之 黃砂中又次之

造茶

新採 揀去老葉及枝梗碎屑 鍋廣二尺四寸 將茶一斤半焙之 候鍋極熱 始下茶急炒 火不可緩 待熟方退火 徹入篩中 輕團挪數遍 復下鍋中 漸漸減火 焙乾爲度 中有玄微 難以言顯 火候均停 色香美 玄微未究 神味俱疲

辨茶

茶之妙 在乎始造之精 藏之得法 泡之得宜 優劣定乎始鍋 清濁係末火 火烈香淸 鍋寒神倦 火猛生焦 柴疎失翠 久延則過熟 早起却還生 熟則犯黃 生則著黑 順那則甘 逆那則溢 帶白點者無妨 絶焦者最勝

藏茶

造茶始乾 先盛舊盒中 外以紙封口 過三日 俟其性復 復以微火焙極乾 待冷貯壜中 輕輕築實 以箬襯緊 將花筍箬及紙 數重封緊壜口上以火煨磚 冷定壓之 置茶育中 切勿臨風近火 臨風易冷 近火先黃

火候

烹茶旨要 火候爲先 爐火通紅 茶瓢始上 扇起要輕疾 待有聲 稍稍重疾 斯文武之候也 過於文則水性柔 柔則水爲茶降 過於武則火性烈 烈則茶爲水制 皆不足於中和 非烹家要旨也

湯辨

湯有三大辨 十五小辨 一曰形辨 二曰聲辨 三曰氣辨 形爲內辨 聲爲外辨 氣爲捷辨 如蟹眼蝦眼魚眼連珠 皆爲萌湯 直至湧沸 如騰波鼓浪 水氣全消 方是純熟 如初聲轉聲振聲驟聲 皆爲萌湯 直至無聲 方是純熟 如氣浮一縷浮二縷三四縷 亂不分氤氳亂縷 皆爲萌湯 直至氣 直冲貫 方是純熟

湯用老嫩

蔡君謨湯用嫩而不用老 蓋因古人製茶 造則必碾 碾則必磨 磨則必羅 則味爲飄塵飛粉矣 於是和劑 印作龍團 則見湯而茶神便浮 此用嫩而不用老也 今時製茶 不假羅碾 全具元體 此湯須純熟 茶神始發也 故曰湯須五沸 茶奏三奇

泡法

探湯純熟 便取起 先注少許壺中 袪湯冷氣傾出 然後投茶 葉多寡宜酌 不可過中失正 茶重則味苦香沈 水勝則色清味寡 兩壺後 又用冷水蕩滌 使壺涼潔 不則減茶香矣 罐熱則茶神不健 壺清水性當靈 稍候茶水冲和 然後令釃布飲 釃不宜早 飲不宜遲 早則茶神未發 遲則妙馥先消

投茶

投茶行序 毋失其宜 先茶湯後 曰下投 湯半下茶 復以湯滿 曰中投 先湯後茶 曰上投 春秋中投 夏上投 冬下投

飲茶

飲茶以客少爲貴 客衆則喧 喧則雅趣乏矣 獨啜曰神 二客曰勝 三四曰趣 五六曰泛 七八曰施

香

茶有眞香 有蘭香 有清香 有純香 表裏如一曰純香 不生不熟曰清香 火候均停曰蘭香 雨前神具曰眞香 更有含香漏香浮香間香 此皆不正之氣

色

茶以清翠爲勝 濤以藍白爲佳 黃黑紅昏 俱不入品 雲濤爲上 翠濤爲中 黃濤爲下 新泉活火 煮茗玄工 玉茗氷濤 當杯絶技

味

味以甘潤爲上 苦滯爲下

點染失眞

茶自有眞香 有眞色 有眞味 一經點染 便失其眞 如水中着鹹 茶中着料 碗中着菓 皆失眞也

茶變不可用

茶始造則靑翠 收藏不得其法 一變至綠 再變至黃 三變至黑 四變至白 食之則寒胃 其至瘠氣成積

品泉

茶者 水之神 水者 茶之體 非眞水 莫顯其神 非眞茶 莫窺其體
山頂泉淸而輕水 下泉淸而重 石中泉淸而甘 砂中泉淸而冽 土中泉淡
而白 流於黃石爲佳 瀉出靑石無用 流動者愈於安靜 負陰者眞於陽
眞原無味 眞水無香

井水不宜茶

茶經云 山水上 江水下 井水最下矣 第一方不近江 山卒無泉水
惟當春積梅雨 其味甘和 乃長養萬物之水 雪水雖淸 性感重陰 寒入
脾胃 不宜多積

貯水

貯水甕 須置陰庭中 覆以紗帛 使承星露之氣 則英靈不散 神氣
常存 假令壓之以木石 封以紙箬 曝于日下 則外耗散神 內閉其氣 水
神弊矣 飮茶有貴 夫茶鮮水靈 茶失其鮮 水失其靈 則與溝渠何異

茶具

桑苧翁 煮茶用銀瓢 調過於奢侈 後用磁器 又不能耐久 卒歸於
銀 愚意銀者 貯朱樓華屋 若山齋茅舍 惟用錫瓢 亦無損於香色味也
銅鐵忌之

茶盞

盞以雪白者爲上 藍白者不損茶色 次之

拭盞布

飲茶前後 俱用細麻布拭盞 其他易穢不堪用

茶衛

造時精 藏時燥 泡時潔 精燥潔 茶道盡矣

戊子雨際 隨師於方丈山七佛啞院 謄抄下來 更欲正書 而因病未
果 修洪沙彌 時在侍者房 欲知茶道正抄 亦病未終 故禪餘强命管城
子成終 有始有終 何獨君子爲之 叢林或有趙州風 而盡不知茶道 故
抄示可畏 庚寅中春 休菴病禪 雪窓擁爐 謹書

金正喜, 1786~1856

與權彝齋敦仁 十七

茶品果是勝雪之餘馥膩香 曾於雙碑館中 見如此者 東來四十年 再未見之 嶺南人得之於智異山僧 山僧亦如蟻聚金塔 實難多得 又要明春再乞 僧皆深秘畏官不易出 然其人與僧好 尙可圖之 其人甚愛拙書 有轉轉兌換之道耳 書頭小印 似是鐵手 技至於此耶 東人未曾夢到 雖濮又栩周棠輩 未必多乎矣 較之月前 又進一境 此何異也

與吳生慶錫 四

叩盆之悲 不勝驚甚 此事非徒老年中年之不可爲 少年亦不可爲 是所云一日不可無者 與此竹同 曾有慣於此境 熟知甘辛 …… 寄惠龍井佳品 不有另注 何以辦此 感荷感荷 紙筆卽圖寫副耳 來星立回 不能拖長 都留不宣 謝狀

與草衣 八

茶品荷此另存 甚覺醒肺 每炒法稍過 精氣有銷沈之意 若更再製 輒戒火候 如何如何 戊戌佛辰

與草衣 十七

得見草衣一書亦幸 安望其越層溟遠來也 自詡以大乘法門 而以
此凡眼觀之 寧有大乘之爲墻壁瓦礫所纏 東奔西汩 無以擺除也 且須
亟就我凡夫 一下金剛 始可進得一果耳 此狀石木而已 茶包果是佳製
有能透到茶三昧耶 書本是窮日月而難了者也 何以易就如赤手捕龍
無論幾時 師須入來自取去可耳 不宣

與草衣 二十六

二扇伴送 莞存如何 前惠茶餠 已喫盡 無厭之求 甚望大檀越 都
留不宣 丁未流頭 (遊桃老人)

與草衣 二十九

…… 茶惠 夬醒病胃 感切入髓 況際此沈頓之中耶 自欣向熏之
各有遠貽 其意良厚 爲我代致款謝也 熏衲之另贈朴生之葉茶 恐不下
於坡公䖝茶芽 香味絶佳 幸更爲我 再乞一包 如何

與草衣 三十二

…… 六茶可以需此渴肺 但太暑 又與熏衲曾有茶約丁寧 不以一
槍一旂相及 可歎 須轉致此意 搜其茶篋 以送於春禓 爲好爲好 艱草
便忙 不式 (阮叟)

新茶 何以獨喫於石泉松風之間 了不作遠想耶 可以痛棒三十矣

與草衣 三十四

…… 吾則不欲見師 亦不欲見師書 唯於茶緣 不忍斷除 不能破

壞 又此促茶進 不必書 只以兩年積逋並輸 無更遲惧 可也

　　與草衣 三十五

　　珠林宗鏡新編語錄 不欲一來相證耶 大慧一案 打破無餘蘊 是大
快處耳 新茗摘來幾片 留取將與我來耶 欣熏諸衲處 一一討出 並寄
速便 或專送一衲 未爲不可耳 金世臣亦安 念念 節筵寄去 分之留之
世間又是一年 山中日月 亦復回新 老古錐作歲事 如世間之羡花勝耶
忽從轉襯 見書並茶包 爲茶香觸 便覺眼開 書之有無 本不足計也 第
齒疼固 可悶 獨喫好茶 不與人同 是櫷中泥佛 亦頗靈驗 施之律耳
可笑 此狀 不得喫茶而病 今且茶而愈矣 可笑 便人立促 艱此支眼
作數字 春暖日長 亟動笻錫 來讀宗鏡珠林至妙 不宣 (三湖漁叟)

　　與草衣 三十六

　　僧來 得草緘 又得茶包 此中泉味 是冠岳一脉之流出者 未知於
頭輪 甲乙何如 亦有功德之三四 亟試來茶 泉佳茶佳 是一段喜懽緣
是茶之使 而非書之使 茶甚於書耶 且審近日 連住一爐香 有甚勝緣
何不破除藤葛 一笻遠飛 共此茶緣也 且於近日 頗於禪悅 有蔗境之
妙 無與共此妙諦 甚思師之一與掀眉 未知以遂此願耶 略有拙書 寄
副 收入也 雨前葉 揀取幾(缺)耶 何時續寄 鎭此茶饞也 日以企懸
不宣

　　向熏許一紙 幸轉付

　　與草衣 三十七

　　如此暵熱 虎可伏 龍可擾 恐難抵得 未知銀地法界 能得二禪天

樂 不如世間熱坑火宅耶 卽問禪履淸足 熏欣諸法侶 亦同安好 遠誦
不已也 師連留香室 熏修何居 念念 賤瘻間經暴寫 眞元斂下 世趣之
苦 乃如是耶 幸因茗力 得延煖觸 是一四方空之無量福德 秋後繼寄
是無厭之望 熏製亦使隨及爲可 適因轉禩 曁及 不能張皇 姑不宣
(老阮)

與草衣 六

纔因朴雅付一緘 尙未渡海 嶺衲意外見訪 並致法械 藉悉老熟梵
況淸淨輕安 竹深荷涼 不勝神湊念念 師之住處 卽一極樂國土 何必
千萬億聲阿彌陀也 原書亦以茶懇矣 此中茶事 甚艱 師所知耳 師之
自製法茶 當有年例 不必更言 寺中所造小團三四十片 稍揀其佳 惠
及切企 坡公所云蠹芽茶 亦足充淨供耳 若待朴生再來時 恐有太婉晩
之慮 先圖信便於金某處 速付如何 如何 所喫將罄 如是控急耳 泡漿
果是無上珍味 是自香積界中來者耶 再於冬後 另爲我造就一缸 是願
是願 無以無厭誚之 果經久不損味 前年所來者 能到夏登盤 甚異甚
異 餘留不宣

與草衣 七

兩角書 已付朴雅矣 嶺衲今又告歸 不知其何所聞而來 何所見而
去也 其浮雲荒唐之說 略有打破者 其眼似瞠乎爾 更覺一笑 其天分
極好 而所得閱者 皆如許荒雜 近日禪林中瞎却人 動輒奇怪耳 重呵
呵 茶事 前書亦有縷及 而小團數十片 恐不支幾時供 限百圓可以買
取 則似好 再深商之 如何如何 餘姑不宣

許先達 侍史 回傳
七十二鷗艸堂 謝書

　　扇把今已過時 旣係留存 玆以仍付領收 壽琴間或有來往耶 艸衣
能安好云耶 入此年以來 一不通信 其與世無涉而然耶 可歎可歎 今
番所寄來茶片 亦出於艸衣庵者耶 極佳可喜 君須更爲擭出艸庵中物
隨便更寄 甚望甚望 枸杞子新朶者 限二斤 可以覓惠耶

庚戌七月旣望 病阮頓

許先達 侍史 回傳
靑左 謝書

　　孤南之天 戴斗之墟 鴻羽倒退 魚腹不及 前夏從家便 獲接茶牘
並得艸禪書 如異聞軼事 已覺奇吒 卽又千萬匪夢非意之外 朶椷夾之
畫幀茶包 次第入手 是所云 萬里尺咫 天涯比鄰耶 上下千百年 縱橫
一萬里 凡心力所通無不到 特不用心焉 不用力焉
　　詢悉邇下 護慶蘭祥 懽喜無彊 遠誦如水 賤狀行吟蕉萃 去益頑
痴 去益顚頊 何足言 畫幀卽供之樺皮 屋中皆北人 初見者 無不驚異
讚歎 所謂犬畫 乃能如此耶 有呑牛之氣 已覺驊騮駸駸可以突過矣
茶片試之東井 香味益勝 東井是我東之康王谷水 以此茶而知泉品 亦
復知茶品 是又一奇耳 艸禪別搆銀地 是何等末後大福分也 來紙寫副
合用否 另欲以拙字略試寄去 而此中無片楮 可歎 兒行日昨已歸 書
當隨付矣 艸禪一緘 幸卽津致 回襯甚匆 不能拖長 千緖萬端 在紙墨

不及處 統惟照亮

　　　　　　　　　　壬子八月十九日　老阮

金命喜, 1788~1857

書

擷茶以黎明 見日則止 用爪斷芽 不以指揉慮 氣污熏漬 茶不鮮潔 ○茶工多以新汲水自○○ 得芽則投諸水 凡芽如雀舌穀粒者爲鬪品 一槍一旗爲揀芽 二槍二旗爲次之 餘○爲下

采茶之法 須是侵晨 不可見日 晨則夜露未晞 茶芽肥潤 見日則爲陽氣所薄 使芽之膏腴內耗 玉○○水而不鮮明

清明穀雨摘茶之候也 清明太早 立夏太遲 穀雨前後 其時適中 ○○○○再遲 一二日○○後 其氣力完足 香烈尤倍 易于收藏 ○○稍長大 ○○○○嫩枝柔葉也

生茶初摘 香氣未透 必借火力以發其香 然性不耐勞 炒不宜久 多取入鐺 則手不勻 久于鐺中過○○ 而香散甚 且枯焦 何堪烹點 炒茶之○○ 最忌新鐵 鐵腥一入 不復聞香 尤忌脂膩 害甚于鐵 炒茶之薪 僅可○○枝 不用幹葉 幹則火力猛○ 葉則易發易滅 鐺必磨瑩 鐺摘撿炒 一颿之內 僅○○四兩 先用文火 次用武火 催之手 加木拮急 急炒轉以半熟爲度○○後香發 是其炙矣

采茶不必太細 細則芽初前而味欠足 不必太○○ ○○則茶已老 ○○味欠○○ 須在穀雨前後 ○○成梗 帶葉○○綠色 團且厚者爲上

炒時須一人從○○扇之 以去熱氣 熱則黃色 香味侵減

茶法數則書贈 見多要依此製茶 以利衆生 無○○佛事耳 山泉處士

飮食

煎茶之法 以銅罐或土罐 貯水屢沸 取茶葉少許 先置茶鍾 以熟
水斟之 合其蓋 少頃 舒闊如新綻 水淨淡如黃蠟色 淸香襲人 且談且
呷 富豪家及市肆寺觀則皆熾石炭于爐 爐上蓋以大方甄 甄腹鑿圓孔
四五 撑罐于其上 火熾罐熱 松風檜雨 常不絶聲 命斟則用他罐點取
量其冷熱 始斟于鍾 茶味淸濁 專在水品高低 而北方地平 水多淳瀦
每見大車載水行賣 似是遠取於西山近方者也 富豪家及市肆寺觀 用
以煎茶 必是此水之買取者 茶味宜其淸洌 而下戶編氓 未必其人人皆
然 遼野中尤稱水土之惡 而往往路傍有茶肆 停車買飮 一葉銅 許令
隨量而飮 飮必淸爽可口 未知此是何處得來而然耶 曾聞水惡者 愈沸
愈淸 否則土滓居半 始悟茶水之必要多沸 良爲此也

茶品不一 而黃茶靑茶爲恒用 其次香片茶 而普洱最珍貴 然而亦
多假品 浙江菊茶 淸香甚可口 鄂羅館回子館所見饋者 香味絶異 是
出西洋 其狀如茴香 如東八站茶貴處 以炒米代之 謂之老米茶

李圭景, 1788~1856

茶茶辨證說

茶字 自中唐始變作茶 其說已詳于 唐韻正 困學紀聞 茶有三 誰
謂茶苦 苦菜也 有女如荼 茅秀也 以薅茶蓼 陸草也 爾雅 荼茶字凡五
見 而各不同 釋草 曰 茶苦菜注引詩 誰謂荼苦 其甘如薺 疏云 此味
苦可食之菜 葉似苦苣而細 斷之有白汁 花黃似菊 堪食但苦耳 又曰
苣蕒荼注云 卽芳 疏云 按周禮掌荼 及詩 有女如荼 茅秀也 藫也蒡也
其別名 又曰 荼虎杖注云 似紅草而粗大 有細刺 可以染赤 又曰 荼
委葉注引詩 以茠荼蓼 疏云 荼 一名委葉 王肅說詩云 荼 陸穢草 然
則荼者 原田蕪穢之草 非苦菜也 釋木 曰 檟苦荼注云 樹小如梔子
冬生葉可煮作羹飲 今呼早采者爲茶 晚取者爲茗 一名荈 蜀人名之苦
荼

今以詩考之 邶谷風 之荼苦 七月 之采荼 綿 之菫荼 皆苦菜也
夏小正 取荼莠 周禮地官 掌荼 儀禮 茵著用荼 實綏澤焉 鴟鴞 捋荼
茅莠也 出其東門 有女如荼 國語 吳王夫差萬人爲方陣 白常白旗素
甲白羽之矰 望之如荼 亦茅莠也 良耜 之荼蓼 委葉之荼也

惟虎杖之荼與檟之苦荼 不見於詩 禮 而王褒僮約 云 陽武買荼
張載登成都白菟樓詩 云 芳荼冠六清 孫楚詩云 薑桂荼荈出巴蜀 本
草衍義 晉溫嶠上表 貢荼千斤 茗三百斤 是知自秦人取蜀而後始有
茗飲之事 王褒僮約 前云㐹鼈烹荼 後云陽武買荼 注云 以前爲苦菜
後爲茗 唐書 陸羽嗜茶(自此後 荼字減一畫爲茶) 著經三篇 天下益

知飮茶矣 時回紇入朝 始驅馬市茶 至明代 設茶馬御史 大唐新語 言右補闕綦毋㷞性不飮茶 著茶飮 序曰 釋滯消壅 一日之利暫佳 瘠氣侵精 終身之害斯大

愚按茶字之最古者 僅見神農食經 物理小識 茶 解答載神農食經古茶卽茶(漢志 茶陵晉茶 詳通雅) 韓翃謝茶啓云 吳主置茗 晉人分茶 晏子三茗 自古以然 惟桑苧以製顯耳 唐竟陵陸羽茶經 一曰茶 二曰檟 三曰蔎 四曰茗 五曰荈 有千萬狀 鹵莽而言 如胡人靴者蹙縮然 犎牛臆者廉襜然 浮雲出山者輪菌然 輕颷拂水者涵澹然 於古無見者

神農食經 茶茗久服人 有力悅志 周公爾雅 檟 苦茶 晏子春秋 嬰相齊景公時 食脫粟飯 炙三弋五卵茗菜而已 郭璞爾雅注 云 樹小似梔子 冬生葉 可煮羹飮 本草木部 茗 苦茶 味甘苦 微寒無毒 主瘻瘡利小便 去痰渴熱 令人小睡 宋熊蕃宣和北苑貢茶錄 陸羽裴汶 皆不第建品 說者但謂二子未嘗至建 而不知物之發也固自有時 蓋昔者山川尙閟 靈芽未露 至于唐末 然後北苑出爲之最 是時僞蜀時詞臣毛文錫作茶譜 亦第言建 有紫筍而臘面 乃産于福 五代之季 屬建南唐 歲率諸縣民 采茶北苑 初造研膏 繼造臘面 旣又製其佳者 號曰京鋌 聖祖開寶末下南唐 太平興國初 特置龍鳳模 遣使卽北苑 造團茶以別庶飮 龍鳳茶蓋始于此 蓋龍鳳等茶 皆太宗廟所製 至咸平初 丁晉公始載茶錄

慶曆中 蔡君謨將漕小龍團以進 被旨仍歲貢之 自小團出 而龍鳳遂爲次矣 元豐間 有旨造密雲龍 其品又加于小龍團之上 紹聖間 改爲瑞雲翔龍 至大觀初 今上親製茶論 二十篇 以白茶者與常茶不同 偶然出 非人力可致 于是白茶爲第一 凡茶芽最上曰小芽 如雀舌鷹爪 次揀芽 乃一芽帶一葉者 號一鎗一旗 次曰中芽 乃一芽帶兩葉 號一

鎗兩旗 宣和庚子歲 鄭公可聞始創爲銀線水芽 蓋將已揀熟芽 再剔去
秖取其心一縷 號龍團勝雪 茶之妙 至勝雪極矣 然猶在白茶之次者
以上之所好也

宋蔡襄茶錄 茶色貴白 而餅茶多以珍膏 油其面 故有靑黃紫黑之
異 旣已末之 黃白者受水昏重 靑꿔白者受水詳明 故建安人鬪試 以
靑白勝黃白 南越陳鑑虎丘茶經 注補 陸桑苧翁茶經 漏虎丘 竊有疑
焉 陸嘗隱虎丘者也 井焉品 水焉茶 何漏 曰非漏也 虎丘茶自在經中
無人拈出耳

茶經 樹如瓜蘆注 瓜蘆苦杕也 廣州有之 葉與虎丘茶無異 但瓜
蘆苦耳 花如白薔薇注 虎丘茶花開 比白薔薇而小 茶子如小彈 上者
生爛石 中生礫壤 野者上 園者次 宜陽崖陰林 紫者上 綠者次 筍者
上 芽者次 葉卷上 葉舒次 凡采茶 在二三四月間 茶之筍者 生爛石
長四五寸 若薇蕨始抽 凌露采之 茶之芽 發於叢薄之上 有三枝四枝
五枝者 選中枝穎拔佳 泉水上 天雨次 井水下 補 劉伯芻水記 陸鴻
漸爲李季卿品虎丘劍池石泉水第三 張又新品劍池石泉水第五 夷門
廣牘 謂虎丘石泉舊居第三 漸品第五 以石泉渟泓 皆雨澤之積 滲竇
之潢也 況闔閭墓隧 當時石工多閟死 僧衆上棲 不能無穢濁滲入 雖
名陸羽泉 非天然水 道家服食 禁屍氣

湯之候 初曰蝦眼 次曰蟹眼 次魚眼 若松風漸至無聲 蝦蟹魚眼
鍑內水沸之狀也 聲如松濤漸緩 則火候到矣 此則勿用

以近世茶品言之 有龍井芥片爲第一 長洲呂種玉言茶之精者 浙
以龍井爲第一 江南以芥片爲第一 冒巢民芥茶彙抄 環長興境産茶者
曰羅嶰 曰白巖 曰鳥瞻 曰靑東 曰顧渚 曰篠浦 虎丘茶 作嬰兒肉香
吳人柯姓者 每桐初露白之際 入芥篛籠擕來 味老香深 具芝蘭金石之

性 張心齋潮山來芥茶彙抄 古人屑茶爲末 蒸而範之成餠 已失其本
來之味矣 及至烹也 又復點之以鹽 物理小識 揚子宜荈 謂揚子江中
冷泉 偏宜煮茗也

古今說茶者甚多 而但其文彩風致 總不如陸鴻漸茶經 之造語淸
新 故略抄其句 茶有九難 一曰造 二曰別 三曰器 四曰火 五曰水 六
曰炙 七曰末 八曰煮 九曰飮 陰采夜焙 非造也 嚼味嗅香 非別也 羶
鼎腥甌 非器也 膏薪庖炭 非火也 飛湍壅潦 非水也 外熟內生 非炙也
碧粉縹塵 非末也 操艱攪遽 非煮也 夏興冬廢 非飮也 其說風爐 甚
雅可取者也 又有煎茶諸器具 而煩不及焉

宋羅大經鶴林玉露 余同年友李南金 茶經 以魚目湧泉連珠爲煮
水之節 然近世瀹茶 鮮以鼎鑊 用瓶煮水 難以候視 則當以聲辨一沸
二沸三沸之節 又陸氏之法 以未就茶鑊 故以第二沸爲合量而下 未若
以今湯就茶甌瀹之 則當用背二涉三之際爲合量 乃爲聲辨之詩云 砌
蟲唧唧萬蟬催 忽有十車梱載來 聽得松風並澗水 急呼縹色綠瓷杯 其
論固已精矣 然瀹茶之法 湯欲嫩而不欲老 蓋湯嫩則茶味甘 老則過苦
矣 若聲如松風澗水而遽瀹之 豈不過老而苦哉 惟移瓶去火 少待其沸
止而瀹之 然後湯適中而茶味甘 此南金之所未講者也 因補以一詩云
松風檜雨到來初 急引銅瓶離竹爐 待得聲聞俱寂後 一甌春雪勝醍醐

吳從先小窓淸紀 煎茶非漫浪 須要其人與茶品相得 故其法每傳
高流隱逸 有煙霞泉石磊魂於胸次間者 今燕都茶品之藉藉盛行者 普
洱茶爲第一 白毫茶爲第二 靑茶爲第三 黃茶爲第四 而黃茶每多流入
我東 爲日用所飮 然惟在士大夫家及富豪者所用 而不如中原之以爲
恒用也 東之無癖於茶 又可知也 然東人飮茶 亦自新羅爲始 東國通
鑑 新羅興德王三年戊申 卽唐文宗太和二年也 遣大廉如唐 得茶子來

王命植于智異山　崔孤雲桂苑筆耕謝探請料錢狀　今有本國使船過海
某欲買茶藥　寄附家信云云　則足可爲證者　宋孫穆　雞林類事方言　高
麗人稱茶曰茶　則高麗人亦飲茶矣

　　今茶之爲名者　出於嶺南竹田　名以竹露茶　出於密陽府衙後山麓
産茶　名密城茶　嶠南康津縣　有萬佛寺出茶　丁茶山若鏞謫居時　敎以
蒸焙爲團　作小餅子　名萬佛茶而已　他無所聞　東人之飲茶　欲消滯也
奚暇如張又新　煎茶水記　粉槍末旗　蘇蘭薪桂云乎哉

　　雖茶爲天下之所尙　自唐宋以來　有榷茶之法　與鹽鐵等　則其利又
可知矣　初唐德宗趙贊　稅天下茶漆竹木　十取一　以爲常平本錢　及出
奉天　乃悼悔　下詔亟罷之　貞元八年　以水災減稅　明年諸道鹽鐵使張
滂奏　出茶州縣若山及商人要路　以三等定估　十稅其一　自是歲得錢四
十萬緡　然水旱亦未拯之也　穆宗卽位　兩鎭用兵　帑藏空虛　鹽鐵使王
播圖寵以自幸　乃增天下茶稅　率百錢增五十　其後王涯判二使　置榷茶
使　徙民茶樹於官場　焚其舊積者　天下大怨　令狐楚代爲鹽鐵使兼榷茶
使　復令納榷　加價而已　李石爲相　以茶稅皆歸鹽鐵　此榷茶之大略也
茶利旣與鹽鐵同　則略收其稅　何妨也

　　其種植之方　亦不可不知也　萬寶全書　二月間種　每坑下子數十粒
待長移栽　常以糞水灌之　三年可採　茶有一旗二槍之號　言一葉二芽也
凡早採爲茶　晚爲荈　穀雨前後收者爲佳　粗細皆可　惟在採摘之時　天
色暗明　炒焙適中　盛貯如法　茶宜箬葉而畏香藥　喜溫燥而忌冷濕　故
收藏家以箬葉封裹　入焙中兩三日　一次用火　當如人體溫　溫則去濕潤
若火多則茶焦不可食　古今祕苑　茶性惡水　宜斜陂陰地中走水處　用糠
與焦土種之　每一圈　可用六七十粒　覆土厚一寸　出時不要耘草　旱以
米泔水澆之　常以小便糞水　或砂壅之　水浸根必死　三年後可採　凡種

茶 相離二尺一叢 藏茶法 將便灰放瓶底 將茶葉不拘大小包 好撐在
上面 潮氣自然收入灰內 不用烘 至八月間 另換灰 或用曬乾代灰亦
可 我人取種於中國 如法種植 則亦可需用 而無人智心得來

　　日本人亦有所記 可考也 日本良安尙順 和圖會 凡投茶於器有序
先茶後湯 謂之下投 湯半下茶 復以湯滿者 謂之中投 先湯後茶 謂之
上投 春秋中投 夏上投 冬下投 茶之爲書者 陸翁 茶經 蔡襄 茶錄 子
安 試茶錄 宋徽宗 大觀茶論 熊蕃 北苑茶錄 北苑別錄 黃儒 品茶要
錄 沈括 本朝茶法 張又新 煎茶水記 蘇廙 十六湯品 葉淸臣 述煮茶
小品 溫庭筠 採茶錄 唐庚 鬪茶記 徐獻忠 水品 田藝蘅 煮泉小品 顧
元慶 茶譜 馮時可 茶錄 許次紓 茶疏 聞龍 茶箋 羅廩 茶解 熊明遇
羅岕茶記 憑可賓 岕茶箋 陸樹聲 茶寮記 陳鑑 虎丘茶經 冒巢民 岕
茶彙抄 以茶爲書者甚多 今何必强記若鬪茶品水者乎

種茶薏苡靑蘘辨證說

　　茶與薏苡及靑蘘 日用最切 靑蘘 巨勝一名 苙辨之 種茶法 二月
中 於樹陰下或背陰之地 開坎方圓三尺深一尺 熟劚著糞壤 每方下五
六十顆子 蓋土厚一寸以上 任和草生不得芸 相去二尺種一方 旱則以
米泔澆之 無泔則以水 桑顆樹下盡堪 種竹陰下亦得 只是怕日 二年
後卽耕耘 治以水和稀糞蠶砂澆之 不得令滋厚 爲根尙嫩 恐傷根也
三年後卽得多著糞澆 牛糞蠶砂雜糞壤蓋 大都宜山中陰坡 若於平地
卽須當深掘溝畎 水深爲溝隴洩水 不得令水浸 水浸卽死 三年後每科
取得八兩 每畝計一百四十科 計得茶一百二十斤 茶未成開四面 不妨

種雄麻苧及雜粟黍穆等

收茶子法　茶熟時　收取子和濕沙土　拌於筐籠之中盛之　著牆角堆亦得　仍須以好穰草蓋覆　至二月出種之　不爾卽乾　仍凍不生　餘詳另論　五洲種樹書補　及　居家必用

無題

張山來潮岕茶彙抄序　古人屑茶爲末　蒸而範之成餅　已失其本來之味矣　至於烹也　又復點之以鹽　冒襄辟疆岕茶彙抄　環長興境　産茶者曰羅嶰　曰白岩　曰烏瞻　曰靑東　曰顧渚　曰篠浦　虎丘茶　作嬰兒肉香　吳人柯姓者　每桐初露白之際　入岕茶入岕箬籠攜來　味老香深　具芝蘭金石之性　竹露茶　我東嶺南晉州牧　河東府等處　竹田中生焉　沾竹露而長養故名　嶺人沈寅龜　嘗採其葉　蒸乾爲茶以惠焉　煎飮旡艸氣味　澹香如中原茶　下氣消滯而其名甚雅　堪入吟詠者也　藥有孩兒　茶有嬰兒肉香故名歟

李尚迪, 1803~1865

記龍團勝雪

龍團一銙 面作團龍形 鱗鬣隱起 側有勝雪二字 楷體陰文 度以
建初尺 方一寸 厚半之 近者 石坡李公 省掃于湖西之德山縣 訪高麗
古塔 得小銅佛泥金經帖舍利子沈檀珍珠之屬 與龍團勝雪四銙焉 近
余獲其一而藏之 按歐陽公歸田錄 慶曆間 蔡君謨 始造小品龍茶以進
謂之小團 潛確類書 宣和庚子 漕臣鄭可簡 創爲銀線氷芽 以制方寸
新銙 有小龍 蜿蜒其上 號龍團勝雪 又按高麗圖經 高麗土俗 茶味苦
澀 不可入口 惟貴中國蠟茶 幷龍鳳賜團 自錫賚之外 商賈亦通販故
邇來頗喜飲茶 亦治茶具 蓋仁宗時 已有小龍團 惟勝雪之名 昉於徽
宗宣和二年 而徐兢卽宣和五年癸卯奉使東來者 其於中外俗尙及物
產 固已殫見洽聞故 言之如是 且麗僧義天指空洪慶如可輩 後先航海
問道求經 往來宋朝者 項背相望 文獻有徵 于時 此類必爭購名茶 以
供佛事 甚至錮諸石塔 曆七百有餘年而復出於世 吁亦奇矣 然凡物之
最易腐敗斯滅者 莫先於飲食之需 而酒有頭綱一種 流傳東土 壽齊白
鷹之畫珍逾瘦金之泉(余舊藏宣和畫鷹及崇寧重寶數枚卽徽宗御書瘦
金體者) 至今爲藝林雅賞 豈其有神物護持 陰相余嗜古之癖歟 爰證
故實 以公同好

崔漢綺, 1803~1879

飲食薰蒸

以適於神氣和暢 而惟純澹之茶湯爲最 洗滌口齒胸膈之渣滓 洞
澈皮膚筋脈之汗液 精神活潑 意思寬敵

趙在三, 1808~1866

黃茶

羅史興德王時 宰相大廉得種於唐 種智異山 香味優於唐云 又海
南古有黃茶 世無知者 惟丁若鏞知之 故名丁茶 又南茶

기타 황차 관련 기록

黃茶

土産

黃茶在金剛谷 一名將軍茶

佛宇

領議政河崙不毀樓記曰 金海 古之駕洛伽倻也 駕洛與新
羅幷起 首露之生 儘奇異 遺俗尙有淳風 且其登臨之美 冠於
南方 金剛社之小軒爲第一社 有山茶樹 蔭于一庭 前朝忠烈王
駐輦于此 賜號將軍茶

李裕元, 1814~1888

茶時廳

　　徐居正齊坐廳記曰　府之聽事有二　曰茶時　曰齊坐　茶時者取茶禮
之義　高麗及國初臺官　只任言責　不治庶務　日一會　設茶而罷　國家制
度漸備　臺官亦兼聽斷　苞事惟繁　遂爲常仕之所　然非正衙也　齊坐廳
者　諏日大會　講大禮　議大事之地　其齊坐之儀　出入迎送　進退拜揖
節目詳嚴　非他司會遇之禮之比　又抹摭臺中故事而兼用之　禮雖繁然
上下之間　隱然有警戒意

申獻求, 1823~1902

海茶說

余觀物之生 遇則遭 不遇則晦 不在桃李之門 人不知 不入終南之徑 材不市 悲夫 海陽之玉川茶 氣味芳烈 雪花雲腴 未之或勝 而遇俗恂愁 視之若稊稗 洛中士大夫見土産 則卑夷之 非徒建陽之丹山碧水 不齒爐篆 彼固生長荒僻 倖免樵丁之鎌 則終混爲腐草槁蘗 安能試百壽湯乎 近始得啜於大芚山房 曾是上人草衣所品製也 昔傳大士結菴蒙頂 分種聖楊花吉祥蕊 覺林僧志崇辨三品香 以驚雷笑 自奉萱草帶供佛 紫茸香待客 遂名於天下 草衣卽其流 靈心慧眼 采擇於草萊中 得其芳味之雋永 亦物之有遭歟 然蒙頂覺林 多入於當世之名士 題品以之著 草衣之茶 獨擅空門而世未之稱 此由於士大夫遇視太高 誰肯蒐羅以續陸羽經乎 嗟夫 余之爲此說 不獨爲草衣茶 竊恨南土人士含英蘊華 多有不遇之歎也

金允植, 1835~1922

茗盌

雖有南零之水龍團勝雪, 盛之不以其器, 則如西子之蒙不潔

陰晴史

問貴國所産眞個稀少 産茶葉否 答全羅道沿海 或産茶

十二月二十五日到 筆談罷 中堂使通詞舌問曰 貴國産茶否 對曰
全羅道沿海往往産茶 而國人不嗜茶 故無以茶爲業者 又問養蠶否 對
曰 養蠶 中堂曰 泰西不能種茶與養蠶 多種粲茶 可獲大利 速達貴國
王 傳諭國中 多種粲茶爲好

劉曰 貴國所産之茶多乎 余曰 敝邦不尙啜茶 故不知有茶 近世
丁若鏞學士 博識有奇才 因事謫康津 見所寓之傍有茗樹 始採取 敎
焙用之法 自是始知有茶 今全羅道沿海山野間 處處有之 然以素不尙
茶之故 土民不知售利 任自生自長 惟王京朝士家 時托土人採來 然
亦不能如法焙製 劉曰 若將種採焙製之法 令民間習成 亦可售諸外洋
爲民興利 亦一端也 余曰 若民知售賣之利 則雖不勸 亦將興行 種採
焙製之法 不可不敎也 劉曰 萬國治生 要皆不外乎種植造作四字 此
敎 貴國宜留意焉 余曰 豈不好哉 但敝邦民俗偸惰 恐難盡興作之利

是可悶也 劉曰 舉善而教 不能則勸 民之趨利如水走下 是在上之鼓
舞也 余曰 化民成俗 惟在導率之如何 謹當奏達於寡君矣 …… 種茶
售利之說 去年 在保定筆談時 李中堂 亦屢屢爲言至勸 自上 布諭民
間 今劉含芳所言 以種茶售賣力勸 余見中國經用 不專藉正供之賦
收稅之最大者 鹽政也 其次 茶也 洋人近亦種茶 終不如國土宜 故爭
買之 我國土宜 與中國南方相同 種茶採焙如法 必獲大利 不在人蔘
之下 故其言如是

內衙門布示

一. 茶之利最大 而我東全廢不講 另探道內産茶地方 如黃梅雀
舌之類 未始不爲佳品 其茶品土宜 栽種方便 詳細報於明年正月晦內
自本衙門亦當廣求茶種 隨宜分送

承政院日記

趙泰耇曰 臣以所帶藥房事仰達 使臣回還後 例捧唐藥材 其中雀
舌 自前來納者 皆是靑色 今番則以靑黑兩種來納 試爲煎出 則黑茶
色不甚黑 味亦差勝 聞副提調金演之言 則以黑茶爲好品云 故都提調
令臣陳白 以黑色者捧上云 故敢稟 上曰 以味勝者 捧進可也

上曰 元良量大食多故過肥 十歲前豐肥 其無濕熱之慮耶 予則自
少節食 故雖肥濕 行步輕快矣 元良無乃六味元之害耶 在魯曰 似有
其害矣 上曰 肥兒丸當無害耶 在魯曰 非助肥之劑矣 靑茶服之則好
矣 上曰 於肥爲好耶 在魯曰 彼人食肉後 必服雨前茶矣 上曰 何謂
雨前茶 在魯曰 雨水前摘取者 見於方書茶注 服之前 則令人能瘦 雖
云耗氣 而於過肥之人 爲好矣 上曰 柳復明赴燕時見之耶 復明曰 雨
前茶 則彼中亦謂名茶 煎之則色正黃 服之令人輕淸矣 上曰 無害於
氣耶 明履曰 臣常見一老人 多服甚德 可知其耗氣矣 在魯曰 於飮食
後服之則無害 如昨冬木米飮 則宜隨氣虛實而服之 若雀舌茶之屬則
服之 痰之凝滯者 亦有消下之效矣 上曰 煎時入某物耶 復明曰 薑茶
則入薑椒矣 在魯曰 薑茶好矣

頃者六味元進御後 外人皆以爲東宮岐嶷之姿 異於常人 而又用
滋補之藥 或有某樣病 生於下部 則將何以爲云 而臣意則以爲如是肥

澤 似出於六味元矣 上曰 予意亦如此矣 起鵬曰 茶雖下氣 而亦能耗
氣 只可間間進御矣 上曰 此茶與雀舌一類乎 鋼曰 一類矣 彼人亦多
詐僞 雖名以雨前 而安保其必爲雨前乎 上曰 許鋼之言是矣 旣與雀
舌一類 則何必更用此茶乎 第得入若干 可也 應三曰 自前聞之 此宮
內外 水甚不足云 常時進御之水 各別擇用 似好矣 上曰 世子宮水
予少時所飮者也 而近亦不足云矣

仍下詢曰 雀舌有效乎 象漢曰 好矣 上曰 鄕材乎 若魯曰 我國人
貴遠者 而雀舌則我國種好矣 上曰 然則有雀舌田乎 象漢曰 全羅道
所產矣 善行曰 中原亦多出於南方矣 若魯曰 若欲助味則當進砂糖乎
上曰 似不如蜜矣 善行曰 砂糖勝於蜜矣 上曰 胃惡之時 適有蒸太故
服之 則開胃鎭定 何也 諸醫曰 太乃五穀之本也 上曰 好乎 何太好
乎 儉對曰 黑太甚有益矣

丁丑三月二十四日三更 上御瓊源殿齋室 藥房提調入侍時 提調
李瑋 副提調金相爽 假注書柳敍五 記事官白大成李東泰 醫官金履
亨皮世麟鄭趾彦金德崙金履貞方泰輿李興門蔡膺祐金福齡朴泰均以
次進伏訖 …… 上曰 煎茶用何處水乎 履亨曰 汲水於會通門 曾差備
矣 上曰 軍士廳 廳有之乎 履亨曰 本廳則鄕軍針醫廳 議藥廳則皆雇
軍也 上曰 使役則雇軍好矣 上曰 水有重者云 然乎 履亨曰 以衡量
之 以斤重者用之矣 上曰 唐雀舌根本 何如 履亨曰 每木 皆取其英
而造成矣 世麟曰 別有一種 非造成也 上曰 我國雀舌 則何如 履亨
曰 亦勿論某木 萌者是也 世麟曰 別有種類 三南所產也 諸臣少退
至破漏後 復承命入侍 以次進伏訖 上曰 慈殿起坐 蘇薑茶 小小進御

而昏沈則甚於昨日矣 且命進熟虀 俄進木米飮 以熟虀認之矣 小水則
五次 而今日則比前小矣 予甚沓沓 欲進淸心丸 何如 履亨曰 姑觀用
之 似好矣 上曰 慈殿面部 氣似蹙 予不知脈 而脈度亦大而有力 必
是外氣有加也 當率諸御醫入診 諸臣其少退 諸臣以次退出

戊子十月初二日巳時 上御集慶堂 翰林召試入侍時 兼春秋韓
翼謩李昌誼 同知事金時默 弘文提學鄭存謙 玉堂洪檍任希敎 同副
承旨具庠 假注書康文祥 記事官金致九柳德申 以次進伏訖 翼謩曰
日間 聖體若何 上曰 一樣矣 寢睡水剌之節 亦何如 上曰 一樣矣 命
書表題 擬皇朝利瑪竇進自鳴鍾進呈畫像 使之懸 上曰 近來數思穀氣
矣 翼謩曰 斯最好矣 上曰 飮酪甚難 作酪以何乳耶 洪檍曰 人乳最
好矣 上曰 夜長甚難 連服湯劑亦難 昌誼曰 服藥不減常時所服之限
進水剌亦不少減其常時所進之限 是臣區區之望也 上曰 夏服五味茶
冬服雀舌茶 故不數飮熟冷矣 昌誼曰 雀舌不宜長服矣 上曰 尹冕東
父何人耶 翼謩曰 士人也 上曰 予嘗以尹冕東謂精明 而爲一疋紬 決
杖施刑 極無狀 予曾以柳脩爲不及於尹冕東 而以頃者事觀之 所操頗
確矣 昌誼曰 冕東爲人 曾所飽聞 而今番事 實難知矣 上曰 分館旣
行 政府揀擇坐起 其今明日爲之 出傳敎 試官退 命賤臣 使之藥房入
侍 都提調金陽澤 提調李昌壽 副提調黃景源 判府事金尙喆 假注書
康文祥 記事官金致九柳德申 醫官方泰輿許磁李以楷慶絢金季良金
宗壽鄭允說徐命緯許澂 以次進伏訖 陽澤曰 夜間聖體若何 上曰 一
樣矣 寢睡水剌之節 亦何如 上曰 一樣矣 上曰 思食稍勝 面似有肥
氣 此無乃長臥 不能宣鬱 外動浮氣耶 陽澤曰 此實肥氣 而非浮氣矣
以閭巷匹庶言之 雖或有年老肥氣者 色無滋潤 而仰瞻玉色 潤氣流動

此藥力所致矣 昌壽曰 潤幸滿面 非浮氣矣 進御湯劑後 方泰興診候
退伏奏曰 脈候左右三部調均 而滑體亦一樣矣 許礛診候退伏奏曰
脈候 與泰興所達同矣 李以楷診候退伏奏曰 脈候 與許礛所達同矣
上曰 雀舌茶似有效矣 陽澤曰 脾胃有不好底氣則服之 不然則不宜長
服矣

朝鮮王朝實錄

內局封進唐麝香永減 唐雀舌減三分之二 明欽以爲國之急務 莫
如輔導之方 節省之道 故陳此兩事 上皆從之 明欽臨退 上復執手敦
勉

迎接都監堂上趙鎭寬啓言 迎送勅茶禮時 每用蔘茶 而蔘雖珍品
旣非恒茶 故未能知味 反不悅口 雖以今春茶禮時所目睹言之 客使受
鍾 嘗而不飮 其意可知也 如取他茶之佳品而用之 則恐得宜 請以此
定式 從之

還御仁政殿 接見勅使 行茶禮 …… 又傳語曰 僉大人銜命 遠辱
在小邦 榮耀極矣 此與平時有異 雖不得如例設宴 今欲略設茶禮 以
表微誠矣 兩勅曰 進茶則當依敎 而果盤則此時誠不安 停止好矣 又
傳語曰 不腆數器 不足爲饌品 請勿固辭 兩勅曰 如是慇懃 當依敎矣
仍進茶 司饔院假提調一人捧茶瓶 一人捧茶鍾盤具 入立於殿內近南
向北 一人捧果盤 立於上勅之右 近北南向 一人立於副勅之右 近南
北向 提調一人奉果盤 立於殿下之右 近南北向[1] 假提調一人 以鍾受

---

1) 6번째 줄 '立於上勅之右'에서 7번째 줄 '近南北向'까지는 한국고전번역원의 원문에 결
문이 있어서 『조선왕조실록』의 원문을 참조하여 보충하였다.

茶 跪進于上勅前 上勅受鍾 一人跪進于副勅前 副勅受鍾 提調以鍾
受茶 跪進于上 上執鐘擧示 勅使亦擧示 訖 假提調二人 各進勅使前
跪受鍾 提調進上前 跪受鍾 俱復於茶盤 訖 假提調跪進果于勅使前
提調跪進果于上前 訖 傳語曰 不腆小饌 雖極歡愧 主人之心 甚爲缺
然 更爲進茶 何如 兩勅曰 饌品極好 當加意善喫矣 又傳語曰 通官
以下賜茶 何如 兩勅曰 賜茶之敎 出於盛念 謹當如敎矣 通官輩遂出
正門外 受茶奉飮 仍鞠躬稱謝 又傳語曰 情雖無窮 僉大人行役之餘
勞僿可悶 請撤茶何如 兩勅曰 當如敎矣

渡海譯官玄義洵崔昔等 以聞見別單 啓
一 島俗尙儉 伊豫州之山 出銅鐵 取之無竭 而切禁鍮器 日用盡
是木器木筯 饌用海魚海菜鹿肉山藥牛蒡之屬 其味甚淡 雖賤人 茶不
離身 大抵財用則甚惜 而生齒日繁 島勢漸殘云

秋曹啓言 酒禁時犯釀及買飮者 本無定律 每爲旁照 而犯釀旣有
大小 買飮宜分主客 擬律之際 不可無折衷之道 條例雖已就議于廟堂
而若不經稟 則民不信令 故照律事目 磨鍊以入事目
一 大釀被捉者 依大明律賣私茶條 施以杖一百徒三年之律 而若
其小釀則視大釀減一等 施以杖九十徒二年半之律 朝官移義禁府處
之 生進以下直爲推治
一 買飮者依賣私茶律 施以杖一百之律

부록

인명 사전

고렴高濂　중국 명나라 때의 문인. 자는 심부深夫·심보深甫, 호는 서남瑞南. 음률과 시가에 뛰어났고, 희곡 작가로도 이름을 날렸으며, 차에 관해서도 일가견이 있었다. 저서에 『준생팔전』遵生八箋, 『아상재시초』雅尙齋詩草 등이 있다.

고원경顧元慶　중국 명나라 때 장주長洲 사람. 자는 대유大有이며, 대석선생大石先生으로 불렸다. 저서로는 『운림유사』雲林遺事, 『예학명고』瘞鶴銘考, 『이백재시화』夷白齋詩話, 『다보』茶譜 등이 있다.

곽박郭璞　중국 진晉나라 때의 시인이자 학자로, 자는 경순景純. 서진 말기부터 동진 시대의 시풍을 대표하는 시인이다. 「유선시」遊仙詩 14수가 특히 유명하며, 『이아』爾雅와 『초사』楚辭에 주석을 남겼다.

구양수歐陽脩　중국 송나라 때 문인. 호는 취옹醉翁·육일거사六一居士, 시호는 문충文忠. 당송팔대가唐宋八大家의 한 사람으로 최초의 시화집인 『육일시화』六一詩話를 남겼으며, 저서에 『구양문충공집』歐陽文忠公集이 있다.

구준丘濬　중국 명나라 때의 학자. 자는 중심仲深, 호는 옥봉玉峰, 시호는 문장文莊. 문연각文淵閣 태학사를 지냈다. 국가의 전고典故에 밝았으며, 대표적 저술로 『대학연의보』大學衍義補, 『본초격식』本草格式 등이 있다.

권돈인權敦仁　1783(정조 7)~1859(철종 10). 본관은 안동, 자는 경희景羲, 호

는 이재彝齋·과지초당노인瓜地草堂老人, 시호는 문헌文獻. 1813년 증광문과에 급제하여 영의정까지 지냈다. 김정희金正喜와 절친했으며, 서화에 뛰어났다.

김경선金景善   1788(정조 12)~1853(철종 4). 본관은 청풍, 자는 여행汝行, 시호는 정문貞文. 1830년 문과에 급제하였고, 1832년 청나라에 다녀와 기행록인 『연원직지』燕轅直指를 남겼다.

김광수金光遂   1696(숙종 22)~?. 본관은 상주, 자는 성중成仲, 호는 상고당尙古堂. 이조 판서 김동필金東弼의 아들로, 서화 감식안이 뛰어났으며 그림에도 능했다. 박지원朴趾源은 그를 '감상지학鑑賞之學의 개창자'라고 하였다.

김명희金命喜   1788(정조 12)~1857(철종 8). 본관은 경주, 자는 성원性源, 호는 산천山泉. 김정희의 아우. 1810년 진사시에 합격하여 현감을 지냈다. 1822년 부친을 따라 북경에 가서 『해동금석원』海東金石苑의 저자인 유희해劉喜海 등과 교분을 맺었다.

김상희金相喜   1794(정조 18)~1861(철종 12). 본관은 경주, 자는 기재起哉, 호는 금미琴眉. 김정희의 아우. 1813년 진사시에 합격하여 영유현령과 호조 별랑을 지냈다. 글씨는 추사체秋史體를 따랐다.

김윤식金允植   1835(헌종 1)~1922. 본관은 청풍, 자는 순경洵卿, 호는 운양雲養. 박규수朴珪壽의 문인. 1865년 음관蔭官으로 출사해 강화 유수 등을 지냈다. 1910년 한일합방 후 일본으로부터 자작 작위를 받았고, 흥사단 등의 민족운동에 참여하기도 했다. 저서로는 『운양집』, 『음청사』陰晴史, 『속음청사』續陰晴史 등이 있다.

김정희金正喜   1786(정조 10)~1856(철종 7). 본관은 경주, 자는 원춘元春, 호

는 완당阮堂·추사秋史 등. 김노경의 아들로, 김노영金魯永의 후사가 되었다. 1819년 문과에 급제하여 이조 참판에 이르렀다. 서화에 뛰어나 추사체를 대성했으며, 실사구시實事求是를 학문적 바탕으로 삼았다. 저서로 『완당집』, 『금석과안록』金石過眼錄, 『담연재시고』覃𡩋齋詩稿 등이 있다.

김종덕金宗德   1724(경종 4)~1797(정조 21). 조선 후기의 학자. 본관은 안동, 자는 도언道彦, 호는 천사川沙. 이상정李象靖의 문인. 1753년 생원시에 합격하였으나 오직 학업에만 열중하였다. 저서로 『천사집』·『성학입문』聖學入門·『예문일통』禮門一統 등이 있다.

나대경羅大經   중국 송나라 때 여릉廬陵 사람으로, 자는 경륜景綸, 호는 유림儒林·학림鶴林. 용주容州 법조연을 역임했으며, 저서에 『학림옥로』鶴林玉露, 『역해』易解 등이 있다.

나름羅廩   중국 명나라 때 절강浙江 사람으로, 자는 고군高君. 시와 글씨에 뛰어났다. 또 차를 무척 좋아하였는데, 그가 지은 『다해』茶解에는 과학적인 차 재배법이 기록되어 있다.

노동盧仝   중국 당나라 때 제원濟源 사람으로, 옥천자玉川子라 자호했다. 차의 품평을 잘했으며, 차를 예찬한 「다가」茶歌가 유명하다.

당경唐庚   중국 송나라 때의 미주眉州 사람으로, 자는 자서子西, 호는 노국선생魯國先生. 유명한 작품 「투다기」鬪茶記는 차 맛을 겨루는 풍속을 기록한 글이다. 저서에 『미산선생문집』眉山先生文集이 있다.

도곡陶穀   중국 송나라 때 신평新平 사람으로, 자는 수실秀實. 예부·형부·호부 상서를 역임하였고, 경사經史에 널리 통했다고 한다. 저서에 『청이록』淸異錄이 있다.

두육杜毓   중국 진晉나라 때 양성襄城 사람으로, 자는 방숙方叔. 외모와 재능이 뛰어나 당시 사람들에게 두성杜聖으로 불렸다. 그가 지은 「천부」荈賦는 차를 읊은 최초의 중국 부賦로 알려져 있다.

마단림馬端臨   중국 송나라 때 낙평樂平 사람으로, 자는 귀여貴與, 호는 죽주竹州. 태주학교수를 역임했다. 저술로는 『문헌통고』文獻通考, 『대학집전』大學集傳, 『다식록』多識錄 등이 있다.

마테오리치利瑪竇   로마 가톨릭의 중국 선교를 정착시킨 예수회 선교사. 호는 청태淸泰·서강西江, 존칭은 태서유사泰西儒士이다. 일반적으로 이마두利瑪竇로 표기한다.

매요신梅堯臣   중국 송나라 사람으로, 자는 성유聖兪, 호는 완릉宛陵. 구양수의 추천으로 국자감國子監 직강이 되었다. 당시 유행하던 서곤체西崑體의 폐풍을 일소하고, 평담平淡한 시풍을 개척하였다. 저서로 『완릉집』이 있다.

모문석毛文錫   중국 당나라 때 남양南陽 사람으로, 자는 평규平珪. 오대 시대 촉에서 벼슬하였다. 음률에 밝았고, 시와 사詞에 뛰어났다고 한다. 저서에 『다보』茶譜가 있다.

모양冒襄   중국 명말 청초의 여고如皐 사람. 자는 벽강辟疆, 호는 소민巢民·박소朴巢. 청나라가 들어서자 벼슬하지 않았다. 시문에 뛰어났으며, 저서에 『박소시문집』, 『영매암억어』影梅庵憶語, 『개다휘초』岕茶彙抄 등이 있다.

모환문毛煥文   중국 청나라 때의 학자. 『만보전서』萬寶全書를 증보하였는데, 여기에 차와 관련된 「차경채요」茶經採要가 수록되어 있다.

무경毋㷛   중국 당나라 낙양洛陽 사람으로, 우보궐을 역임했다. 『고금시록』古今詩錄을 편찬했으며, 개원開元 연간 함상정含象亭 18학사의 한 사람으로 꼽힌다. 기무경綦毋㷛으로 표기된 문헌도 있다.

문룡聞龍   중국 명나라 절강 사람으로, 자는 은린隱鱗, 호는 비둔옹飛遁翁. 시에 뛰어났다. 저서에 『다전』茶箋이 있다.

문언박文彦博   중국 송나라 때 명신. 자는 관부寬夫, 시호는 충렬忠烈. 인종·영종·신종·철종 등 4대에 걸쳐 재상을 지냈다. 저서에 『노공집』潞公集이 있다.

문징명文徵明   중국 명나라 때의 시인이자 화가. 호는 형산衡山, 이름은 벽壁. 징명은 자. 한림원翰林院 시조를 제수받아 『무종실록』武宗實錄 편수에 참여하였다. 그의 그림은 남종화南宗畵의 중흥을 이루었고, 글씨는 왕희지王羲之·조맹부趙孟頫의 영향을 많이 받았다.

배문裵汶   중국 당나라 사람으로, 호주 자사를 지냈다. 차에 대한 해박한 지식으로 『다술』茶述을 저술하였다. 당시 다방茶坊 간에서는 육우陸羽를 다신茶神으로 모시면서 항상 배문과 노동을 배향하였다고 한다.

배휴裵休   중국 당나라 때의 명신. 자는 공미公美. 하동河東 절도사를 지내고 하동현자에 봉해졌다. 시문에도 뛰어났다. 불교에 귀의하여 『전심법요』傳心法要를 편찬하였다.

백파白坡 　1767(영조 43)~1852(철종 3). 속성은 이李, 이름은 긍선亘璇, 백파는 법호法號. 12세 때 선운사에서 출가하였고, 백양산 운문암에서 선문禪門의 종주로 추앙받았다. 저서에『정혜결사문』定慧結社文,『선문수경』禪門手鏡 등이 있다.

범중엄范仲淹 　중국 송나라 때의 명신. 자는 희문希文, 시호는 문정文正. 왕안석이 시도한 개혁의 기반을 다졌으며, 참지정사를 역임했다. 저서에『범문정공집』이 있다.

변지화卞持和 　호는 북산도인北山道人. 진도 부사를 지냈다. 홍현주洪顯周가 변지화를 통해 초의 선사에게 다도에 대해 묻자, 초의 선사가 「동다송」을 지어 답하였다.

부 대사傅大士 　중국 양나라의 승려. 이름은 흡翕, 자는 현풍玄風. 양 무제를 귀의시켜 중국 불교 발전에 기여하였다. 몽산정蒙山亭에 암자를 짓고 차를 가꾸었으며, 성양화聖楊花·길상예吉祥蕊란 차를 임금께 바쳤다.

빙허각 이씨憑虛閣 李氏 　1759(영조 35)~1824(순조 24). 본관은 전주. 서유본徐有本의 아내로 서유구徐有榘를 직접 가르쳤다고 한다. 저서에『규합총서』閨閣叢書와『빙허각시집』이 있다.

사마천司馬遷 　중국 전한 때의 역사가. 자는 자장子長. 친구인 이릉李陵을 변호하다가 궁형宮刑을 당하였다. 뒤에 중서령에 임명되었으며, 부친 사마담司馬談의 뒤를 이어 불후의 명작인『사기』史記를 완성하였다.

상백웅常伯熊 　중국 당나라 사람으로, 차를 잘 달였다고 한다. 저서에『다경』茶經이 있는데, 육우의『다경』보다 차의 공효를 훨씬 넓게 기록하여 당나라 차 문화 번성에 공이 컸다.

상홍양桑弘羊　　중국 한나라 때의 낙양 사람. 무제 때에 소금·철·주류의 국가 전매를 추진하여 부상富商의 독과점을 막았고, 소제 때에는 어사대부를 역임했다. 상관걸上官桀 등과 모반을 꾀하다가 처형당했다.

서거정徐居正　　1420(세종 2)∼1488(성종 19). 본관은 달성, 자는 강중剛中, 호는 사가정四佳亭. 23년간 문형을 지냈다. 저서로 『동인시화』東人詩話, 『태평한화골계전』太平閑話滑稽傳, 『사가집』 등이 있으며, 『동국통감』東國通鑑, 『동문선』東文選 등의 관찬 사업에도 주도적 역할을 하였다.

서광계徐光啓　　중국 명나라 때의 학자. 자는 자선子先, 호는 현호玄扈, 시호는 문정文定. 천주교 신자로서 이탈리아인에게 천문天文·산법算法·화기火器 등을 배웠으며, 저서에 『농정전서』農政全書가 있다.

서긍徐兢　　중국 송나라 때의 문신. 자는 명숙明叔. 1123년 고려에 왔다가 이때의 견문을 바탕으로 『고려도경』高麗圖經을 저술하였다. 관직은 대종승을 거쳐 장서학에 이르렀다.

서명응徐命膺　　1716(숙종 42)∼1787(정조 11). 본관은 달성, 자는 군수君受, 호는 보만재保晚齋, 시호는 문정文靖. 1754년 문과에 급제한 뒤 청나라에 다녀왔으며, 봉조하에 이르렀다. 저서에 『보만재집』, 『보만재총서』 등이 있으며, 『역학계몽집전』易學啓蒙集箋, 『계몽도설』啓蒙圖說, 『고사신서』攷事新書의 관찬 사업에도 주도적 역할을 하였다.

서유구徐有榘　　1764(영조 40)∼1845(헌종 11). 본관은 달성, 자는 준평準平, 호

는 풍석楓石, 시호는 문간文簡. 서명응의 손자. 1790년 문과에 급제하여 대제학과 우참찬을 지냈다. 저서로『임원경제지』林園經濟志와『풍석전집』등이 있다.

서헌충徐獻忠   중국 명나라 때 사람. 자는 백신伯臣, 호는 장곡長谷. 문장과 기절氣節로 알려졌다. 죽은 뒤 제자들이 정헌선생貞憲先生이라는 시호를 올렸다. 저서에『장곡집』,『오흥장고집』吳興掌故集,『수품』水品 등이 있다.

설능薛能   중국 당나라 때의 시인. 자는 대졸大拙. 진사에 급제한 뒤 공부 상 서 등을 지냈다. 저서에『설허창시집』薛許昌詩集이 있다.

소식蘇軾   중국 북송의 문인으로, 자는 자첨子瞻, 호는 동파東坡. 당송팔대가 의 한 사람이며, 서화에도 능했다. 부친 소순蘇洵, 아우 소철蘇轍과 함께 삼소三 蘇로 일컬어진다. 저서로『소동파전집』이 있다.

소이蘇廙   중국 당나라 사람으로, 행적은 알려져 있지 않다. 저서에『십육탕 품』十六湯品이 있다.

손목孫穆   중국 송나라 때 문인. 1103년경 서장관으로 고려를 다녀갔으며, 이 때의 견문을 바탕으로『계림유사』鷄林遺事를 저술하였다.

손초孫樵   중국 당나라 관동關東 사람으로, 자는 가지可之·은지隱之. 한유와 교유하였다. 진사에 급제하여 중서 사인이 되었으며, 문집으로『손가지집』이 있다.

송명흠宋明欽   1705(숙종 31)~1768(영조 44). 조선 후기의 문신. 본관은 은 진, 자는 회가晦可, 호는 역천櫟泉, 시호는 문원文元. 1764년 경연관으로 정치 문 제를 논의하다가 영조의 비위에 거슬리는 발언을 하여 파직되었다. 이조 판서에

추증되었으며, 저서로『역천집』이 있다.

수룡袖龍　　1777(정조 1)~?. 법명은 색성贖性, 수룡은 법호이다. 속성은 임任.
해남 출신. 두륜산 대둔사에서 출가하였고, 정약용에게 경학을 배웠다. 저서로
『대동선교고』大東禪敎攷가 있다.

신광수申光洙　　1712(숙종 38)~1775(영조 15). 조선 후기의 문인. 본관은 고
령, 자는 성연聖淵, 호는 석북石北. 1764년 제주도의 풍토·지리·해운 등의 상황을
조사한『부해록』浮海錄을 지었다. 과시科詩인「관산융마」關山戎馬는 절창으로 애
송되었다. 문집에『석북집』이 있다.

신유한申維翰　　1681(숙종 7)~1752(영조 28). 조선 후기의 문인. 본관은 영해,
자는 주백周伯, 호는 청천靑泉. 1719년 통신사의 제술관으로 일본을 방문하고 지
은『해사동유록』海槎東遊錄은 기행 문학의 걸작이며, 최성대崔成大와 각별한 교
유를 나눈 것으로도 유명하다. 저서로『청천집』이 있다.

신헌구申獻求　　1823(순조 23)~1902(광무 6) 본관은 고령, 자는 계문季文.
1862년 문과에 급제한 뒤 예조 판서를 지냈으며, 1902년 4월 최익현崔益鉉, 장석
룡張錫龍 등과 함께 궁내부宮內府 특진관特進官에 임명되었다.

심괄沈括　　중국 송나라의 학자. 자는 존중存中, 호는 몽계夢溪. 진사에 급제
한 뒤 왕안석王安石과 함께 송나라의 제도를 개혁하였고, 중국의 과학 발전에 크
게 이바지 하였다. 저서로『몽계필담』夢溪筆談,『양방』良方 등이 있다.

안영晏嬰　　중국 춘추 시대 제나라 경공의 신하로 흔히 안자晏子라 부른다. 저
서로『안자춘추』晏子春秋가 있다.

안정복安鼎福　　1712(숙종 38)~1791(정조 15). 본관은 광주, 자는 백순百順, 호는 순암順庵. 성호星湖 이익李瀷의 문인. 『동사강목』東史綱目, 『잡동산이』雜同散異 등 많은 저술을 남겼다.

여가如可　　생몰년 미상. 고려 성종 때의 승려. 989년 국서를 휴대하고 송나라로 가서 『대장경』大藏經을 줄 것을 청하였고, 『대장경』을 받아 고려의 공사貢使 한인경韓蘭卿 등과 함께 귀국하였다.

역도원酈道元　　중국 북위 범양范陽 사람으로, 자는 선장善長. 학문을 좋아했고 기서奇書를 많이 보았다. 벼슬은 형주荊州 자사를 지냈다. 저서에 『수경주』水經注가 있다.

영호초令狐楚　　중국 당나라 때의 문신. 자는 각사殼士, 시호는 문文. 진사에 급제한 뒤 중서시랑 평장사를 지냈다. 백거이白居易·유우석劉禹錫과 교유하였다. 저서에 『양원문류』梁苑文類, 『표주집』表奏集 등이 있었다고 하나 모두 일실되었다.

예찬倪瓚　　중국 원나라 때 무석無錫 사람. 자는 원진元鎭, 운림거사雲林居士로 자호했다. 남종산수화의 대표적인 작가이며, 〈강안망산도〉江岸望山圖, 〈죽수야석도〉竹樹野石圖 등의 작품이 전한다.

오경석吳慶錫　　1831(순조 31)~1879(고종 16). 본관은 해주, 자는 원거元秬, 호는 역매亦梅·진재鎭齋. 오세창吳世昌의 부친. 금석학에 관심이 많았고, 그림과 글씨에도 일가를 이루었다. 편서에 『삼한금석록』三韓金石錄이 있다.

오세창吳世昌　　1864(고종 1)~1954. 본관은 해주, 자는 중명仲銘, 호는 위창葦滄. 민족대표 33인의 한 사람. 전서篆書와 예서隸書에 뛰어났으며 서화 감식에 조예가 깊었다. 대한서화협회大韓書畵協會를 창립했다. 저서로 『근역서화징』槿域書畵徵, 『근역인수』槿域印藪 등이 있다.

오종선吳從先 중국 명나라 의종 때의 사람으로, 행적은 알려져 있지 않다. 저서에 『소창자기』小窓自紀, 『염기』艶紀, 『청기』淸紀 등이 있다.

온교溫嶠 중국 진晉나라의 대신. 자는 태진太眞. 성제 때 강주江州 자사를 지냈다. 왕돈王敦의 반란, 소준蘇峻의 반란을 진압하는 등 큰 공을 세웠다.

온정균溫庭筠 중국 당나라 때의 시인. 자는 비경飛卿, 본명은 기岐. 문재文才가 훌륭했지만, 행실이 나빴다고 한다. 사와 악부樂府에 특히 뛰어났다. 저서로 『온비경시집』, 『채다록』採茶錄 등이 있다.

왕안석王安石 중국 송나라 때 학자·정치가. 자는 개보介甫, 호는 반산半山, 시호는 문文. 신종 때 신법新法을 만들어 정치 개혁을 단행했다. 저서로 『임천집』臨川集, 『당백가시선』唐百家詩選 등이 있다.

왕애王涯 중국 당나라 사람. 자는 광진廣津. 진사에 뽑힌 뒤, 중서문하 평장사를 지냈다. 차법茶法을 고쳐 세금을 많이 매겼다. 이훈李訓·정주鄭注 등과 환관을 암살하려다 계획이 누설되어 피살당했다.

왕제王濟 중국 진晉나라 태원太原 사람으로 자는 무자武子. 뛰어난 재능과 훌륭한 외모로 진 무제의 사위가 되었으며, 사치를 일삼았다고 한다. 저서에 『진표기장군왕제집』晉驃騎將軍王濟集이 있다.

왕진붕王振鵬 중국 원나라 때 영가永嘉 사람. 자는 붕매朋梅. 호는 고운처사

孤雲處士. 조운천호를 역임하였다. 그림에 뛰어났는데, 신기神氣가 날아 움직였으며 화법에 구애받지 않았다.

왕파王播   중국 당나라 사람. 자는 명척明剔, 시호는 경敬. 덕종 때 진사에 급제하여 염철사를 지냈고, 태원군공에 봉해졌다. 글씨에 뛰어났다.

왕포王襃   중국 한나라 촉 사람. 자는 자연子淵. 간대부를 역임하였다. 방사方士가 익주益州에 금마벽계신金馬碧雞神이 있다고 하자, 왕이 왕포를 보내 제사지내게 했는데, 가던 길에 죽었다.

웅명우熊明遇   중국 명나라 때 진현進賢 사람. 자는 양유良孺, 호는 단석壇石. 진사에 급제한 뒤, 공부 상서까지 역임하였다. 동림당東林黨 사건에 연루되어 여러 차례 유배되었다. 저서에 『남추집』南樞集, 『나개다기』羅岕茶記 등이 있다.

웅번熊蕃   중국 송나라 건양建陽 사람. 자는 무숙叔茂, 독선선생獨善先生으로 자호하였다. 차를 즐겼으며, 저서에 『다록』茶錄, 『선화북원공다록』宣和北苑貢茶錄 등이 있다.

위응물韋應物   중국 당나라 때의 시인. 전원과 산림의 고요한 정취를 소재로 한 작품을 많이 썼다. 왕유王維·맹호연孟浩然·유종원柳宗元 등과 함께 왕맹위유王孟韋柳로 병칭되었다. 저서로 『위소주집』韋蘇州集이 있다.

유득공柳得恭   1749(영조 25)~1807(순조 7). 본관은 문화, 자는 혜풍惠風·혜보惠甫, 호는 영재泠齋·영암泠菴·고운당古芸堂. 박제가·이덕무李德懋·이서구李書九와 함께 한시사가漢詩四家로 불린다. 저서로 『영재집』, 편서에 『경도잡지』京都雜志 등이 있다.

유만주兪晩柱　　1755(영조 31)~1788(정조 12). 조선 후기의 문인. 본관은 기계
杞溪, 자는 백취伯翠, 호는 통원通園·흠고당欽古堂·흠영외사欽英外史. 저암著菴
유한준兪漢雋의 아들. 평생 환로에 진출하지 못한 채 독서에 열중하였다. 저서로
30년간의 독서기록을 일기체로 기록한『흠영』이 있다.

유백추劉伯芻　　중국 당나라 때 낙천洛川 사람. 자는 소지素芝. 형부 시랑 등
을 역임하였다. 글씨를 잘 썼는데, 특히 팔분체八分體에 뛰어났다. 저서인『수품』
水品에서 중국 최초로 차에 알맞은 물의 품질을 7등급으로 나누었다.

유지劉摯　　중국 송나라 동광東光 사람으로, 자는 신로莘老, 시호는 충숙忠肅.
왕안석 신법의 폐해를 상소했으며, 상서 우복야를 역임했다. 성격이 강직하여 모
함을 당해 신주新州에서 죽었다. 저서에『충숙집』이 있다.

육수성陸樹聲　　중국 명나라 때 화정華亭 사람. 자는 여길與吉, 호는 평천平
泉·무쟁거사無諍居士. 예부 상서를 역임하였고, 관직에서 물러난 뒤로는 차를 마
시며 마음을 달랬다. 저서로『다료기』茶寮記가 있다.

육우陸羽　　중국 당나라 때 경릉竟陵 사람. 자는 홍점鴻漸·계자季疵, 호는 경
릉자竟陵子, 아호는 상저옹桑苧翁·동강자東岡子·동원선생東園先生 등이다. 평
소에 차를 좋아해 다신茶神으로 받들어졌다. 저서로『다경』茶經,『고저산기』顧渚
山記,『남북인물지』南北人物志,『오흥역관기』吳興歷官記,『원해』源解 등이 있다.

육유陸游　　중국 송나라 때 사람. 자는 무관務觀, 자호는 방옹放翁. 보장각寶
章閣 대제를 지냈다. 시에 뛰어나서 검남 일파劍南一派를 이루었다. 저서로『입촉
기』入蜀記,『남당서』南唐書,『위남문집』渭南文集 등이 있다.

윤덕희尹德熙   1685(숙종 11)~1776(영조 52). 본관은 해남, 자는 경백敬伯, 호는 낙서駱西·연포蓮圃·연옹蓮翁. 윤두서尹斗緒의 아들로 화가. 벼슬은 도사에 이르렀고 부친과 함께 쌍절雙絶이라 일컬어졌다.

윤두서尹斗緒   1668(현종 9)~1715(숙종 41). 본관은 해남, 자는 효언孝彦, 호는 공재恭齋. 윤선도尹善道의 증손. 시문에 능했고 그림을 잘 그렸다. 현재玄齋 심사정沈師正·겸재謙齋 정선鄭敾과 함께 조선의 삼재三齋로 불렸다.

윤복尹復   1512(중종 7)~1577(선조 10). 본관은 해남, 자는 원례元禮, 호는 석문石門·행당杏堂. 윤효정尹孝貞의 아들. 1538년 문과에 급제하였고, 이황李滉과 교유하였다. 승정원 좌·우부승지를 거쳐 충청도 관찰사를 지냈다. 저서에 『행당선생유고』가 있다.

윤지충尹持忠   1759(영조 35)~1791(정조 15). 본관은 해남. 정약용의 외사촌으로 25세 때 진사에 합격하였다. 초기 천주교 순교자로 세례명은 바오로. 1791년 모친상을 당하자 천주교 교리를 지키기 위해 신주를 불살랐으며, 유림과 친척에 의해 고발되어 참수되었다. 이 사건이 진산사건珍山事件이다.

윤형규尹馨圭   1763(영조 39)~1840(헌종 6). 조선 후기의 문인. 본관은 파평, 자는 성문聖聞, 호는 희재戱齋·청운당주인聽韻堂主人. 정확한 이력은 잘 알려져 있지 않다. 저서로는 『희재잡록』이 있으며, 「다설」茶說에서 차의 효능과 차를 마시는 방법 등에 대해 논하였다.

의순意恂   1786(정조 10)~1866(고종 3). 본관은 나주, 자는 중부中孚, 호는 초의艸衣, 속성은 장張. 15세 때 남평 운흥사雲興寺에서 출가했다. 정약용에게 시문을 배웠고, 김정희 등과 교유했으며, 조선 다도의 정립자로 불린다. 두륜산에서

40년간 수행하였다. 저서로 「동다송」東茶頌, 『일지암유고』一枝庵遺稿 등이 있다.

의천義天   1055(문종 9)~1101(숙종 6). 고려의 승려. 성은 왕王, 이름은 후煦, 호는 우세祐世, 시호는 대각국사大覺國師. 고려 문종의 아들. 천태종天台宗을 창종하였다. 저서로 『신편제종교장총록』新編諸宗敎藏總錄, 『신집원종문류』新集圓宗文類, 『대각국사문집』 등이 있다.

이광사李匡師   1705(숙종 31)~1777(정조 1). 조선 후기의 서화가. 본관은 전주, 자는 도보道甫, 호는 원교圓嶠·수북壽北. 50세 되던 1755년 소론 일파의 역모 사건에 연좌되어 진도로 유배되었고 그곳에서 일생을 마쳤다. 시·서·화에 능하였으며, 특히 글씨에서 원교체圓嶠體를 이룩하였다. 저서로 『원교서결』圓嶠書訣·『원교집선』圓嶠集選 등이 있다.

이규경李圭景   1788(정조 12)~1856(철종 7). 본관은 전주, 자는 백규伯揆, 호는 오주五洲·소운거사嘯雲居士. 이덕무李德懋의 손자. 일생 벼슬하지 않고 학문에 몰두했다. 저서에 『오주연문장전산고』五洲衍文長箋散稿, 『백운필』白雲筆이 있다.

이남금李南金   중국 송나라 때 시인. 자는 진경晉卿, 삼계빙설옹三谿氷雪翁이라 자호했다. 진사에 급제하여 광화군 교수를 역임했다. 나대경과 교유했다.

이덕리李德履   1728(영조 4)~?. 본관은 전의, 자는 수지綬之. 무신武臣. 1763년 조선통신사의 일원으로 일본에 다녀왔다. 최근 정약용의 저술로 알려졌던 「동다기」東茶記의 실제 저자로 밝혀졌다.

이덕유李德裕   중국 당나라 때의 문인. 자는 문요文饒. 이길보李吉甫의 아들. 한림학사 등을 역임하였고, 폐불廢佛을 단행하기도 하였다. 선종이 즉위하자 해남도海南島로 추방되었다. 저서에 『회창일품집』會昌一品集, 『좌안서성』左岸書城 등이 있다.

이동李洞　중국 당나라 경조京兆 사람으로, 자는 재강才江. 가도의 시를 좋아하여 그의 상像을 만들고 신神처럼 섬겼다고 한다. 촉 지방에 노닐다 죽었다.

이상적李尙迪　1804(순조 4)~1865(고종 2). 본관은 우봉, 자는 혜길惠吉, 호는 우선藕船. 김정희의 제자. 〈세한도〉歲寒圖는 이상적을 위해 그린 것이다. 역관 출신으로 지중추부사에 이르렀다. 저서로 『은송당집』恩誦堂集이 있다.

이상정李象靖　1711(숙종 37)~1781(정조 5). 조선 후기의 학자. 본관은 한산, 자는 경문景文, 호는 대산大山, 시호는 문경文敬. 1735년 문과에 급제한 뒤, 학문에 전념하였다. 이황을 학맥을 계승한 중추적 인물이다. 저서로 『퇴도서절요』退陶書節要·『경재잠집설』敬齋箴集說·『주자어절요』朱子語節要 등이 있다.

이서균李栖筠　중국 당나라 사람으로, 자는 정일貞一. 이길보李吉甫의 아버지. 진사에 급제한 뒤 상주자사常州刺史와 절서관찰사浙西觀察使를 지냈다. 행실이 훌륭하였으며, 찬황현자贊皇縣子에 봉해졌다.

이수광李睟光　1563(명종 18)~1628(인조 6). 본관은 전주, 자는 윤경潤卿, 호는 지봉芝峯, 시호는 문간文簡. 3차례 명나라 사행을 다녀왔다. 이조 판서를 지냈고 영의정으로 추증되었다. 저술로는 『지봉유설』芝峯類說, 『지봉집』 등이 있다.

이승훈李承薰　1756(영조 32)~1801(순조 1). 본관은 평창, 자는 자술子述, 호는 만천蔓川. 세례명은 베드로. 이가환李家煥의 생질. 한국천주교회 창설자의 한 사람으로 한국인 최초의 영세자이다. 신유사옥 때 참형되었다. 저서에 『만천유고』

가 있다.

이유원李裕元　　　1814(순조 14)∼1888(고종 25). 본관은 경주, 자는 경춘京春, 호는 귤산橘山·묵농默農. 1841년 문과에 급제하였고, 영의정을 지냈다. 조선 후기의 손꼽히는 차 애호가 중 한 사람이다. 저서에 『임하필기』林下筆記, 『가오고략』嘉梧藁略, 『귤산문고』 등이 있다.

이익李瀷　　　1681(숙종 7)∼1763(영조 39). 본관은 여주, 자는 자신自新, 호는 성호星湖. 재야의 선비로 일생동안 학문에 전념하였으며, 뛰어난 제자들을 배출하여 성호학파를 이루었다. 저서로 『성호사설』星湖僿說, 『곽우록』藿憂錄, 『성호선생문집』 등이 있다.

이진형李鎭衡　　　1723(경종 3)∼1781(정조 5). 본관은 전주, 자는 평중平仲, 호는 남곡南谷, 시호는 충간忠簡. 1753년 생원시에 합격하고, 같은 해 문과에 급제하였으며, 예조 참판에 이르렀다. 경사經史에 박통하였고, 글씨에도 뛰어났다.

이하응李昰應　　　1820(순조 20)∼1898(광무 2). 본관은 전주, 자는 시백時伯, 호는 석파石坡, 시호는 헌의獻懿. 고종의 아버지. 1843년 흥선군興宣君에 봉해지자, 세도정치를 타파하고 서원을 정리했다. 서화에 능했으며 특히 난초를 잘 그렸다.

이학규李學逵　　　1770(영조 46)∼1835(순조 35). 본관은 평창, 자는 성수惺叟, 호는 낙하생洛下生. 18세 때 『규장전운』奎章全韻의 수교讎校를 맡았다. 신유사옥 후 24년간 김해로 유배되었다. 저서로 『명물고』名物考, 『문의당고』文猗堂稿 등이 있다.

이홍장李鴻章　　　중국 청나라 말기의 정치가. 태평천국운동에 공을 세웠고, 양무운동의 중심인물이었다. 중국 군대와 산업의 근대화에 힘썼으나 청일전쟁의 패배로 실각하였다.

장원張源　중국 명나라 포산包山 사람. 자는 백연伯淵, 호는 초해산인樵海山人. 산속에 숨어 제자백가를 공부했고, 여가에 차를 즐기며 유유자적하였다. 저서에 『다록』茶錄이 있다.

장조張潮　중국 청나라 흡현歙縣 사람. 자는 산래山來, 호는 심재心齋. 한림원 공목을 역임하면서 도서를 정리하고 교정하는 일을 관장하였다. 저서에 『유몽영』幽夢影, 『우초신지』虞初新志, 『심재시집』 등이 있다.

전예형田藝蘅　중국 명나라 전당錢塘 사람. 자는 자예子藝. 성품이 호탕하며 술을 즐겼다고 한다. 저서에 『전자예집』, 『자천소품』煮泉小品 등이 있다.

정약용丁若鏞　1762(영조 38)~1836(헌종 2). 본관은 나주, 자는 미용美庸·귀농歸農·용보頌甫, 호는 삼미자三眉子·다산茶山·사암俟菴·자하도인紫霞道人·태수苔叟·문암일인門巖逸人·탁옹籜翁·철마산초鐵馬山樵, 당호는 여유당與猶堂·사의재四宜齋, 시호는 문도文度. 1789년 문과에 급제하여 곡산 부사와 형조 참의를 지냈다. 1801년 신유박해 때 장기로 귀양 갔다가, 강진으로 이배移配되어 18년간 유배 생활을 하였다. 유배 기간 동안 학문에 몰두하여 많은 저술을 남겼는데, 『여유당전서』로 간행되었다.

정약전丁若銓　1758(영조 34)~1816(순조 16). 본관은 나주, 자는 천전天全, 호는 손암巽菴·연경재硏經齋·현산兹山. 정약용의 형. 1790년 문과에 급제하여 병조 좌랑을 지냈다. 1801년 신유사옥 때 흑산도로 유배되어 그곳에서 죽었다. 저서로 『현산어보』兹山魚譜, 『송정사의』松政私議가 있다.

정위丁謂　중국 송나라 장주長洲 사람으로, 자는 위지謂之·공언公言. 진사에 급제하여 소문관昭文館 대학사에 이르렀고 진국공晉國公에 봉해졌다. 그림·음률 등에 뛰어났다. 저서에『호구집』虎丘集,『도필집』刀筆集 등이 있다.

정학연丁學淵　1783(정조 7)~1859(철종 10). 본관은 나주, 아명은 학가學稼, 자는 치수穉修, 호는 유산酉山. 정약용의 장남. 시문에 능했고 의술에도 밝았다. 감역을 지냈다. 저서로『종축회통』種畜會通이 있다.

정학유丁學游　1786(정조 10)~1855(철종 6). 본관은 나주, 아명은 학포學圃·문장文牂, 자는 치구穉求. 정약용의 둘째 아들. 「농가월령가」農家月令歌의 저자로 알려져 있으며, 편서로『시명다식』詩名多識이 있다.

조재삼趙在三　1808(순조 8)~1866(고종 3). 본관은 임천林川, 자는 중기, 호는 송남松南. 졸수재拙修齋 조성기趙聖期의 5세손. 저서로『송남잡지』松南雜識가 있다.

조찬趙贊　중국 당나라 사람. 782년 호부시랑으로 탁지度支를 관장했다. 783년 간가세間架稅와 맥전陌錢을 제외하는 법을 요청해 시행했다가 실패하여, 파주播州 사마로 좌천되었다.

종고 선사宗杲禪師　중국 송나라 때 임제종臨濟宗 양기파楊岐派의 고승. 속성은 해奚, 자는 담회曇晦, 호는 묘희妙喜·운문雲門, 시호는 보각普覺. 12세에 출가하여 16세에 득도하였으며, 오조연五祖演에서 비롯한 간화선看話禪을 확립하였다. 저서에『대혜어록』大慧語錄 등이 있다.

주공周公　중국 주나라 문왕의 아들이며 무왕의 동생으로 이름은 단旦. 무왕을 도와 은나라를 멸망시켰다. 무왕이 죽자 성왕을 도와 주나라의 예악 제도를 정비하였다. 『주례』周禮를 저술했다고 알려졌다.

증기曾幾　　중국 송나라 사람. 자는 길보吉甫, 다산거사茶山居士라 자호하였다. 학식이 풍부하였고 시에 뛰어났다. 저서에 『역석상』易釋象, 『다산집』이 있는데, 모두 일실되었다.

지공指空　　인도 마갈 제국에서 태어나 원나라 순제 때 고승으로 이름이 높았다. 고려 충렬왕 때 양주 회암사에 머물렀으며, 회암사 경내에 부도浮屠가 남아 있다.

지숭志崇　　중국 당나라 때 각림사覺林寺의 승려. 경뢰소驚雷笑·훤초대萱草帶·시용향柴茸香 등 세 가지 차를 만들었다고 한다.

진감陳鑑　　중국 명말 청초의 남월南越 사람. 자는 자명子明. 소주蘇州 지방을 떠돌며 강남의 명사들과 교유하였고, 박식하여 영남재자岭南才子로 불렸다. 저서에 『호구다경주보』虎丘茶經註補, 『강남어선품』江南魚鮮品이 있다.

진계유陳繼儒　　중국 명나라 화정華亭 사람. 자는 중순仲醇, 호는 미공眉公·미공麋公. 곤산崑山 남쪽에 은거하여 저술에 몰두하였고 시문과 서화에 뛰어났다. 저서로 『미공전집』, 『복수전서』福壽全書 등이 있다.

진부량陳傅良　　중국 송나라 서안瑞安 사람. 자는 군거君擧, 호는 지재止齋, 시호는 문절文節. 진사시에 급제하여 보모각대제寶謨閣待制를 지냈다. 저서로 『시해고』詩解詁, 『주례설』周禮說, 『춘추후전』春秋後傳 등이 있다.

채경蔡京　　중국 북송 말기의 간신. 자는 원상元常. 신법당新法黨으로서 이른바 6적賊의 우두머리였다. 흠종이 즉위한 뒤 영남嶺南으로 유배 가다가 도중에 죽었다.

채양蔡襄　중국 송나라 때 선유仙遊 사람으로, 자는 군모君謨, 시호는 충혜忠惠. 시문을 잘 지었고 필법이 뛰어났다. 개봉부와 복주福州·천주泉州·항주杭州 등을 맡아 다스렸다. 저서로『차록』茶錄,『여지보』荔枝譜,『채충혜집』등이 있다.

최한기崔漢綺　1803(순조 3)~1877(고종 16). 조선 말기의 실학자·과학사상가. 본관은 삭녕, 자는 지로芝老, 호는 혜강惠岡·명남루明南樓 등. 조선 후기의 실학 사상을 계승하면서 그것을 더욱 전진적으로 전개시켜 근대적 개화 사상에 연결시키는 교량적 역할을 수행했다. 저서로는『농정회요』農政會要,『기측체의』氣測體義,『기학』氣學 등이 있다.

풍가빈馮可賓　중국 명나라 말 산동山東 사람. 자는 정경正卿. 진사에 급제하여 호주사반湖州司班을 지냈다. 청나라가 들어서자 벼슬하지 않고 은거하였다. 저서에『개다전』岕茶箋이 있다.

풍시가馮時可　중국 명나라 말 화정華亭 사람. 자는 민경敏卿, 호는 원성元成. 진사에 급제하여 호광湖廣 포정사참정을 지냈다. 저서로『좌씨석』左氏釋,『다록』茶錄 등이 있다.

한굉韓翃　중국 당나라 남양南陽 사람. 자는 군평君平. 진사에 급제하여 중서사인을 역임하였다. 대력 십재자大曆十才子의 한 사람이다. 저서에『한군평집』이 있다.

한기韓琦　중국 송나라 때 명신. 자는 치규稚圭, 호는 공수贛叟. 좌복야를 역임했다. 범중엄과 함께 송나라의 명재상으로 이름이 높다. 위국공魏國公에 봉해졌다.

한유韓愈　　중국 당나라 때 창려昌黎 사람으로, 자는 퇴지退之. 당송팔대가의
한 사람이며, 고문古文 운동을 주도하였다. 벼슬은 이부 시랑에 이르렀다. 저서로
『창려선생집』이 있다.

허련許鍊　　1809(순조 9)~1892(고종 29). 본관은 양천, 자는 마힐摩詰, 호는 소
치小癡. 허유許維로 개명했다. 진도 출신으로, 김정희의 제자가 되었다. 시·서·
화 삼절로 일컬어졌으며, 특히 산수·인물·묵화에 뛰어났다. 벼슬은 지중추부사에
이르렀다.

허차서許次紓　　중국 명나라 사람. 행적은 알려져 있지 않다. 저서에 『다소』茶
疏가 있다.

혜장惠藏　　1772(영조 48)~1811(순조 11). 자는 무진無盡, 호는 연파蓮波·아암
兒菴, 속성은 김金, 초명은 팔득八得. 두륜산 대흥사에서 출가하여 30세에 대흥사
의 강석講席을 맡았다. 『주역』周易에 밝았으며, 정약용과 교유하였다. 저서로 『아
암집』이 있다.

호인胡寅　　중국 송나라 때 사람으로, 자는 명중明仲, 시호는 문충文忠. 학자
들은 치당선생致堂先生으로 일컫는다. 진사에 급제하여 휘유각徽猷閣 직학사를
지냈다. 저서로 『논어상설』論語詳說, 『독사관견』讀史管見, 『비연집』斐然集 등이
있다.

홍경洪慶　　생몰년 미상. 신라 말·고려 초의 승려. 928년에 후당에서 대장경大
藏經 1부를 얻어 배에 싣고 예성강禮成江 하구에 이르자 태조가 친히 마중 나와
환영하고, 대장경은 제석원帝釋院에 모셨다고 한다.

홍국영洪國榮   1748(영조 24)～1781(정조 5). 본관은 풍산, 자는 덕로德老. 1771년 문과에 급제하였다. 정조의 신임을 등에 업고 권세를 휘둘렀다. 순정 왕후純貞王后를 독살하려다 발각되어 쫓겨났다.

홍대용洪大容   1731(영조 7)～1783(정조 7). 본관은 남양, 자는 덕보德保, 호는 홍지弘之·담헌湛軒. 1774년 음보蔭補로 출사하여 영천군수 등을 지냈다. 지전설과 우주무한론 등을 주장한 뛰어난 과학사상가였다. 저서로『담헌서』,『의산문답』醫山問答 등이 있으며, 청나라를 다녀온 뒤 쓴「연기」燕記는『열하일기』에 영향을 미쳤다.

홍현주洪顯周   1793(정조 17)～1865(고종 2). 본관은 풍산, 자는 세숙世叔, 호는 해거재海居齋·약헌約軒. 홍석주洪奭周의 아우. 정조의 둘째딸 숙선 옹주淑善翁主와 결혼하여 영명위에 봉해졌다. 저서로『해거재시집』이 있다.

황유黃儒   중국 송나라 건안建安 사람. 행적은 알려져 있지 않다. 저서로『품다요록』品茶要錄이 있다.

황윤석黃胤錫   1729(영조 5)～1791(정조 15). 조선 후기의 학자. 본관은 평해, 자는 영수永叟, 호는 이재頤齋. 1759년 진사시에 합격하였고, 전의현감을 지냈다. 학문적으로 이학理學과 서양학의 조화를 시도하였다. 저서로『이재유고』,『이수신편』理藪新編 등이 있다.

황정견黃庭堅   중국 송나라의 시인. 자는 노직魯直, 호는 부옹涪翁·산곡도인山谷道人, 시호는 문절선생文節先生. 시에 뛰어나 소식과 함께 '소황' 蘇黃으로 병칭되었다. 해서로 일가를 이루었다. 저서에『산곡집』이 있다.

서명 사전

가우잡지嘉祐雜志　　중국 송나라 강휴복江休復이 편찬한 지인소설志人小說. 『강린기잡지』江隣幾雜志라고도 한다. 주로 송대 사람들의 제도와 연혁 및 풍속 등 이 기록되어 있다.

강심江心　　이덕리李德履의 시문집. 필사본, 불분권 55장. 이 책에 기록된 「기다」記茶라는 작품이 정약용의 작품으로 알려졌던 「동다기」東茶記로 추정된다.

개다전芥茶箋　　중국 명나라 풍가빈憑可賓이 지은 다서茶書. 약 1,000여 자. 차를 채취하여 찌고 저장하는 방법과 차의 진위를 구분하는 방법이 기술되어 있으며, 다구茶具에 대해서도 논하였다.

개다휘초芥茶彙抄　　중국 명말 청초 모양冒襄이 지은 다서. 대부분 풍가빈의 『개다전』芥茶箋, 허차서許次紓의 『다소』茶疏, 웅명우熊明遇의 『나개다기』羅芥茶記에 있는 내용으로 구성되었다.

거가필용居家必用　　찬자 미상. 원제는 『거가필용사류전집』居家必用事類全集. 총 10권. 역대 명현들의 격언과 일상생활에 필용한 내용들이 기록되어 있다. 『영락대전』永樂大全에 여러 차례 인용된 것으로 보아 원대에 저술된 것으로 보인다.

경세유표經世遺表　　정약용의 저서로 원제는 『방례초본』邦禮草本. 1표표 2서書로 대표되는 경세론經世論을 펼친 저술 가운데 첫 번째 작품으로 일종의 제도

개혁안이다. 강진에 유배 중이던 1817년에 저술하였다.

경헌집敬軒集　　조선 후기 순조의 왕세자 익종翼宗의 시문집. 12권 6책. 필사본. 서문·발문이 없어 필사연도를 알 수 없다. 권말에 부록된 「경헌시초」는 익종이 왕세자로 있을 때 저술하여 자필로 필사한 것으로, 시 150수가 수록되어 있다.

계림유사雞林類事　　중국 송나라의 손목孫穆이 지은 백과서百科書. 고려 숙종 때 서장관으로 개성에 왔다가, 고려인이 사용하던 언어 353개를 추려 설명하였다. 고려 시대 언어 연구에 귀중한 자료이다.

계원필경桂苑筆耕　　신라 말 문인 최치원崔致遠의 시문집. 총 20권. 885년 당나라에서 귀국한 최치원이 886년 당나라에서 지은 작품을 간추려 정강왕에게 바친 것으로, 현존 우리나라 최고最古의 개인 문집이다.

고려도경高麗圖經　　중국 송나라 서긍徐兢이 지은 책. 총 40권. 정식 명칭은 『선화봉사고려도경』宣和奉使高麗圖經. 1123년 송나라 사신의 일원으로 고려를 방문했던 서긍이 이때의 견문을 그림과 글로 설명한 것으로, 300여 항목이 28개 문門으로 분류되어 있다.

고사신서攷事新書　　서명응徐命膺이 어숙권魚叔權의 『고사찰요』攷事撮要를 개정·증보한 책. 15권 7책. 천도天道·지리地理·기년紀年·전장典章·의례儀禮·행인行人·문예文藝·무비武備·농포農圃·일월日月·의약醫藥의 11개 부문으로 나뉘어 있다.

고사찰요攷事撮要　　어숙권이 엮은 유서類書. 총 3권. 1554년 왕명을 받아 『제왕역년기』帝王曆年記 및 『요집』要集 등을 참조하여 편찬한 것으로, 사대교린事大

交隣과 일상생활에 필요한 여러 가지 사항들을 기록하였다.

고씨다보顧氏茶譜   중국 명나라 고원경顧元慶이 지은 책. 원제는 『다보』. 전춘년錢椿年의 『다보』와 조지리趙之履의 『다보속편』茶譜續編을 산삭刪削하고 수정하여 완성하였다. 다략茶略, 다품茶品, 예다藝茶, 채다采茶, 장다藏茶, 제다제법制茶諸法, 전다사요煎茶四要, 점다삼요点茶三要, 다효茶效 등으로 분류되어 있다.

곤학기문困學紀聞   중국 송나라 왕응린王應麟이 지은 찰기札記 모음집. 총 20권. 경經·천도·지리·제자諸子·고사考史·평시문評詩文·잡지雜識 등의 항목으로 구분하여, 2,628가지에 이르는 고증과 평론이 수록되어 있다.

군방보群芳譜   중국 명나라 왕상진王象晉이 지은 식물 재배에 관한 책. 총 30권. 원제는 『이여정군방보』二如亭群芳譜. 저자가 실제 농사를 지으며 축적한 지식을 바탕으로 널리 자료를 수집하여 10년에 걸쳐 편찬하였다.

귀전록歸田錄   중국 송나라 구양수歐陽脩가 지은 필기筆記. 총 2권. 구양수가 만년에 영주潁州로 물러나 있을 때 지었다. 내용은 조정의 고사와 사대부의 일상적인 이야기인데, 대부분 자신의 경험과 견문을 옮긴 것이다.

규합총서閨閣叢書   서유구徐有榘의 형수인 빙허각憑虛閣 이씨李氏가 지은 백과전서. 여성에게 필요한 주식의酒食議·재의裁衣·직조織造·수선修繕·염색染色·문방文房·기용器用·양잠養蠶 등에 관한 내용이 한글로 기록되어 있다. 당대 생활사 연구에 좋은 자료이다.

금강경金剛經   2세기 무렵 인도에서 성립된 공空 사상의 기초가 되는 반야경전. 『금강반야바라밀경』金剛般若波羅密經, 『금강반야경』金剛般若經이라고도 한다. 대승불교의 진수를 담고 있는 책이다.

금화경독기金華耕讀記　　서유구가 엮은 농서農書. 현재 전해지지 않지만, 『임원경제지』에 많이 인용되어 있다.

나개다기羅岕茶記　　중국 명나라의 웅명우가 지은 다서. 전체 약 500여 자의 짧은 분량이다. 7개의 항목으로 나누어 개다岕茶의 생산 환경과 차 품질의 감별·저장, 차를 끓이는 방법 등에 대해 서술하였다.

낙하생집洛下生集　　이학규李學逵의 시문집. 신유옥사에 연루되어 24년간 유배되었던 김해에서 지은 작품이 대부분이다. 하층민들의 괴로운 삶을 노래하거나, 우리 역사를 소재로 한 악부시樂府詩, 김해의 풍속 등을 노래한 기속시紀俗詩가 많다.

농정회요農政會要　　최한기崔漢綺가 편찬한 농업기술서. 내용이 방대할 뿐 아니라 다루고 있는 품목도 매우 다양하다. 19세기 농서의 비교 분석을 통한 기술사 연구에 좋은 자료이다.

다경茶經　　중국 당나라 육우陸羽가 지은 다서. 총 3권. 760년경에 간행되었다. 상권은 차의 기원·차를 만드는 법과 도구, 중권은 다기茶器, 하권은 차를 끓이는 법과 마시는 법·생산지와 문헌 등이 기록되어 있다.

다경주보茶經註補　　중국 청나라 진감陳鑑이 지은 다서. 원제는 『호구다경주보』虎丘茶經註補. 육우의 『다경』에 의거해, 총 10부분으로 나누어 『다경』 원문 아래에 호구다虎丘茶와 관련된 사실을 보충하고 주석하였다.

다록茶錄   중국 송나라 채양蔡襄이 지은 다서. 상하 2편으로 구분되어 있다. 상편에는 주로 차의 품질과 끓여서 마시는 방법을 서술하였고, 하편에는 다구茶具에 대해 논하였다. 육우의 『다경』을 잇는 전문 다서이다.

다록茶錄   중국 명나라의 풍시가馮時可가 지은 다서. 각종 차의 이름과 다기, 육우의 『다경』에 얽힌 고사 등이 기술되어 있다. 그러나 내용이 잡박하고 체제가 엉성하여 풍시가가 직접 지은 것이 아닌 것으로 보기도 한다.

다료기茶寮記   중국 명나라의 육수성陸樹聲이 지은 다서. 인품人品, 품천品泉, 팽점烹点, 상다嘗茶, 다후茶候, 다려茶侶, 다훈茶勛 등 7개 항목으로 구분하여, 각 항목에 자신의 뜻을 간략히 붙여두었다. 그러므로 자료로서 가치는 낮은 것으로 평가된다.

다보茶譜   중국 당나라의 모문석毛文錫이 지은 다서. 차나무의 식물적 형태와 특징, 차의 명칭, 채다·제다·자다煮茶 방법 등이 다루어져 있다. 육우의 『다경』과 함께 다도의 종합서라 할 수 있다.

다신전茶神傳   초의 의순草衣意恂이 1828년 엮은 다서. 『경당증정만보전서』敬堂增訂萬寶全書의 「채다록」採茶錄과 동일한 내용이다. 승려들에게 다도를 가르치기 위해 옮겨 적은 것이다.

다해茶解   중국 명나라 나름羅廩이 지은 다서. 두 부분으로 구성되어 있는데, 앞부분은 차에 관한 총론이다. 뒷부분은 10개의 항목으로 나누어 설명하였는데, 특히 차나무 재배 기술과 관련된 내용은 명청 시대 다서 가운데 가장 구체적이다.

담헌서湛軒書   홍대용洪大容의 시문집. 필사본, 15책. 내집의 『사서문변』四書

問辨·『삼경문변』三經問辨, 『의산문답』醫山問答과 외집의 『건정동필담』乾淨衕筆談, 『연기』燕記 등은 그의 사상과 문학을 알 수 있는 중요한 작품들이다.

당운정唐韻正 중국 청나라 고염무顧炎武가 지은 운서韻書. 총 20권. 『시본음』詩本音에 나오는 고음古音으로 『당운』唐韻의 오류를 바로잡은 것이다. 『당운』을 분석하고 『당운』에 포함된 글자를 고대의 운부韻部에 귀속시켰다는 점에서 큰 의의가 있다.

대관다론大觀茶論 중국 북송의 휘종이 지은 다서. 총 20개 항목으로 나뉘어 있다. 특히 송나라의 차 생산 과정과 다구茶具 및 투다鬪茶(차의 우열겨루기)의 예술성에 대해 상세히 기술하였다. 황제가 직접 저술한 다서라는 데 특이점이 있다.

대당신어大唐新語 중국 당나라 유숙劉肅이 엮은 책. 총 13권. 『세설신어』世說新語의 체제를 본떠 총 30문門으로 구분한 뒤, 당나라 무덕武德에서 대력大曆 연간에 이르기까지 권계勸戒에 관한 기사를 수록하였다.

대동수경大東水經 정약용이 편찬한 역사지리서. 우리나라 임진강 이북의 주요 산수山水에 대해 고증한 것으로, 총 4권 2책. 강진 유배 시절 제자인 이청李晴이 책의 편찬에 많은 도움을 주었다. 『아방강역고』我邦疆域考와 함께 우리나라 역사·지리 연구에 중요한 자료이다.

대명률大明律 중국 명나라 태조 때 유유겸劉惟謙이 왕명을 받들어 편찬한 법전. 총 30권.

도씨다전屠氏茶箋 중국 명나라 도륭屠隆이 편찬한 『고반여사』考槃餘事 중 「다전」茶箋 부분을 이르는 말. 일반적으로 「다설」茶說이라 부른다. 총 28조목에 걸쳐 차의 품질에 따른 구분과 채취법, 보관법, 우려내는 법 등을 설명하고 있다.

동계시다록東溪試茶錄　　중국 송나라 송자안宋子安이 지은 다서. 1권. 정위丁
謂의 『북원다록』北苑茶錄·채양의 『다록』에 기록된 건안차建安茶의 내용이 미진
하다고 여겨 저술했다고 한다. 동계는 건안의 지명이다. 차 생산지의 원근에 따라
품질에 많은 차이가 있음을 자세히 서술하였다.

동국여지승람東國輿地勝覽　　조선 성종의 명에 따라 노사신盧思愼 등이 편
찬한 지리서. 총 55권. 『대명일통지』大明一統志를 참고하여 팔도의 지리·풍속 등
을 기록하였다. 1530년(중종25년)에 증보되었다.

동국통감東國通鑑　　1485년 서거정徐居正 등이 왕명을 받고 편찬한 역사서.
총 56권. 신라 초부터 고려 말까지의 역사를 기록하였다.

동파집東坡集　　중국 송나라 소식蘇軾의 시문집. 총 40권. 많은 판본이 전해지
고 있다.

만보전서萬寶全書　　명말 청초에 간행된 일종의 백과사전. 명나라 말기 강남
지역의 문인과 출판업자가 민간에서 필요로 하는 각종 지식정보를 분류하고 편집
해서 엮은 것이다. 청나라 모환문毛煥文에 의해 증보되었다. 우리나라에서 『만보
전서언해』가 출간되기도 하였다.

목민심서牧民心書　　정약용이 편찬한 책. 총 48권. 강진 유배 시절 초고를 만들
었고, 고향 마재로 돌아와 1821년 봄 완성했다. 목민관이 갖추어야 할 자세를 경서
와 사서에서 찾아 제시하였다. 정약용의 애민 정신이 드러난 대표적 저서이다.

문룡다전聞龍茶箋　　중국 명나라 문룡聞龍이 지은 다서. 원제는 『다전』. 주로 차를 덖는 방법과 다양한 보관법에 대해 10개 항목으로 나누어 설명하였다.

문헌통고文獻通考　　중국 원나라 초기의 마단림馬端臨이 지은 제도와 문물사文物史에 관한 저서. 총 348권. 당나라 두우杜佑의 『통전』通典, 송나라 정초鄭樵의 『통지』通志와 함께 '삼통' 三通으로 불린다. 24개 항목으로 분류되어 있다.

물리소지物理小識　　중국 명나라의 방이지方以智가 지은 백과전서적 학술서적. 총 12권. 15개 항목으로 분류되어 있다. 천문·지리를 비롯해 철학·예술 등 다방면에 걸친 견해를 서술하였다. 특히 생활과학 분야의 지식과 관련된 내용이 많다.

법원주림法苑珠林　　중국 당나라 초기의 승려 도세道世가 편찬한 불교 사전의 하나. 총 100권. 불·법·승佛法僧 삼보三寶에 관한 여러 문제를 각종 전적을 인용하여 광범위하게 다루었다.

복수전서福壽全書　　중국 명나라 진계유陳繼儒가 편찬한 책. 모두 20개 항목으로 분류되어 있다. 성현의 격언과 일화들이 내용의 대부분을 차지하며, 권선징악을 주제로 하고 있다.

본조다법本朝茶法　　중국 송나라 심괄沈括이 지은 다서. 『몽계필담』夢溪筆談 「관정」官政 편에 '본조다법'으로 수록되어 있던 것을 후인들이 따로 독립시킨 것이다. 주로 송나라의 차 세금과 전매법에 관한 내용이 기록되어 있다.

본초강목本草綱目　　중국 명나라의 이시진李時珍이 엮은 본초서. 총 52권. 약용으로 쓰이는 대부분의 약초를 자연분류를 기준으로 하여 구분하였다. 모두 1,892종의 약재가 망라되어 있다.

본초연의本草衍義   중국 송나라의 구종석寇宗奭이 지은 본초서. 총 20권. 『가우보주본초』에 기재된 470여종의 약초에 대해 상세히 변증하여 논하였다. 약초의 진위 감별법과 실제 치료법 등이 포함되어 있다.

사시유요四時類要   중국 원대에 편찬된 농서農書.

선화북원공다록宣和北苑貢茶錄   중국 송나라 웅번熊蕃이 지은 다서. 건양차建陽茶의 연혁과 공품貢品의 종류를 상세히 설명하였고 그림을 첨부하였다. 당시의 각종 공다貢茶 제도를 연구하는 데 중요한 자료이다.

성호사설星湖僿說   성호 이익李瀷이 편찬한 책. 총 30권. 평소의 독서 기록이나 제자들과의 문답 기록을 조카들이 정리하였다. 천지문天地門, 만물문萬物門, 인사문人事門, 경사문經史門, 시문문詩文門으로 구분되어 있다. 이익의 실학적 학문태도를 잘 보여준다.

소창청기小窓淸紀   중국 명나라의 오종선吳從先이 쓴 수필집. 총 5권. 원제는 『청기』淸紀. 인간의 삶을 반성케 하는 많은 격언이 수록되어 있다. 저자의 다른 책으로 『소창자기』小窓自紀가 있다.

송남잡지松南雜識   조재삼趙在三이 엮은 일종의 백과전서. 총 7권. 천문·인사人事를 비롯한 동·식물 등의 33개 부문으로 나누어 서술하였다. 권3의 「방언」方言은 국어 연구의 주요한 자료이다.

수기水記   중국 당나라의 유백추劉伯芻가 지은 다서. 유백추의 『수품』水品이라는 서책을 지칭한 것으로 추정된다.

수품水品　　중국 명나라 서헌충徐獻忠이 지은 다서. 상하 2권. 차를 끓이는 물에 대해서 전문적으로 논하였다.

술자다소품述煮茶小品　　중국 송나라 섭청신葉淸臣이 지은 다서. 일명 『술자다천품』述煮茶泉品이라고도 한다. 총 510여자의 짧은 내용으로, 음다飮茶의 취미와 찻잎의 품질, 물의 구별 등에 대해 논하였다.

시가점등詩家點燈　　이규경李圭景이 지은 시화집. 총 11권. 조부인 이덕무李德懋로부터 이어져온 가학을 바탕으로 광범위한 내용을 담고 있다.

신농식경神農食經　　중국 상고시대 신농씨神農氏가 지었다는 본초서. 원제는 『식경』인데, 후대의 저작들과 구별하기 위해 『신농식경』이라 일컫는다. 차를 오래 마시면 사람들을 기쁘고 힘이 나게 만든다는 내용이 있다.

십육탕품十六湯品　　중국 당나라 소이蘇廙가 지은 다서. 1권. 물을 끓이는 것이 차 맛의 우열을 결정한다고 생각하고, 육우의 『다경』에 기록된 자다법煮茶法을 분석하여 16가지로 나누어 설명해놓았다.

아언각비雅言覺非　　정약용이 1819년에 지은 어원 연구서. 총 3권. 한국의 속어 중에서 와전되거나 어원과 용처用處가 모호한 것을 고증한 책으로 모두 200항목에 달한다. 당시 한자의 사용에 착오가 많아 이를 바로잡기 위하여 저술한 것이다.

안자춘추晏子春秋　　중국 춘추 시대 제나라 안영晏嬰의 언행을 기록한 책. 안영의 자찬自撰이라 전하나 후세 사람의 편찬으로 보인다. 유가와 묵가의 사상을 절충하여 절검주의節儉主義를 설명하였다.

암서유사巖棲幽事　　중국 명나라의 진계유陳繼儒가 지은 수필집. 꽃나무를 접하고 향을 피우고 차를 끓여 마시는 등 산중 생활의 자잘한 이야기들이 담겨 있어, 명나라 말기 은둔 생활을 했던 선비들의 모습이 잘 드러나 있다.

여유당전서與猶堂全書　　정약용의 저술을 총정리한 문집. 154권 76책. 활자본. 여유당은 정약용의 당호堂號. 1934~1938년에 걸쳐 신조선사新朝鮮社에서 발행되었다. 이 책의 편자는 외현손 김성진金誠鎭이며, 정인보鄭寅普와 안재홍安在鴻이 함께 교열에 참여하였다.

연북잡지研北雜志　　중국 원나라의 육우인陸友仁이 지은 책. 상하 2권. 기물器物·일문佚文·쇄사瑣事·언어言語·사실史實·서화품평書畵品評 등 다양한 내용을 수록하고 있다.

연원직지燕轅直志　　김경선金景善이 지은 청나라 사행 기록. 1832년(순조32) 6월부터 이듬해 4월까지의 기록이다. 총 6권. 홍대용의 『연기』와 박지원朴趾源의 『열하일기』熱河日記의 체제를 본받아 일기체와 기사체를 병용하였다.

열하일기熱河日記　　박지원이 지은 연행일기. 1780년 건륭제乾隆帝의 칠순연 축하사행에 참여한 삼종형 박명원朴明源을 수행하여 열하를 여행한 뒤, 그곳 문인·명사들과의 교유 상황 및 문물 제도를 소상하게 기록하였다.

오주연문장전산고五洲衍文長箋散稿　　이규경이 지은 백과사전. 총 60권. 역사·경학·천문·지리·불교·도교·서학西學·예제禮制·재이災異·문학·음악·음운音韻·병법·광물·초목·어충魚蟲·의학·농업·광업·화폐 등 총 1,417항목에 달하는 내용을 변증설辨證說이라는 형식을 취하여 고증학적인 방법으로 해설하였다.

완당척독阮堂尺牘   김정희가 제주도 유배 시절 용산 본가로 보낸 편지를 모은 책. 김정희의 사후에 제자들에 의해 간행되었다.

왕씨농서王氏農書   중국 원나라 왕정王禎이 지은 농서. 원제는 『동로왕씨농서』東魯王氏農書. 중국의 4대 농서 가운데 하나. 원대의 농촌 상황이 생동감 있게 소개되어 있다. 농기계가 농서의 중요 부분으로 자리 잡은 것도 이 책으로부터이다.

운림유사雲林遺事   중국 명나라 고원경이 지은 다서. 내용은 대부분 예찬倪瓚의 사적을 기록한 것이다. 고일高逸·시화詩畵·결벽潔癖·유우游寓·음식飮食의 다섯 부분으로 나누어 서술하였다.

운양집雲養集   김윤식金允植의 시문집. 총 16권. 초간본은 1914년 문인 황병욱黃炳郁 등이 편집·간행하였다. 중간본은 1917년 이승빈李承斌·김재성金載聲·김용설金溶偰 등이 15권의 연활자로 간행하였다.

은송당집恩誦堂集   이상적李尙迪의 시문집. 총 24권. 중국 우박계관藕舶溪館에서 간행되었다. 문문文과 시詩의 권수가 각각 따로 매겨져 있으며, 시는 연대순으로 편집되어 있다.

음청사陰晴史   김윤식이 쓴 일기. 상하 2권. 1881년 9월 1일부터 1883년 8월 25일까지 순천부사 재임 중에 영선사로 임명되어 상경한 다음 학도學徒·공장工匠의 선발을 비롯한 사행에 관련된 사항을 기록한 것이다.

이문광독夷門廣牘   중국 명나라 주이정周履靖이 편찬한 책. 총 158권. 역대의 야사野史·패설稗說과 자신이 평소 지은 작품들을 모으고, 이를 예원藝苑·식품食品·오지娛志 등 총 10문門으로 분류하여 실었다.

이아爾雅　　중국 고대의 경전에 나오는 물명物名을 주해한 책. 13경의 하나. 천문·지리·음악·기재器材·초목·조수鳥獸 등의 낱말을 해석했다. 주공이 지은 것으로 전해져왔으나, 주대에서 한대까지의 여러 학자가 여러 경서의 주석들을 채록한 것이다.

이아주爾雅注　　중국 진晉나라의 곽박郭璞이 『이아』에 주석한 책. 『이아』에 대한 최초의 주석서이면서, 가장 큰 권위를 지니고 있다.

이재난고頤齋亂稿　　조선 후기의 학자 황윤석黃胤錫의 시문집. 총 50책. 전라북도 유형문화재 제111호. 저자가 10세부터 63세로 서거하기 2일 전까지 정치·경제·사회·농·공·상 등 인류생활에 이용되는 실사實事를 망라하여 쓴 일기 또는 기사체記事體의 글이 수록되어 있다. 각 책마다 시작 연대와 종결 연대를 기록하였다.

임원경제지林園經濟志　　서유구가 편찬한 사대부의 생활백과전서. 16부분으로 나뉘어 있어 『임원십육지』林園十六志라고도 한다. 『산림경제』山林經濟를 토대로 한국과 중국의 저서 900여 종을 참고, 인용하여 엮었다.

임하필기林下筆記　　이유원李裕元의 저서. 총 39권. 경經·사史·자子·집集을 비롯하여 조선의 전고典故·역사·시문詩文·정치·궁중비사宮中秘史 등 각 부문을 사료적史料的인 입장에서 백과사전식으로 엮어놓았다.

자가록資暇錄　　중국 당나라 이광의李匡義가 지은 책. 총 3권. 구본舊本에는 이제옹李濟翁의 찬으로 된 것도 있는데, 이광의의 자가 제옹이다. 「자서」自序에서 "세상에 떠도는 잘못된 이야기들을 바로잡기 위해 이 책을 지었다"라 하였다.

자천소품煮泉小品　　중국 명나라 전예형田藝衡이 지은 다서. 원천源泉·석류

石流·청한淸寒·감향甘香·의다宜茶·영수靈水·이천異泉·강수江水·정수井水·서담緖談 등 총 10개의 부분으로 나누어, 차를 끓이고 물을 사용하는 방법에 대해 논하였다.

잠확유서潛確類書 중국 명나라 진인석陳仁錫이 편찬한 유서. 총 120권. 역대의 다양한 고사, 사물의 기원 등이 기록되어 있다.

잡동산이雜同散異 안정복安鼎福이 지은 잡기雜記. 한국과 중국의 역사·제도 및 경·사·자·집에 대한 글을 추려 모으고, 물명物名·도수度數·여항閭巷·패설 등을 수록하였다. 방대한 저술이기는 하나, 미완성의 서책이다.

전다수기煎茶水記 중국 당나라 장우신張又新이 지은 다서. 원제는 『수경』水經이었는데, 『수경주』와의 혼돈을 피하기 위하여 바꾸었다. 자신이 직접 체험한 찻물의 등급을 논하였으나, 구양수로부터 비판을 받았다.

정관편井觀編 이청의 천문역상天問曆象에 관한 저술. 이청은 정약용의 강진 유배 시절 초기 읍내 제자이다. 총 8권.

종경록宗鏡錄 중국 북송 때 영명사永明寺의 연수延壽가 편찬한 책. 총 100권. 『심감록』心鑑錄, 『종감록』宗監錄으로도 부른다. 대승불교의 경론 60부와 중국·인도 성인 300명의 저서 및 기타 선승의 어록 등을 널리 인용하고 방증하여, 선禪의 뜻을 풀이하였다.

종축회통種畜會通 정약용의 큰아들 정학연丁學淵이 저술한 원예와 축산에 관한 총서. 총 8권. 제5권에 차에 관한 내용이 수록되어 있다.

주례周禮　　삼례三禮의 하나. 중국 주나라 때 주공이 지었다고 전해지지만, 후대 사람이 증보한 것이다. 주나라의 관제인 육관六官을 분류 설명한 중국 최고最古의 국가 제도 기록이며, 십삼경十三經의 하나로 꼽힌다.

주자가례朱子家禮　　중국 송나라 주희朱熹가 지은 예서禮書. 5권. 부록 1권. 관冠·혼婚·상喪·제제에 관한 예법이 기록되어 있다. 우리나라에는 고려 말 전해졌고, 조선조에 들어와 사례四禮의 기준으로 정착되었다. 조선의 현실과 맞지 않아 예송禮訟의 원인이 되기도 했지만, 예학禮學 발전에 기여하였다.

준생팔전遵生八牋　　중국 명나라 고렴高濂의 수필집. 총 20권. 일상생활에서의 수양修養과 양생養生에 관하여 상세하게 기술하였다. 또한 역대 은일자隱逸者 100명의 사적도 기록되어 있다.

준영雋永　　중국 한나라 괴통蒯通이 지은 책. 전국 시대 유세가들의 권모술수와 자신의 종횡설縱橫說 등 모두 81편이 수록되어 있다.

증보도주공서增補陶朱公書　　도주공陶朱公은 중국 춘추 시대 범려范蠡를 말하는데, 후인들이 그의 경영 방법과 이론들을 모아 『도주공서』라 하였다. 이를 증보한 것이 『증보도주공서』이며, 원제는 『중정증보도주공치부전서』重訂增補陶朱公致富全書이다.

지봉유설芝峯類說　　이수광李睟光이 편찬한 일종의 백과사전. 총 20권. 전체 3,435조목을 25부문 182항목으로 나누어 설명하고 출처를 밝혔다. 고증적·실용적 태도에 입각해 저술된 서책으로 평가된다.

징회록澄懷錄　　중국 송나라 주밀周密이 지은 수필집. 주로 당송 시대 문인들의 행동이나 훌륭한 말 등을 채록한 것으로, 원문을 요약해 싣고 출전을 밝혔다. 명대에 발달한 소품小品의 시원始原을 이 책에서 볼 수 있다.

채다록採茶錄　　중국 당나라 온정균溫庭筠이 지은 다서. 총 3권. 북송 당시 일실되고 현재 잔본이 전한다. 현존『채다록』은 변辨·기嗜·이易·고苦·치致의 다섯 부분으로 나뉘어 있고, 총 400여 자에 불과하다.

청이록淸異錄　　중국 송나라 도곡陶穀이 지은 책. 총 2권. 중국 당나라 및 오대 때의 새롭고 신기한 이야기를 수록하였다.

초계시화茗溪詩話　　중국 송나라의 초계어은茗溪漁隱 호자胡仔가 편찬한 시화집. 원제는『초계어은총화』茗溪漁隱叢話. 북송 이전의 시화를 총망라한 것으로, 전집 60권 후집 40권으로 되어 있다.

추당잡고秋堂襍稿　　신헌구申獻求의 시문집. 2권 2책. 남정록南征錄이라는 내제內題 하에 상·하로 구분되어 있다.

치원유고巵園遺稿　　정약용의 강진 유배 시절 제자인 황상黃裳의 시문집. 2책. 「정황계안」丁黃契案은 「다신계절목」茶信契節目과 함께 귀중한 자료이며, 또 정학연 형제의 시문과 서간이 상당수 실려 있다.

태서수법泰西水法　　중국 명나라 때 선교사 웅삼발熊三撥(Ursis)이 지은 수리水利 관련 서적. 총 6권. 서양의 관개법灌漑法을 중국에 소개한 것으로, 우설雨雪을 저장하고 활용하는 방법 등이 소개되어 있다. 그중 수고水庫와 관련된 내용은 『북학의』北學議, 『임원경제지』 등에도 전재되었다.

통아通雅 　중국 명나라 방이지方以智가 지은 일종의 한자 사전. 총 52권. 『이아』의 체재를 본떠서, 25문門으로 나누어 명물名物·상수象數·훈고訓詁·음운 등의 어원에 대해 상세히 고증하였다.

쾌설당만록快雪堂漫錄 　중국 명나라 풍몽정馮夢禎이 지은 책. 자신이 견문을 기록한 것으로, 기괴담·인과담因果談이 주를 이룬다. 또 차와 관련된 여러 가지 이야기들도 수록되어 있다.

품다요록品茶要錄 　중국 송나라 황유黃儒가 지은 다서. 1권. 찻잎에 대해 집중적으로 다루고 있다. 찻잎을 채취할 때의 주의 사항, 찻잎을 감별하는 표준, 찻잎을 평가하는 방법 등에 대해 자세히 서술하였다.

학림신편學林新編 　중국 송나라 왕관국王觀國이 지은 한자 연구서. 보통 『학림』이라 부른다. 내용은 자체字體·자의字義·자음子音에 대해 변별한 것이다. 육경六經과 『사기』史記·『한서』 및 각종 주석서까지 두루 참고하여 동이점을 밝히고 득실을 논하였다.

학림옥로鶴林玉露 　중국 송나라 나대경羅大經이 지은 수필집. 총 18권. 문인과 학자의 시문에 대한 논평을 중심으로 하였으며, 일화와 견문 등을 수록하였다. 천, 지, 인의 3부작으로 나뉘어 있다.

한서漢書 　중국 후한의 반고班固가 편찬한 역사서. 전한 시대의 역사를 기록하였다. 총 120권. 중국 정사의 하나.

행포지杏蒲志 　서유구가 지은 농서. 총 4권. 『임원경제지』보다 먼저 농업기술과 농지 경영에 관해 저술한 책으로, 『임원경제지』의 편찬 과정과 서유구의 농학

연구 과정을 보여주는 자료이다. 중국 서릉후徐陵侯가 행림杏林과 창포菖蒲를 보면서 농사를 권장한 이야기에서 『행포지』라는 이름을 붙였다.

허씨다소許氏茶疏　　중국 명나라 허차서가 지은 다서. 원제는 『다소』. 총 36항으로 나뉘어 있다. 유명한 차 생산지, 차 제조와 저장법, 다구茶具, 찻물과 차를 마실 때의 금기 사항 등이 기록되어 있다. 특히 장흥차長興茶에 대한 기록이 상세하다.

현산어보玆山魚譜　　정약전丁若銓이 편찬한 우리나라 최고最古의 어류서魚類書. 총 3권. 흑산도 근해 어류의 이름·분포·형태·습속 등이 기술되어 있다. 정약용의 제자 이청이 초고를 정리하고 안설案說을 붙였다.

화한삼재도회和漢三才圖會　　일본의 데라지마 료안寺島良安이 편찬한 책으로 총 105권이다. 『삼재도회』를 모방하여 천지인天地人 삼재三才의 사물을 모은 다음 그림을 그려서 설명하였다. 천부天部, 천문天文, 천상天象, 시후時候 등 105 부문으로 나누어 기술되어 있다.

흠영欽英　　조선 후기 문인 유만주兪晩柱가 지은 일기. 24책. 필사본. 흠영원본欽英元本·흠영계징欽英稽徵·흠영기일欽英記日로도 불린다. 1775년부터 1787년까지 13년간 자신의 독서 기록, 당대 문인들에 대한 비평, 자기 주변의 자잘한 일상 등을 기록해두었다. 특히 소설과 관련된 언급은 학계의 많은 주목을 받고 있다.

희재잡록戲齋雜錄　　윤형규尹馨圭의 시문집. 불분권 6책. 필사본. 작품 중「다설」茶說에서 "차는 고기를 먹고 사는 사람들이 마시는 것이지, 가난한 선비들이 마실 것이 못 됨"을 말하였다.

찾아보기

찾아보기의 범위는 번역문과 출전으로 제한